Georges Simenon – sein Name ist so sehr mit dem Namen Maigret verbunden, daß man bei den Romanen, die ohne den Kommissar auskommen, von Non-Maigrets spricht. Zu ihnen gehören auch die beiden Geschichten dieses Bandes. Die Hauptfiguren sind Täter wie jene, die Maigret zu überführen hat: sie halten sich nicht an die Normen menschlichen Zusammenlebens, sie mißachten das Recht des einzelnen auf Unversehrtheit seines Lebens und Eigentums. Aber im Unterschied zu den Detektivromanen begibt sich hier niemand auf Spurensuche. Nicht das Wer ist ausschlaggebend, sondern das Was und Warum.

Was wird der kürzlich aus dem Zuchthaus entlassene Jean tun – man spürt es ja, daß da etwas in der Luft liegt, daß sich da aus Vergangenheit und Gegenwart etwas zusammenbraut. Die Idylle des abgelegenen Gehöfts, die Geborgenheit in den Armen der alternden Witwe Couderc – das bringt nur Glück für kurze Zeit und reicht nicht, um ein ganzes Leben auszufüllen. Ein Leben, das belastet ist von drückenden Erinnerungen an beleidigtes Ehrgefühl und ungesühnte Tat. Die Katastrophe, von der Witwe Couderc förmlich herbeigeredet, ist unausweichlich.

Die Ursachen für Franks Gefühlskälte und Menschenverachtung lassen sich nicht allein mit negativen Kindheitserfahrungen erklären. Sie sind vor allem in den Zeitumständen zu suchen: in den Wirren des eben überstandenen Krieges, in den Machtproben und Terroraktionen einer korrupten, brutalen Besatzungsmacht. Simenon legt sich nicht fest, in welchem Land dieser 1948 geschriebene Roman angesiedelt ist; die Menschen, die es bewohnen, tragen zwar deutsche Namen, aber sie sprechen französisch. Manche Details, manches aus

Milieu und Atmosphäre deutet auf das von den Deutschen im zweiten Weltkrieg besetzte Belgien. Aber es könnte auch irgendwo anders sein. Denn – und das ist wohl die Absicht von Simenons Verwirrspiel – überall auf der Welt bringt Krieg nicht nur Tod und Zerstörung durch militärische Kampfhandlungen. Wo immer er tobt, hat er Brutalisierung, Verrohung der Sitten, Aufbrechen niederer Instinkte zur Folge. – André Gide schrieb an Simenon über „Der Schnee war schmutzig“: „Es ist eines der besten Bücher – ach was! das beste –, das Sie seit langem geschrieben haben.“

Georges Simenon

Die Witwe Couderc
Der Schnee war schmutzig

Aufbau-Verlag

Titel der französischen Originalausgaben

La veuve Couderc
Deutsch von Hanns Grössel

La neige était sale
Deutsch von Willi A. Koch

1. Auflage 1988
Aufbau-Verlag Berlin und Weimar
Ausgabe für die sozialistischen Länder mit Genehmigung der Diogenes Verlag AG Zürich

Einbandgestaltung Andreas Brexendorf/Regine Schmidt
Lichtsatz Karl-Marx-Werk, Graphischer Großbetrieb, Pößneck V 15/30
Druck und Binden
III/9/1 Grafischer Großbetrieb Völkerfreundschaft Dresden
Printed in the German Democratic Republic
Lizenznummer 301. 120/206/88
Bestellnummer 613 932 3
00375

ISBN 3-351-00923-2

Die Witwe Couderc

10

1

Er lief. Er war allein auf mindestens drei Kilometern einer Landstraße, die alle zehn Meter vom schräglaufenden Schatten eines Baumstammes unterteilt wurde, und mit großen Schritten, doch ohne sich zu beeilen, ging er von einem Schatten zum anderen. Da es kurz vor Mittag war und die Sonne sich dem Scheitelpunkt näherte, glitt ein kurzer, lächerlich gedrungener Schatten vor ihm her.

Die Landstraße stieg ganz gerade bis zum Gipfel des Hügels an, wo sie unvermittelt aufzuhören schien. Links hörte man Knacken im Walde. Rechts, weit weg in den busenartig schwellenden Feldern, war nur ein Pferd, ein Schimmel, der ein auf Räder montiertes Faß zog, und im selben Feld eine Vogelscheuche, die vielleicht ein Mensch war.

Gerade fuhr der rote Bus aus Saint-Amand hinaus, wo Markttag war, bahnte sich mit Huptönen einen Weg, verließ schließlich die endlos lange Straße mit den weißen Häusern und bog zwischen die Ulmenreihen der Landstraße ein. Er las noch eine Bäuerin auf, die wegen der Sonne unter ihrem Regenschirm wartete. Ein Sitzplatz war nicht mehr frei. Die Bäuerin dachte nicht daran, ihre beiden Körbe abzustellen, und sie schwankte zwischen den Bänken mit starren Augen, wie eine Henne, die sich krank fühlt.

„Jeanine, die in der Nachbarloge war, hat es mir erzählt und gesagt, sie sei direkt angewidert gewesen ... Und bis Jeanine angewidert ist! ...“

Der Chauffeur mit seiner Uniform-Mütze, seiner leicht verdrehten malvenfarbenen Krawatte blieb ungerührt, den Blick auf die dunklen Linien geheftet, welche die Landstraße in Streifen zerlegten. Rauchen verboten. So stand es geschrieben. Die Zigarette, die an seinen Lippen klebte, war ausgegangen.

„Kenne ich“, sagte er beiläufig, als ein Mann, der weiß, was er sagt.

Und das dicke Mädchen, das sich eine Viertelstunde vor Abfahrt des Busses auf den Platz neben ihn gesetzt hatte, fuhr fort und unterbrach ihr Flüstern durch kleine Lachausbrüche: „Léon war da, der Friseurgehilfe. Dann Lolotte. Dann ein Junge aus Montluçon, der in der Flugzeugfabrik arbeitet. Dann die Rose ...“

„Welche Rose?“

„Die müssen Sie kennen. Sie begegnen ihr jeden Tag auf der Landstraße mit dem Fahrrad. Sie ist die Tochter des Schlachters aus Tilly. So eine Dicke mit knallroten Backen und Augen, die ihr aus dem Kopf treten, und immer trägt sie zu kurze Kleider. Sie fährt nach Saint-Amand, um Schreibmaschine und Steno zu lernen. Ein schönes Dreckstück!“

Hühner, Enten regten sich in den Körben. Vierzig Frauen, vielleicht mehr, alle in Schwarz, drängten sich auf den Bänken, und fast alle schwiegen und blickten geradeaus vor sich hin, während die Köpfe, je nach den Bewegungen des Busses, von links nach rechts schaukelten und manchmal alle Oberkörper nach vorne schossen.

Zehn, neun, acht Kilometer von dort entfernt lief noch immer der Mann wie einer, der nirgendwo hingeht und an nichts denkt. Er hatte kein Gepäck, keine Pakete, keinen Spazierstock, nicht einmal einen am Wegrand abgeschnittenen Stab. Seine Arme schwangen frei.

„Léon hat mit Lolotte angefangen, und die hat so laut gelacht, daß eine Menge Leute im Kino ‚Pscht!‘ gemacht haben ...“

Der dicke rote Bus kam näher. Ein graues Auto überholte ihn. Es waren keine Leute aus der Gegend. Sie kamen weither und fuhren weit. Das Auto fuhr schnell. Es nahm die beginnende Steigung. Der Mann, der lief, hörte es kommen, verlangsamte seine Schritte nicht, drehte nur ein wenig den Kopf und hob ohne Überzeugung einen Arm hoch.

Das Auto hielt nicht an. Die Frau, die neben dem Fahrer saß, fragte: „Was wollte der?“

Sie drehte sich um, sah eine lange Silhouette, die immer noch vom Schatten des einen bis zum Schatten des darauffolgenden Baumstammes ging, dann fuhr das Auto fast sogleich auf den anderen Hang des Hügels.

Der Bus folgte brummend, weil der Fahrer einen andern Gang eingelegt hatte. Er zitterte heftiger. Hinter dem Fahrer blickte die Witwe Couderc besorgt zum Dach hoch, auf dem man die Gepäckstücke poltern hörte.

Der Mann, der lief, hob abermals den Arm. Der Bus hielt genau auf seiner Höhe an. Ohne seinen Sitz zu verlassen, öffnete der Fahrer mit einer vertrauten Handbewegung die Wagentür.

„Wohin?"

Der Mann blickte um sich und murmelte ganz selbstverständlich: „Ganz gleich. Wohin fahren Sie?"

„Nach Montluçon ..."

„Gut ..."

„Montluçon? Acht Francs ..."

Der Bus fuhr wieder an. Im Stehen durchwühlte der Mann seine Taschen, holte daraus ein Fünffrancsstück hervor, dazu eine Marke im Werte von zwei Francs, dann suchte er ohne allzu große Besorgnis in den anderen Taschen, fand noch fünfzig Centimes.

„Da! Das sind sieben Francs fünfzig. Ich werde kurz vor Montluçon aussteigen ..."

Die Frauen, die vom Markt zurückkamen, sahen ihn an. Die Witwe Couderc sah ihn anders an als die anderen. Auch das Mädchen, das neben dem Fahrer saß, denn Männer dieses Schlages kannte sie noch nicht.

Der Bus mühte sich ab, um ganz bis zur Anhöhe hinaufzukommen. Kühle kleine Luftzüge drangen durch die offenen Fenster herein. Der Witwe Couderc hing eine Haarsträhne in die Stirn, ihr Haarwulst war nahe daran, sich aufzulösen, und sie trug einen rosa Unterrock – von einem komischen blaugetönten Rosa –, der unter ihrem Kleid hervorsah.

Man hörte Glocken, ohne eine Kirche zu sehen. Es mußte Mittag sein. Am Rande der Landstraße sah man ein Haus, und eine Frau stieg aus dem Autobus vor einer Türschwelle, auf der zwei Kinder saßen.

War es nicht erstaunlich, daß von vierzig Frauen nur die Witwe Couderc den Mann anders ansah, als man einen x-beliebigen ansieht? Die anderen waren friedfertig und sorglos wie Kühe auf einer Wiese, die zwischen sich einen Wolf weiden sehen, ohne sich darüber zu wundern.

Und doch war es ein Mann, wie sie ihn noch nie in dem Bus gesehen hatten, der sie jeden Samstag zum Markt brachte. Die Couderc hatte das vom ersten Augenblick an begriffen. Sie hatte gesehen, wie er dem Auto zuwinkte, bevor er den Autobus anhielt. Sie hatte bemerkt, daß er leere Hände hatte; und man läuft nicht mit leeren Händen die Landstraßen entlang, ohne wenigstens zu wissen, wohin man läuft.

Sie vergaß darüber nicht, das Poltern der Gepäckstücke auf dem Dach zu belauern, aber sie ließ auch nicht die Augen von ihm, und sie verzeichnete alles: seine schlecht rasierten Wangen, seine hellen Augen, die nichts ansahen, seinen grauen Anzug, der abgetragen war, aber etwas Lässiges hatte, seine feinen Schuhe. Ein Mann, der geräuschlos hätte laufen, wie eine Katze hätte springen können. Und der, den sieben Francs und fünfzig nach zu schließen, die er dem Fahrer für eine blaue Fahrkarte gegeben hatte, wahrscheinlich kein Geld mehr in der Tasche hatte.

Er beobachtete sie auch, kniff die Augen zusammen, als wollte er sie besser sehen, und einmal zog er die Lippen hoch wie für ein inneres Lächeln. War es der Knubbel der Couderc, der ihn erheiterte? Alle sagten „der Knubbel". Das war ein Fleck von der Größe eines Fünffrancsstücks auf der linken Wange, ein Fleck, der von tausend seidigen braunen Härchen bedeckt war, so als hätte man dorthin ein Stück Tierfell übertragen, beispielsweise von einem Iltis.

Der Bus war bereits auf dem anderen Hang, und hinter den Bäumen nahm man bisweilen den Cher wahr, dessen schnellfließendes Wasser über die Steine sprang.

Auch die Couderc unterdrückte ein Lächeln. Der Mann klappte die Lider auf und ab. Ein wenig war es so, als hätten sie einander zwischen all den Weibspersonen mit den wackelnden Köpfen erkannt.

Beinahe hätte sie darüber vergessen, daß sie angekommen war. Sie merkte plötzlich, daß sie den Fuß der Anhöhe erreicht hatten. Sie beugte sich vor, tippte dem Fahrer auf den Rücken, und der bremste.

„Sie müssen mal bei meinem Brutapparat mit anpakken!" sagte sie.

Sie war klein und breit, ziemlich beleibt. Mit all ihren Körben aus dem Wagen zu steigen, war keine Kleinigkeit, denn bald wollte sie zunächst vorbei, bald wollte sie erst ihre Körbe auf die Straße stellen.

Der Fahrer sprang auf die Erde. Die dreißig oder vierzig Frauen im Bus sahen sie an, ohne etwas zu sagen. Nicht weit entfernt stand ein kleines Haus, ein winzigkleines Haus mit zwei Zimmern, das von einem blaugestrichenen Zaun umgeben war.

„Vorsicht, daß Sie nichts kaputtmachen ... Die Sachen sind zerbrechlich!"

Über die eiserne Leiter, die am Heck des Wagens angebracht war, hatte sich der Fahrer auf das Dach geschwungen und ließ von dort so etwas wie eine riesige Kiste mit vier Füßen herunter, welche die Couderc packte und behutsam an den Straßenrand stellte.

Sie suchte ein Zweifrancsstück aus einer vollen Geldbörse hervor, reichte es ihm.

„Da, mein Junge ..."

Ansehen aber tat sie den Mann von der Straße, und zwar mit einem Anflug von Bedauern.

Der Bus fuhr wieder an. Durch die Heckscheibe sah der Mann die Couderc neben ihrem riesigen Kasten und ihren Körben am Wegrand stehen.

„Wie ihre Nichte", sagte das dicke Mädchen, das neben dem Fahrer saß. „Kennen Sie Félicie?"

Der Mann hätte sich hinsetzen können, denn jetzt war ein Platz frei. Er blieb stehen. Die Straße machte einen Knick. Die Couderc und das kleine Haus verschwanden ... Da beugte er sich vor und berührte seinerseits den Fahrer an der Schulter.

„Würden Sie mich hier hinauslassen?"

Alle Köpfe wandten sich um, als der Bus wieder anfuhr, alle wollten sehen, wie er sich in die Gegenrichtung entfernte, und das Mädchen vertraute dem Fahrer ihren Eindruck an: „Komischer Kerl!"

Er war bereits weiter weg, als er glaubte. Mehrere Minuten brauchte er, bis er erneut das kleine Haus entdeckte, die Pakete am Straßenrand, die Couderc, die den Zaun geöffnet hatte und an eine Tür klopfte.

Ohne Verwunderung sah sie ihn kommen. Sie trat an den Zaun, als er stehenblieb.

„Ich dachte, die Bichat wäre zu Hause und würde mir ihre Schubkarre leihen!" sagte sie. „Und jetzt ist alles zu!"

Dennoch rief sie mit schriller Stimme nach verschiedenen Seiten: „Clémence! ... Clémence!" Dann: „Ich frage mich, wo sie sein mag. Sie geht niemals weg. Sie hat wohl schlechte Nachrichten von ihrer Schwester bekommen ..."

Sie ging um das Haus herum, stieß an eine andere geschlossene Tür.

„Wenn ich wenigstens ihre Schubkarre fände!"

Aber nur ein Gemüsebeet und ein paar Blumen waren da. Keine Schubkarre. In einem Käfig eine Turteltaube.

„Wohnen Sie weit weg?" erkundigte sich der Mann.

„Sechshundert Meter, am Ufer des Kanals. Ich hatte mit der Schubkarre von Clémence gerechnet ..."

„Soll ich mit anfassen?"

Sie sagte nicht nein. Sie hatte es erwartet.

„Glauben Sie, daß Sie den Brutapparat ganz alleine tragen können? Vorsicht, der ist zerbrechlich ..."

Und ständig warf sie ihm neugierige, schon befriedigte rasche Blicke zu.

„Es ist ein Gelegenheitskauf. Ich habe ihn beim Blechschmied gesehen, gerade als ich auf dem Markt ankam. Ich habe ihm zweihundert Francs geboten. Erst als ich in den Bus stieg, hat er ihn mir für dreihundert gelassen ... Wird es nicht zu schwer?"

Es war sperrig, aber nicht schwer. In dem Kasten klapperten Sachen.

„Vorsicht, da ist eine Lampe drin."

Sie folgte ihm mit ihren Körben. Sie schlugen einen Seitenweg ein, den Nußbäume säumten und der vor Schatten ganz leise war, und unter den Füßen hatte man weiche Erde wie in einem Wald.

Schweißtropfen sickerten auf der Stirn des Mannes hervor.

„Sie suchen Arbeit, was?“ fragte sie ihn und tat ein paar rasche Schritte, um ihn einzuholen, denn er ging schnell.

Er antwortete nicht. Sein Hemd klebte ihm allmählich am Leibe. Wegen seiner feuchten Hände hatte er Angst, den Apparat nicht mehr halten zu können.

„Warten Sie, ich gehe die Tür aufmachen ...“

Schon stand die Tür offen; sie führte in eine recht geräumige Küche, wo man, wenn man von draußen kam, in dem Halbdunkel zunächst nichts sah. „Stellen Sie das hier ab ... Gleich werden wir ...“

Eine fuchsrote Katze rieb sich an ihren Beinen. Sie stellte die Körbe auf einen weißen Holztisch. Dann öffnete sie eine zweite Tür, und die Sonne, die den Garten überflutete, drang in den Raum. Im Vorbeigehen nahm der Mann den Geruch ihrer Achseln wahr.

„Setzen Sie sich einen Augenblick ... Ich werde Ihnen einen Schluck Wein geben ...“

Was stimmte nicht? Sie war unruhig wie ein Tier, das in seinen Bau zurückkehrt und fremde Ausdünstungen wittert. Wie entdeckte sie das Fett auf dem Holz des Tisches? Es war kaum sichtbar. Sie hob die Augen zu den beiden Schinken, die an einem Dachbalken hingen, und plötzlich leuchtete Zorn aus ihren Augen.

„Warten Sie! ... Bleiben Sie da ...“

Sie eilte zum Garten, der dem Innenhof eines Bauernhauses ähnelte, mit einem Misthaufen, einer Karre, die auf ihren Deichseln ruhte, mit Hühnern, Gänsen, Enten.

Er folgte ihr mit dem Blick. Sie lief wie eine Frau, die weiß, wo sie hingeht. Er bemerkte, daß jemand anders vor ihr herlief, und zwar fluchtartig, ein mageres junges Mädchen von etwa sechzehn Jahren, das einen Säugling auf den Armen trug.

Das Mädchen ging auf einen Zaun zu, hinter dem man einen Kanal und eine Zugbrücke erriet. Sie beschleunigte ihre Schritte. Die Couderc lief schneller. Sie holte die andere ein, und man sah sie sprechen, ohne ihre Stimme zu hören, sah sie mit Heftigkeit, mit Zorn sprechen.

Die eine Hand des jungen Mädchens hielt den Säugling. Die andere war unter der blaukarierten Schürze versteckt.

Diese zweite Hand holte die Couderc hervor und entriß ihr ein Päckchen, das mit einem Stück Zeitungspapier umwickelt war.

Was mochte sie der fliehenden Halbwüchsigen nachrufen? Offensichtlich Beschimpfungen! Und heftig schloß sie wieder den Zaun. Mit dem Päckchen in der Hand kam sie zurück. Sie öffnete eine Tür, die Tür zu irgendeinem Schuppen, aus dem sie einen Mann herausließ, der vor ihr herging, ein Bein nachzog und den Kopf senkte.

„Dieses Miststück!" erklärte sie, als sie in die Küche zurückkam und zwei dicke Scheiben Schinken auf den Tisch warf, die das Stück Zeitungspapier enthielt. „Sie hat sich schon wieder meine Abwesenheit zunutze gemacht, hat ihren Großvater besucht und mir Schinken geklaut! ... Sie können das nicht verstehen ... Sie ist eine Schlampe! Ein Mädchen, das bereits mit sechzehn Jahren Mittel und Wege gefunden hat, sich ein Kind machen zu lassen."

Sie warf dem Alten einen harten Blick zu; der blieb in der Küche stehen, ohne irgendwo hinzublicken.

„Und dieses alte Vieh da würde alles hergeben, was im Hause ist ..."

Das alte Vieh rührte sich nicht vom Fleck und beäugte neugierig den Kasten, der mitten in der Küche stand und von dem ein Teil in graues Papier eingeschlagen war.

„Er ist nicht stolz, o nein! Er weiß genau, daß er mir das büßen wird! Schauen Sie, was für ein Gesicht er macht."

Sie öffnete einen braungestrichenen Wandschrank, nahm zwei Gläser heraus, zeigte sie dem Alten und schob ihm einen Krug in die Hand.

„Er ist taub wie ein Topf. Er ist nicht einmal mehr fähig zu sprechen, seit er von einem Heuwagen gefallen ist. Mit anderen Worten: ein Stück Abfall. Was nicht heißt, daß er sich nicht für bestimmte Dinge mit Tati sehr lieb zeigen kann ..."

Ein ausgelassenes Leuchten war in ihre Augen getreten, und sie sah den Mann von Kopf bis Fuß an.

„So werde ich genannt, seit ich ganz klein bin. Ich

weiß nicht einmal, warum ... Er ist Wein abfüllen gegangen ... Ich wette, Sie sind Ausländer?“

Man hätte glauben können, daß sie zögerte, endgültig von ihm Besitz zu ergreifen. Sie war noch etwas mißtrauisch.

„Nein. Ich bin Franzose.“

„Ach was!“

Enttäuschung. Sie machte kein Hehl daraus.

„Ich hätte schwören mögen, daß Sie Ausländer sind. Manchmal kommen welche vorbei, so in Ihrer Art. Die Chagot aus Drevant haben jahrelang einen gehabt, einen Jugo, der im Stall schlief und alles konnte ...“

Jetzt war der Mann dran zu murmeln: „Ach was!“

„Wie werden Sie gerufen?“

„Jean.“

Währenddessen holte sie verschiedene Gegenstände aus ihren Körben: zwei Schürzen, Nudeln, Sardinenbüchsen, eine Rolle schwarzes Garn, fettiges Papier, das Fleischwaren enthielt. Der Alte kam zurück mit dem Krug voll kühlen Weißweins.

„Warum setzen Sie sich nicht hin? Sie wollten nach Montluçon fahren?“

„Das ist mir egal ...“

„Um in der Fabrik zu arbeiten, was?“

Sie hatte im Herd nachgelegt und Wasser in einen Topf getan.

„Haben Sie schon mal einen Brutapparat in Gang gebracht?“

„Ich glaube, ich könnte es ...“

„Warten Sie, ich geh erst meine Tiere füttern. Ich denke, wir könnten miteinander einig werden ...“

Sie setzte sich hin, um ihre Schuhe aufzuschnüren, und schlüpfte in schwarze Holzpantoffeln. Der rosa Unterrock, von einem merkwürdigen elektrischen, bläulichen Rosa, schaute noch immer unter ihrem Kleid hervor, und es war unmöglich, nicht das Stück behaarter und so seidiger Haut anzusehen.

„Sie können trinken ... Schauen Sie sich das alte Vieh an, das sich nicht zu bedienen wagt, weil ich ihn gerade mit Félicie, diesem Miststück, ertappt habe.“

Sie schenkte ihm ein. Der Alte war groß, mager, sein

Gesicht von grauen Stoppeln übersät, die Augen rotgerändert.

„Du kannst trinken, Couderc!" rief sie ihm ins Ohr. „Aber mit dem Spaß wirst du noch ein Weilchen warten müssen, glaub mir . . ."

Wie oft hatte sie bereits die Runde in der Küche gemacht?

Dennoch hatte es keine unnütze Handbewegung gegeben. Die zwei Scheiben Schinken hatten in einem Wandschrank Platz gefunden. Wasser wurde warm gemacht. Das neu geschürte Feuer bullerte. Alle Pakete, die sie mitgebracht hatte, waren eingeordnet, und jetzt ging sie mit einem Korb voller Körner hinaus.

„Putt . . . putt . . . putt . . ."

Er sah sie im Sonnenschein neben der Karre stehen, auf deren Deichseln sie sich stützte, inmitten von mindestens hundert Hühnern, nur weißen Hühnern, und Enten, Gänse, Puter bildeten den Hintergrund.

„Putt . . . putt . . . putt . . ."

Sie warf die Körner Faustvoll um Faustvoll, so wie man sät, aber sie vergaß nicht Jean, der im Türrahmen stand.

Es war heiß. Die Sonne stand so hoch, daß fast kein Schatten mehr fiel. Der Alte hatte sich in seine Ecke neben den Schornstein gesetzt und blickte zu Boden.

Jenseits des Zaunes, der den Garten einschloß, erblickte Jean einen schmalen Schleppkahn, angemalt wie ein Spielzeug, der, von einem Esel getreidelt, langsam über den Kanal glitt. Und da der Kanal höher lag als der Hof, war es seltsam, auf diese Weise ein Schiff in Höhe des Kopfes vorbeifahren zu sehen. Ein rotgekleidetes kleines Mädchen mit Flachshaaren lief auf dem Deck umher. Eine Frau strickte und hielt das Steuerruder mit dem Rücken fest.

„Sie werden mit uns essen. Samstag machen wir nicht weiter viel wegen des Markttags. Schauen Sie sich doch dieses alte Vieh an und sagen Sie mir, ob es nicht elend ist."

Sie deckte den Tisch. Dicke geblümte Fayence, dicke Gläser ohne Fuß. Sie machte eine Büchse Ölsardinen auf. Auch Kopfsülze gab es und Scheiben vom Aal.

„Wollen Sie ein Omelett?“

„Ja.“

Sie wunderte sich. Sie hatte geglaubt, er würde aus Höflichkeit nein sagen, und sie lächelte verstohlen.

Der Alte kam an den Tisch und zog sein Messer aus der Tasche. In dem verglasten Kasten der Standuhr pendelte eine große Messingscheibe hin und her. Die Katze war Jean auf die Knie gesprungen und schnurrte schon.

„Werfen Sie sie hinunter, wenn sie Sie stört ... Also Franzose sind Sie? Ich frage Sie nicht, woher Sie kommen ... Mögen Sie das Omelett schaumig?“

Sie folgte seinem Blick und begriff, daß er von der Vergrößerung einer Fotografie angezogen war, der Fotografie eines Soldaten in der Aufmachung der Afrika-Bataillone.

„Das ist René, mein Sohn“, sagte sie.

Sie schämte sich nicht, daß er in den Afrika-Bataillonen war. Im Gegenteil! Sie sah Jean an, als wollte sie sagen: Sie sehen, ich verstehe ...

Sie aßen. Der Alte zählte nicht mit. Von der einen Seite fiel das Licht nur durch ein kleines Fenster zu ihnen herein, das auf den Weg ging, und von der anderen Seite fiel es, stärker zitternd, durch die Tür, die zum Hof hin offenstand.

„Ich hatte mich gefragt, ob Sie bis nach Montluçon fahren würden ...“

„Ich auch.“

„Bitte, ich komme auch allein zurecht ... Couderc ...“

Sie hatte das Bedürfnis zu erklären: „Das ist dieses alte Stück Abfall. Der Vater meines verstorbenen Mannes. Sie taugten beide nicht viel. Ich sagte immer, er ist gerade gut genug dafür, unsere beiden Kühe auf die Weide zu treiben und zu basteln. Auch für was anderes, das Schwein! Gucken Sie sich diesen Kopf an! Manche behaupten, er höre mehr, als er zu erkennen geben wolle, aber ich weiß, daß das nicht stimmt ... Stimmt's, Couderc?“ brüllte sie.

Er zuckte zusammen, schien aber nicht zu verstehen, sondern beugte nur den Kopf über seinen Teller.

„He, Couderc, stimmt's nicht, daß du ein Schwein bist

und daß du mir im Weinkeller schon nachgelaufen bist, als dein Sohn noch lebte?"

Sie legte es darauf an, darüber zu sprechen. Ihre Lippen, ihre Augen wurden feucht.

„Mögen Sie keine Kopfsülze? ... Kommen Sie von weit her?"

„Ja, von ziemlich weit her."

„Und Sie haben keinen Sou mehr in der Tasche ..."

Er durchsuchte sich. Wie durch eine Ironie des Zufalls fand er noch ein kleines Soustück.

„Doch, einen Sou schon ..."

„Wir werden sehen ... Erst einmal werden wir versuchen, den Brutapparat in Gang zu bringen. Ich wollte schon lange einen Brutapparat haben. Stellen Sie sich vor, daß man bei dem Preis für ein Huhn heute fünfundsechzig auf einmal ausschlüpfen lassen kann. Weil es ein Gelegenheitskauf war, habe ich leider die Gebrauchsanweisung nicht bekommen können. Obendrauf ist ein Messingschild, wo etwas geschrieben steht ..."

Sie stand auf, um die Kaffeekanne zu holen, und trank ihren Kaffee in kleinen Schlucken, ohne damit aufzuhören, ihren Gast zu mustern.

„Heute früh auf dem Markt haben sich manche sicherlich gesagt: Tati ist verrückt! Um diese Zeit kauft sie einen Brutapparat!"

Sie lachte.

„Was würden sie erst tratschen, wenn ..."

Sie hüllte ihn mit dem Blick ein. Sie ergriff Besitz von ihm. Sie hatte keine Angst. Ihr lag daran, ihm zu verstehen zu geben, daß sie keine Angst vor ihm hatte.

„Ein Gläschen voll? Der Alte wird keines bekommen, und darüber wird er wütend sein."

Sie brachte eine Flasche mit weißem Schnaps, goß ihm einige Tropfen davon ein.

„Und jetzt werden wir versuchen, ihn in Gang zu bringen. Für den Alten wird es Zeit, daß er die Kühe hüten geht, die am Treidelpfad entlang grasen. Begreifen Sie das System? Ich weiß, daß man die Eier hier hineintut, in diese Art Schubfach. Die Lampe wird in dieser Ecke aufgehängt, denke ich mir. Was steht auf dem Schild?"

Vielleicht konnte sie nicht lesen? Das war möglich. Oder aber die Buchstaben waren zu klein.

Die Temperatur auf neununddreißig Grad bringen und sie während der einundzwanzig Tage Brutzeit dabei halten.

„Wie weiß man, wann es neununddreißig Grad sind?"
„Durch das Thermometer."
Beide hockten sie vor dem Apparat. Es war heiß. Der Schweiß sickerte ihnen aus der Haut.
„Zeigen Sie mir, wo das ist, neununddreißig Grad."
„Zum Probieren brauchte man Petroleum."
„Ich habe welches. Warten Sie ..."
Sie holte welches im Schuppen. Sie säuberte den Docht, zündete die Lampe an.
„Sind Sie sicher, daß es an diese Stelle muß?"
Der dicke rote Autobus war, fast leer, unterdessen schon längst in Montluçon angekommen, nachdem er seine Weibspersonen auf der ganzen Länge der Landstraße verteilt hatte. Der Fahrer nahm im schattigen Saal eines kleinen Restaurants einen Imbiß ein, und um vier Uhr würde er wieder zurückfahren.
Der Canal du Berry, der bald am Cher entlang verlief, bald sich von ihm entfernte und kaum sechs Meter breit war, führte von Montluçon bis Saint-Amand auf seinem ruhigen Wasser Spielzeug-Schleppkähne mit sich, und manchmal versperrten ihn Spielzeug-Brücken, kleine Zugbrücken, die man selber betätigen mußte, indem man an einer Kette zog.
Es war Ende Mai. Die grünen Brombeeren waren reif. Die Erdbeeren wuchsen heran. In einer Ecke des Gartens war ein breites Beet mit Saubohnen.
„Wenn sie sagen, man soll Wasser hineingießen, dann muß man auch welches hineingießen!"
Tati war argwöhnisch. Jean suchte. Wohin mußte man dieses Wasser gießen, das den Brutapparat feucht halten sollte?
Er hatte seine Jacke ausgezogen. Sein feines blau-weiß gestreiftes Hemd war an den Manschetten und am Kragen abgetragen.

Er war mager, und doch hatte er etwas Gedunsenes im Gesicht.

„Wir werden ja sehen“, sagte er. „Wenn in ein paar Minuten die Temperatur auf neununddreißig ansteigt...“

„Ich habe schon Eier bereitgelegt. Nur Leghorn... Wo gedenken Sie heute abend zu schlafen?“

Er lächelte, was bewies, daß er begriffen hatte. Seit dem Autobus verstanden sie einander, auch wenn sie nichts zueinander gesagt hatten.

„Ich weiß nicht... Vielleicht hier?... Da! Siebenunddreißig. Fast achtunddreißig. In ein paar Minuten.“

„Würden Sie auf dem Speicher schlafen?“

„Warum nicht?“

„Und Sie würden die Arbeit machen, die zu machen ist?“

Er ging und pflanzte sich vor dem wimmelnden Hühnerhof auf.

„Falls Sie nicht Angst haben“, sagte er beiläufig und streckte sich.

„Angst wovor?“

„Sie wissen nicht, wo ich herkomme...“

„Ein Mann hat mir noch nie angst gemacht!“

„Und wenn doch...“

„Wenn was?“

„Wenn ich zum Beispiel aus dem Gefängnis käme?“

Man konnte glauben, sie hätte es erraten.

„Na und?“

„Wenn ich heute nacht mit Ihren Ersparnissen abhaute?“

„Sie würden sie nicht finden.“

„Und wenn ich Sie ermordete?“

„Ich bin stärker als Sie, mein Kleiner!“

„Wenn...“

„Wenn was?“

„Nichts...“

Seine Ausgelassenheit ließ ein wenig nach. Er sah sie fast ernst an.

„Sie sind eine komische Frau... Sagen Sie mal!... Der Alte... Das ist Ihr Schwiegervater, haben Sie gesagt?“

„Und Sie wundern sich, daß ich mit ihm schlafe, was?

Zunächst mal ist es nicht meine Schuld, daß er ein altes Schwein ist. Und außerdem: soll ich mich lieber vor die Tür eines Hauses setzen lassen, wo ich alles gemacht habe, damit es den anderen zugute kommt, Langfingern wie der kleinen Félicie, die Sie gesehen haben?"

„Da! Jetzt ist er auf neununddreißig."

„Sie glauben also, er funktioniert? Dann müßte er in den Weinkeller gebracht werden. Warten Sie. Ich werde Ihnen helfen."

„Besser wäre es, mit dem Hineintun der Eier bis morgen zu warten."

Sie entschloß sich dazu nur ungern.

„Damit geht ein Tag verloren." Dann, während sie den Brutapparat in dem kühlen Dunkel des Weinkellers abstellten: „Machen Sie, wie Sie wollen. Ich hab Ihnen ja schon gesagt, ich hielt Sie für einen Ausländer, einen Jugo oder etwas in der Art. Wenn Sie Unterkunft, Verpflegung und ab und zu ein Geldstück wollen . . ."

Über den Zaun hinweg erblickte er das junge Mädchen, das mit dem Säugling im Arm auf der Kanalböschung saß. Sie gab ihm die Brust. Die Brücke war hochgezogen. Mit der Stake vorangetrieben, fuhr unmerklich ein Schiff vorüber. Weiter entfernt, auf der anderen Seite des Wassers, war eine Ziegelei zu sehen. Tauben durchschnitten in schwerem Flug die ruhige Luft.

„Bitte: ich will Sie nicht nötigen . . ."

Da betrachtete er den Fleck, der einem Stück Tierfell ähnelte, das breite Gesicht, die verschlagenen Augen, den untersetzten und stämmigen Körper, den rosa Unterrock, der breiter denn je unter dem Kleid hervorschaute.

„Wir können's ja mal versuchen", sagte er. „Wenn es Ihnen keine Angst macht . . ."

Und während sie ihn wie eine Beute zum Haus zurückbrachte, sagte sie: „Du wirst mir noch lange keine Angst machen, mein Junge!"

Auf einmal duzte sie ihn. Sie hatte von ihm Besitz ergriffen.

„Kannst du wenigstens mit einer Schrotmühle umgehen? Gut, dann wirst du mir einen Sack Hafer und einen Sack Roggen für die Tiere zerschroten. Und heute abend wirst du sehen, was Couderc für ein Gesicht macht!"

2

Sein Bett, ein eisernes Bett, das mitten auf dem Speicher aufgestellt worden war, genau unter der Dachluke, roch nach Heu und einem Hauch von Schimmel, und das war nicht unangenehm. Was ihn während der ganzen Zeit bis zum Einschlafen ärgerte, waren die Tropfen, die in großen Abständen, einer nach dem anderen, im Speicher selbst fielen, fast in Reichweite seiner Hand. Einen Wasserhahn gab es im Hause nicht. Es regnete nicht, sonst hätte er den Regen auf die schräge Scheibe der Dachluke prasseln hören.

Unvermittelt ging er vom Abend zum Morgen über, und das einzige Bewußtsein, das er von dieser Nacht hatte, war das Bewußtsein des Geruchs, des Geruchs nach Heu und Verschimmeltem, der für ihn der Geruch des Landes wurde. Der Tag schnitt zwei helle Rechtecke über seinem Kopf aus. In einer Ecke des Speichers stand eine Kleiderpuppe mit ihrem monströsen schwarzen Oberkörper, aufgebläht und ohne Brüste, mit der geometrischen Kurve der Taille und den Hüften, die plötzlich aufhörten und durch einen Fuß aus gedrechseltem Holz ersetzt waren.

Es gab weder Klo noch Waschbecken, und er mußte sich damit begnügen, eine Hose über sein Hemd zu ziehen, dessen Kragen er offen ließ, und sich die Haare mit den Fingern glätten.

Noch immer fielen die Tropfen aus so etwas wie einem unanständigen Schlauch, der an einem der Dachbalken hing: ein Sieb, das Quark enthielt. Und auf dem Boden eine Schüssel halb voll gelblicher Flüssigkeit.

All das und noch andere Dinge schufen mit dem Strohsack zusammen den Geruch: Knoblauchzwiebeln, zusammengehalten von einem Stück Raffiabast, Zwiebeln, Schalotten, dazu Kräuter, die er nicht kannte, wahrscheinlich Heilkräuter, die so ausgedörrt waren, daß sie zu Staub zerfielen, sobald man sie streifte. Er stieg die Treppe hinunter, die zunächst nur eine Trittleiter war, gelangte in die Küche, wo im Kamin ein paar Scheite loderten. Dicht bei der Asche erblickte er eine blaue Email-Kaffeekanne mit einem großen schwarzen

Sprung im Email, und als wäre er schon zu Hause, nahm er eine Trinkschale aus dem Wandschrank, tat sich Kaffee hinein, suchte nach dem Zucker, den er auch fand.

Es war sechs Uhr früh. Im Hof sah er niemand, aber er hörte ein Geräusch unter einem Schuppendach und fand Tati damit beschäftigt, Ingredienzien in einen Kessel zu füllen, die sie mit der Schaufel aus Kästen holte.

Sie rief ihn, bereits an seine Anwesenheit gewöhnt: „Komm und faß mit an!"

Dann betrachtete sie seine Schuhe, die er nicht zugebunden hatte, und sagte: „In der Waschküche sind Holzpantoffeln. Es sind Coudercs Pantoffeln. Bring das heiße Wasser vom Herd mit."

Vom Tau und Geflügelmist war der Boden fett, und die Füße der Hühner drückten Muster hinein wie ein Gitterwerk.

Die Sonne war aufgegangen, aber die Luft blieb feucht. Eine lange Nebelschleppe zog sich zwischen den zwei Baumreihen des Kanals hin. Der Alte mußte wohl im Stall die Kühe melken, denn man hörte das rhythmische Spritzen der Milch in die Eimer; drückende tierische Wärme kam von dort herüber, manchmal schlug ein Huf gegen die Trennwand.

„Versuch, dich an die Mengen zu erinnern; ich hab das lange genug ganz allein gemacht! Ein Eimer Kleiemehl . . . Ein Eimer Kleie. Ein halber Eimer Fischmehl. Jetzt gieß das Wasser dazu, sachte, gerade so viel, daß die Kleie sich kräuselt."

Sie roch nach Bett und Flanell. Über ihren rosa Unterrock, in dem sie offenbar geschlafen hatte, hatte sie einen alten beigefarbenen Mantel gezogen, der weder Knöpfe noch Futter mehr hatte, und ihre Haare wurden von einem Taschentuch zusammengehalten. Ihre Beine waren nackt, blaugeädert.

„Jetzt füll die Eimer."

Von Zeit zu Zeit blickte sie ihn verstohlen an.

„Ich hatte mal eine Kleine von der Öffentlichen Wohlfahrt als Hilfe. Von der mußte ich mich trennen, und zwar wegen dieses Schweins von Couderc. Er lockte sie in den Stall, um sie zu befummeln, und wie durch ein Wunder ist nichts Gefährlicheres passiert. Hierher . . ."

Und während er die Eimer trug, schöpfte sie mit einer Holzschaufel und füllte Futtertröge aus galvanisiertem Blech, auf welche die Hühner sich stürzten.

„Gleich sind die Schweine dran ...“

Überall entdeckte er Tiere, in jedem Winkel, in jedem der absonderlichen Gebäude, die den Hof säumten: brütende Hühner, andere, mit Kücken, unter glockenförmigen Gitterkäfigen. Außerdem gleichfalls vergitterte übereinandergeschichtete Kästen, in denen Karnickel sich regten.

Als sie alle drei in die Küche zurückkamen, stieg Tati auf einen Stuhl und schnitt drei Scheiben Schinken ab, die sie auf den heißen Herd tat. So aßen sie schweigend vor dem Fenster.

„Kannst du Gras für die Karnickel mähen?“

„Ich glaube schon ...“

Sie zuckte die Achseln. Das war keine Antwort.

„Komm, ich gebe dir eine Sichel und einen Sack. Du brauchst nur über die Brücke zu gehen. Zwischen dem Kanal und dem Cher wirst du so viel Gras finden, wie du willst.“

Sie rief ihn zurück, nachdem er schon weggegangen war, seine halbmondförmige Sichel am Arm.

„Sieh zu, daß du dich nicht verletzt.“

Er wußte noch nicht, daß Sonntag war. Er hatte nicht daran gedacht. Ein klein wenig wunderte er sich darüber, zwei reglose Schleppkähne mit geschlossenen Luken über der Schleuse zu sehen, so, als schliefen die Leute noch. Dann erblickte er einen Angler, der vom Fahrrad stieg und sich auf die Böschung setzte. Die Schleuse lag gut hundert Meter vom Haus entfernt; sie war so eng, daß er mit einem Satz über die Kammer hätte springen können. Auch die Läden an der Hütte des Schleusenwärters waren noch geschlossen. Das Wasser des Kanals schien leicht zu rauchen, und manchmal stiegen Luftblasen an die Oberfläche.

Als er die Brücke überquert hatte, wurden ihm die Ortsverhältnisse klarer. Am Knick des Kanals erblickte man ein Dorf, eher den Ansatz zu einem Dorf, das etwa einen Kilometer entfernt liegen mußte. Vor ihm fiel eine Wiese steil zum Cher hinab, dessen klares Wasser über die Kieselsteine sprang, und auf der anderen Seite des Flusses begannen sogleich dichte Wälder.

Das Haus, in dem Félicie, das Mädchen mit dem Säugling, wohnte, lag der Schleuse gegenüber, zwischen dem Kanal und dem Cher, umgeben von rosa Ziegelstapeln.

Er bückte sich, um das noch taufeuchte Gras zu mähen. Manchmal kamen Fahrräder den Treidelpfad entlang. Er sah, wie sich auf einem der Schleppkähne die Luke öffnete, und eine Frau, erst halb angezogen, trat heraus und hängte Wäsche auf Drähte, die über das ganze Schiff gespannt waren.

Eine Kuh muhte. Der alte Couderc überquerte die Brücke hinter seinen beiden Tieren, die mit langsamen Schritten gingen und ihren geschwollenen Bauch hin und her schwenkten. Sobald sie auf dem grasbewachsenen Hang waren, beugten sie ihr rosiges Maul über das Gras, während der Alte gleichgültig reglos stehenblieb, in der Hand einen Stecken.

Daß Sonntag war, begriff Jean, als er eine ganze Horde sonntäglich herausgeputzter Mädchen und Jungen auf dem Fahrrad vorbeikommen sah, dann eine Frau, sicherlich die Frau des Schleusenwärters, die aus dem Haus trat und auf das Dorf zuging, in der Hand ein Meßbuch.

Er trat zu dem Alten.

„Na ...“, sagte er, als wäre der andere nicht taub gewesen.

Zugleich zwinkerte er ihm zu, doch Couderc, statt auf diese Aufforderung einzugehen, wandte den Kopf ab. Er war offenbar mißtrauisch, hatte vielleicht sogar Angst, denn als Jean noch näher zu ihm herantrat, tat er zwei oder drei Schritte auf die Tiere zu, wie um den gehörigen Abstand zu wahren.

Da ging er mit seinem Sack fast voller Gras ins Haus zurück. Tati, in großer Aufmachung, ihren Hut auf dem Kopf, stellte einen Topf auf das endlich angemachte Feuer.

„Ich vermute, du gehst nicht zur Messe?“ fragte sie, ohne sich umzudrehen.

Es roch nach aufgestoßenen Zwiebeln. Aus dem Schrank nahm sie Gewürznelken, zwei Lorbeerblätter.

„Gib das Gras den Karnickeln. Wirf ab und zu einen Blick auf mein Ragout. Wenn es am Boden ansetzt, dann gieß ein bißchen, aber nur ein ganz kleines bißchen Wasser dazu und stell den Topf auf den Herdrand."

Unter einem Kalender stand eine Spiegelscherbe. Sie besah sich darin, um ihren Hut zurechtzurücken, holte ihr Meßbuch, das in eine schwarzleinene Hülle geschlagen war. Dann wandte sie sich zu ihm.

„Wird es gehen?" erkundigte sie sich.

Und immer noch dieser rasche Blick, aus dem er Befriedigung, sogar so etwas wie ein Versprechen herauslas, aber auch einen leichten Vorbehalt. Sie war nicht mißtrauisch. Nur mußte sie ihn noch eine Zeitlang beobachten.

„Es wird gehen!"

„Zum Waschen brauchst du nur Wasser aus dem Brunnen zu holen. Seife und ein Handtuch sind in der Waschküche."

Warum lachten ihre Augen plötzlich?

„Ich wette, du hast keinen Rasierapparat. Heute nimmst du noch den vom Alten. Er muß in seinem Zimmer sein. Ich bringe dir einen mit, wenn ich nach Saint-Amand fahre."

Etwas später ging sie am Kanal entlang, kurz und stämmig, von Kopf bis Fuß in Schwarz, drückte ihr Meßbuch gegen die Brust und hielt in der anderen Hand einen Regenschirm.

Er rasierte sich vor der Spiegelscherbe in der Küche, ging dann in den Hof hinaus, um sich mit dem Wasser zu waschen, das er aus dem Brunnen geholt hatte.

Als er sich sauber fühlte, die Brust nackt unter dem offenen Hemd, die Haare noch feucht, bekam er Lust zu rauchen, hatte aber keine Zigaretten mehr. Auch Geld, welche zu kaufen, hatte er keines mehr.

Nachdem er lange genug im Hause herumgestrichen war, fand er auf dem Küchenkamin ein angebrochenes Paket mit grauem Tabak. Pfeifen, die dem Alten gehörten, hingen an einem Gestell. Er suchte sich eine aus, dann holte er, weil es ihm etwas widerstand, sie nach

Couderc zu rauchen, die Schnapsflasche aus dem Wandschrank, füllte damit den Pfeifenkopf und ließ die Flüssigkeit durch das Rohr laufen.

Ab und zu warf er einen Blick auf René, den Sohn der Witwe Couderc, der mit seinem Militärkäppi, seiner Uniform, seinem asymmetrischen Gesicht eines Degenerierten in seinem Rahmen erstarrt war.

„Ein kleines Aas ...", brummelte er.

Er wußte, was er sagte. Ein dreckiger kleiner Rohling, obendrein noch ein Gauner!

Das Ragout kochte langsam vor sich hin, das Fleisch brutzelte im Topf, und wenn er fürchtete, es könnte am Boden ansetzen, goß er ein bißchen Wasser dazu, wie es ihm eingeschärft worden war.

Danach ging er ohne Ziel hinaus, war draußen auf dem Treidelpfad, leicht wie ein Mensch, den nichts bindet.

Der Alte war mit seinen Kühen noch immer auf der anderen Seite des Wassers. Der Angler hatte zwei Angeln ausgelegt, deren Schnur mit riesigen roten Schwimmern versehen war, vermutlich für Karpfen oder Schleie, und er blieb reglos auf seinem Faltstuhl sitzen.

Noch immer kamen Radfahrer vorbei, und manche Leute hatten Fliedersträuße an ihren Lenker gebunden, sicherlich Leute, die Verwandte in der Stadt besuchen fuhren. Einer der Schiffer stand in seinem kleinen Beiboot und rieb mit Hilfe einer langen Bürste die Wand seines leeren Schiffes mit Harz ein.

Jean kam zur Schleuse. Der Schleusenwärter, der ein Holzbein hatte, saß auf seiner Schwelle und flickte eine Aalreuse. Die Tür stand offen. Ein Säugling schrie. Und das Haus neben der Ziegelei, auf der anderen Seite des Wassers, stand ebenfalls offen, doch konnte man nicht erkennen, was im Innern vorging.

Er wollte gerade kehrtmachen wegen des Ragouts, das er zu überwachen hatte. Seine Pfeife war ein wenig stark. Früher hatte er nur Zigaretten geraucht. Als er zwei Fahrräder klingeln hörte, drehte er sich um. Er sah zwei Gendarmen, die langsam einherfuhren und ihn aufmerksam betrachteten.

Die Gendarmen legten noch einen halben Kilometer

zurück. Dann stiegen sie von ihren Rädern und kamen auf ihn zu.

„Haben Sie Ihre Papiere?“

Die beiden hatten sich nicht getäuscht, so wie die Frauen im Autobus. Ihre dicken Brauen waren argwöhnisch. Sie betrachteten einander mit der verschlagenen Miene von Leuten, denen man nichts vormacht.

Aus seiner Gesäßtasche holte Jean zusammengefaltete Papiere, die sie prüften. Aus ihrer Satteltasche zogen sie andere Papiere, verglichen, gingen einen Augenblick weg, um sich leise miteinander zu unterhalten.

„Sie wissen, daß Sie das Département nicht verlassen dürfen?“

„Ja, ich weiß.“

„Und daß Sie sich melden müssen, sobald Sie einen Wohnsitz haben?“

„Ich habe einen. Ich wollte Sie morgen aufsuchen.“

Die beiden Männer zeigten einen Hauch von Achtung. Wäre Jean ein gewöhnlicher Landstreicher gewesen, hätten sie ihn geduzt. Doch er war ein Mann, für den besondere Anweisungen geschickt wurden, ein Mann, der gerade fünf Jahre in Fontevrault gesessen hatte.

„Welchen Wohnsitz?“

„Bei Madame Couderc.“

„Hat sie Sie eingestellt?“

„Als Knecht.“

„Wir nehmen Ihre Papiere mit. Wir werden sie Ihnen zurückgeben, wenn der Hauptmann sie gesehen hat.“

Sie stiegen wieder aufs Rad. Mit den Händen in den Taschen sprang Jean über die Schleuse und strich, in der Hoffnung, Félicie zu entdecken, um die Ziegelei. Er warf sogar einen Blick ins Haus. Sicherlich war das Mädchen zur Messe, denn im Halbdunkel der Küche, wo ein Bett stand, entdeckte er nur den Säugling, aufrecht in einer Haltevorrichtung aus Korbgeflecht, die ihm zu laufen ermöglichte. Eine Frau gewahrte seine Anwesenheit und kam ihn aus der Nähe betrachten. Sie war barsch, ihr Blick böse. Da sie ihm nichts zu sagen fand, schlug sie ihm die Tür vor der Nase zu und befand sich nun fast völlig im Dunkeln.

Da ging er weiter und setzte sich neben den Angler, der nicht das Bedürfnis hatte, das Wort an ihn zu richten, und ab und zu nach Käse riechende Kügelchen ins Wasser warf, um die Fische zu ködern.

So sah er, wie Tati von der Messe zurückkam. Etwas später machte er die beiden Gendarmen aus, die noch immer auf dem Treidelpfad fuhren. Vor dem Hause stiegen sie ab und betraten die Küche.

Erst eine gute Viertelstunde später kamen sie wieder heraus und wischten sich die Schnurrbärte ab, was darauf schließen ließ, daß man ihnen ein Gläschen Schnaps vorgesetzt hatte.

Tati hatte ihr Kleid anbehalten. Eine Gemme auf ihrer Brust wirkte etwa genauso wie der haarige Fleck auf ihrer linken Wange. Sie hatte das Geschirr in einen Eimer getan, den Tisch abgewischt, dann hatte sie vorgeschlagen: „Wir könnten uns hinaussetzen. Trag den Sessel und einen Stuhl vor die Tür."

Er begriff, daß das zu den Sonntagsgewohnheiten gehörte. Der Sessel war aus Korbgeflecht, mit einem roten Kissen auf der Sitzfläche und einem dreieckigen Kissen für den Kopf. Allerdings ging Tati und zog ihre Schuhe aus, die offenbar drückten, und kam in ganz neuen blauen Pantoffeln wieder.

„Gleich werden wir die Eier in den Brutapparat tun. Heute früh waren achtunddreißig Grad. Wenn man den Docht noch ein Stück höher dreht . . ."

Aber es war Sonntag. Sie hatte Zeit. Die Gendarmen hatten Schnaps getrunken, zwei benutzte kleine Gläser bekundeten es.

„Hast du eine Pfeife von Couderc genommen?"

Wo war eigentlich der Alte? Er war sogleich nach dem Mittagessen verschwunden.

„Ich habe keine Zigaretten mehr", gestand Jean.

„Ich werde dir drei Francs geben, damit du dir welche kaufen gehen kannst. Aber nutz das nicht dazu aus, den Nachmittag im Dorf zu verbringen!"

Sie sah, wie er wegging, und breitete eine Strickarbeit auf ihren Schoß und suchte Nadeln aus.

Das Dorf war fast leer. Zwei sechzehn- oder siebzehnjährige Jungen mit geputztem Gesicht versuchten, sich zu belustigen, indem sie sehr laut schrien.

Auf dem Rückweg begegnete Jean dem alten Couderc, der sich endlich sonntäglich herausgeputzt hatte und mit seinem schwarzen Anzug und seiner breiten weißen Krawatte aussah, als ginge er zu einer Hochzeit oder zu einer Beerdigung. Mit schlaffen Schritten ging er den Kanal entlang. Den neuen Gast in seinem Hause sah er nicht oder gab vor, ihn nicht zu sehen.

„Du bist nicht zu lange weggeblieben. Gut so! Setz dich! Nimm dir einen Stuhl mit Lehne."

Er ging einen Stuhl in der Küche holen, einen Stuhl mit einer Sitzfläche aus Weidengeflecht, und setzte sich rittlings darauf. Dann blies er wortlos den blauen Rauch seiner Zigarette vor sich hin und sah einem kleinen Jungen zu, der mit einer im Wald geschnittenen Rute angelte.

Tati strickte. Man hörte das Klirren der Nadeln, und manchmal, wenn sie ihre Maschen zählte, sah man, wie ihre Lippen sich bewegten. Wenn sie den Kopf bewegte, dann geschah es, das wußte er, um ihm einen kurzen Blick zuzuwerfen. Als sie sich endlich nach sehr langer Zeit zu sprechen entschloß, sagte sie: „Ein Mann ist nicht imstande, mir angst zu machen . . ." Dann, wie im Zorn: „Ihr seid alle gleich! Ihr gebt alle an! Ihr tut so, als wolltet ihr alles zerschlagen, während ihr im Grunde . . ."

Er antwortete nicht. Vielleicht war er etwas ernster geworden? Ein Schatten war vorübergezogen. Er sah den angelnden kleinen Jungen nicht mehr.

„Die Gendarmen haben zu mir gesagt: ‚Pech gehabt! Jetzt sind Sie gewarnt.'"

Abermals ein Schweigen, eine Strickreihe.

„Und ich habe ihnen geantwortet: ‚Lassen Sie das meine Sorge sein! Mir wird er nichts vorzumachen versuchen.'"

„Haben sie Ihnen meinen Namen gesagt?"

„Passerat-Monnoyeur. Der Name ist leicht zu merken, denn er steht auf allen Flaschen. Komisch, daß Sie denselben Namen haben wie der Schnapsbrenner aus Montluçon . . ."

„Das ist nicht komisch."
„Wie meinen Sie das?"
„Das ist nicht komisch, weil es mein Vater ist."
Er brachte das leichthin vor, wie zum Spaß, und im selben Ton erwiderte sie: „Sehr gut!"
„Was ist sehr gut?"
„Nein, mein Kleiner. Monsieur Passerat-Monnoyeur kenne ich. Ich kenne ihn ganz besonders gut, denn meine Schwester hat jahrelang bei ihm im Haus gearbeitet. Der Mann ist zu stolz, um seinen Sohn ins Gefängnis gehen zu lassen. Im übrigen ist er so reich, daß sein Sohn es nicht nötig hätte . . ." Sie hielt inne, blickte ihm in die Augen, fragte: „Womöglich ärgert es Sie, daß wir darüber sprechen?"
„Allerdings . . ."
„Gut! Mir liegt weiter nicht daran. Die Gendarmen haben mir alles erzählt. Sie haben mich darauf hingewiesen, daß ich Sie auf eigene Gefahr und Kosten bei mir behalte . . . So, und ich will Sie auch auf etwas hinweisen. Verstehen Sie, mein Kleiner? Ich habe weder vor Ihnen noch vor sonst jemand Angst. Heute ist Sonntag, und wir können uns ein bißchen Ruhe gönnen."
Sie merkte, daß sie aufgehört hatte, ihn zu duzen, vielleicht weil sie von den Passerat-Monnoyeur gesprochen hatten.
„Du mußt nur gerade gehen! Das ist alles! Und morgens ein bißchen früher aufstehen, denn die Tiere, die warten mit dem Futter nicht darauf, daß die Sonne hoch am Himmel steht . . . Hol mir meine Brille. Auf dem Kamin rechts."
Gegen drei Uhr waren die Spaziergänger am Kanal zahlreicher. Manche kamen ganz gemächlich mit der Familie aus dem Dorf daher, die Kinder liefen spielend vorneweg und stießen mit dem Fuß Steine vor sich her. Vor allem Radfahrer waren viele da und einige Wanderer mit Rucksack. Das Gras war dunkelgrün, das Wasser fast schwarz. Das frische Laub der Kastanienbäume hingegen war zartfarben, und die Sonne füllte die breiten Zwischenräume darin mit Gold aus.
„Seit wie vielen Tagen bist du schon wieder draußen?"
„Seit fünf Tagen."

„René hat nur sechs Monate gesessen, und ich habe ihn jede Woche besucht. Armer Bursche! Und wofür? Ein paar Feuerzeuge, die sie nicht hätten weiterverkaufen können, ohne sich erwischen zu lassen, Quittungsmarken und Pfeifen ..."

„Ist er in ein Tabakgeschäft eingebrochen?"

„Sie waren eine Bande von vier oder fünf. Sie hatten getrunken. Es war in Saint-Amand. Das Tabakgeschäft hatte keine Läden, und nachts waren alle Waren in der Auslage zu sehen. Sie haben die Scheibe eingeschlagen. Als er nach Hause kam, ahnte ich nichts. Mir fiel nur auf, daß er sich erbrochen hatte. Am nächsten Tag ist er zu seiner Arbeit gegangen wie üblich. Er war in Saint-Amand in einer Tischlerlehre.

Polizei und Gendarmerie haben zehn Wochen lang gesucht, und wenn nicht Chagot, dieser Schwachkopf ...

Ein kränklicher Junge, der lasterhaft ist wie kein zweiter. Nachts hat er ganz laut vor sich hingeträumt. Sein Vater ist Angestellter in einem Eisenwarengeschäft. Leute, die sich für anständiger halten als andere.

Dieser Schwachkopf – ich meine den alten Chagot – ist zur Polizei gegangen, steif wie ein Ladestock, mit tränenerstickter Stimme, und seine Hände zitterten.

‚Meine Pflicht als Bürger und Vater ...', so hat er ihnen erklärt.

Und alles andere dazu! Der Junge ist eingebuchtet worden. Lange brauchte man ihn nicht auszufragen. Er hatte noch ein gestohlenes Feuerzeug in der Tasche.

‚Couderc hat uns angestiftet.'

Was nicht stimmte, denn mein Sohn ist außerstande, einen solchen Einfall zu haben.

Jetzt ist er da unten in Afrika. Ich schicke ihm jede Woche Geld. Er schreibt mir lange Briefe. Eines Tages werde ich sie Ihnen vorlesen ..."

Warum hatte sie wieder „Sie" zu ihm gesagt? Jean rauchte Zigaretten, die Arme auf die Lehne seines Stuhles gestützt, den Blick unbestimmt. Nicht weit von ihnen hatte sich eine Familie ins Gras gesetzt, und die Mutter zerschnitt eine Torte, die sie gerade aus einem Zeitungspapier geholt hatte.

„Fünf Jahre, das muß lang sein, was?"

Gerade hatte die Sonne sie erwischt. Auf einmal nahm die Haut ihren Sommergeruch an.

„Und während der ganzen Zeit keine Frauen?"

Er zuckte die Achseln.

„Und danach?"

Er lächelte, verneinte mit dem Kopf. Sie seufzte.

„Langsam wird es wohl Zeit, daß wir die Eier in den Brutapparat tun. Auf dem Lande ist nie den ganzen Tag Sonntag . . ."

Eines nach dem anderen reihten sie die Eier aneinander, nachdem sie sie geprüft hatten. Die Lampe wurde mit Petroleum gefüllt, der Docht gereinigt, Wasser in die Kammer gegossen, die dazu bestimmt war, den Apparat feucht zu halten. Währenddessen spürte man, daß Tati an nichts anderes dachte.

„Im Orléanais ist eine Frau, die verschickt dreitägige Kücken in extra dafür gemachten Pappkästen und nimmt fünf Francs für das Kücken. Sechzig mal fünf Francs jeden Monat, das macht, wenn man den Bruch einrechnet . . ."

Und im nächsten Augenblick:

„Du solltest dir lieber deine Jacke überziehen. Es wird kühler werden. Nächste Woche werde ich dir alte Klamotten kaufen. Der Anzug ist nichts für Arbeit auf dem Lande . . . Sag mal!"

„Was denn?"

„Warum hast du mich eben angelogen, als ich dir von dem Schnapsbrenner erzählte? Warum hast du mir gesagt, das sei dein Vater? Du wolltest dich wohl aufspielen, wie?"

„Ich weiß nicht . . ."

„Du bist genauso dumm wie René . . . Da! Füll den Eimer voll Hafer. Jeden Abend um diese Zeit wirfst du den Hafer den Hühnern vor. Dann holst du Karnickelfutter für den nächsten Tag. So hast du morgens Zeit, etwas anderes zu tun."

Der Tag war verronnen wie Wasser, und man war ganz erstaunt darüber, die sonnigen Flecken rot werden zu sehen, während der Himmel ins Malvenfarbene überging.

„Stimmt es, was du mir gerade gesagt hast? Daß du, seitdem du herausgekommen bist, nicht ..."

Das Feuer in der Küche war erloschen. Man würde nur noch ein paar Scheite für die Abendsuppe anmachen.

„Da es der erste Sonntag ist, können wir uns ruhig ein Gläschen leisten. Couderc ist im Café und spielt seine Partie Karten. Ich frage mich, wie man mit ihm spielen kann, wo er doch nichts hört. Wenn man sich vorstellt, daß er bis zu seinem fünfzigsten Lebensjahr ein Mann war wie jeder andere. Mit mir hat er angefangen, als Marcel noch lebte. Marcel war mein Mann. Er war nicht gesund. Der Alte war immer hinter mir her ... Trink! Das ist fünfjähriger Schnaps, hier gebrannt, aus den Trauben von dem Weinberg, der hinter dem Hause ist."

Sonnenstrahlen, die so scharf waren wie die Strahlen eines Scheinwerfers, drangen schräg durch das in kleine Vierecke aufgeteilte Fenster. Tati hielt ihr Glas in der Hand und wußte nicht, wohin sie blicken sollte.

„Vielleicht ist oben ein Anzug, der dir passen könnte. Ich muß mein gutes Kleid ausziehen."

Sie fragte sich, ob sie ihm noch ein Gläschen geben sollte, entschied dann, daß das nicht nötig sei.

„Komm und sieh dich um ..."

Ihr Zimmer war sauber, weißgekalkt, mit einem großen Mahagonibett und einem alten Schrank möbliert. Sie öffnete ihn und ließ damit Naphthalingerüche frei.

„Da! Probier mal diese Hose an. Die war von Marcel. In der Zeit ziehe ich mich um."

Der herabgelassene Vorhang ließ nur ein goldenes Licht durchsickern. Die Federdecke auf dem Bett war blutrot.

„Genierst du dich? Du hast weiße Haut wie ein Mädchen ..."

Dann lachte sie ein etwas verkrampftes Lachen, während sie einen ganz bestimmten Punkt an ihm beobachtete.

„Du mußt die Gewohnheit verloren haben, was?"

Das übrige rief bei Jean alte Erinnerungen wach, Erinnerungen an sein sechzehntes Lebensjahr, als er eines Abends mit einem Freund, dem Sohn eines Bauunternehmers, zusammengelebt hatte und sie verstohlen in ein wohlbekanntes Haus in Montluçon gegangen waren.

Dieselben rohen Worte. Dieselben gezielten Bewegungen. Und genau das gleiche Vorherrschen der Frau, das ihm keinerlei Initiative ließ, für die er nur ein Gegenstand war. Dieselbe unverblümte Obszönität.

„Bist du zufrieden?“

Er hätte sie sehr erstaunt, wenn er ihr gestanden hätte, daß er die ganze Zeit über nur ihren behaarten Fleck angesehen, nur an dieses Stück Tierfell gedacht hatte, das ihr Gesicht zierte.

„Nur eines sag ich dir gleich: Versuch nicht, das auszunutzen. Ich weiß, was ich tue! Ab und zu können wir uns miteinander amüsieren.“

Sie zog wieder ihre rosa Flanell-Hemdhose, ihr altes Kleid an.

„Das ändert nichts daran, daß Arbeit Arbeit bleibt ... Was machst du?“

Er hatte den Vorhang angehoben und blickte durch das Fenster auf den Treidelpfad, der den Leuten aus der Gegend als Spazierweg diente.

„Du solltest lieber nach einer Hose in deiner Größe suchen. Couderc kann heute abend immer noch herumlaufen. Bist du noch nicht fertig?“

Ein Junge angelte und holte manchmal einen ganz kleinen Fisch aus dem Wasser. Ein junger Mann und ein junges Mädchen gingen mit gesenktem Kopf Seite an Seite, ohne sich zu berühren. Vielleicht hatten sie sich gerade gestritten? Vielleicht auch standen sie erst noch vor dem Geständnis, das auszusprechen sie zögerten? Vielleicht spielten sie gerade um ihr ganzes Leben in der untergehenden Sonne, während der Schatten der Bäume sich übermäßig ausdehnte?

Sie trug in der Hand eine gelbe Blume und schlug damit in die Luft wie mit einer Peitsche. Er wußte nicht, wohin mit seinen langen Armen.

Ein zweijähriger Knirps wäre ihnen beinahe zwischen die Beine gelaufen, und die Mutter, die neben ihrem Mann auf der Böschung saß, rief: „Henri! ... Henri! ... Willst du wohl hierherkommen?“

Die Gendarmen fuhren langsam und gewichtig auf

ihren Fahrrädern vorbei, die genauso schwer waren wie sie selber – schon zum drittenmal an diesem Tage.

„Es wird Zeit, hinzugehen und die Hühner einzuschließen", sagte Tati und machte die Tür auf.

Dann sah sie ihn an und sagte argwöhnisch: „Man könnte meinen, daß es dir keinen Spaß gemacht hat!"

Er lächelte freundlich, höflich.

„Doch, ja . . ."

„So, jetzt beeil dich. Ich werde die Suppe kochen."

War sie mit ihm zufrieden? Unzufrieden? Sie wußte es noch nicht. Als sie hinausging, warf sie nochmals einen Blick ins Zimmer und zum Schrank, vor dem er eine Hose ihres verstorbenen Mannes anprobierte.

3

Tati, die den ganzen Tag über nicht stillhielt und die bei ihrem Gehen und Kommen das ganze Haus auf ihren festen Schultern zu tragen schien, hatte ihre schwache Stunde.

Das war nach der Mittagsmahlzeit, die man das Diner nannte. Je weiter die Jahreszeit fortschritt, desto faszinierender wurde der Gegensatz zwischen dem sonnengleißenden Draußen und dem kühlen Dunkel der Küche. Vor allem in einem tiefen Winkel, der ein früherer Wandschrank sein mußte, dessen Türen man weggenommen hatte und der eine Nische bildete: dort standen immer zwei Eimer mit Wasser aus dem Brunnen, daneben ein Trinkgefäß, und noch nie, nicht einmal neben einer Quelle im Unterholz, hatte Jean einen solchen Eindruck von Durchsichtigkeit gehabt noch eine solche Lust, das kalte Wasser durch seine Kehle rinnen zu fühlen.

Die Tür zum Hof wurde geschlossen, einerseits wegen der Fliegen, andererseits, um die Hühner daran zu hindern, in die Küche zu kommen. Doch unter dem Türflügel blieb ein breiter leerer Streifen, ein Band aus schmelzendem Gold, worin man die Füße des Federviehs sich bewegen sah.

Wenn Couderc seinen letzten Mundvoll heruntergeschluckt hatte, wischte er sein Messer am Holz des Tisches ab, der an seinem Platz ganz eingekerbt war, dann streckte er – so wie ein Tier sich von selbst in die Sielen begibt – seinen mageren langen Körper und ging mit schweren Schritten davon in eine Ecke des Hofes, wo man ihn bald mit Kästen oder Fässern herumhantieren hörte.

Er bastelte, reparierte die Schlagbäume, schnitt Pfähle für die Zäune zu, spaltete das Holz für den Kamin, oder aber er machte Stangen für die Erbsen zurecht, Stützen für die Tomatenpflanzen – immer mit leerem Blick und einem Tropfen an der Nasenspitze, ob Sommer oder Winter war.

Dann ließ Tati durch einen Druck des Bauches gegen den nicht abgeräumten Tisch ihren Stuhl zurückgleiten, dessen korbgeflochtene Sitzfläche knirschte. Ein Seufzer entrang sich ihrer geräumigen Brust, und ihre Brüste schienen um diese Zeit gemächlich auf ihrem angeschwollenen Magen zu ruhen; ihre Haut leuchtete, ihr Auge war feucht.

Jean hatte sich bereits angewöhnt, den Kaffee vom Herd zu holen, und die blaue Kaffeekanne hatte ihren Platz genau in einem Sonnenstrahl, der vom Fenster hereinfiel.

Tati betrachtete ihr Glas, denn sie trank den Kaffee immer aus einem Glas. Die beiden Zuckerstücke schmolzen. Sie sah sie gerührt an, nahm ein wenig von dem braunen Naß zu sich.

Man hätte glauben können, das Leben sei auf Meilen in der Runde unterbrochen. Die Schleppkähne auf dem Kanal machten Mittagspause, während die Esel oder Maultiere sich an einer schattigen Stelle ausruhten. Man hörte keinerlei Geräusch außer dem Gurren der Tauben, das manchmal das Krähen eines Hahnes oder der Hammer des Alten übertönte.

„Wenn ich mir vorstelle, daß ich mit vierzehn Jahren als Dienstmädchen in dieses Haus gekommen bin . . .“

Tatis Blick liebkoste die Wände, die sich nicht verändert hatten, die lediglich jedes Jahr neu gekalkt worden waren. Der Kalender mit der Zeitungsablage, dessen Farbdruck Schnitter darstellte, mußte der von einst sein. Zwei Porträts in ovalen Rahmen, auf je einer Seite des früheren Backtrogs, in dem jetzt die verschiedenartigsten Gegenstände untergebracht waren, hatten sich genauso wenig verändert.

„So sah Couderc damals aus ..."

Derselbe lange Schädel, dichtes Haar, Bürstenschnitt. Ein spitzgezwirbelter Schnurrbart, der quer über das Gesicht lief. Der harte Blick eines Menschen, der sich seiner Bedeutung bewußt ist.

„Er war damals fünfunddreißig Jahre alt! Er war Besitzer der Ziegelei, die er von seinem Vater geerbt hatte. Er ist in diesem Hause geboren. Die Äcker reichten bis zum Dorf, und im Stall standen zehn Kühe ..."

Sie rührte mit dem Löffel im Glas und schlürfte noch einen Schluck Kaffee, genüßlich wie eine Katze.

„Seine Frau war gerade gestorben, und er war mit drei Kindern allein geblieben. Als ich ankam, war sie gerade beerdigt worden, und das Haus roch noch nach Kirchenlichtern und Chrysanthemen."

Das andere Porträt, das ein Pendant zu dem von Couderc bildete, war schneller verblichen, als wüßte es, daß es nur noch der Schatten einer Toten war. Die Gesichtszüge waren verschwommen, verwischt. Ein trauriges Lächeln. Ein hoher Haarwulst. Eine Gemme, dieselbe, die Tati sonntags trug.

„Ich weiß nicht, wie meine Mutter erfahren hatte, daß jemand gesucht wurde, der sich der Kinder annehmen könnte. Wir wohnten weit von hier, in der Gegend von Bourges. Ein Nachbar hat mich in seiner Kutsche hergebracht. Aus Angst davor, man könnte mich zu jung finden, hatte meine Mutter mir die Haare hochgesteckt und mir ein langes Kleid angezogen."

Manchmal klang ihre Stimme hart wie Kieselsteine.

„Der Junge war elf Jahre alt und fast genauso groß wie ich. Die zwei Töchter hießen Françoise und Amélie. Sie waren dumm und dreckig, vor allem Françoise. Sie haben sie ja gesehen. Es ist die Mutter von Félicie. Sie hat Tordeux geheiratet, der gerade noch einen Wächter für eine Ziegelei abgibt."

Auch Jean entspannte sich, saß rittlings auf einem Stuhl, die Ellbogen auf der Lehne, und ein dünner Rauchfaden stieg von seiner Zigarette auf.

Und Tati seufzte.

„Das ist die ganze Geschichte!"

Sie wußte, was sie meinte. Für sie belebten sich die Wände, die Gegenstände. Sie sah sie zu verschiedenen Zeiten wieder, beispielsweise, als sie vierzehn Jahre alt war, da war sie als erste von der Hausgemeinschaft aufgestanden und zündete mitten im Winter den Herd in der kalten Küche an, bevor sie das Eis der Tränke aufschlug.

„Couderc war Stadtverordneter. Er hätte sich zum Bürgermeister wählen lassen können. Damals war er ein ernsthafter Mann, der sich nach Frauen nicht einmal umdrehte. Ich habe nie erfahren, wie er allmählich Geld verloren hat. Eine Geschäftsverbindung mit einem Unternehmer, der Pleite gemacht hat, was ihn dazu zwang, die Ziegelei zu verkaufen."

Jean hätte gern ein Bild von Tati als jungem Mädchen gesehen. Hatte sie bereits diese ehrfurchtgebietende Miene und diese Art, die Leute anzusehen, so als wollte sie sich darüber klarwerden, wie weit man mit ihnen gehen kann?

Sie sah ihn noch immer so an wie am ersten Morgen im Autobus. Sie war an ihn gewöhnt. Sie hatte ihn ganz nackt in ihren Armen gehalten, sie hatte seine weiße Haut gestreichelt. Im Morgengrauen kam es vor, daß sie auf den Speicher stieg und ihm einen Augenblick beim Schlafen zusah, ehe sie ihn weckte.

Dennoch belauerte sie ihn, hielt sie ihn immer wie am Ende eines Fadens fest.

„Ich war siebzehn Jahre alt, als der Junge, der nicht sehr viel pfiffiger war als seine Schwestern, mir ein Kind gemacht hat. Ich könnte noch sagen, wie es dazu gekommen ist. Er lag mit einer Angina im Bett. Ich hatte ihm Brühe hinaufgebracht.

‚Du hast Fieber!' sagte ich zu ihm.

Und er, der stundenlang daran gedacht haben mußte, um sich Mut zu machen, antwortete: ‚Guck mal! Deshalb habe ich Fieber . . .'

Couderc war wütend und hat uns schließlich verheiratet. Auch die Töchter haben geheiratet, Françoise den Ziegeleiwächter und die andere, Amélie, einen Angestellten aus Saint-Amand ... Ist noch ein bißchen Kaffee übrig?"

Sie sah nach der Zeit. Auf der Scheibe des Uhrengehäuses führte die Unruh ihren Widerschein von links nach rechts und von rechts nach links.

Sie gönnte sich noch einige Minuten.

„Eines Tages mußt du mir erzählen, was du gemacht hast."

Sie sah ihn eindringlicher an.

„Hast du wegen einer Frau getötet? ... Gut! Ich frage dich nach nichts. Ich verstehe, daß dich das ärgert ..."

Auf! Es war Zeit, sich zu erheben, die warme Schläfrigkeit abzuschütteln, die in die Glieder drang. Sie vergewisserte sich, daß kein einziger Tropfen Kaffee mehr in der blauen Kaffeekanne war, ging und holte den Wasserkessel vom Herd, goß das heiße Wasser in das Spülbecken, ließ eine Handvoll Kristalle hineinfallen.

„Du tätest gut daran, am Nachmittag die Kartoffeln zu hacken. Ich bin sicher, daß gleich der Alte ankommen wird. Das nagt jetzt schon zwei oder drei Tage an ihm, und wenn ich ihn nicht machen lasse ..."

So kannte er jetzt die Geschichte der Couderc. Er erfuhr sie in kleinen Stücken, die er zusammensetzte. Nur Tatis Mann konnte er sich nicht vorstellen, und von ihm war ihm kein einziges Bild gezeigt worden. Vielleicht gab es von ihm keines im Haus?

Ein Mann von schlechter Gesundheit, ein Trauerkloß, soweit er es beurteilen konnte. Er war an einer Lungenentzündung gestorben. Schon zu seinen Lebzeiten hatte der alte Couderc die Gewohnheit angenommen, seiner Schwiegertochter im Dunkel der Wirtschaftsgebäude nachzustellen.

„Verstehst du", sagte Tati ein anderes Mal während ihrer Entspannungsstunde, „nicht Françoise macht mir angst. Sie ist zu dumm. Schon als sie jung war, machte man sich über sie lustig, weil sie nichts begriff. Ein Junge hatte ihr eingeredet, die Kinder würden mit der Nase gemacht, und darüber weinte sie wie eine Büßerin. Was Amélie angeht, der kann ich Pari bieten. Das Gift ist Félicie, dieses Gassenmädchen, das immer um ihren Großvater herumschleicht und ihm ihren Säugling zeigt.

Die ist von einem anderen Schlag, und ich wüßte zu gerne, wer sie Françoise gemacht hat. Jedenfalls nicht ihr Mann! Man braucht sie sich nur anzusehen."

Oft erblickte Jean sie von weitem. Vielleicht beeindruckte ihn diese Entfernung?

Wegen der Kanalböschung sah man vom Hause aus nur das rosa Ziegeldach und den oberen Teil der Mauer. Félicie hatte die Angewohnheit, sich gegen Tagesende, wenn hinter ihr die Sonne unterging, mit ihrem Säugling auf dem Arm neben der Schleuse aufzupflanzen.

Sie war schmal. Sie beugte sich unter der Last wie der Stiel einer allzu schweren Blüte. Man hätte sie für ein Mädchen gehalten, hätte sie nicht bei der Bewegung, mit der sie das Kind stützte, den Bauch vorgewölbt, was ihr einen Anstrich von Weiblichkeit verlieh.

Aus großer Ferne erkannte man vor allem den blauen Farbfleck ihrer Schürze und den Strahlenkranz ihrer fuchsroten Haare.

Jean folgte mit lässigen Schritten dem Treidelpfad und näherte sich. Er wußte, daß sie ihn herankommen sah. Er wußte, daß unter ihren grünlichen Augen goldene kleine Punkte waren, wußte auch, daß die Aufmerksamkeit sie dazu brachte, die Nasenflügel ganz fein zusammenzuziehen.

Um sie zu zähmen, übertrieb er seine Lässigkeit, blieb stehen, um den Korkschwimmer eines Anglers anzusehen oder um eine gelbe Blume auf der Böschung abzuschneiden.

Der Schleusenwärter mit dem Holzbein drehte an seinen Kurbeln. Seine Kinder saßen auf der Türschwelle, und eine armlose Puppe lag im Kies.

Er ging noch einige Meter näher, und jedesmal drehte ihm Félicie plötzlich den Rücken zu und hastete zu ihrem Haus, dessen Tür sie schloß.

Er war der Feind, daran bestand kein Zweifel. Einmal, als er sich wieder näherte, ging die Tür nochmals auf, aber nicht Félicie erschien. Es war Françoise, ihre Mutter, die sich, dumm und bissig, vor der Tür aufpflanzte, um ihre Brut zu verteidigen.

„Geht's gut?" fragte er mechanisch den Schleusenwärter.

Und der warf ihm einen mißtrauischen Blick zu, kehrte ihm ebenfalls den Rücken.

Jean nahm sich das nicht zu Herzen. In seinem Blick war noch immer dieselbe Leichtigkeit. Dachte er? Brauchte er noch zu denken?

Er durchlebte geschenkte Stunden, Stunden, mit denen er nicht gerechnet hatte, und sein Kopf war voller Licht, seine Nasenlöcher trunken von Düften, seine Glieder schläfrig vor Seelenruhe.

„Jean! . . . Jean!“ rief Tatis schrille Stimme.

Da stand sie vor ihrem Haus, die Fäuste auf den Hüften, untersetzt, mit kurzem Hals, kraftvoll im Fleisch.

„Du bist wieder mal um Félicie herumgestrichen, was? Mach schnell die Karnickelställe sauber. Schon seit drei Tagen erinnere ich dich daran. Wenn ich doch alles selber machen muß, lohnt es nicht . . .“

Zwei-, dreimal am Tage beugten sie sich beide über den Brutapparat, der für Tati ein wahrer Zauberkasten war. Sie wagte noch nicht zu glauben, daß sechzig Kükken auf einmal ausschlüpfen würden.

„Lies noch mal, was da angegeben ist. Ich habe meine Brille nicht da. Bist du sicher, daß man nicht noch mal Wasser dazutun muß? Nachts habe ich immer Angst, daß die Lampe ausgeht, und ich weiß nicht, was mich davon abhält nachzusehen. Morgen mußt du die Buttermaschine drehen. Am Samstag bringe ich dir einen Rasierapparat mit und was dir sonst noch alles fehlt. Bis dahin bekomme ich hoffentlich einen Brief von René.“

Zunächst bekam sie einen Besuch. Es war Donnerstag. Die Entspannungsstunde war gerade zu Ende, und sie hatte mit dem Abwasch begonnen.

„Jäte das Unkraut ums Haus ab“, hatte sie zu Jean gesagt.

Denn überall entlang der weißen Mauer waren Brennnesseln gewachsen. Unter dem Schuppendach hatte er eine Hacke geholt. Ohne Hut, mit weit aufstehendem Hemd, die Zigarette zwischen den Lippen, begann er, die Erde aufzuhacken, als er am Ende des Hohlwegs Geräusche hörte.

In hundert Metern Entfernung, im Schatten der Haselnußbüsche, die nur Sonnenkringel durchließen, kam eine Familie heran, ein dunkel gekleideter Mann mit Kinnbart und Strohhut, eine recht beleibte Frau, die das Gehen offenbar zum Schwitzen brachte, ein kleiner Junge im Matrosenanzug, den sie an der Hand zog und der sich schon einen Stock abgeschnitten hatte, mit dem er die Luft peitschte.

Nach Art der Bauern blieb Jean reglos stehen, sah zu, wie sie ankamen, als wäre es ein interessanter Anblick gewesen. Er vermerkte, daß die Familie für eine kurze Beratung eine Pause einlegte. Die Frau nutzte sie dazu aus, durch ihre Kleidung hindurch ihren Hüftgürtel hochzuziehen, dann gab sie ihrem Sohn, der sich gebückt hatte, um etwas aufzulesen, einen Klaps auf die Hand.

„Was ist los, Jean?" rief Tati aus der Küche, als sie ihn dort stehen sah.

Er verstand sie nicht, weil Tür und Fenster geschlossen waren. Er sah nur, wie ihre Lippen sich bewegten, und machte ein Stückchen die Tür auf.

„Ich glaube, ein Besuch . . ."

Mit gerunzelten Brauen kam sie und beugte sich vor, brachte dabei schon ihr Haar in Ordnung.

„Amélie und ihr Mann. Ich gehe mich zurechtmachen. Sag ihnen, ich käme gleich herunter."

Im Handumdrehen hatte sie das Geschirr im Wandschrank verschwinden lassen, und erst hörte man sie die Treppe hinaufgehen, dann im oberen Stockwerk überall herumlaufen.

Die anderen, die noch fünfzig Meter zurückgelegt hatten, machten eine weitere Pause, als sie Jean mit seiner Hacke in der Hand vor der Tür sahen. Abermalige Beratung. Der Mann trug einen Kneifer, und am Aufschlag seiner Jacke war ein violettes Band befestigt.

Schließlich, nachdem sie einen Entschluß gefaßt hatten, gingen sie weiter. An dem jungen Mann zogen sie vorbei, als hätte er nicht existiert, und Amélie machte die Tür ein Stück auf.

„Bist du da, Tati?" rief sie in die Leere des Hauses.

„Wenn Sie hereinkommen wollen, Tati wird gleich herunterkommen."

Die Frau wich zurück, als wollte sie die Berührung

mit ihm meiden. Ihr Mann kreiste buchstäblich um Jean herum, um ihn nicht zu streifen, und befahl seinem Sohn: „Geh voran. Setz dich auf einen Stuhl und versuch stillzuhalten."

Nur weil sie ihn übersahen, ging Jean hinein, ließ seine Hacke draußen und stellte ihnen Stühle hin.

„Bitte, setzen Sie sich. Es ist heiß, nicht wahr? Ich vermute, Sie sind von Saint-Amand zu Fuß gekommen?"

Unwillkürlich entfuhr dem Mann: „Wir haben den Bus genommen."

Und seine Frau zermalmte ihn mit dem Blick, weil er das Wort an dieses Individuum gerichtet hatte.

Schweigen. Sie hatte sich hingesetzt. Der Mann blieb stehen und wischte sich den Schweiß ab, indem er seinen Strohhut anhob und mit einem Taschentuch über seinen Schädel strich.

„Halt still, Hector."

Über ihrem Kopf die schweren Schritte von Tati, die in Eile ihr gutes Kleid anzog und sich mit dem Kamm durchs Haar fuhr.

Um das Schweigen zu durchbrechen, sagte Amélie zu ihrem Mann und übersah dabei noch immer Jean: „Ich bin sicher, daß Papa die Kühe auf die Weide führt. Eines schönen Tages, bei einer solchen Sonne, wird er einen Schlaganfall bekommen . . ."

Endlich trat Tati auf die Treppe, öffnete die Tür und ging ihrer Schwägerin entgegen.

„Guten Tag, Amélie."

Zwei Küsse, einen auf jede Wange, knapp und trokken wie Schnabelhiebe.

„Ich dachte nicht, daß du heute kämst. Dein Mann hat Urlaub? . . . Guten Tag, Désiré. Setz dich doch! . . . Guten Tag, Hector . . . Sagst du deiner Tante nicht guten Tag?"

„Guten Tag, Tante. Ich möchte am Kanal angeln gehen."

„Ich verbiete dir, angeln zu gehen!" rief seine Mutter. „Ich lege keinen Wert darauf, dich ins Wasser fallen zu sehen. Bleib hier."

Jean war bereit, auf ein Zeichen, einen Blick von Tati hinauszugehen. Sie aber hielt ihn zurück.

„Nimm die Schnapsflasche, Jean. Für Amélie findest du Cassis vorne im Keller."

Sie stellte goldgeränderte Gläser auf den Tisch, die sie aus der Anrichte im Eßzimmer geholt hatte.

„Gibt es gute Neuigkeiten?" erkundigte sie sich dann und setzte sich mit einem Seufzer des Behagens. „Du kannst dableiben, Jean. Wir haben keine Geheimnisse. Nicht wahr, Amélie? Ist Désiré zufrieden mit seiner neuen Stelle? Ist er immer noch bei dem Drogisten in der Rue Gambetta?"

„Immer noch!" erwiderte sie trocken.

„Na, wie gut! Auf eure Gesundheit ... Darf man dem Kleinen ein bißchen Cassis geben?"

„Danke! Mir ist lieber, wenn er nicht trinkt."

„Ich habe Durst, Mama."

„Wir werden dir ein Glas Wasser geben ... Ist Papa nicht hier?"

„Er muß irgendwo mit den Tieren sein."

„Wie geht es ihm?"

„Wie immer."

Und plötzlich kam die Kriegserklärung.

„Gestern haben wir einen Brief von Françoise bekommen."

„Also, du Ärmste, wenn Françoise ihn geschrieben hat, dann dürftest du nicht viel verstanden haben, denn sie hat ihr Lebtag nicht schreiben können und kann nur lesen, was in großen Buchstaben gedruckt ist."

„Félicie hat für sie geschrieben."

„Ist sie wieder schwanger? Die Unglückliche! Bei all den Schiffen, die vorbeikommen, und den Schiffern, die Lust haben, sich zu amüsieren ..."

Jean blieb mit dem Rücken zur Wand und verschränkten Armen stehen, ohne seine Zigarette wieder anzuzünden.

„Auf jeden Fall", gab Amélie zurück, „hat die Gendarmerie nie den Fuß in ihr Haus zu setzen brauchen."

„Warum sagst du das? Sind die Gendarmen bei dir gewesen?"

„Ich kenne jemand, bei dem sie gewesen sind. Übrigens wird Françoise kommen. Ich wundere mich, daß sie noch nicht hier ist."

„Wann seid ihr denn verabredet?"

Und unbesonnen sagte Amélie: „Um drei Uhr."

Es war zehn Minuten vor drei. Désiré streckte, vielleicht, um Fassung zu wahren, die Hand nach seinem Glas aus. Seine Frau bremste ihn.

„Mir wäre es ebenso lieb, wenn du nicht trinken würdest. Du weißt doch, daß dir das schlecht bekommt."

„Also, Kinder, wir werden auf Françoise warten. Ich habe sie ziemlich lange nicht im Haus gesehen. Allerdings schickt sie ihre Tochter, wenn ich nicht da bin, um Schinken oder Eier von mir zu erbetteln. Noch letzten Samstag . . ."

„Félicie darf doch ihren Großvater besuchen."

„Sie könnte mich um Erlaubnis bitten, meinen Schinken mitzunehmen."

„Es ist ebensogut Papas Schinken wie deiner. Alles, was hier ist, gehört ihm, und infolgedessen gehört es der Familie. Das war das eine, was ich dir sagen wollte . . ."

„Warum? Bist du gekommen, um etwas zu holen?"

„Warte, bis Françoise hier ist", hauchte ihr Mann ihr zu, der sich auf seinem Stuhl unwohl fühlte.

Man sah Françoise herankommen. Sie zögerte eine Weile, ehe sie an die Tür klopfte. Auch sie war in großer Aufmachung. Sie hatte große furchtsame Augen und wußte nicht, wohin mit ihren Händen.

„Guten Tag, Amélie . . . Guten Tag, Désiré . . . Guten Tag, Hector . . . Komme ich zu spät? . . . Ich hatte Angst, vor euch anzukommen, weil bei allem, was hier vorgeht . . ."

Ein tiefer Seufzer.

„Setz dich, Françoise", forderte Amélie sie auf. „Geht es deinem Mann gut?"

„Er hat schon länger als einen Monat keinen Anfall gehabt."

„Und die Ziegelei?"

„Das geht immer weiter bergab. Eines Tages wird sie verkauft werden, und ich frage mich, ob die neuen Besitzer uns behalten werden. Dann sitzen wir auf der Straße. Es ist hart, sich vorzustellen, daß man ein Haus hat und . . ."

Ihr Blick wanderte die Wände entlang, dann stieß sie einen neuen Seufzer aus.

„Wir erzählten Tati gerade, daß du uns geschrieben hast."

Die arme Françoise war darüber erschrocken. Sicherlich wäre es ihr lieber gewesen, nicht unmittelbar angegriffen zu werden.

„Hast du Papa nicht gesehen?"

„Er wagt nicht einmal mehr, bis zu uns vorzudringen. Man spürt, daß dieser Mann terrorisiert wird . . ."

Und Amélie, nach einem bedeutsamen Blick in die Ecke, wo Jean stand, meinte: „Das ist verständlich!"

Désiré schluckte seinen Speichel hinunter und wagte den heldenhaften Ausspruch: „Wenn man Tag und Nacht mit Leuten zusammenleben muß, die aus dem Gefängnis kommen . . ."

Und Tati mit nachhaltiger Genugtuung: „Vor allem, wo er selber drin sein müßte! Erinnert ihr euch an die arme Juliette? Ein vierzehnjähriges Gör, das weder Vater noch Mutter hatte. Sie war noch in dem Alter, wo man mit Puppen spielt, und die arme Kleine wagte nichts zu sagen, solche Angst hatte sie."

„Es steht dir nicht zu, über Papas Handlungen zu richten. Du weißt genau, daß er seit seinem Unfall nicht mehr so ist wie andere."

„Vor allem, wo er vor dem Unfall mehr taugte!"

„Sei still, Tati! Ich verbiete einer Fremden . . ."

„Was verbietest du mir? Die Wahrheit zu sagen? Zu sagen, daß euer Vater ein altes Schwein ist und daß er erst letzte Woche noch seine Hose vor einem kleinen Mädchen aufgeknöpft hat, das aus der Schule kam? Bitte, Françoise kennt sie! Sie kann sie fragen, ob es stimmt. Es ist die Tochter von Cotelle aus Le Moulin-Neuf."

„Trotzdem", keifte Amélie, „gehört das Haus nun mal ihm! Trotzdem bist du hier bei ihm und schleppst Leute an, die den Kopf nicht hoch tragen dürfen. Hol Papa, Françoise. Du, Hector, setz dich auf die Türschwelle, aber geh ja nicht am Kanal spielen, sonst bekommst du eine Tracht Prügel. Hast du verstanden? Geh spielen."

„Ich will nicht spielen gehen. Ich habe Durst."

„Trink ein Glas Wasser."

„Ich will kein Wasser trinken."

„Désiré, willst du jetzt dieses Kind hinausbringen oder nicht?"

Eine Ohrfeige erschallte. Françoise war hinausgegangen, schwer und dumm, angeschwollen von Zorn und Angst.

„Wir werden ja sehen, ob es nötig wird, starke Mittel anzuwenden!" erklärte jetzt Amélie, die entschieden das Gehirn der Familie war. „Ich sage dir lieber gleich, daß ich einen Juristen aufgesucht habe."

„Um Couderc ins Gefängnis stecken zu lassen?"

„Laß die Scherze. Du weißt, daß du die Sache falsch angefaßt hast. Wir kennen dich, mein Mädchen! Wir wissen, daß du immer angegeben hast, daß du alles in deinem Sinne hast laufen lassen wollen, seit du im Hause bist. Mein armer Bruder – Gott sei seiner Seele gnädig! – konnte davon ein Lied singen."

„Gieß mir noch ein Gläschen ein, Jean. Warum setzt du dich nicht? Ich hatte dir ja gleich gesagt, daß es eine komische Familie ist!"

„Schämst du dich nicht?"

„Worüber?"

„Wenn man einen Mörder im Hause hat. Allerdings taugt dein Sohn kaum mehr. Wenn Mama uns sähe! Unsere arme Mama! Sie, die . . ."

Sie blickte das verblichene Bild an. Ihre Augen wurden feucht.

„Ein Glück wenigstens, daß sie tot ist, denn jetzt würde sie vor Kummer und Scham sterben."

Auf dem Weg hörte man die Stimme von Françoise. Offenbar sprach sie nur, um zu sprechen, vielleicht, um sich Mut zu machen, da der Alte, der ihr gesenkten Kopfes folgte, als hielte sie ihn am Ende einer Leine, außerstande war zu hören.

„Komm herein, mein armer Papa."

Von der Sonne draußen geblendet, blinzelte er mit den Augen, als er versuchte, die Gesichter im Halbdunkel der Küche zu erkennen.

„Setz dich. Hast du den Zettel, Désiré? Was dich angeht, Tati, so werden wir ja sehen, was Papa davon hält, von deinen Machenschaften. Wo war er, Françoise? Mitten in der Sonne, nicht wahr? Und er, in seinem Alter, muß die groben Arbeiten verrichten. Man behandelt ihn wie ein wertloses altes Pferd und wartet darauf, daß er beim Schuften verreckt. Zeig ihm den Zettel, Désiré."

Da man mit dem Alten nicht sprechen konnte, hatte man ihm geschrieben. Als umsichtiger Mann hatte Désiré sich bemüht, große Buchstaben zu malen, die Druckbuchstaben nachahmten.

> Die Familie hat beschlossen, daß Du zu uns ins Haus wohnen kommen sollst. Du kannst nicht weiterhin wie ein Tier arbeiten. Wir werden Dich gut versorgen, und Du brauchst nicht mehr mit Mördern zusammen zu sein.

Er sah den Zettel mit stumpfsinnigem Blick an, fragte sich, was man von ihm wollte. Er war nicht beruhigt. Und seltsamerweise flüchtete er sich zu Tati.

„Ihr wißt nicht einmal, alle, wie ihr da seid, daß der alte Trottel nicht mehr fähig ist, ohne Brille zu lesen! Wenn ich sie euch nicht gäbe, wärt ihr schön aufgeschmissen, was! Aber ich will, daß er euren Zettel liest. Armer, alter Kerl! Wenn ich nicht da wäre, könnte er sich nicht einmal mehr den Hosenstall zuknöpfen."

Aus einer Schublade ging sie eine eisengefaßte Brille holen und setzte sie Couderc auf die Nase. Der zögerte noch zu lesen, als hätte er eine Falle gewittert.

Er fing mehrmals wieder an. Vielleicht waren die Gläser nicht stark genug?

„Da, altes Schwein! Du hast auch ein Gläschen verdient."

Sie forderte sie mit dem Blick heraus.

„Wenn ihr glaubt, daß ich euer Spiel nicht durchschaue! Nicht den Alten wollt ihr! Der würde euch ganz schöne Ungelegenheiten machen! Ihr hättet ihn keine acht Tage, und schon würdet ihr ihn in eine Anstalt einsperren lassen. Aber ja doch! Kneif nicht so die Lippen zusammen, Amélie. Geh, ich kenne dich! Es ist nicht meine Schuld, daß du einen Mann geheiratet hast, der im Monat siebenhundert Francs verdient und alle Jahre die Stelle wechseln muß, weil er immer schlauer zu sein glaubt als seine Arbeitgeber. Du, meine arme Françoise, du bist so dumm, daß man Lust hat, dir eine Handvoll Heu zu reichen, statt mit dir zu sprechen. Na! Was sagt er, euer Papa? Guckt ihn euch an! Versucht doch, ihn mitzunehmen."

Er war vor Schrecken gelähmt. Ein Kind, das ein Fremder in einer öffentlichen Anlage mitzunehmen versucht, dreht sich nicht mit so viel Angst um, wie er sich zu Tati umdrehte.

Dabei lächelte Amélie ihm mit all ihren Zähnen zu und nickte mit dem Kopf, wie man es tut, um ein neues Tier im Hause zu zähmen.

„Schreib ihm, daß er gut versorgt werden wird, Désiré, und daß er den ganzen Tag nur spazierenzugehen braucht. Schreib ihm auch, daß ein Mörder im Hause ist und daß eines schönen Tages vielleicht *er* dran glauben muß." Und sich zu Tati wendend: „Denn ich habe dein Spiel durchschaut. Daß dieser Mann hier ist, das ist kein Zufall. Eines schönen Morgens wirst du, Gott weiß wie, von Papa erreichen, daß er dir ein Papier unterschreibt. Dann muß er dringend verschwinden, bevor er seine Entscheidung rückgängig machen kann. Gib's zu! Gib zu, daß du an dem Tag schon, als du ins Haus gekommen bist und als wir erst halbwüchsige Mädchen waren, daß du da beschlossen hast, diejenige zu werden, die befiehlt! Unser armer Bruder hat davon nichts begriffen. Du warst schon lasterhaft wie sonstwas. Und ich frage mich manchmal, ob er nicht daran gestorben ist . . . Hast du geschrieben, Désiré?"

Er reichte ihr ein schwarzes Notizbuch hin, in das er einige Zeilen geschrieben hatte.

„Schreib noch, daß sein Leben hier nicht in Sicherheit ist."

Der alte Couderc wäre gerne weggegangen. Er hatte sein Glas Schnaps ausgetrunken, und Amélie seufzte: „Zu alledem gibt sie ihm auch noch Alkohol, wo sie doch weiß, daß er den nie vertragen hat und daß der Arzt ihn ihm verbietet."

„Lies, Couderc!" rief Tati, der es Spaß zu machen schien und die mit den Fäusten auf den Hüften mitten in der Küche aufgepflanzt stand. „Glücklich wirst du bei ihnen sein, in einer Drei-Zimmer-Wohnung im ersten

Stock eines grauen Hauses. Und wer wird mit dir Liebe machen, wie?"

„Tati!" rief Amélie und sprang auf.

„Als wüßtest du das nicht! Als wüßtest du nicht, daß das zu Lebzeiten deines Bruders angefangen hat! Guckt ihn euch jetzt an, alle, wie ihr da seid. Glaubt ihr, daß er Lust hast, mit euch wegzugehen?"

Er war aufgestanden und hatte das Notizbuch zu Boden fallen lassen. Er hatte sich in die Ecke am Feuer gesetzt, um jeder Behelligung fern zu sein.

„Dir kommt zugute, daß er nicht ganz bei Verstand ist. Aber deshalb hast du die Partie noch nicht gewonnen, das will ich dir sagen. In solchen Fällen hat man immer das Recht, einen Familienrat einzuberufen. Ich weiß, was der Jurist mir gesagt hat. An dem Tag ..."

Sie betrachtete die Wände um sich, machte eine Bewegung, als fegte sie das Zimmer aus.

„Da wirst du mit deinem Mörder vor die Tür gesetzt."

Sie zitterte, ihre Lippen bebten. Ihr Blick fiel auf das Fenster, das die Sonne vergoldete. Offenbar erinnerte sie das an etwas, denn sie rief: „Hector, wo ist er? Désiré! Schnell, such Hector. Er bringt es fertig ..."

Tati lächelte ein breites feistes Lächeln, und ihre Hand befingerte die Gemme, die an ihrem schwarzseidenen Mieder stak, dieselbe Gemme wie auf dem Bild der Schwiegermutter.

„Willst du wirklich nicht etwas zu dir nehmen, um wieder zu Kräften zu kommen?" erkundigte sie sich und nahm die Cassis-Flasche. Da machte Amélie plötzlich eine unglückliche Bewegung. Sie riß die Flasche um, die auf dem Fußboden zersprang. Tati riß ihr in einem Reflex den Hut ab, der in die klebrige rote Pfütze fiel.

„Amélie! ... Tati!" kreischte Françoise, wahnsinnig vor Angst.

„Ein Glück noch, daß ich mich zurückhalte!" keuchte Amélie und sah Jean an in der Befürchtung, er könnte eingreifen. „Wo ist Désiré? Désiré! Désiré! Hector! Wo seid ihr beide?"

Sie hatte die Tür geöffnet. Die Sonne drang in die Küche und zeichnete auf die roten Fliesen eine breite Raute, über der feiner Staub schwebte.

Amélie hätte am liebsten geweint. Françoise war aufgestanden.

„Désiré! Hector! Ich wette, daß der Junge in den Kanal gefallen ist."

Und sie fing an zu schluchzen.

„Verschwinde du auch, Alte!" riet Tati und stieß sachte die starre Françoise vor sich her. „Geh und such deine garstige Tochter. Geh!"

Und sie machte die Tür mit einem Fußtritt zu.

„Das Haus ist es", erklärte sie, während sie in die Mitte des Raumes zurückkam und sich an Jean wandte. „Das macht sie krank! Die Vorstellung, daß sie sich nicht das Haus werden teilen können. Aber wer muß den Alten aushalten, wie? Wäre das gerecht?"

Zum erstenmal sah sie Couderc mit einer Art Zärtlichkeit an.

„Bei der Vorstellung, seine Tati zu verlieren und sich nicht ab und zu amüsieren zu können . . ."

Sie streichelte ihm die Wange mit der Hand, machte ihm verheißungsvolle kleine Augen.

„Los! Diesmal hast du's verdient . . ."

Mit einer Bewegung ihres Kopfes wies sie auf die Treppe hin. Jean, der ihr in diesem Augenblick den Rükken zukehrte, hatte jedoch den Eindruck, daß sie eine unanständige Handbewegung machte.

Er sah zum Fenster hinaus. Amélie, ohne Hut und mit aufgelösten Haaren, gab heftige Erklärungen ab, und ihr Mann nahm eine zerknirschte Miene an. Der Junge, dessen einer Schuh vor Wasser triefte, hatte offenbar gerade eine Ohrfeige bekommen, denn seine eine Wange war rot, und er rieb sich mit seinen schmutzigen Händen die Augen.

Amélie und Françoise küßten einander lange, so wie man sich nach Begräbnissen küßt.

Dann gingen die drei aus Saint-Amand auf die Landstraße zu, wo sie noch anderthalb Stunden auf den Autobus zu warten hatten.

Als Jean sich umdrehte, war niemand mehr in der Küche. Er hörte Geräusche über seinem Kopf und zog es vor, in den Hof hinauszugehen, wo die Hühner sich im Schatten des Pferdekarrens drängten.

Was gab es an diesem Tag zu tun?

Er drehte das Rad des Ziehbrunnens und fing an, die Salatpflanzen zu begießen.

4

Mit diesem Samstag ging es wie mit den Tagen, auf die man sich als Kind zu lange vorher freut.

Fing es nicht mit Kindheitseindrücken an? Jeans Angst, als er im Halbschlaf das Trommeln des Regens auf das Schrägfenster genau über seinem Kopf hörte! An allen anderen Tagen war das Wetter strahlend gewesen. Würde es ausgerechnet jetzt regnen? Er mußte sich anstrengen, um die Augen halb zu öffnen. Er hatte immer einen festen Schlaf gehabt, aus dem er nur mühsam auftauchte. Zum Glück war es noch dunkel. Wie spät mochte es sein? Der Mond schien, und die Wassertropfen schimmerten, wenn sie im Zickzack herunterliefen.

Er schlief wieder ein mit dem Gedanken, daß sich das Wetter noch bessern könne, und als er eine Tür zufallen hörte, als er mit einem Satz auf die Füße sprang, war tatsächlich schöner Sonnenschein, ein üppigerer, ernsterer Sonnenschein als die anderen Tage, und das Grün der Kastanienbäume war tiefer.

Als er unter dem Schuppendach stand und das Futter für das Federvieh bereitete, öffnete sich Tatis Fenster. Tati kämmte sich gerade ihre Haare, die ihr über die Schultern hingen, beugte sich hinaus und sagte: „Vergiß nicht die Hähnchen, die im Korb sind!"

Und er war leichten Sinnes wie dann, wenn etwas Außergewöhnliches geschehen soll. Er pfiff, während er mit Bedacht alles zurechtmachte, was Tati auf den Markt mitnehmen sollte: einen Korb mit weißen Hähnchen, die je zwei und zwei an den Füßen zusammengebunden waren, zwölf Dutzend Eier, drei Dutzend Enteneier (für den Konditor) und fünf dicke Gänseeier; außerdem Butterlaibe, die in Kohlblätter gewickelt waren.

„Hast du die kleinen Brombeeren gepflückt?" rief sie ihm noch zu, fast schon fertig.

Der Alte war bei seinen Kühen. Der Gemüsegarten

war feucht. Tati wollte nichts verschenken, und da der Garten voller kleiner Brombeeren war, nahm sie sie auf den Markt mit.

Sie aß kaum etwas, nur im Stehen, denn sie hatte immer Angst, ihren Autobus zu verpassen.

„Beeil dich, Jean! Vorsicht mit den Eiern!"

Sie runzelte die Brauen. Vielleicht fand sie ihn allzu fröhlich? Er pfiff weiter, belud sich dabei mit den dicksten Körben und schritt hurtig aus im Hohlweg, wo nach dem Regen die Erde brauner war und die Büsche einen starken Duft verbreiteten.

„Wenn sie ins Haus kommt, hab keine Angst, sie vor die Tür zu setzen . . . Ach, beinahe hätte ich's vergessen: Vielleicht kommt jemand wegen der Versicherung vorbei. Der Kassierer sucht sich immer einen Samstag aus. Das Geld ist in der Suppenschüssel im Eßzimmer. Die Rechnung liegt dabei."

Zum erstenmal sah er das kleine Haus mit dem blauen Zaun am Rande der Landstraße wieder, und diesmal stand die Tür offen.

„Adieu, Clémence!" rief Tati, ohne jemanden zu sehen.

Im Innern regte es sich. Eine Frau, die sich wusch, steckte den Kopf heraus und rief ebenfalls: „Adieu, Tati."

Dann warteten sie und blickten in Richtung Montluçon. Der Bus kam zehn Minuten später. Tati stieg ein. Er reichte ihr ihre Körbe. Die Wagentür schlug zu.

Da kehrte er, die Hände in den Taschen, ohne Eile um und dachte, daß er stehenbleiben und nachsehen wollte, ob es dieses Jahr viele Haselnüsse gäbe.

Er wußte nicht, daß der Tag, der begann, kein Tag wie ein anderer war, auch nicht, daß er seine letzten Augenblicke der Sorglosigkeit erlebte! Nicht nur der Sorglosigkeit! Es war noch wunderbarer, und das Wunder dauerte seit acht Tagen und länger an. Stunden, Tage der Unschuld!

Er hatte kein Alter mehr. Er war nicht mehr dies oder das! Er war nicht einmal mehr ein Passerat-Monnoyeur!

Er war Jean, wie das erstbeste Kind, das am Wegesrand spielt, ohne sich um Zukunft und Vergangenheit zu kümmern! Wie ein Kind schnitt er sich einen Stecken ab! Wie ein Kind, das sich auf ein ihm versprochenes Spiel freut, sagte er zu sich: Falls sie da ist . . .

Wahrhaftig, seit ein schweres Tor dort in Fontevrault sich wieder geschlossen hatte, seit ein Uniformierter ihm „Viel Glück!“ zugerufen hatte, seit er ziellos vor sich hingelaufen war, band ihn nichts mehr, alles war Geschenk, die Tage zählten nicht mehr, nichts mehr zählte als die strahlende und sonnensummende Gegenwart.

Er ging durch die Küche in den Hof, um sich zu waschen, und er tat es mit Sorgfalt. Das Wasser war kühl. Er ließ welches über seinen Nacken laufen, befeuchtete damit seine dichten Haare; die Seife brachte seine Lider in Bewegung, und er schnaubte, seifte sich die Brust ein, das Kreuz, die Schenkel.

Manchmal hörte er den rührenden Ton einer Trompete: das war auf dem Spielzeugkanal ein Spielzeugschleppkahn, der sich auf diese Weise bei der Schleuse bemerkbar machte, und der Mann mit dem Holzbein ging humpelnd hin und zog die Schützen auf.

Er wußte, wie er es anstellen mußte, um heranzukommen. Er hatte sich einen Plan zurechtgelegt. Wenn der Kassierer wegen der Versicherung kam, war das eben nicht zu ändern!

Er überquerte die Brücke über den Kanal, dann die Brücke über den Cher. Er drang ins schrägstehende Buschholz ein und folgte so, zwischen dem Gestrüpp, an dem er hängenblieb, dem Flußbett. Als er den hellroten Fleck der Ziegelei erblickte, ging er auf die andere Seite, den Fuß auf Steine in Wasserhöhe setzend, und er hatte nur vor einem Angst: Geräusche zu machen.

Danach legte er sich ins hohe Gras und fing zu kriechen an.

Er ärgerte sich darüber, daß er verspätet war, denn Félicie war schon da. Er hörte ihre Stimme. Es drängte ihn, sie zu sehen, und er kroch schneller, einen Grashalm zwischen den Lippen.

„Der Wolf . . . der Wolf . . . der große Wolf . . . Huhuuu!“

Es war vielleicht zwanzig Meter von dem niedrigen Haus entfernt, über dem ein Rauchfaden aufstieg, ganz gerade, denn es wehte kein Windhauch.

„Vorsicht! ... Ich bin der große Wolf ... Huhuuu!"

Immer noch mit ihrer blauen Schürze bekleidet, unter der sie fast nichts trug, sicherlich nur ein Hemd, kroch sie, sprang dann plötzlich auf.

„Ich fresse dich ... Ich fresse dich ... Ich fresse dich ..."

Und der Säugling, der im Gras saß, stieß einen Schrei aus, in dem sich Freude und Entsetzen mischten, dann brach er in ein Lachen aus, das nicht enden wollte und ihm die Tränen in die Augen trieb. Sie warf ihn zu Boden, knabberte an seinen Knien, seinen Waden, seinen Schenkeln, und seine pummeligen kleinen Hinterbacken lagen in der Sonne.

„Noch mal?"

Sie richtete sich wieder auf, und Jean sah sie stehen, mit bebenden Nasenflügeln, die Augen voller Goldkörnchen. Sie warf ihr Haar zurück. Mit einem Einatmen schien sie sich die Brust mit der ganzen Freude des Sommers zu füllen, und sie tat ein paar Schritte, hockte sich hin, legte die Hände auf die Erde.

„Vorsicht! ... Der Wolf ... der Wolf ... der große Wolf ... Huhuuu ..."

Das Kind, voller Erwartung, atmete nicht mehr. Es wartete auf den Augenblick, da sie springen würde. Es sah ihn bis auf eine Sekunde voraus und stieß seinen Freuden- und Entsetzensschrei aus.

„Ich fresse dich ... Ich fresse dich ... Ich fresse dich ..."

Ihrer beider Lachen verschmolz. Das Kind kugelte sich im Gras. Seine kleinen Finger klammerten sich an die falben Haare der Mutter, dann, kaum zur Ruhe gekommen, versuchte es, Silben auszusprechen, die bedeuteten: „Noch mal ..."

Und Félicie fing wieder an. Die Zeit zählte nicht mehr. Man hörte das Murmeln des Cher und bisweilen das Quietschen einer Kurbel, das der Schleusentore, das Holzbein des Schleusenwärters. Hinter dem Haus tauchte Françoise, barfuß in Holzpantoffeln, vor sich einen Beutel schürzenartig umgebunden, die Arme in einen Bottich mit Seifenlauge und wusch die Wäsche, die sie ins Gras warf: dort bildete sie einen großen weichen Haufen.

„Der Wolf ... der große Wolf ... der ..."

Sie hielt inne, die Augen plötzlich starr, plötzlich kalt. Gerade hatte sie hinter ihrem Sohn im hohen Gras Jeans Gesicht entdeckt.

Er glaubte, sie würde eilends den Säugling aufheben und auf das Haus zustürzen. Und die Vorstellung, daß er ihr Angst einjagte, war ihm nicht sonderlich unangenehm. Hatten nicht alle in der Gegend Angst vor ihm, weil er aus Fontevrault kam und weil er Aufenthaltsverbot hatte?

Man kannte ihn nicht. Man konnte nicht wissen. Eines Tages, wenn sie gezähmt sein würde, würde er ihr freundlich erklären ...

Sie blickte ihm in die Augen. Sicherlich hatte sie keine Angst, da sie nicht daran dachte, den Säugling, der zwischen ihnen beiden war, zu beschützen.

Plötzlich, als er am wenigsten darauf gefaßt war, streckte sie ihm die Zunge heraus.

Er lächelte. Er brauchte nur aufzustehen, auf sie zuzugehen, sie anzusprechen. Doch hatte sie sich als erste erhoben, hatte sich über das Kind gebeugt, das sie auf ihren Arm hochzog, und in dieser Haltung erschien sie als die jüngere, zerbrechlichere.

Er erhob sich seinerseits. Ehe er auf den Beinen stand, ging sie dicht an ihm vorbei, spuckte auf den Boden und sagte: „Dreckiger Kerl!"

Dann ging sie, ohne sich zu beeilen, ohne sich umzudrehen, zu ihrer Mutter, die Wäsche wusch.

Wie vereinbart wartete er auf den Bus am Rand der Landstraße. Er half Tati beim Aussteigen und trug den größeren Teil der Pakete. Als sie ihn sah, hatte sie die Brauen gerunzelt, und kaum daß sie im Hohlweg waren, erkundigte sie sich: „Was hast du?"

„Nichts."

„Ist jemand gekommen?"

„Niemand."

Wie hatte sie erraten, daß etwas war, wo es doch derart unwägbar war? Was war eigentlich? Er jagte Félicie keine Angst ein! Nicht weil er aus dem Gefängnis kam, nahm sie Reißaus, sobald sie ihn erblickte!

Das war etwas ganz anderes. Das war an den Mann gerichtet, der bei Tati lebte, der Tatis Liebhaber war.

Die fragte ihn, obwohl sie außer Atem war, weil er zu schnell lief, darum nicht minder aus, während sie ihn mit ihrem mißtrauischen Blick einhüllte.

„Ist Félicie nicht gekommen?"

Er konnte das verneinen, ohne zu lügen. Er war nicht neugierig darauf zu erfahren, was in den Paketen war. Man hatte ihm seinen Tag verdorben und vielleicht sehr viel mehr als seinen Tag; man hatte ihm seinen Himmel beschmutzt; er hatte keine Lust mehr zu pfeifen; er hatte keinen Hunger; er schnupperte nicht, wie an anderen Tagen, den bereits vertrauten Geruch der Küche ein.

„Ich habe einen zweiten Brutapparat bestellt!" verkündete Tati, als sie ihren Hut abnahm.

Auch an ihr hatte sich etwas verändert, und ihm war, als bestünde plötzlich zwischen ihnen eine gewisse Distanz, die sie zu überbrücken zögerte.

„Du fragst gar nicht, was ich dir gekauft habe? ... Sag mal, Jean! Zeig doch mal dein Gesicht im Licht ... Erinnerst du dich an das, was du mir neulich gesagt hast, und an das, was ich dir darauf geantwortet habe?"

„Was habe ich gesagt?"

Statt zu antworten, erklärte sie: „Eben, kurz vor Marktschluß, hat vor dem Hôtel de France ein Auto gehalten. Du kennst doch das Hôtel de France, nicht wahr?"

„Ja, ich kenne es."

„Es war ein großer offener Wagen, davon gibt es nicht viele in der Gegend. Drin saßen ein Mann und eine Frau. Die Frau war sehr schön, sehr jung und trug ein fast weißes Kostüm. Als er ausstieg, murmelte der Mann: ‚Es dauert nur fünf Minuten, Liebling.'

Weißt du, wer das war?"

Er runzelte die Brauen. Er erriet es unklar, war aber nicht bei der Sache.

„Laß mich dich anschauen ... Er hatte einen niedrigen Haaransatz wie du, aber seine Haare waren silbern gesprenkelt. Und Augenbrauen, die über der Nase zusammengewachsen waren, wie du. Warum hast du nicht darauf beharrt, als ich behauptete, du seist nicht der Sohn von Monsieur Passerat-Monnoyeur?"

„Ich habe doch gesagt, ich sei sein Sohn."

„Darauf habe ich erwidert, das stimme nicht."

„Das ist unwichtig."

Sie machte lieber die Pakete auf.

„Da! Ich hab dir einen Rasierapparat, Rasierseife und einen Pinsel mitgebracht. Ist es richtig, daß du Kragenweite 41 hast? Hier sind drei Hemden. Versuch eins davon, denn ich kann sie zurückgeben, wenn sie dir nicht passen."

Leinenschuhe. Zwei Päckchen Zigaretten. Ein Gürtel mit Metallschnalle und eine blaue Leinenhose.

„Freust du dich?"

Jetzt, da sie von dem Schnapsbrenner erzählt hatte, entstand zwischen ihnen so etwas wie Leere.

„Wo ist Couderc?"

„Der muß bei den Kühen sein."

„Hilf mir beim Tischdecken. Ich ziehe mich später aus." Und während sie mit ihren Töpfen hantierte: „Ich weiß jetzt, wen sie ihren Juristen nennen. Es ist Bocquillon, ein ehemaliger Notargehilfe, der eine bucklige Frau geheiratet und sich als Immobilienhändler und Eigentumsverwalter niedergelassen hat. Ich habe ihn aufgesucht. Ich habe ihm gesagt, daß ich mehr zahlen werde als sie, und er hat mir alles erzählt. Wenn sie einen Arzt finden, der bescheinigt, daß der Alte verrückt ist . . ."

Sie sah ihn überrascht an.

„Was hast du? Du bist nicht wie sonst. Mir ist das schon aufgefallen, als ich aus dem Autobus stieg. Etwa wegen deines Vaters?"

Er lachte angestrengt.

„Man könnte meinen, du seist traurig, oder eine Krankheit sei im Anzug. Was hast du heute vormittag gemacht?"

„Nichts."

„Hast du die Erbsen abgestützt?"

„Ja."

„Hast du die Karnickel gefüttert?"

„Ja."
„Ist wegen der Versicherung jemand gekommen?"
„Nein."
Nichts zu wollen! Das Bemühen, ihn zu verstehen, verschob sie auf später. Der alte Couderc war geräuschlos hereingekommen und hatte sich auf seinen Platz gesetzt. Sie packte Aufschnitt aus, den sie gewohnheitsgemäß jeden Samstag aus der Stadt mitbrachte.
„Sie glauben alle, daß der Brutapparat nicht funktionieren wird oder daß die Kücken gleich nach dem Ausschlüpfen eingehen. Ich habe mich bei jemand erkundigt, der einen Großhandel mit Hähnchen treibt. Man braucht nur einen Aufzuchtapparat in der Waschküche aufzustellen. Ich habe einen bestellt, der mit Kohle geheizt wird."
Sie spürte, daß er nicht zuhörte, daß er mit Widerwillen aß. Es galt noch zu warten. Nach dem Essen würde der Alte weggehen. Sie würde den Kaffee in ihr Glas gießen. Sie würde den Zucker zergehen lassen, ihren Stuhl zurückschieben ...
Sie hatte ihr schwarzseidenes Mieder aufgehakt, das den Blick auf eine flanellene Hemdhose und ein Stück weißen Fleisches freigab.
„Ich habe alles erklärt. Ich weiß noch nicht, wie es mit Bocquillon laufen wird, aber wenn es mit dem nicht geht, weiß ich jemand anders. Ich werde mich bis zuletzt wehren, selbst wenn das Haus in Brand gesteckt werden müßte ... Was sagst du?"
„Ich sage nichts."
„Wenn ich ihn jetzt ein Papier unterschreiben ließe, behauptet Bocquillon, wäre das ohne Gültigkeit. Ein Testament kann immer angefochten werden, vor allem wenn ein Mann wie Couderc es gemacht hat. Was hältst du eigentlich von ihm?"
„Ich weiß nicht ..."
Mit dem Blick warf sie ihm seine Schlaffheit vor, diese Art Abwesenheit, die in der Küche eine Leere schuf.
„Na gut, dann will ich dir rundheraus meine Meinung sagen. Couderc ist weder so dumm noch so altersschwach, wie er wirkt. Ich behaupte nicht, daß er deutlich hört, aber was man sagt, errät er an der Bewegung

der Lippen. Ein alter Schlaumeier ist er. Er hat keine Lust, sich das Leben schwer zu machen. Er hat seine Laster. Nur daran denkt er. Er weiß, daß man nichts gegen ihn unternehmen kann, solange er sich dumm stellt. Du hast ihn ja neulich mit seinen beiden Töchtern erlebt. Bei denen würde man ihn beaufsichtigen. Ich wette, daß man ihn sehr bald in die Anstalt stecken würde, und der alte Affe weiß das auch . . . Verstehst du?

Mit mir kann er sich ab und zu amüsieren. Er schämt sich nicht. Und diese Weibsstücke möchten mich vor die Tür setzen! Wenn ihm morgen etwas zustößt, werden sie das Haus verkaufen lassen. Dazu sind sie berechtigt, Bocquillon hat mich darauf hingewiesen. Und ich, die ich alles hier gemacht habe, ich, die ich mein Lebtag wie ein Tier geschuftet habe, ich, die den Alten ertragen habe – ich bekomme gerade eben ein Drittel, ein Drittel dessen, was in Wirklichkeit mir gehört, denn wenn die beiden das Haus gehabt hätten, dann wäre schon längst der Gerichtsvollzieher gekommen und hätte alles beschlagnahmt . . .

Woran denkst du?"

„Ich denke nicht . . ."

Das stimmte. Er verspürte nur ein Unwohlsein, so wie wenn man Grippe bekommt. Seine Mittagsmahlzeit lag ihm im Magen. Ihm war heiß.

„Es ist mir ein bißchen peinlich, daß du der Sohn von Monsieur Passerat-Monnoyeur bist. Wenn ich bedenke, daß meine Schwester bei ihnen gearbeitet hat! Du hast sie sicherlich gekannt."

„Wie lange ist das her?"

„Zehn Jahre."

„Hieß sie nicht Adèle?"

„Ja. Warum?"

„Nur so. Ich erinnere mich. Sie verabscheute meine Schwester. Meine Schwester ist jetzt, glaube ich, mit einem Arzt aus Orléans verheiratet."

„Er ist Chirurg, Doktor Dorman."

Schweigen. Um diese Zeit hätten sie vom Tisch aufstehen müssen. Weder in der Kaffeekanne noch in den Gläsern war noch Kaffee.

„Nimmst du mal den Schnaps aus dem Schrank?

Macht es dir nichts aus, daß ich dir Befehle gebe und du zu dir sage?"

„Warum denn?"

„Ich weiß nicht... Gieß mir nicht soviel ein. Genug! Du kannst dir ein großes Glas einschenken... Wie alt bist du?"

„Achtundzwanzig."

Die Hände über dem Bauch gefaltet, den Blick auf die schimmernden Fensterscheiben geheftet, hinter denen die Straße staubig war, murmelte sie: „Du warst also dreiundzwanzig Jahre alt... So alt, wie René jetzt ist... Als René das tat, war er erst neunzehn... Sag mal, Jean..."

„Was?"

„Hast du einen Mann umgebracht?"

„Ja, einen Mann."

„Alt?"

„Ich glaube, er war an die fünfzig."

„Mit einem Revolver?"

Er schüttelte verneinend den Kopf und betrachtete seine Hände.

„Ärgert es dich, daß ich darüber spreche?"

Nein! Es ärgerte ihn nicht.

Er wußte, daß er es eines Tages über sich würde ergehen lassen müssen. Aber es lag so weit zurück! Und war so verschieden von dem, was die Leute sich vorstellen mochten!

„Willst du mir nicht erzählen? Ich sage dir doch auch alles..."

Und er, so wie man etwas auswendig Gelerntes aufsagt: „Es hat am Boulevard Saint-Michel angefangen, in einem Speiselokal, das ‚Le Mandarin' hieß. Ich weiß nicht, ob es das noch gibt."

„Warst du Student?"

Freilich! Und sein Vater, seit er Witwer war... Doch wozu sollte er ihr das alles erzählen?

„Hattest du eine Geliebte?"

Arme Tati, die auf Zézette eifersüchtig war! Ja, eine Geliebte, weil man das nun einmal so nennt! Sie wurde von einem Ingenieur aus Le Creusot ausgehalten. War Tati jetzt schlauer?

„Liebtest du sie?"

Er wußte nicht mehr, ob er sie geliebt hatte, aber eifersüchtig war er gewesen.

„Schwör mir, daß du deinen Ingenieur nicht mehr sehen wirst ..."

„Du bist dumm, Jean!"

Genau das hatte sie gesagt. Sie war jünger als er und hatte das Bedürfnis, einen gönnerhaften Ton anzunehmen, ihn auf die Augen zu küssen und nochmals zu ihm zu sagen: „Du bist dumm!"

Oder in den Stunden des Gefühlsüberschwangs: „Geh, du großes Dummerchen!"

Sie gab ihm sozusagen mütterliche Ratschläge.

„Es ist falsch von dir, daß du dich um eine Frau wie mich grämst. Was kann es dir ausmachen, daß Victor mich ab und zu besucht, wenn er die Miete und meine Kleider bezahlt?"

Das reichte aus, ihn wütend zu machen. Er schrieb an seinen Vater, an seine Schwester. Er erfand alle denkbaren Vorwände, sich Geld schicken zu lassen.

„Du gibst zuviel Geld aus. Warum hast du wieder Champagner bestellt?"

Weil man zu ihnen hinsah, nur deswegen! Und sie, warum richtete sie es immer so ein, daß ihr die Rechnungen vorgelegt wurden, wenn er da war?

All das lag weit zurück, war undeutlich. Kaum daß er noch die Luxembourg-Anlagen vor sich sah, die Bänke, auf denen er stundenlang auf sie wartete, auf den Knien eine Vorlesung, die er nicht studierte. Dann die Abende, an denen sie beide nicht wußten, was sie tun sollten! Die Tricktrack-Partien in einer Ecke des „Mandarin", in demselben Kellergeschoß, wo andere Poker spielten.

Tati wußte, daß sich das in einer ihr unbekannten Welt abspielte, und gab sich Mühe zu verstehen.

„Dann hast du also des Geldes wegen getötet?"

„Ich war drei Monate mit der Miete im Rückstand, außerdem hatte ich ihr einen grauen Eichhörnchenfellmantel geschenkt, der nicht bezahlt war. Ich hatte Angst, sie könnte ihren Ingenieur wieder nehmen. Ich wußte, daß sie ihm heimlich schrieb. Jetzt frage ich mich, ob sie ihn nicht manchmal sah. Sie log unablässig. Sie sagte zu mir: ‚Du solltest lieber für deine Prüfungen arbeiten. Wenn ich dein Vater wäre ...‘

Ich habe meinen Vater angefleht, mir Geld zu schikken. Er gab genausoviel und noch mehr aus mit seinen Geliebten. Mir stand das Erbteil meiner Mutter zu, aber er hatte geschworen, mich zu verleugnen, falls ich es forderte.

Eines Abends, als ich gerade meine Taschenuhr wieder einmal verkauft hatte, sah ich im Kellergeschoß des ‚Mandarin‘, wie ein paar Leute eine große Poker-Partie anfingen.

In Wirklichkeit war es nicht meine Taschenuhr, die ich wieder einmal verkauft hatte. Es war ein goldenes Chronometer, das ich bei meinem letzten Besuch meinem Vater gestohlen hatte. Man hatte mir dreitausend Francs dafür gegeben. Es war das Dreifache wert.

Dreitausend Francs genügten mir nicht ...

Einer der Spieler war ein dicker Mann, der aus seinem Provinznest kam, ein Unternehmer aus Le Mans. Er verlor. Er war wütend. Meine Kameraden, die mit ihm spielten, zwinkerten mir zu ...“

Tati stieß einen Seufzer aus wie im Kino, wenn man spürt, daß die Auflösung der Handlung bevorsteht.

„Ich war mit Zézette da. Sie trug ihren grauen Eichhörnchenfellmantel. Sie sagte zu mir: ‚Ich wette, daß die Kumpels falsch spielen. Sie werden ihn rupfen, und das wird ihm recht geschehen. Ein Mann, der Frau und Kinder haben muß ...‘

Denn die Familie achtete sie.

‚Spiel nicht, Jean. Was wirst du tun? Du trinkst zuviel und wirst wieder krank sein. Eine schöne Aussicht für mich, die Nacht damit zu verbringen, dich zu pflegen, so wie letzten Dienstag.‘“

„Haben Sie verloren?“ erkundigte sich Tati und befingerte ihr leeres Glas.

Unbewußt hatte sie „Sie“ gesagt.

„Zunächst hat er meine dreitausend Francs gewonnen. Ich ließ mir ständig zu trinken bringen. Ich wollte auf Ehrenwort spielen. Ich unterschrieb Schuldscheine. Ich verlor zehntausend Francs innerhalb kürzerer Zeit als einer Stunde, und der Mann rief mit feistem Lachen:

‚Ich setze wieder Federn an. Ich setze wieder Federn an! Und Papa Passerat-Monnoyeur wird bezahlen! Dafür habe ich auch genug von seinen Likören getrunken!'

Als die Partie zu Ende war, da war Zézette weggegangen. Draußen fiel feiner Regen. Es möchte zwei Uhr morgens sein, und die letzten Cafés machten zu.

Der Mann ging hinaus. Ich folgte ihm auf Abstand. Ich hatte kein bestimmtes Ziel. Er durchquerte die Ile de la Cité und ging an den Kais entlang. Dann überquerte er eine Brücke an der Spitze der Ile Saint-Louis, und ich tat rasch ein paar Schritte auf ihn zu.

‚Hören Sie', sagte ich, ‚Sie müssen mir unbedingt, wenn schon nicht meine dreitausend Francs, wenigstens die Schuldscheine zurückgeben, die ich Ihnen unterschrieben habe!'

Er brach in Lachen aus. Ich muß blaß gewesen sein, angespannte Nerven gehabt haben, denn sein Lachen wurde unnatürlicher, und an seinem Blick begriff ich, daß er Angst hatte, daß er um sich herum nach Hilfe suchte ...

Damals hatte ich wie viele Studenten aus Spaß immer einen amerikanischen Schlagring in der Tasche.

Der Mann lachte immer noch, als ich ihm mitten ins Gesicht schlug, und er fiel um wie ein Baum."

„War er tot?" erkundigte sich Tati, deren Brust sich hob.

Er zuckte die Achseln.

„Ich habe ihm seine Brieftasche abgenommen. Ich habe sie in meine Tasche gesteckt. Ich bin rasch weggegangen. Dann ..."

„War er nicht tot?"

Da schrie er: „Aber nein, zum Donnerwetter, er war nicht tot! Oder vielmehr ... Was weiß ich denn? Ich war schon hundert, zweihundert Meter weit weg. Plötzlich dachte ich, er würde wieder zu sich kommen, Polizisten würden ihn bei ihrem Streifegang finden und er würde mich anzeigen. Ich ging zurück. Erst da hatte ich Angst. Ich beugte mich über ihn. Er brummte.

So schnell ich konnte, hob ich ihn hoch – wie, weiß ich nicht, denn er war schwer – und hievte ihn über die Brückenbrüstung.

In der Brieftasche waren vierzehntausend Francs und eine Fotografie, die zwei Kinder darstellte, Zwillinge, Wange an Wange ..."

„Haben sie Sie sofort gefaßt?"

Er senkte den Kopf.

„Vier Monate später ... Die Leiche ist erst fünf Wochen danach an einem Wehr gefunden worden. Die Untersuchung lief weiter, ohne daß mein Name genannt worden wäre."

„Und Zézette?"

„Ich bin sicher, daß sie die Wahrheit argwöhnte. Die vierzehntausend Francs habe ich mit ihr zusammen ausgegeben. Eines Morgens teilte mir die Concierge geheimnisvoll mit, die Polizei sei gekommen und habe sich nach mir erkundigt.

Ich tauchte unter. Ich schlief bei einem Freund, der mit seinem Onkel zusammenwohnte. Der Onkel durfte nicht wissen, daß ich im Hause war. Ich wagte nicht mehr hinauszugehen. Tagsüber hielt ich mich unterm Bett versteckt. Mein Kumpan brachte mir Essensreste, harte Eier, kaltes Fleisch.

Ich habe an meinen Vater geschrieben und ihn um Geld gebeten, damit ich ins Ausland gehen könnte!

Er hat mir mit einem einzigen Wort geantwortet: ‚Verrecke!'

Und eines Morgens, als ich zu husten anfing, habe ich mich am Quai des Orfèvres gestellt. Man wußte nicht, wer ich war, und hat mich zwei Stunden lang im Vorzimmer warten lassen.

Ich bekam einen Pflichtverteidiger. Er riet mir zu sagen, der Mann sei in dem Augenblick, als ich auf ihn einschlug, über die Brückenbrüstung gekippt, und das habe ich gesagt.

Zwar glaubte man das nicht, aber wegen des Zweifels habe ich nur fünf Jahre bekommen."

Da erkundigte sich Tatis Stimme: „Hat dir das nichts ausgemacht?"

„Was?"

„Ihn umzubringen."

„Ich weiß nicht mehr ... Ich glaube nicht ...", sagte er und blickte hinaus.

Die Wahrheit, die wahrhaftige Wahrheit war, daß er nicht an seinen Unternehmer dachte, während seine Stirn sich wieder verfinsterte, sondern an seinen verdorbenen Tag, an Félicies Spucken, an etwas, das es gegeben hatte und das er nicht mehr wiederfinden würde.

„Trink nicht mehr", murmelte Tati und nahm ihm die Flasche weg.

Er strich mit der Hand über sein Gesicht und seufzte.

„Ich bin müde ..."

„Geh schlafen."

„Ja ... Ich glaube ..."

Schwerfällig ging er die Treppe hoch, ließ sich auf seinen Strohsack fallen, der nach Heu und Schimmel roch. Kühle Luft drang durch die offene Luke über seinem Kopf, zusammen mit dem Gackern der Hühner und dem Knirschen eines Rechens, der irgendwo betätigt wurde, von Couderc im hinteren Teil des Gartens oder vom Straßenarbeiter auf dem Treidelpfad.

5

Jeder zum Tode Verurteilte wird geköpft.

Er zuckte zusammen, so als hätte ihm jemand, während er sich allein glaubte, jählings die Hand auf die Schulter gelegt. Die Wörter hatten sich in seinem Kopf gebildet, die Silben hatten sich in den Raum geschrieben, und mechanisch vollendete er: „Artikel 12 des Strafgesetzbuches!"

Er hatte den Fehler begangen, nachmittags zu schlafen. Als er dann wieder hinuntergegangen war, da hatte Tati ihn mit allzu großer Eindringlichkeit angesehen, so als wäre etwas an ihm verändert. Dieser Blick ging ihm nach im Dunkel der Mansarde, unter der mondblauen Dachluke.

Die zu Zwangsarbeiten Verurteilten werden für die härtesten Arbeiten eingesetzt; an ihren Füßen müssen sie eine Kugel tragen und werden zu zweit mit einer Kette aneinandergefesselt ...

Diesmal schien ihm, daß eine fröhliche Stimme vollendete: „Artikel 15 des Strafgesetzbuches ..."

Die Stimme seines Anwalts, Maître Fagonet, der achtundzwanzig Jahre alt war und jünger wirkte als er. Er betrat die Zelle, in den Falten seiner schwarzen Robe hing die Luft von draußen, an seinen Lippen ein leichter Nachgeruch von Aperitif und noch die Spuren des Lächelns, das er an seine Freundin gerichtet hatte, als er sie im Auto zurückließ, hundert Meter vom Gefängnis entfernt.

„Na, alter Junge? Was wollen wir heute dem wackeren Oscar erzählen?"

Der Untersuchungsrichter hieß Oscar Darrieulat. Maître Fagonet fand es komischer, ihn Oscar zu nennen.

„Haben Sie sich Ihren Artikel 305 eingehämmert?"

Die Erinnerung war so deutlich, die Anwesenheit Fagonets so wirklich, daß Jean sich auf sein Bett setzen mußte, die Augen weit offen ins Dunkel gerichtet, mit keuchender Brust wie als Junge, wenn er schlafwandelnd aus den Decken wegstürzte.

Das Außergewöhnliche war, daß ihm das jahrelang nicht mehr in den Sinn gekommen war. Mehr noch: zu der Zeit, als die Ereignisse sich tatsächlich abspielten, war er sich kaum darüber klargeworden.

Es war zu verwickelt. Er wurde mit Fragen bestürmt. Sein Anwalt sagte ihm unablässig Artikel aus dem Gesetzbuch auf.

„Totschlag zieht die Todesstrafe nach sich, wenn er einem anderen Verbrechen vorausgegangen, mit ihm einhergegangen oder darauf gefolgt ist ... Verstehen Sie, mein Kleiner, warum die Geschichte mit der Brieftasche auf gar keinen Fall zugegeben werden darf?"

Tragisch ging es damals nicht zu. Sogar sein Wärter rief ihm morgens fröhlich zu: „Gut geschlafen?"

Und der Richter, der berühmte Oscar, war höflich, mit einer Miene, als wollte er nicht des langen und breiten bei gewissen Einzelheiten verweilen.

„Setzen Sie sich. Sie sagen also, daß er Sie als erster geschlagen hat, freilich nicht heftig genug, um Spuren zu hinterlassen. Na schön, mir soll's recht sein. Jene Herren gilt es zu überzeugen, nicht wahr?"

Während der Vernehmung rief ihn seine Frau an. Er antwortete: „Ja, Liebling ... Ja, Liebling ... In Ordnung ... Ich schreib's mir auf ... Ja, drei Kilo ..."
Drei Kilo wovon?

Jeder zum Tode Verurteilte wird geköpft.

Er wälzte sich schwer auf seinem Bett, und die Nerven taten ihm weh.
„Der Artikel 321, mein kleiner alter Junge. Ohne den Artikel 321 sind wir erledigt. Den werde ich geltend machen. Aber wenn Sie nicht fähig sind, mir zu helfen ..."

Totschlag wie auch Verletzungen und Schläge sind entschuldbar, wenn sie durch heftige Schläge oder Gewaltanwendungen gegen die Personen hervorgerufen worden sind.

Maître Fagonet fuhr sich mit einem kleinen Kamm durch sein dichtes und glänzendes Haar.
„Sie haben ihn ohne böse Absichten auf der Brücke eingeholt. Sie wollen ihn nur darum bitten, Ihnen einen Teil des Geldes zurückzugeben, das er Ihnen abgewonnen hat. Sie erzählen ihm von Zézette. Er lacht Sie aus. Sie machen eine Handbewegung, und er glaubt, daß Sie ihn schlagen wollen. Er schlägt als erster zu. Sie verlieren den Kopf, und im Handgemenge lassen Sie ihn über die Brückenbrüstung gehen ..." In einem anderen Tonfall äußerte Maître Fagonet: „Sie werden uns nicht glauben."
„Aber dann?"
„Der Zweifel wird uns zugute kommen."
Es kam vor, daß er dem Gefangenen das Theaterstück erzählte, das er am Abend zuvor gesehen hatte.
Auch der Prozeß hatte sich wie ein Theaterstück abgespielt. Man betrachtete ihn neugierig. Er ertappte sich dabei, daß er die Leute betrachtete und dabei an etwas anderes dachte.
„Meine Herren, das Hohe Gericht!"
Jetzt plötzlich, nachdem Jahre vergangen waren, wie er da auf seinem nach leicht verschimmeltem Heu rie-

chenden Strohsack lag, wurde ihm endlich klar, daß es ernst war, daß es schwerwiegend war, daß er wirklich in der Gefahr geschwebt hatte, geköpft zu werden.

Jeder zum Tode Verurteilte wird ...

Er wäre gerne aufgestanden, zu Tati hinuntergegangen, um nicht allein zu bleiben. Er hatte Angst. Er war schweißbedeckt, und ihm war, als funktionierte in seiner Brust etwas schlecht, sicherlich sein Herz.

„Vor sich, meine Herren Geschworenen, haben Sie einen jungen Mann, der ein Opfer ..."

Ein Opfer wovon? Von nichts von all dem, was Maître Fagonet gesagt hatte! Und während er noch sprach und mit seinen schwarzen Flügeln schlug, hatte Jean bereits Lust, den Kopf zu schütteln.

„Eins ... zwei ... drei ... vier ... fünf ..."

Die Wassertropfen fielen vom Quark. Er hätte schreien mögen, weil sein Gehirn noch immer funktionierte, weil ihm allzu deutliche Bilder durch den Kopf gingen, einander überlagerten, begleitet von Stimmen, von Empfindungen wie der des Sonnenstrahls, der im Gerichtssaal als waberndes kleines Scheibchen auf seine linke Hand fiel.

Nichts stimmte, auch nicht das, was er Tati erzählt hatte. Die Wahrheit war – die Wahrheit, die er als einziger kannte –, die Wahrheit war, daß es angefangen hatte, als er vierzehn Jahre alt war, und daß der eigentlich Schuldige im Grunde sein Englischlehrer war.

Seinen Namen hatte er vergessen. Sonderbar, dieses Vergessen, während die anderen Einzelheiten so gegenwärtig waren. Ein Mann wie aus Holz, mit blasser Gesichtsfarbe, großen düsteren Augen, einem schwarzen Schnurrbart und allzu langen Jacken, die Gehröcken ähnelten.

„Monsieur Passerat-Monnoyeur ..."

Wenn er seinen Namen aussprach, schlug er einen anderen Ton an, und allen Schülern lief ein leichter Schauder über den Rücken. Das Fenster, das auf den Garten des Gymnasiums ging, stand offen. Eine Frau in einem zweiten Stockwerk klopfte ihre Teppiche.

„Vermutlich ist es sinnlos, daß ich Sie befrage, nicht wahr? Der Sohn von Monsieur Passerat-Monnoyeur ist so reich, daß er es nicht nötig hat, seinen Lebensunterhalt zu verdienen, und er muß nicht intelligent sein . . ."

Für einen Augenblick erschienen spitzige kleine Zähne unter dem Schnurrbart. Der Lehrer war zufrieden. Von einigen Schülern erntete er ein Lächeln.

„Sie können sich setzen, Monsieur Passerat-Monnoyeur. Ich bedaure, daß es gegen die Schulordnung ist, Sie während meines Unterrichts auf einen Spaziergang zu schicken. Dennoch betrachte ich Sie als abwesend."

Und wenn er die Klassenarbeiten einsammelte, tat er die von Jean beiseite, ging langsam zum Feuer und warf sie hinein; dabei spielte er sich auf und tat so, als wärmte er sich die Hände.

Wer war schuld? Sein Vater, der allzu elegant war und dem Englischlehrer ständig in seinem Wagen begegnete, worin man nur selten kein hübsches Mädchen sah.

Er kümmerte sich nicht um seinen Sohn. Wenn Jean zufällig einmal zu spät aufstand, brauchte er nur ins Arbeitszimmer hinüberzugehen.

Monsieur,

ich bitte Sie, entschuldigen zu wollen, daß mein Sohn gestern nicht zur Schule gehen konnte; er mußte wegen einer leichten Unpäßlichkeit das Bett hüten . . .

In dem Jahr hatte Jean sich krank gemacht, um seine Prüfungen nicht machen zu müssen. Während des ganzen Monats Juli hatte er im Garten des Hauses auf dem Hügel gelebt, und schließlich hatte er sich dahingeschleppt wie ein wirklich Kranker, und seine Bewegungen waren behutsam gewesen.

Im darauffolgenden Jahr hatte er die drittletzte Klasse wiederholt. Er arbeitete nicht. Er wußte, daß es von jetzt an sinnlos war. Er hatte aufgegeben.

Er war größer, magerer als seine Kameraden, eleganter als sie, und da er immer die Taschen voller Geld hatte, spendierte er ihnen Eis.

Wenn seine Brieftasche zufällig einmal leer war, nahm

er sich aufs Geratewohl ein paar Geldscheine aus der Kasse, und nur der alte Buchhalter bemerkte es.

Er hatte auf den Versuch verzichtet, etwas zu machen. Zweimal war er beim Abitur durchgefallen und hatte es schließlich nur mit Hilfe von Protektion bestanden.

So war es gekommen. Er schlenderte gern mit Freunden auf den Straßen herum, aß Eis vor den Cafés und trank später Bier.

Manchmal würgte ihn die Angst: was würde aus ihm werden, wenn . . .

Nichts! Nichts würde aus ihm werden. Er hatte aufgegeben. Es war zu spät.

Er stand auf und blieb inmitten der Mansarde mit bloßen Füßen stehen, um wieder kalt zu werden.

Jeder zum Tode Verurteilte wird . . .

Es war herzzerreißend, schmerzlich, überraschend. Als er das Drama, den Prozeß, das Gefängnis durchlebt hatte, da war ihm kaum klargeworden, daß ihm das alles zustieß. Er hörte zu, wie der Gerichtsvorsitzende den Zeugen Fragen stellte.

„Heben Sie die rechte Hand. Schwören Sie, daß Sie die Wahrheit sprechen werden, die ganze Wahrheit, nichts als die Wahrheit. Sie sind weder verwandt noch . . .“

Das Gefühl, daß dieser ganze Apparat in gar keinem Verhältnis zu seiner Person stand! Wie konnte man so viele Umstände für nichts und wieder nichts machen?

Man verhandelte seinen Fall, als wäre er ein Mann gewesen, ein Mann, der für seine Handlungen verantwortlich ist, und auf seiner Bank, zwischen seinen beiden Polizisten, glaubte er sich noch in der Schule!

Sein Vater war nicht gekommen. Seine Schwester auch nicht. Allerdings war sie damals noch keine zwanzig Jahre alt.

„Heben Sie die rechte Hand. Schwören Sie . . .“

Nach Beendigung der Sitzung gingen sie in den Fluren Zigarren rauchen, an der Theke ein Bier trinken! Abends gingen sie nach Hause zurück!

Jeder zum Tode Verurteilte wird . . .

Er biß sich auf die Lippen. Alles tat ihm weh.

Die Angst packte ihn an einem unbestimmten Punkt und erfaßte sein ganzes Wesen, bis in die Spitzen seiner Finger, seiner Zehen, die steif wurden wie unter dem Einfluß eines Krampfes.

Warum hatte Tati ihn so angeblickt? Manchmal hätte man meinen können, daß sie verstand, manchmal auch, daß sie noch zu verstehen versuchte.

Niemand hatte das Los des Unternehmers aus Le Mans bedauert, der immerhin zwei Kinder hatte. Auch Jean hatte kein Mitleid gehabt. Er hatte nie Gewissensbisse gehabt. Kaum, daß er sich an ihn erinnerte: eher an eine sehr breite Masse, wegen eines dicken Ratinmantels.

„Vergessen Sie nicht, meine Herren Geschworenen, als mein Mandant seine verhängnisvolle Handbewegung tat, befand er sich im Zustand fortgeschrittener Trunkenheit . . ."

Auch das stimmte nicht. Er hatte zwar getrunken, war aber bei klarem Verstand. Er war sogar bei klarerem Verstand als sonst.

Mehr noch! Als er hinter dem Unternehmer aus dem „Mandarin" trat, hatte er eindeutig innegehalten und zu sich gesagt: Du wirst eine Dummheit begehen . . .

Er hätte weggehen können. Und wenn er das nicht getan hatte, war es nicht gerade deshalb geschehen, weil er Schluß machen wollte? War er nicht angewidert gewesen, hatte er nicht die Nase voll gehabt?

Er wollte etwas Endgültiges, wollte, daß er sich keines anderen besinnen könnte.

Das stimmte so sehr, daß, als er mit dem Faustring zugeschlagen hatte, er seinen Englischlehrer vor sich zu sehen glaubte.

Sehr ruhig, fast erleichtert war er weggegangen. Er war bereits auf der anderen Seite der Brücke, als er sich umgedreht und die dunkle Masse auf den Pflastersteinen gesehen hatte.

Ein weiteres Mal hatte er gezögert. Wäre es nicht einfacher, den Mann ins Wasser zu werfen? Damit würden

Komplikationen am nächsten Tage vermieden. Er wäre ruhig.

Mit fast lässigen Schritten war er umgekehrt. Er hatte sich niedergebeugt.

Warum nicht?

Jeder zum Tode Verurteilte ...

Und jetzt, so viele Jahre später, da er nichts mehr riskierte, hatte er Angst, eine Angst im Rückblick, beklemmend, verzehrend. Er ging bis zur Tür. Er hatte Lust hinunterzugehen, zu Tati hineinzugehen, sich an das Fußende ihres Bettes zu setzen. Sie würde verstehen, daß er Gesellschaft brauchte.

Was war aus Maître Fagonet geworden? Er hatte sich immer herzlich gezeigt zu Jean, der ihm, ohne es zu wollen, seinen ersten Fall beschafft hatte. Zum Schluß waren sie dicke Freunde, und der Anwalt erzählte ihm seine Frauengeschichten.

Er schob die Scheibe der Fensterluke auf. Luft drang herein. Er hörte Schreie von Vögeln, sicherlich von Nachtvögeln. Mit Vögeln kannte er sich nicht aus.

Er fror und warf sich auf sein Bett.

Warum war er noch am Abend davor so glücklich, und warum plötzlich ...

Er hatte Kopfschmerzen, und da er erst gegen Morgen eingeschlafen war, war er nicht recht wach. Tati merkte es auf den ersten Blick.

„Geht's nicht gut? Geh eine Tasse Kaffee trinken, ehe du die Hühner fütterst."

Sie war vielleicht das erste Wesen auf der Welt, das ihn verstand. Schon an dem Autobus-Samstag, als sie nicht wußte, wer er war noch was er getan hatte, da hatte sie ihn geduzt. Im Grunde hatte sie ihn nie als einen Erwachsenen betrachtet.

„Tu dies! Tu das! Wasch dich! Rasier dich! Trink eine Tasse Kaffee ..."

Und sie sah zu, wie er kam und ging, und behielt ihre Gedanken für sich. Wäre er krank gewesen, sie hätte es fertiggebracht, ihn mitten um den Leib zu fassen wie ein

Kind, ihn zu betten, ihn zu wenden und zu drehen, ihn auszuziehen, ihm Breiumschläge zu machen.

„Halt still. Laß mich machen . . .“

Genau auf diese Art und Weise krank zu sein, hatte er immer Lust gehabt. Zu Hause hätte man ihm eines der Kindermädchen geschickt oder den Arzt oder aber eine Krankenschwester.

„Es ist meine Schuld, was!“ sagte sie plötzlich, während er sich über den Brutapparat beugte, um die Lampe einzustellen.

„Welche Schuld?“

„Ich hätte mit dir nicht darüber sprechen sollen.“

Er gab an.

„Das macht mir gar nichts aus.“

Er maß die Kleie, das Kleiemehl ab, goß warmes Wasser dazu, mischte den Brei.

Tati richtete es an diesem Morgen so ein, daß sie ihn nicht verließ.

„Am Samstag kommst du mit mir auf den Markt. Das wird dich ablenken. Außerdem wird es Zeit, daß du zum Friseur gehst. Du hast schon einen Haarwulst im Nakken.“

Er wäre gern über den Kanal gegangen, hätte sich gern in das hohe Gras gelegt und Félicie belauert. Er begnügte sich damit, von weitem das hellrote Dach und seinen Rauchstreifen zu betrachten.

Eines Tages, als er noch keine zwölf Jahre alt war, hatte er eine leichte Brustfellentzündung gehabt. Der Arzt hatte ihn vorsorglich durchleuchten lassen, um sich zu vergewissern, daß er keine tuberkulösen Schädigungen hatte. Einer seiner Kameraden war in Leysin in einem Sanatorium.

Und er hatte sich brennend Tuberkulose gewünscht. Auch er würde ins Gebirge gehen. Er würde nichts zu tun haben. Er läge – so stellte sich ihm das Leben in einem Sanatorium dar – in einem Liegestuhl mit Blick auf die Berge, und man würde alles für ihn tun, würde ihn atzen wie ein junges Tier, alle wären nett, um ihn bemüht, während er von morgens bis abends würde träumen können.

„Überhaupt nichts, mein kleines Kerlchen! Sie haben völlig gesunde Lungen.“

Tati blickte bedauernd zur Uhr.
„Ich muß zur Messe gehen ...“
Wieder einmal war Sonntag. Die Angler am Kanal waren ihm nicht aufgefallen, auch die zahlreichen Fahrräder nicht.

Jeder zum Tode Verurteilte ...

Er hätte zum Tode verurteilt werden müssen. Er wußte es. Artikel 314.

Totschlag zieht die Todesstrafe nach sich, wenn er einem anderen Verbrechen vorausgegangen, mit ihm einhergegangen oder darauf gefolgt ist.

Das war sein Fall. Der Raub der Brieftasche. Übrigens sah Artikel 304 die Situation genau vor:

Totschlag zieht ebenfalls die Todesstrafe nach sich, wenn er zum Ziel hat, entweder ein Verbrechen vorzubereiten, zu erleichtern oder auszuführen oder die Flucht der Urheber oder Komplizen dieses Verbrechens zu begünstigen oder deren Straflosigkeit zu gewährleisten.

Anders gesagt: hätte er nicht gelogen, hätte er nicht beschworen, daß der Unternehmer als erster zugeschlagen und daß er ihn im Handgemenge über die Brückenbrüstung gekippt hätte ...
„Tati!“ rief er.
Er war bis zur Tür ihres Zimmers hinaufgegangen, während sie sich für die Messe anzog.
„Was hast du?“
„Nichts ...“
Beinahe hätte er zugegeben: Ich habe Angst ...
Noch nie hatte er so viel Lust gehabt, krank zu sein. Warum sollte er nicht mit ihr zur Messe gehen? Vielleicht würde ihm das ermöglichen, an etwas anderes zu denken?
„Du wirst auf den Herd aufpassen, nicht wahr? Setz erst um halb zwölf die Kartoffeln auf. Hier, mach

mein Mieder fest! Versuch, mir nicht in die Haut zu pieken."

Er blieb ganz allein zurück. Wo der Alte war, wußte er nicht. Er öffnete einen Spaltbreit die Tür zum Eßzimmer, aber nicht um das Geld zu stehlen, das in der Suppenschüssel war. Er tat es um des reinen Vergnügens willen, dieses Zimmer zu öffnen, das nie jemand betrat. Schon die Tür machte beim Aufgehen ein Geräusch, das dem einer Flasche glich, die entkorkt wird. Die Luft, die niemals aufgerührt wurde, verlagerte sich plötzlich, dichter als anderswo, und man spürte, wie sie einem an der Wange entlangstrich. Selbst die Gegenstände wie etwa die Suppenschüssel, in ihrer Unbeweglichkeit und in Stille erstarrt, schienen zusammenzuzucken.

Wer hatte einst als Hochzeitsgeschenk dieses Gefäß aus Weißmetall mitgebracht, das leicht wie Papier mitten auf dem Tischläufer stand?

Er hatte nicht auf das Brummen eines Motors geachtet. Er hatte ihn zwar gehört, hatte aber nicht gedacht, daß das irgend etwas mit ihm zu tun haben könnte. Jetzt fuhr er hoch, als er auf den Fliesen der Küche Schritte hörte und eine weibliche Stimme, die rief: „Jemand da?"

Im Museums-Eßzimmer war der Fenstervorhang noch immer herabgelassen. Deshalb mußte Jean mit den Augen blinzeln, als er das Halbdunkel verließ und die Küche betrat, wo die Haustür zur Sonne hin offenstand.

Er trug seine blaue Tuchhose, ein weißes Hemd, das über der Brust offenstand, dazu Leinenschuhe. Wie Tati bemerkt hatte, bildeten seine Haare im Nacken einen dicken Wulst.

Vor sich sah er eine junge Frau in hellem Kleid stehen, mit einem bunten Hut und einer kleinen Tasche in der Hand. Er wollte eine Frage, irgendeine Frage stellen, als er sie erkannte, und zwar genau in dem Augenblick, als sie ihr Taschentuch zu den Augen führte.

„Billie!"

Sie schüttelte den Kopf und gab damit zu verstehen, daß sie nicht sprechen konnte. Sie schniefte. Er schob ihr einen Stuhl mit geflochtenem Sitz hin, auf den sie sich mechanisch setzte, mit jener zurückhaltenden Würde, die man bei großen Schmerzen annimmt.

Er seinerseits war nicht bewegt. Er machte Bemerkungen, die zu machen er nicht erwartet hätte, wenn er seine Schwester nach so vielen Jahren wiedersähe: beispielsweise bewunderte er ihre Schuhe, sehr schöne Schuhe, die sie bei einem bedeutenden Schuhmacher in Auftrag gegeben haben mußte. Die Strümpfe waren fein, saßen glatt. Seine Schwester Billie war immer elegant gewesen.

Sie schniefte noch ein wenig, schüttelte ein letztes Mal den Kopf, wagte einen Blick.

„Ich weiß nicht, wie das auf mich wirkt ..."

Sie sagte sich, daß es vielleicht angemessen wäre, ihn zu küssen, aber zugleich dachte sie, daß er ein Mörder ist. Und das änderte alles. Er war auf einmal nicht mehr ein Mann wie jeder andere. Er beeindruckte sie. Er war größer geworden.

„Ich hatte mich ganz darauf eingestellt ... Man hatte mir geschrieben ... Aber dich plötzlich hier, in dieser Küche zu sehen ..."

„Das letzte Mal, als wir einander begegnet sind ..."

Sie mußte sich daran erinnern, denn sie wurde rot.

„Das war in deinem Zimmer."

Ein schönes Zimmer, wirklich das Zimmer eines reichen jungen Mädchens, mit Pelzen als Teppichen auf dem Fußboden.

„Du wolltest dich nicht zeigen, weil du einen Pickel auf der Nase hattest. Ich war gekommen, weil ich dich um etwas Geld bitten wollte."

Sie war damals erst siebzehn Jahre alt, und ihr Vater schenkte ihr so viel Geld, wie sie wollte. Das war einfacher, als ihr etwas anderes zu schenken. Die schönsten Kleider. Die schönsten Hüte. Aufenthalte an den schönsten Stränden, in den besten Hotels. Ihr Haus war das schönste von Montluçon.

„Warum erinnerst du mich daran, Jean? Ich ahnte überhaupt nicht ..."

„Daß ich es wirklich brauchte. Du hast dich verändert, weißt du das? Früher warst du pummelig, mit einer üppigen Brust, die dich ganz verzweifelt machte. Jetzt bist du schlank."

„Ich habe zwei Kinder."

„Ach!"

Sie wollte ihre Handtasche auf den Tisch stellen, dann zögerte sie.

„Der Tisch ist sauber", sagte er. „Warte ..."

Er nahm einen Lappen aus dem Wandschrank und wischte den mit Sand gescheuerten Tisch ab.

„Willst du nicht etwas trinken? Eine Tasse Kaffee? Einen kleinen Schnaps?"

„Jean!"

„Was denn?"

„Ich weiß nicht ... Ich weiß nicht, wie ich mit dir reden soll ..."

Sie sah seine groben Tuchhosen an, seine Leinenschuhe, seine Haare, durch die er sich mit den Fingern fuhr, wenn ihm eine Strähne in die Stirne fiel. Er schien sich in dieser Küche so wohl, so zu Hause zu fühlen!

„Du bist verheiratet, nicht wahr?"

Sie lächelte nervös.

„Da ich zwei Kinder habe ..."

„Das besagt nichts! Ist dein Mann nicht mitgekommen?"

Er ging zur Tür, beugte sich hinaus und sah in hundert Meter Entfernung vom Haus einen schönen Wagen im Schatten der Haselnußbüsche stehen.

„Er hat die Gelegenheit dazu benutzt, einen Kollegen in Saint-Amand zu besuchen."

Sie zerrte nervös an ihrem Taschentuch herum.

„Ich muß Philippe mitnehmen, wenn ich auf dem Rückweg vorbeikomme."

„Natürlich!"

„Warum sagst du natürlich?"

„Ohne besonderen Grund ... Siehst du Papa noch?"

„Hat man dir etwas gesagt?"

„Was sollte man mir gesagt haben? Du warst sein Zukkerpüppchen. Er las dir deine Wünsche von den Augen ab. Ist er wieder verheiratet?"

Na also, langsam fand er seine Schwester wieder! Sie

sah ihn jetzt mißtrauisch an, sicher, daß sich hinter seinen Worten etwas versteckte, und das brachte ihn zum Lächeln. Ihm war das lieber als ihre Tränen.

„Hör mal, Jean ..."

„Was soll ich hören?"

„Antworte nicht so. Man spürt, daß es nicht natürlich ist. Als wenn ein Räderwerk quietschte."

„Ich schwöre dir, Billie, daß ich nicht quietsche. Du bist gekommen. Und zwar, weil du etwas mit mir zu besprechen hast. Ist das derart schwierig?"

Sie tupfte sich die Augen, damit sie nicht gleich zu antworten brauchte.

Dann fragte sie, zu den Türen blickend: „Ist niemand da?"

„Tati ist zur Messe. Wo das alte Schwein steckt, weiß ich nicht."

„Das alte Schwein?"

„So nennen wir ihn. Kümmere dich nicht darum. Also du sagtest, Papa sei ..." Und er ging zum Kamin und nahm Coudercs alte Pfeife, die er am Sonntag davor mit Schnaps gereinigt hatte.

6

„Wenn du glaubst, ich sei als Feindin gekommen, dann gehe ich besser weg. Es ist nicht meine Schuld, daß mir, wenn ich dich hier so sehe ..."

„Ist es hier nicht gut genug?"

Sie ihrerseits bewohnte sicherlich ein Haus wie das ihres Vaters. Es war eine neue, moderne Villa in Hanglage. Der Bauunternehmer hatte sie von allen Seiten aus fotografiert und sie dann in seinen Katalogen in Farbe abgebildet, so sehr entsprach sie der Vorstellung, welche die Leute sich vom Glück machen.

Alles war hell. Das Licht fiel durch breite Fenstertüren, und die Fenster wurden mit gutgeölten Kurbeln geöffnet, Kurbeln aus weißem Metall, das so fein war wie Silber. Blumenbeete umgaben die Auffahrt, und unter einer Veranda wurden Kaffee und alkoholische Getränke gereicht.

Wer auf der Straße vorbeifuhr, warf einen Blick über den Zaun. Die Garage für drei Autos war zu sehen, der Chauffeur, stets damit beschäftigt, seine Wagen zu putzen, die Rasenflächen, ein sich drehender Springbrunnen, der Gärtner, der über seine Beete gebeugt war.

Und da hinten, unter dem ausladenden roten Walmdach, die schattige Veranda, hellgekleidete Menschen in Rohrsesseln, die gute Sachen schlürften.

Draußen ein Quietschen. Billie spitzte die Ohren, und Jean beruhigte sie.

„Das ist weiter nichts. Die Zugbrücke wird gerade betätigt. Sicherlich ein Motorboot, denn Schleppkähne verkehren sonntags nicht."

„Antworte mir aufrichtig, Jean. Bist du Papas wegen hierhergegangen, als du herauskamst? Hast du ihn gesehen?"

„Nein."

Sie glaubte ihm noch nicht. Sie war mißtrauisch.

„Und du weißt nicht, daß er ein junges Ding geheiratet hat, das zwei Jahre jünger ist als ich? Ein Mädchen, das Verkäuferin in einer Konditorei war?"

„Das mußte früher oder später passieren."

„Was gedenkst du zu tun?"

„Und du?"

„Wieso ich? Ich schwöre dir, Jean, ich verstehe dich nicht. Du sprichst Worte, die keinen Sinn haben. Du bist mit den Gedanken nicht beim Gespräch. Erwartest du jemanden?"

„Nein. Ich warte darauf, daß es halb zwölf ist, damit ich die Kartoffeln aufsetzen kann."

„Hast du so schwer gelitten?"

„Wann? Als ich Papa mit Lucette zusammen entdeckt habe?"

„Was erzählst du da?"

„Nichts. Ein Bild, das mir wieder vor Augen kommt, das mir oft wieder vor Augen gekommen ist. Ich glaube, das hat über manches entschieden. Mama war krank geworden . . ."

„Du warst kaum neun Jahre alt!"

„Richtig. Neben ihrem Zimmer war ein Bad, dann eine Garderobe, wo alle Kleidungsstücke der Familie eingeräumt wurden. Der Arzt war noch keine fünf Minuten weg. Mama, die Schmerzen gehabt hatte, schlummerte ein. Ich wollte in die Garderobe gehen und überraschte Papa mit Lucette. Soll ich dir sagen, wie sie angezogen waren?"

„Schweig!"

„Dann sag mir, warum du gekommen bist."

„Also gut, wir sehen Papa nicht mehr! Wenige Tage nach seiner Hochzeit hat es eine Szene gegeben. Als ich erfuhr, daß du hier bist, dachte ich, du würdest nach Montluçon kommen."

„Warum?"

„Spiel doch nicht den Ahnungslosen, Jean! Papa muß auch auf deinen Besuch gefaßt sein. Du wirst mich nicht glauben machen . . ."

Als er im Herd nachlegte und dann die Kartoffeln aufsetzte, stand sie, äußerst nervös, unvermittelt auf. „So bleib doch ruhig! Hör mit dieser Komödie auf."

„Welcher Komödie?"

„Du willst mich glauben machen, daß du wirklich in diesem Hause zu bleiben gedenkst? Als was bist du hier?"

„Als Knecht!"

„Als Knecht! . . . Also wahrhaftig . . ."

„Willst du meine Hühner sehen? In ein paar Tagen werden sechzig Kücken im Brutapparat zur Welt kommen."

„Und du gedenkst nicht, unseren Vater aufzusuchen, nicht wahr? Du wirst nicht deinen Anteil an Mamas Erbschaft von ihm fordern?"

„Ich hatte nicht daran gedacht."

„Kehr doch nicht den Gerissenen heraus, Jean. Du weißt, das verfängt bei mir nicht. Ich kenne dich doch, geh!"

„Glaubst du?"

Ungeduldig stampfte sie mit dem Fuß auf.

„Was machst du in diesem Schrank?"

„Ich hole den Schnaps und Gläser. Ich habe Durst. Willst du lieber ein bißchen Cassis?"

„Ich rede ernsthaft mit dir. Wenn du nach deinen Vorstellungen handeln willst, ist das deine Sache.

Wenn du Papa gesehen hast, wirst du mir wieder Bescheid geben."

„Hast du ihn aufgesucht?"

„Ich habe ihm geschrieben."

„Um deinen Anteil an Mamas Erbschaft von ihm zu fordern?"

„Das ist unser gutes Recht. Philippe hat hohe Summen für seine Klinik aufgenommen. Weißt du, wie Papa reagiert hat?"

„Nein!"

„Er hat mir telefonisch geantwortet. Ich wußte, daß es ihn am Ende interessieren würde. Er hat mir erklärt, daß er uns, solange er lebe, keinen Sou geben würde. Er behauptet, er habe Mama ohne Geld geheiratet und alles, was er besitzt, habe *er* verdient."

„Das stimmt."

„Wie wagst du das zu sagen?"

„Mein Gott, Mama war immer leidend. Sie hätte es nicht gekonnt."

„Das ist kein Grund, uns um unsere Erbschaft zu bringen. Da dachte ich, wenn du ihn besuchen solltest . . ."

„Nein."

„Wieso nein?"

„Ich sage, daß ich ihn nicht besuchen werde."

„Gedenkst du etwa, deine Tage in diesem Haus zu beschließen?"

„Ja, vielleicht."

„Ich glaube, ich sollte besser gehen."

Sie hätte am liebsten geweint. Wie immer waren es die Nerven. Die kleinste Unannehmlichkeit versetzte sie in diesen Zustand.

„Ich werde Philippe sagen . . ."

„Was wirst du ihm sagen?"

„Du haßt uns, nicht wahr?"

Warum ging ihm der Artikel 12 wie ein Kehrreim durch den Kopf?

Jeder zum Tode Verurteilte wird geköpft.

„Ich verstehe allmählich, daß du nur in unsere Gegend zurückgekommen bist, um uns aufzubringen. Du versteckst dich nicht einmal. Du sagst jedermann deinen Namen. Die Leute hatten gerade ein wenig vergessen. Sie werden wieder zu reden anfangen. Gib zu, daß du so erreichen willst, daß Papa dir dein Geld gibt! Du kleidest dich absichtlich wie ein Landstreicher und lebst mit irgendwelchen Leuten zusammen."

„Mit Tati."

„Was sagst du?"

„Ich sage, daß ich mit Tati zusammen lebe. Sie ist meine Geliebte. Da ist auch noch das alte Schwein, wie sie ihn nennt. Das ist ihr Schwiegervater. Manchmal schläft sie mit ihm, so wie man einem Kind ein Bonbon schenkt, damit es brav ist. Es ist die einzige Möglichkeit, das Haus zu halten."

„Jean!"

„Was denn?"

„Das tut mir weh. Verstehst du denn nicht? Ich weiß, du tust es mit Absicht. Ich war gekommen, um dir zu helfen. Philippe hätte eine Stelle für dich gefunden."

„Nicht allzusehr in der Nähe!"

„Mach nicht ständig diese Scherze, ich flehe dich an. Soll ich auf die Knie fallen? Ich spüre, daß du wieder Dummheiten machen wirst. Du hast einen schlechten Start gehabt."

„Ich habe immer einen schlechten Start gehabt."

„Schweig. Hör auf mich. Denk dran: wenn Mama hier wäre, sie würde dasselbe zu dir sagen."

„Sie würde mich fragen, ob ich nicht allzu unglücklich bin."

„Und ich? Frage ich dich nicht seit einer Stunde schon genau das? Bin ich etwa nicht gekommen, um zu versuchen, dich hier herauszuholen? Du bist jung. Du hast . . ."

„Ich habe jahrelang gesessen. Zu diesem Zeitpunkt müßte ich tot sein, den Kopf vom Rumpf getrennt."

„Du hast also keinerlei Mitleid, keinerlei Gefühl?"

„Ich bin erschöpft."

Um sich suchte er etwas, womit er sich beschäftigen konnte, nahm ein Stück Holz und fing an, daran zu schnitzen – mit den langsamen und genauen Handbewegungen eines Bauern.

„Soll ich gehen?" erkundigte sich seine Schwester, die nicht mehr wußte, wohin mit sich.

Er blickte sie an, als sähe er sie nicht, und strich sich mit der Hand über die Stirn.

„Wie langweilig du bist", seufzte er.

Im selben Augenblick spitzte er die Ohren, tat ein paar Schritte auf die Tür zu, in der Hand sein Stück Holz und sein Messer.

„Was ist los?" erkundigte er sich.

Félicie eilte herbei, in blauer Schürze, mit aufgelösten Haaren und angstvollen Augen.

„Kommen Sie rasch . . . Tante . . . Tante . . ."

Er wandte sich zu Billie, die im Halbdunkel der Küche stand. Er wollte ihr auf Wiedersehen sagen, nahm sich aber nicht die Zeit dafür.

„Also, was ist passiert?"

„Sie ist . . . sie ist verletzt. Kommen Sie . . ."

Plötzlich war der Sonnenschein über ihn gekommen. Eine andere Welt fing sie ein, ihn und Félicie, die vorauslief, allzu bewegt, als daß sie weinen konnte.

Die Angler am Ufer des Kanals wußten nichts. Blasen stiegen an die Wasseroberfläche. Dahinten das hellrote Dach. Eine dunkle Tür in einer weißen Mauer.

„Sie hört nicht auf zu bluten. Ich habe Angst. Mein Vater . . ."

Der Schleusenwärter mit dem Holzbein rauchte seine Pfeife; er saß auf seiner Türschwelle, und eines seiner kleinen Kinder lief vor ihm auf allen vieren.

Man hätte vorhersehen können, daß es eines Tages schlecht enden würde, aber nicht so, nicht an einem Sonntagmorgen, bei schönem Sonnenschein.

Tati kam in ihrem guten schwarzen Kleid am Kanal entlang zurück, leicht außer Atem wie immer, wenn sie lief. In der einen Hand hielt sie ihr Meßbuch, in der anderen ihren Regenschirm. Der diente ihr als Sonnenschirm auf den nicht beschatteten Teilen der Landstraße, aber hier, unter den Kastanienbäumen, die auf beiden Seiten den Kanal säumten, war der Schatten fast kühl. Manchmal fuhren Fahrräder an ihr vorbei. Jungen und Mädchen traten lachend in die

Pedale. Tati sprach mit sich selbst. Das war so ihre Gewohnheit.

Und als sie an die Schleuse kam, blieb sie stehen, und ihr Blick wurde plötzlich hart. Hundert Meter von sich entfernt erblickte sie die Zugbrücke und auf dieser Brücke zwei Kühe – ihre Kühe –, die den Weg versperrten und die ein Junge zurückzudrängen versuchte.

Für andere hatte das keine Bedeutung, es war nur ein Fleck in der Landschaft. Tati hingegen hatte verstanden, und statt ihren Weg fortzusetzen, überquerte sie die Schleuse und ging geradewegs auf das kleine Haus der Ziegelei zu.

Félicie, die auf dem Fahrrad von der Messe zurückgekommen war, hatte sich bereits ausgezogen und spielte in der Nähe der Türschwelle mit ihrem Säugling. Sie stützte sich auf die Hände, um ihre Tante vorbeigehen zu sehen.

Die ihrerseits betrat ohne Zögern, ohne innezuhalten die Küche, und vor sich entdeckte sie, wie erwartet, den alten Couderc, der vor einem Schoppen Wein saß. Auf dem Tisch lag eine kleinkarierte Wachstuchdecke.

Neben dem Herd saß mit leicht gespreizten Beinen Françoise und schälte Kartoffeln, die sie eine nach der anderen in einen Eimer fallen ließ.

Es herrschte Ruhe wie über einem See, einem Sumpf. Aber Tati störte die Ruhe, ging quer durch die Küche, packte den Alten an der Schulter und zog dabei den Ärmel seiner Jacke hoch. Sie wußte, daß er sie nicht hörte, sprach aber dennoch.

„Du, verschwinde hier! Ich ahnte es: sobald ich den Rücken drehe, werden irgendwelche Machenschaften angezettelt ..."

Da ließ Françoise, die bisher stets die Friedfertigkeit und Dummheit in Person gewesen war, die Kartoffelschalen von ihrer Schürze fallen, erhob sich und pflanzte sich mitten im Raum auf. Ihr allzu kurzer Rock gab den Blick auf schwarze Wollstrümpfe frei.

„*Du* wirst hier verschwinden, mein Mädchen!" rief sie und warf einen besorgten Blick durch den Vorhang. Dann, zur Tür gewandt: „Félicie, ruf deinen Vater!"

Der war hinter dem Haus und grub gerade ein Stück

Erde um, das man im Winter stets von gelbgewordenem Porree bedeckt sah. Man hörte, wie er in seinen Holzschuhen näher kam. Auf der Türschwelle trat er sie ab.

„Was ist los?“ erkundigte sich Tati. „Was heißt das?“

„Das heißt, du Alte, daß der Vater bei uns bleiben wird, wenn es ihm Spaß macht, und daß du verschwinden wirst. Hast du verstanden? . . . Laß sie vorbei, Eugène.“

„Ach, du möchtest den Alten behalten! Ach, dazu haben eure geheimen Beratungen mit Amélie geführt. Hat vielleicht der Rechtskundige euch geraten, so vorzugehen? Wir werden schon sehen, ob Couderc . . .“

Und sie packte den Alten am Arm, zog an ihm. Françoise trat dazwischen.

„Ich sage dir, er wird bei uns bleiben.“

„Und ich sage dir, du Klauliese . . . Willst du mich gefälligst loslassen?“

„Ich werde dich loslassen, wenn du draußen bist, du Stinkweib.“

„Oh, du!“

Mit einer überraschenden Handbewegung griff Tati in den Haarknoten ihrer Schwägerin, und die Haare öffneten sich.

„Ah, du willst den Alten behalten . . . Ah, du!“

„Mama!“ schrie Félicie, die herbeigekommen war und einen Blick durch die Tür geworfen hatte. „Mama!“

„Ah, du!“

Und Tati zog aus Leibeskräften. Françoise stieß mit ihrem Knie an einen Stuhl und schrie auf.

„Eugène! . . . Los! . . . Kannst du . . .“

Félicie weinte. Der Alte preßte sich gegen die Wand. Eugène runzelte die Brauen und zögerte einzugreifen.

Als er sich entschieden hatte, griff er nach einer Flasche, die auf dem Tisch stand.

„Laß meine Frau los!“ schrie er. „Laß meine Frau los, oder ich . . .“

Da zerbarst plötzlich die Flasche auf Tatis Kopf, und alle erstarrten; die Bewegungen blieben für einen Augenblick in der Schwebe.

Dann senkte Eugène den Blick auf den Flaschenhals, den er noch in der Hand hatte, und schien verdutzt.

Tati war für einen Augenblick wie stumpfsinnig. Als sie sich mit der Hand über den Schädel gefahren war, da war die rot, und sie spürte, wie die Beine unter ihr nachgaben.

Weh tat ihr nichts, aber das Blut lief. Es lief ihr über die Stirn, erreichte die Augenlider, die Nase, rann im Zickzack an die Mundwinkel und erreichte dann das Kinn.

„Setz dich", gelang es Françoise zu sagen. „Warte! ... Félicie! ... Félicie! ... Lauf jemand holen, ich weiß auch nicht ... Du kannst stolz sein ... Also wirst du da weiter herumstehen, du alter Idiot? ... Vielleicht sollte man ihr die Haare abschneiden? ... Tati! ... Tati!"

Tati war in Ohnmacht gefallen. Sie schwankte. Sie erwischten sie genau in dem Augenblick, als sie zu Boden zu fallen drohte, und legten sie der Länge nach auf die Fliesen.

„Félicie! ... Wo bist du?"

Félicie vergaß ihren Säugling, der im Grase lag, und lief den Kanal entlang.

„Reich mir den Essig, du Schwachkopf! ... Aber nein, das ist das Öl! ... Falls nicht ... Du wirst doch hoffentlich nicht umkippen?"

Tatsächlich spürte Eugène, wie er schwach wurde. Er mußte sich auf einen Stuhl setzen und blieb dort in seine Gedanken versunken, wagte nicht, seine Schwägerin anzublicken.

Als Jean hereinkam, roch es in der Küche nach Essig; auf dem Boden war eine Blutlache, und das Blut sickerte noch immer durch Tatis ergrauende Haare. Sie öffnete halb die Augen, stieß einen langen Seufzer aus, rief, so als wüßte sie, daß er da war: „Jean! ... Laß sie mir nicht die Haare abschneiden."

Sie war kaum zu erkennen. Sie schien dicker, und einen Augenblick dachte er, ihr Kopf sei angeschwollen. Das Rot des Blutes entstellte sie derart.

„Wasser", verlangte er.

Man gehorchte ihm. Félicie holte Handtücher aus dem Nebenzimmer.

Wenn in diesem Augenblick die Gendarmen erschienen wären, dann hätte Eugène nur geseufzt: „Ich ergebe mich."

Françoise fing bloß zu weinen an. Félicie hätte sich am liebsten übergeben. Der Schleusenwärter betrachtete neugierig das Haus von weitem und zögerte, sich mit seinem Holzbein in Bewegung zu setzen.

„Ich sehe die Stelle nicht . . .", murmelte Jean.

Und Tati: „Vorsicht! . . . Du tust mir weh . . . Du merkst nicht, daß du mir die Haut abreißt!"

Die Haare klebten aneinander. Er versuchte, die Wunde zu entdecken, ohne daß es ihm gelang.

„Sie müssen abgeschnitten werden", wiederholte Françoise, die möglicherweise nicht wußte, was sie sagte.

Gar so schlecht konnte es Tati nicht gehen, denn sie erwiderte mit ihrer bissigsten Stimme: „Dir werd ich sie abschneiden! Warte nur!"

Und Jean verkündete: „Es ist weiter nichts. Eine Schnittwunde von zwei Zentimetern. Es blutet heftig, aber tief ist es, glaube ich, nicht."

„Hilf mir aufstehen, Jean!"

„Du brauchst dich nicht zu beeilen", mischte Françoise sich ein. „Erhol dich in aller Ruhe. Wir werden dir ein Schnäpschen geben. Hol den Schnaps, Félicie."

„Bei dir werde ich nichts mehr trinken!"

Die Tragik war bereits verflogen. Eugène faßte wieder Mut, und als seine Tochter eine Flasche auf den Tisch stellte, schenkte er sich ein großes Glas ein.

Tati wollte unbedingt aufstehen.

„Stütz mich, Jean . . ."

Françoise sagte: „Du hast auch mit Schuld! Wenn du mich nicht an den Haaren gezogen hättest wie eine . . . wie eine . . ."

Sie zögerte, Schimpfwörter für eine Frau zu gebrauchen, die gerade in Ohnmacht gefallen war.

„Eine was?"

„Nichts. Schon gut. Eugène hat es nicht mit Absicht getan. Und der Vater, der hat das gute Recht . . ."

„Halt mich, Jean . . . Ich glaube, ich falle hin . . . In meinem Kopf wummert es . . ."

„Kommen Sie."

Ohne Couderc? Sie zögerte noch, drehte sich zu ihm um. Doch sie fühlte sich wirklich krank. Sie hatte Angst, abermals in Ohnmacht zu fallen.

„Ich gehe, aber sie können noch solange warten . . ."

Draußen sah er, wie Tränen unter ihren Lidern hervorschossen, Tränen des Ärgers, der Wut.

„Habe ich noch Blut im Gesicht?"

„Fast gar keins mehr."

„Die Leute werden sich fragen . . ."

Sie ging schneller, wandte den Kopf ab, als sie an einem Angler vorbeikam.

Die beiden Kühe hatten endlich die Brücke überquert und blieben entgeistert vor dem Haus stehen, so als zögerten sie, die Küche zu betreten, deren Tür offenstand.

Am Ende des Weges bemerkte Jean das Auto seiner Schwester; es parkte noch immer. Billie saß am Steuer. Sicherlich hatte sie wissen wollen, was geschehen war.

Kaum hatten sie das Haus betreten, ließ sie den Motor an und schaltete in den ersten Gang, machte mehrere geräuschvolle Manöver und bog dann in den engen Weg ein.

„Ist jemand gekommen?" fragte Tati mechanisch.

Billies Parfüm hing noch im Raum.

„Hilf mir, mich hinzulegen . . . Unter meiner Schädeldecke hämmert es wie wild . . . Glaubst du wirklich, daß nichts gebrochen ist?"

„Wir können den Arzt holen."

„Was würde er schon tun, der Arzt? . . . Schieb mich. Ich glaube, ich komme nie die Treppe hoch. Ich hätte nicht geglaubt, daß ein Dummkopf wie Eugène fähig wäre . . ."

Das Schlafzimmer roch fade.

„Hak mein Kleid auf. Mach schnell."

Er zog sie aus, wie man ein Karnickel häutet. Die schwarze Seide klebte an ihrem Fleisch, das Wülste bildete. Leise hatte sie zu weinen begonnen.

„Du bist lieb, Jean . . . Warte! Ich kann mich schon alleine hinlegen . . . Wer ist gekommen?"

„Meine Schwester."

„Was wollte sie?" Und, plötzlich in ihrem Bett aufgerichtet, fragte sie: „Du wirst hoffentlich nicht weggehen? Sie ist nicht gekommen, um dich zu holen?"

„Bleiben Sie ruhig. Warten Sie ... Sind keine Desinfektionsmittel im Haus?“

„Im Schrank muß Jodtinktur sein.“

Es war das erste Mal, daß er jemanden pflegte. Er staunte darüber, sich leicht zu fühlen, auf alles ein Auge zu haben, genaue Handbewegungen auszuführen.

„Wohin gehst du?“

„Abgekochtes Wasser holen.“

„Schwör mir, daß du nicht weggehen wirst.“

„Aber ja doch ...“

„Schwör's!“

„Ich schwöre es. Halten Sie dieses Handtuch auf Ihren Kopf, damit das Kopfkissen nicht fleckig wird.“

Er hätte sich gewünscht, daß seine Schwester zurückkäme, daß sie ihn kommen und gehen sähe wie im eigenen Hause, daß sie sähe, wie er das Feuer schürte, Wasser aus dem Brunnen schöpfte, es heiß machte, einen Schrank voll alter Kleider öffnete, die nach Naphthalin rochen, und darin ein braunes Fläschchen suchte.

Von ihrem Bett aus lauerte Tati auf alle Geräusche, und nur vor einer plötzlichen Stille hatte sie Angst.

„Kommt herein, ihr Kühe! Nicht da herum, ihr dummen Viecher. Gleich kümmert sich jemand um euch.“

Ob er sie würde melken können? Er hatte den Alten dabei beobachtet, hatte es aber niemals versucht.

Als er ins Zimmer zurückkam, umhüllte Tati ihn mit einem dankbaren, bewundernden Blick.

„Was ist denn?“ erkundigte er sich.

„Nichts. Du bist spaßig so. Man könnte meinen, daß du dein Leben lang Krankenwärter gewesen bist.“

Hinter der Küchentür hatte er eine Schürze vom Haken genommen.

„Jetzt versuchen Sie, ruhig zu bleiben. Ich glaube, ich werde Ihnen ein bißchen weh tun, aber das muß sein.“

„Viele sind nicht mehr da, was?“

„Was denn?“

„Haare. Widert dich das nicht an? Dein Hemd ist voller Blut.“

„Wenn Sie ruhig bleiben, dann ...“

„Gut! Aber du ziehst an der Haut.“

Er machte ihr einen turbanförmigen Verband, der sie völlig veränderte.

„Ich fühle mich schwach, so als ob ... Was wirst du essen, Jean?"

„Die Kartoffeln stehen auf dem Ofen."

„Du brauchst dir nur eine Scheibe Schinken abzuschneiden. Gleich werde ich aufstehen können. Laß den Vorhang runter, ja? Das Licht tut mir in den Augen weh."

Im Vorbeigehen küßte sie ihn flüchtig auf den Handrücken. Er ging nach unten, nahm ein Handtuch aus dem Wandschrank.

Und als er gegessen hatte, pflanzte er sich in die Türöffnung, eine Zigarette zwischen den Lippen, die Hände in den Taschen.

Die Sonntagsspaziergänger strömten allmählich auf den Treidelpfad, wo der Schatten der Bäume violett war.

Ich sollte ihr vielleicht eine Tasse Kaffee hinaufbringen, dachte er.

Das Grauen der Nacht hatte er vergessen. Er war zufrieden.

7

Von morgens bis abends fiel ein sanfter lauwarmer Regen, und unterm Himmel, der weich war wie eine Polsterhülle, herrschte eine solche Ruhe, eine solche Stille, daß man das Gras wachsen zu hören glaubte.

Ob nah oder fern: die Geräusche hallten vereinzelt, von Stille eingefaßt, statt sich wie bei Sonnenschein orchesterhaft zusammenzufügen, und nahmen die Bedeutung einer Solodarbietung, einer persönlichen Botschaft an, ob es nun das Krähen eines Hahnes war, die Handkurbel, die der Schleusenwärter auf einen Stein fallen ließ, nachdem er sie benutzt hatte, oder die kleine Hupe eines Lastkahns.

Jean war früher aufgewacht als üblich, und als er dieses Grau in Grau durch seine Dachluke wahrnahm, konnte er es für einen Rest Dunkelheit halten. Eine Kuh, die im Stall muhte, erinnerte ihn daran, daß Couderc nicht mehr da war und daß abermals er die armen Tiere quälen würde.

Und da wurde die Stille durch einen überraschenden schrillen Schrei zerrissen, der aus dem Hause selbst kam.

„Jean!"

Der Ruf war angstvoll, dramatisch. Er gemahnte an Straßenbahnunfälle, wie sie eine Straße, die noch eine Sekunde vorher hell und fröhlich war, in die Aufnahmestation eines Krankenhauses verwandeln, oder an jene Verstörten, die man wie Irre aus einem Haus kommen sieht und die mit weit aufgerissenen Augen schreien: „Da! . . . Da! . . . Es brennt!"

Jean hatte fast Angst. Nicht Angst vor etwas Bestimmtem. Angst vor dem Drama. Er betrat die Treppe. Tatis Tür ging jählings auf.

„Jean! . . . Guck . . ."

Er sah nicht sofort, weil sie im Gegenlicht stand.

„Ich werde sterben, Jean . . ."

Er war unangenehm berührt, als er endlich Tatis Gesicht erkannte: es war völlig entstellt, die Augen durch Schwellungen fast geschlossen, die Lippen schief. Man hätte meinen können, ihr Kopf habe den doppelten Umfang angenommen, und als sie sich im Spiegel betrachtete, stammelte sie entsetzt: „Ich kriege Wasser in den Kopf . . . Ich kannte auch so jemanden, dem verwandelte sich das Blut in Wasser, aber das war in den Beinen . . . Was meinst du, Jean? . . . Werde ich sterben?"

Und das war das Sonderbare: kaum hatte er das Zimmer verlassen, war er weder betrübt noch ängstlich. Er hatte daran gedacht, im Vorbeigehen die Tür zum Hühnerhof aufzumachen. Er hatte dem Federvieh eine Handvoll Körner hingeworfen und, als er durch die Küche kam, bedauert, daß kein kalter Kaffee vom Vortag mehr da war.

Barhaupt ging er am Kanal entlang, dessen Wasser so dick und so glatt war wie schwarzer Samt. Die Leute in dem kleinen Haus neben der Ziegelei waren schon aufgestanden. Sicherlich saßen sie am Tisch und tranken Milchkaffee. Als einzige trat Françoise in den Rahmen der Haustür, weder gekämmt noch zurechtgemacht, um ihn vorbeigehen zu sehen.

Er brummelte einen Morgengruß, als er den Schleusenwärter mit dem Holzbein streifte, doch der antwortete ihm nicht.

Er lief so leichten Schrittes, als ginge er spazieren. Er überholte zwei Kinder, die auf dem Weg zur Schule waren. Beim Eintreten ließ er die kleine Glocke des Gemischtwarenladens ertönen, der zugleich Tabakgeschäft war und wo es eine Telefonzelle gab. Durch eine andere Tür kam geräuschlos eine kleine alte Frau in Pantoffeln herein, und er war verdutzt darüber, sie plötzlich im Dunkel, auf der anderen Seite des Tresens, vor sich zu sehen.

Sie fragte ihn nichts. Vielleicht hatte sie Angst vor ihm?

„Kann ich telefonieren?"

Er lächelte bei dem Gedanken, daß sie wußte, daß er ein Mörder war. Er betrat die Zelle.

„Hallo! ... Praxis Doktor Fisol? ... Doktor Fisol am Apparat? ... Ich möchte ... Ja ... Bei Madame Couderc ... Witwe Couderc in Le Gué de Saulnois ... Halb! Sie kennen sich aus? ... Ja, ich glaube, es ist ziemlich dringend ..."

Er benutzte die Gelegenheit und kaufte sich Zigaretten, und beim Hinausgehen sah er die Kinder wieder, die zur Schule gingen und die er auf dem Treidelpfad überholt hatte.

Er rechnete damit, auf dem Rückweg Félicie zu erblikken, aber nur der alte Couderc saß auf einem Stuhl links von der Türschwelle, auf dem Kopf eine Mütze, unbekümmert um den Nieselregen. Seine Haltung gemahnte an einen Hund, den man neben der Tür festmacht und auf den man bisweilen einen Blick wirft, um sich zu vergewissern, daß er sich nicht losgerissen hat.

„Wird er kommen, Jean? Hast du ihm auch erklärt, wohin er muß? ... Du mußt hinuntergehen und die Kühe melken. Die armen Tiere hören nicht auf zu muhen."

„Aber ja doch. Haben Sie keine Angst."

„Horch mal ab und zu, ob ich rufe. Falls es mir schlechter gehen sollte."

Als erstes machte er Feuer im Herd, um sich Kaffee

zu kochen, und er glaubte die Geistesverfassung Tausender, Zehntausender von Hausfrauen zu begreifen, die zeitig aufstehen, wenn das ganze Haus noch schläft, die in ihrer Küche hin und her gehen, im Herd stochern und einen Schuß Petroleum hineingießen, damit die Kohle schneller anbrennt.

Er tat es, und ein unangenehmer Geruch verbreitete sich in der Küche, während blaue Flammen aufstiegen. Er drehte die Kaffeemühle, und in seinem Geist herrschte fast dieselbe Leere wie um ihn, fast auch dieselbe sanfte Stimmung.

Manchmal drehte sich Tati oben in ihrem Bett herum. Er brachte ihr ein Glas süßen Kaffee hinauf.

„Glaubst du, ich kann den trinken? ... Guck mich an ... Hast du den Eindruck, daß ich noch immer anschwelle? ... Beeil dich, die Kühe zu melken, Jean."

Er setzte sich auf den dreibeinigen Schemel des Alten. Der Schwanz der Kuh erschwerte seine Aufgabe, und er hätte ihn am liebsten festgebunden, fand aber keine Schnur. Der Mist unter seinen Füßen war warm. Die Tiere wandten den Kopf und blickten ihn erstaunt an.

Was sollte er jetzt, wo sie erleichtert waren, mit ihnen tun? Sie mußten Hunger haben.

„Jean! ... Jean! ... Komm einen Augenblick herauf."

Er wußte, daß sie auf alle Geräusche horchte, daß sie so sein Kommen und Gehen verfolgte.

„Pflöcke findest du im Schuppen, neben dem alten Planwagen. Ketten sind auch da. Wo der Hammer ist, weiß ich nicht, aber weit weg davon kann er nicht sein. Mach den Kühen die Tür auf. Sie gehen von selbst auf die Weide, auf die andere Seite der Brücke. Du mußt jede an einen Pflock binden und genug Kette lassen."

Das war schon etwas schwieriger, und er war beeindruckt. Würden diese riesigen Tiere mit den starren Augen ihm gehorchen? Er folgte ihnen. Aus der Küche hatte er einen Stock geholt. Er blickte zu dem Haus mit den hellroten Ziegeln hinüber, neben dessen Tür noch immer der Alte saß, und er hoffte, daß Couderc aus Gewohnheit ihm helfen käme.

Er spürte, wie linkisch er war. Das Gras war feucht, und er hatte seine Holzschuhe nicht angezogen.

„Komm her, Kuh ... Hab keine Angst ... Warum guckst du mich an wie heute früh die Gemischtwarenhändlerin?"

Er fragte sich, ob nicht Félicie hinter der Gardine stünde und ihm zusähe, sich vielleicht über ihn lustig machte. Als er mit seinem Hammer in der Hand zum Haus zurückkam, klopfte der Arzt, ein magerer kleiner Mann mit Brille, vergebens an die Tür.

„Niemand da?" fragte er schlechtgelaunt.

„Tati ist da. Ich habe gerade die Kühe auf die Weide gebracht."

Er schien den anheimelnden Geruch der Küche nicht angenehm zu finden und stellte seine Tasche auf den Tisch.

„Haben Sie abgekochtes Wasser da?"

Langsam, sorgfältig seifte er sich die Hände ein, und zum Abtrocknen brauchte er hoffnungslos viel Zeit.

„Wo ist sie?"

Kein Wort zuviel. Mißbilligende Blicke auf alles, was in seiner Reichweite lag, auf die knackende Treppe, auf Tatis Zimmer, auf Tati selbst, die ihn mit Grauen näher kommen sah.

„Kann man nicht mehr Licht machen?"

„Ich kann eine Petroleumlampe oder eine Kerze anmachen", sagte Jean. „Strom ist keiner da."

„Machen Sie das Fenster auf." Dann, als Jean am Fußende des Bettes stehenblieb: „Worauf warten Sie noch?"

Vielleicht war es der Arzt, bei dem Billies Mann den Sonntagvormittag verbracht hatte?

Jean benutzte die Gelegenheit und versorgte die Hühner, die Karnickel. Er mußte nach hinten in den Garten gehen, um Gras abzumähen, und glaubte Seufzer zu hören.

Als er zurückkam, hörte er nichts mehr. Das Fenster im Obergeschoß stand noch immer offen.

Schließlich wunderte er sich über die Stille und nahm plötzlich das Brummen eines wegfahrenden Autos wahr.

„Bist du da, Jean?" Und als er ins Zimmer kam, sagte sie: „Mein armer Jean! Ich frage mich, wie du zurechtkommen wirst. Anscheinend muß ich mindestens eine Woche im Bett liegenbleiben."

„Was haben Sie?"

„Das hat er nicht gesagt. Er hat ein Rezept auf den Tisch gelegt. Er wollte nur wissen, wie es passiert ist. Ich habe behauptet, ich sei auf dem Weg in den Keller hingefallen und mein Kopf sei gegen eine Flasche gestoßen ... Hast du den Hühnern Futter gegeben? Hast du Couderc gesehen, als du eben ins Dorf gegangen bist?"

„Er saß auf der Schwelle."

„Sie überwachen ihn!" stellte sie befriedigt fest. „Sie wissen, daß er hierher zurückkommt, wenn sie ihn einen Moment aus den Augen verlieren. Er wird trotzdem zurückkommen! Ich kenne ihn ... Mit dem Rezept ... Hör mal. Du wirst auf die Landstraße gehen. Wenn der Bus vorbeikommt, gibst du dem Fahrer das Rezept und Geld. Nimm hundert Francs aus der Suppenschüssel. Wenn du nach Saint-Amand fahren würdest, hätte ich keine Ruhe, so ganz allein im Haus."

Ihr dicker Kopf ängstigte sie weniger, jetzt, wo der Arzt gekommen war.

„Sag mal, Jean! Sie haben bestimmt den Doktor herauskommen sehen. Sie müssen sich fragen, was ich ihm erzählt habe. Wenn ich gewollt hätte, dann hätte ich sie ins Gefängnis bringen können. Aber ich werde sie auf eine ganz andere Art und Weise kriegen. Guck nach."

„Was soll ich nachgucken?"

„Was sie tun. Mit ihnen zu reden ist nicht nötig. Im Gegenteil! Sie müssen vor Angst schwitzen. Tu so, als bändest du ein bißchen weiter weg die Kühe fest."

Vor der Zugbrücke wartete er, bis ein Lastkahn vorbeigefahren war, und er glitt ganz dicht an ihm, in seiner Höhe vorüber, mit einer jungen Frau, die strickend am Ruder saß, wegen des Regens einen Sack über dem Haar.

Von da an war alles gleichgeartet: weich, köstlich und lau. Man hätte meinen können, daß sich die Minuten – wie die Regentropfen, die man nicht erkannte – behutsam auf Menschen und Dinge legten. Félicie stand neben ihrem Großvater. Sie erblickte Jean, und er stellte fest, daß sie ihn ansah. Er hatte den Hammer vergessen. Er mußte zum Haus zurückgehen und ihn holen. Er brachte die Kühe ein bißchen weiter weg und dachte dabei, daß sie am Ende des Tages in der Nähe der Ziegelei sein würden.

Eugène seinerseits hatte sich an der Schleuse neben dem Schleusenwärter aufgepflanzt, und die beiden blickten ebenfalls zu ihm hin.

Eugène tat den ganzen Tag über fast nichts. Sein Amt als Aufseher war illusorisch. Aber er nahm sich ernst. In der Dorfkneipe sprach er mit lauter Stimme, schlug mit der Faust auf den Tisch und blickte alle Leute starr mit seinen großen Augen an, die zu sagen schienen: Wer wagt das Gegenteil zu behaupten? Wer wagt mir, Eugène Tordeux, zu widersprechen? . . . Wie?

Schon am frühen Morgen brachte der Weißwein Glanz in seine Augäpfel. Mit seinen Frauen, wie er sagte, mit Françoise und Félicie, sprang er hart um. Saß er, so rief er ihnen zu: „Bringt mir meine Pfeife!"

Wie ein Mann, der sein Teil geleistet hat, auf dem so schwere Verantwortung lastet, daß die ganze Welt verpflichtet ist, ihm zu helfen und ihm eine zusätzliche Mühe zu ersparen. Er spuckte in hohem Bogen aus. Manchmal wiederholte er, ohne daß man wußte, worauf sich das bezog: „Sauerei!"

Und in großen Abständen, wenn er mit dem richtigen Fuß aus dem Bett gekommen war, geruhte er, ein Stückchen Garten umzugraben. Allerdings rief er dann sogleich: „Françoise! Félicie! Jemand soll kommen, die Schubkarre bringen. Hol mir die Harke, du Heuchlerin!"

Sie hatten Angst, Tati täuschte sich nicht. Beim Hinundhergehen in der Küche stieß Françoise tiefe Seufzer aus, und das Kind hatte man in eine Ecke auf den Boden unter eine Decke gelegt.

„Was tut er, Félicie?"

„Er hat die Kühe woandershin gebracht. Jetzt geht er zum Haus zurück."

„Guckt er hierher?"

„Ich glaube, ja . . ."

„Was macht er für ein Gesicht?"

„Gar keins."

„Dein Vater hätte das nicht tun dürfen. Jahrelang sagt

er nichts, und dann, wenn er sich einmischt, kommt es so ... Félicie! ... Wenn du nun einen Gang dahin machtest?"

„Soll ich ihn ansprechen?"

„Ich weiß nicht recht ... Ich habe keine Ruhe ... Wenn sie schon nach dem Arzt ruft."

Jean erriet das alles. Er dachte nicht viel, nur ab und zu kleine Gedankenendchen, die nicht notwendigerweise miteinander zusammenhingen.

Wenn er Kartoffeln essen wollte, mußte er sie schälen. Warum nicht? Er setzte sich neben die offene Tür, so wie Tati es getan hätte, wie alle Frauen auf dem Lande es tun, wenn nicht Winter ist und man sich neben den Kamin setzt. Das Messingpendel schwang mit gedämpftem Ton hin und her. Es war bereits elf Uhr. Er mußte noch Wasser in den Brutapparat gießen. Später, um die Mittagsstunde, beim Vorbeifahren den Bus abpassen, um die Arznei zu holen.

Auf dem Weg ging niemand vorbei. Der Boden, der bei Sonnenschein üblicherweise weiß war, nahm eine warme Farbe von gebackenem Brot an, und rote Schnekken zogen darauf ihre Spur. Manchmal senkte sich in der gegenüberliegenden Hecke ein Blatt und ließ einen dikken Wassertropfen herabrinnen.

Er hatte schon drei Kartoffeln geschält. Er ließ sie in einen Eimer mit sauberem Wasser fallen, wie er es bei anderen gesehen hatte.

Er hob den Kopf, weil er spürte, daß jemand vor ihm stand, und er erblickte Félicie, die trotz ihrer Sorgen ein Lächeln nicht ganz unterdrücken konnte. Sollte sie ihn ansprechen? Auch er hätte am liebsten gelächelt. Es war sozusagen das erste Mal, daß er sie ohne ihr Kind auf den Armen sah, und ihre Hände schienen ihr im Wege zu sein.

„Meiner Tante geht es hoffentlich nicht schlechter?" erkundigte sie sich schließlich und setzte eine ernsthafte Miene auf.

„Es geht ihr nicht sehr gut."

„Der Doktor ist gekommen, nicht wahr? Was hat er gesagt?"

„Er hat ein Rezept aufgeschrieben."

Er begriff, daß sie einen Blick in die Küche warf und darüber staunte, sie in Ordnung zu sehen. Sie hatte nichts mehr zu sagen. Sie wußte nicht, wie sie wegkommen sollte.

„Jean! . . . Jean!"

Von oben wurde gerufen. Tati hatte Stimmen gehört. Er stand auf, und zwei Kartoffeln rollten zu Boden.

„Wer war das, Jean? . . . Sie war's, wetten?"

„Ja, es war Félicie."

„Ihre Mutter hat sie geschickt. Sie platzen vor Angst in ihrer Haut. Du hast ihr hoffentlich nicht gesagt, daß es nichts Ernstes ist?"

„Ich habe gesagt, es gehe schlechter."

„Warum hast du mit ihr gesprochen?"

Arme Tati! Sie war ganz schön häßlich in ihrem Zustand! Das wußte sie. Sie war unglücklich. Und dennoch konnte sie nicht umhin, ihm einen Blick zuzuwerfen, der voller Eifersucht steckte.

„Etwas anderes hast du ihr nicht erzählt?"

„Nein. Sie haben gerufen, und ich bin sofort heraufgekommen."

„Was machtest du gerade?"

„Ich hab Kartoffeln geschält."

Sie wurde gerührt. Dann machte ein Gedanke sie plötzlich traurig.

„Du wirst es sattkriegen, nicht wahr?"

„Was sattkriegen?"

„Du verstehst mich schon. Ich frage nicht deinetwegen. Und ich, die ich gerade . . ."

Sie hätte am liebsten geweint. Sie schwitzte in ihrem zerwühlten Bett, zwischen Flanellzeug und Umschlägen.

„Ich dachte an etwas anderes. Seit heute morgen denke ich daran. Wenn dein Vater erfährt, daß du hier bist! Und er wird es erfahren! Deine Schwester hat es ja herausbekommen, und sie wohnt immerhin in Orléans. Er wird dich holen. Er ist zu stolz, um zuzulassen, daß sein Sohn . . ." Plötzlich eine Frage, die ihr offensichtlich seit langem auf der Zunge lag: „Warum hast du das getan, Jean?"

„Was getan?"

„Du weißt, was ich meine. Du bist aus dem Bus gestiegen und hast mir geholfen, den Brutapparat zu tragen. Daraufhin bist du dageblieben. Und jetzt . . . Ich sage du zu dir, ich weiß nicht, warum . . ."

„Sie sind dumm, Tati!" rief er, um seine Bedrängnis zu verbergen. „Sie täten besser daran, sich auszuruhen."

„Ich möchte dich noch um etwas bitten. Schwör mir, daß du es mir nicht verweigern wirst."

„Ist es denn so schwierig?"

„Nein! Schwöre! Du ahnst nicht, wie unglücklich ich ganz allein in meinem Bett bin. Ich kann noch so sehr lauschen, es gibt Augenblicke, da höre ich nichts. Schwörst du?"

„Ich schwöre!"

„Es mir nicht zu verweigern? Also gut: du sollst mir versprechen, daß du nicht weggehst, ohne mir vorher Bescheid zu sagen, ganz gleich, was geschieht."

Diesmal unterdrückte sie einen Schluchzer und wandte ihren dicken Kopf ab.

„Ich werde nicht versuchen, dich zurückzuhalten. Nur, verstehst du, was ich nicht will, das ist: warten, unten die Tür offen spüren und mir sagen . . . Du schwörst es, Jean?"

„Ja. Außerdem habe ich keine Lust wegzugehen."

„Schwörst du's beim Haupt deiner Mutter?"

„Ja."

Er war plötzlich betrübter.

„Widert es dich nicht an, all das zu tun, was du tust?"

„Es macht mir Spaß."

„Und wenn es dir keinen Spaß mehr macht? . . . Geh jetzt. Du mußt Hunger haben. Was wirst du essen?"

„Ein Omelett. Dann Kartoffeln mit einer Scheibe Schinken."

„Bring mir bitte ein Stück Omelett herauf. Morgen werde ich versuchen aufzustehen. Der Doktor hat mir gesagt, ich dürfe mich nicht rühren, wenn ich gesund werden wolle."

Sie rief ihn zurück, als wäre er bereits auf der Treppe.

„Jean! Ich möchte dir noch sagen . . . Ich falle dir lästig, nicht wahr? Wenn Félicie um dich herumstreicht . . ."

„Haben Sie keine Angst! Sie hat keinerlei Lust, um mich herumzustreichen! Sie verabscheut mich."

Und er ging seine Kartoffeln aufsetzen.

Er wartete nicht immer, bis sie rief. Er ging mit unbeteiligter Miene hinauf, öffnete die Tür sachte für den Fall, daß sie eingenickt sein sollte, aber stets begegnete er ihrem hellwachen Blick.

„Ich bin fertig. Was soll ich jetzt tun?"

„Regnet es noch?"

„Es ist eher neblig."

„Möchtest du gerne etwas tun? Das Ärgerliche ist, daß ich dir nicht einmal zeigen kann, wo die Sachen sind. Weißt du, Jean, daß nie jemand für mich getan hätte, was du tust? Nicht einmal meine Mutter, die nur daran gedacht hat, mich unter die Haube zu bringen, um ein Maul loszuwerden, das sie füttern mußte! Und sie hat sich nicht einmal die Mühe gemacht, zu erfahren, in welches Haus ich geraten war . . . Hast du schon mal eine Schwefelspritze gesehen?"

Er schüttelte verneinend den Kopf.

„Im Schuppen ist sie. Ein Blasebalg mit einem langen Rohr. Es muß noch Schwefel dringeblieben sein. Wenn nicht, steht eine Schachtel davon auf dem Regal. Vertu dich nicht. Du mußt den Behälter an dem Blasebalg füllen."

„Ich habe verstanden. Was soll ich schwefeln?"

„Die Rebstöcke, die an der Hecke entlang wachsen."

Damit verbrachte er einen Teil des Nachmittags. Beim Überqueren der Felder hatte er schon Männer und Frauen gesehen, die hinter einer Hecke arbeiteten. Er erinnerte sich an ihre Heiterkeit. Er wußte nicht, was sie taten. Nur den Oberkörper erblickte er, den zerbeulten Hut, bisweilen eine Pfeife, von der man ahnte, daß sie ausgegangen war.

Jetzt war er dran, der Mann zu sein, der hinter der Hecke arbeitete, und er wußte, daß Félicie ihn beobachtete, daß von Zeit zu Zeit Françoise kam und ihm einen Blick zuwarf.

Der Alte seinerseits war mit harmloser Miene gegangen und hatte die Kühe umstrichen. Er hatte sich sogar gebückt, um einen Pflock umzustecken und die verwikkelte Kette zu entwirren.

„Papa!“ hatte Françoise geschrien.

Sie vergaß, daß er nichts hörte.

„Félicie! Hol deinen Großvater. Er brauchte nur über die Brücke zu gehen.“

Als er alle Rebstöcke unten herum geschwefelt hatte, ging Jean in die Küche und goß sich ein Glas Wein ein, das er vorm Tisch stehend trank.

„Bist du's?“ rief Tati.

Jeder zum Tode ...

Ohne Grund fiel es ihm wieder ein. Und plötzlich fühlte er sich schwerer.

„Ist der Briefträger nicht gekommen? Sonst kommt er immer um drei Uhr vorbei.“

„Ich habe ihn nicht gesehen.“

„Ich meinte, ich hätte ihn gehört. Liegt kein Brief auf dem Tisch? Schon seit vierzehn Tagen habe ich nichts mehr von René bekommen. Er war damals gerade wieder bestraft worden ... Gib mir ein Glas Wasser, Jean. Du riechst nach Schwefel. Hoffentlich hast du keinen in den Augen? Das würde die ganze Nacht brennen, und morgen früh hättest du rote Augen.“

„Erinnern Sie sich noch an das, was ich Ihnen neulich gesagt habe?“

„Was hast du mir gesagt?“

„Als Sie mich gebeten haben zu erzählen ... Also gut: eine Einzelheit zumindest stimmte nicht ...“

Sie sah ihn besorgt an. Warum sprach er darüber völlig unvermittelt, in dem Augenblick, wo sie am wenigsten darauf gefaßt war?

„In Zusammenhang mit Zézette ... Ich habe Ihnen gesagt, das Ganze sei wegen einer Frau geschehen. In manchen Augenblicken habe ich das sogar geglaubt. Nun, es stimmt nicht. Ich habe Zézette nie geliebt. Ohne sie wäre es vielleicht nicht auf dieselbe Art und Weise geschehen. Verstehen Sie? Aber ich hätte etwas anderes getan ...“

Nein, sie verstand *nicht*! Was sie vor allem nicht verstand, war, aus welchem Grunde er seine Erinnerungen wiederkäute. Das Wetter war mild. Er hatte den ganzen Tag ruhig gearbeitet, so wie man auf dem Lande arbeitet, mit Pausen zum Abkühlen oder zum Vorsichhingucken.

„Ja, ich glaube, ich hätte etwas anderes getan... Irgend etwas! Lange schon spürte ich, daß es ein Ende haben mußte. Ich wünschte schließlich, daß es so schnell wie möglich geschähe... Haben Sie Ihre Tablette eingenommen?"

„Noch nicht. Ich hatte kein Wasser."

„Entschuldigung. Ich werde frisches schöpfen."

Ganz allein vor dem Brunnen, wiederholte er: „Etwas anderes..."

Eugène, Félicies Vater, mußte in der Kneipe sein und Karten spielen, oder vielleicht sprach er über ihn, und wenn er von dort mit glühenden Wangen und schwerem Schritt zurückkommen würde, dann nur, um geräuschvoll seine Suppe zu schlürfen und in den Schlaf eines Säufers zu fallen.

Tati hatte ihm die Geschichte des Schleusenwärters erzählt. Nicht im Krieg, sondern in den Kolonien hatte er sein Bein verloren. Er hatte Anfälle von Sumpffieber. Dann schloß er sich vier oder fünf Tage lang in sein Zimmer ein. Von Zeit zu Zeit hörte man ihn brüllen. Manchmal, wenn seine Frau die Tür aufmachte, um ihn zu fragen, ob er etwas brauche, warf er ihr einen Stuhl oder sonst etwas an den Kopf.

„Ruhe soll man mir geben, Herrgott noch mal, oder ich stecke die Bude in Brand!"

Die Schiffer kannten ihn. Wenn sie ihn nicht sahen, dann errieten sie den Anfall und bedienten selber die Schleusentore.

Seine Frau klagte nicht. Sie war schwanger. Sie war immer schwanger, selbst wenn sie das Letztgeborene noch nicht zu Ende gestillt hatte, und sie hatte die Maske, wie man sagt: einen großen Fleck von häßlichem Gelb, der die Hälfte ihres Gesichts bedeckte.

„Warum denkst du immer daran?"

Er zuckte zusammen. Er dachte überhaupt nicht an das, woran er ihrer Meinung nach dachte. Er mußte lächeln.

„Ich dachte an den Schleusenwärter!“ sagte er.
„Hat er seinen Anfall?“
„Ich dachte nur so an ihn, ohne Grund.“
„Langweilst du dich?“
„Nein. Ich glaube, es wird langsam Zeit, daß ich die Kühe zurückbringe. Morgen müssen Sie mir erklären, wie ich es mit der Butter machen muß.“
Der Übergang von der Helligkeit zur Dämmerung war unmerklich, wegen des Schleiers, der den ganzen Tag über den Himmel gespannt gewesen war.
Die Kühe, die sich schon an ihn gewöhnt hatten, sahen ihn herankommen, und sobald sie frei waren, setzten sie sich fröhlich zum Stall hin in Bewegung.
Da! Es regnete nicht mehr. Der Boden war schwammig. Er bückte sich, um die zwei eisernen Pflöcke herauszuziehen und seine Ketten aufzuheben.
Zu seiner Überraschung hörte er ganz dicht neben sich eine Stimme.
„Normalerweise läßt man sie drin.“
Es war Félicie. Sie war näher gekommen, und zwar seitlich zu ihm, denn auf dem Arm hatte sie ihr Kind. Feine Tröpfchen bestäubten ihre fuchsroten Haare. Sie lächelte nicht, aber man spürte, daß sie es gern getan hätte.
„Ja, richtig“, stammelte er.
Wozu sollte er die Pflöcke und die Ketten nach Hause bringen? Würde denn jemand kommen und sie stehlen?
Als er sich wieder aufgerichtet hatte, zur Zugbrücke gewandt, welche die beiden Tiere überquerten, murmelte er: „Danke . . .“
Sie ließ ihn ein paar Schritte weggehen. Auch sie würde nach Hause zurückkehren. Jeder ging in seine Richtung zurück. Dennoch sagte sie: „Guten Abend.“
Heftig drehte er sich um. Zu spät! Wegen des Grases hob sie die Füße.
Und er ging schwerer. Mit der Spitze seines Stockes tätschelte er die Flanke der einen Kuh. Bei Françoise war Licht. Hinter der Gardine erahnte man Coudercs Profil.
Er nahm die Stallaterne und zündete sie an.

„Du, sei nicht gemein. Du siehst doch, daß ich alles tue, was ich kann."

Die Kuh bepißte ihm Beine und Füße, warf zweimal den Eimer um, während die andere muhte und ihn ansah. Er hatte die Hühner noch nicht hineingebracht. Er durfte nicht vergessen, Petroleum in die Lampe des Brutapparates zu gießen.

Und Tati oben lag im Dunkeln. Der Abend war kühl, das Fenster stand weit offen. Aus der Richtung der Tümpel, die der Cher in den Niederungen hinterlassen hatte, fingen Frösche zu quaken an.

„Geht's gut, Jean?"

Die Stimme kam von weitem, von oben.

„Ja!" rief er.

In der Waschküche standen große Schüsseln aus glasiertem Steingut. Er goß die schäumende Milch hinein, erinnerte sich daran, daß seine Schwester, als sie klein war, die frischgemolkene Milch in einem Bauernhof trinken ging, den ihr Vater gekauft hatte.

Würde er diese Nacht besser schlafen? Würde es ihn wieder überkommen wie Nervenschmerzen, die einen zu fester Tageszeit befallen, sobald er unter seiner Dachluke lag?

Jeder zum Tode Verurteilte wird . . .

Rasch brachte er seine Arbeit zu Ende, zündete die Lampe in der Küche an, eine Lampe alter Bauart mit einem Behälter aus bläulichem Glas. Er schloß die Tür und legte die Kette vor.

„Bist du's?" rief Tati.

Aber ja doch! Er war's!

Als er das Zimmer betrat, erriet er ihre Augen im Dunkeln.

„Mach als erstes das Fenster zu, wegen der Mükken. Später kannst du Licht machen. Hast du gegessen?"

„Noch nicht."

„Ist viel Milch verschüttet worden?"

Sie hatte also gehört, wie der Eimer zweimal umgefallen war!

„Nein, nicht viel.“

„Das ist kein Vorwurf. Ich weiß, daß du tust, was du kannst ... Hast du auch den Brutapparat nicht vergessen? Ich frage mich, wie wir's am Samstag mit dem Markt machen können.“

„Ich könnte hinfahren.“

Gerade als er die Lampe anzündete, faßte sie an Holz. Von einer so fernen Zukunft zu sprechen, bereitete ihr Angst. Wer weiß, ob am Samstag ...

„Félicie hast du nicht noch mal gesehen?“

„Nein.“

Er hatte nicht gezögert. Er hatte instinktiv gelogen, und er selber wunderte sich als erster darüber.

„Ihre Eltern sollten sie lieber zum Arbeiten bringen. Den ganzen Tag über tut sie nichts. Allerdings tut ihr Vater auch nichts. Und Françoise tut nicht viel. Es sind Leute, die lieber im Ungeziefer leben, als sich anzustrengen. Sie glauben, alles stünde ihnen zu, und das ist typisch Couderc. Es reicht bei ihnen gerade zum Essen. Und dabei gibt's noch nicht oft Fleisch. Trotzdem sind die noch stolzer, als wenn sie ...“

Sie wunderte sich über das Schweigen, das sie umfing.

„Was machst du?“

„Nichts! Ich höre zu.“

„Ich langweile dich wohl mit meinen Geschichten, wie? Aber wenn du wie ich mit vierzehn Jahren in dieses Haus gekommen wärst ... Denk ja nicht, daß ich oft mit Puppen gespielt habe! Tati hier! Tati da! Und bring Wasser rauf! Und bring die Eimer runter! Und guck im Stall nach, ob ...! Immer Tati, das brave Tier! Und die beiden Töchter, die dick wurden wie fette Schnecken und die nichts mit ihren Händen angefaßt hätten ... Was wirst du essen, mein armer Jean?“

„Ich weiß nicht. Ich hab noch nicht darüber nachgedacht.“

„Morgen kommt der Schlachter durchs Dorf. Du brauchst dir nur ein Stück Fleisch zu holen. Was heute abend angeht, so müssen noch zwei Büchsen Sardinen im Wandschrank sein. Nimm eine davon. Mir bring bitte nur eine Schale Milch mit einem Schuß

Kaffee herauf. Ich habe Angst, daß ich nicht schlafen kann."

Als er die Treppe hinunterging, dachte er: Ich auch . . .

Aber er tröstete sich mit dem Gedanken daran, daß der kommende Tag auch ein Tag wäre, ein gedämpfter grauer Tag oder ein Tag mit Sonnenschein, beides war gut, und daß er das Feuer in der Küche anmachen, Kaffee mahlen, dann in den Stall gehen würde und daß die Kühe ihn mit ihrem Schwanz drangsalieren würden, daß schließlich, wenn er sie auf der Weide anbinden würde, sicherlich Félicie auf ihrer Türschwelle stünde oder auf der Lauer hinter der Gardine.

Da sie ihm guten Abend gewünscht hatte, würde sie ihm auch guten Tag wünschen. Völlig gezähmt war sie noch nicht, aber sie zog allmählich engere Kreise um ihn.

Er aß ganz allein am Ende des Tisches. Für Tati wärmte er einen Rest Kaffee auf. Dann steckte er sich eine Zigarette an und stieg auf seinen Dachboden, wo es feuchter war als die Tage davor. Die Bettwäsche war ein wenig klamm. Er legte sich mit angezogenen Beinen hin. Die Augen hielt er offen.

Er fragte sich noch immer, ob es wieder über ihn kommen würde. Er wollte nicht daran denken.

Jeder zum Tode . . .

Unter ihm würde sie auch nicht schlafen. Im Zimmer des Alten war niemand. Mit wem zusammen schlief Couderc bei seiner Tochter, wo es nur zwei Zimmer gab?

Die Frösche quakten frisch drauflos. Wenn er allzuviel denken sollte, würde er aufstehen und im Garten spazierengehen. Nein, denn Tati würde erschrecken, würde glauben, er wolle davongehen.

Würde sein Vater kommen? Sie hatte daran gedacht. Vielleicht hatte sie nicht unrecht. Er hatte seinen Vater immer mit grauen Haaren gekannt, die ihm sehr gut standen. Jetzt mußten sie weiß sein. Aber sein Gesicht mußte jung geblieben sein, mit jenem besonderen Ausdruck, jenem Sprühen, jener leicht ironischen Fröhlichkeit, die für Männer mit Glück bei Frauen bezeichnend sind.

Er hatte sich immer nur mit Frauen abgegeben, mit allen Frauen, und sein Leben hatte er damit verbracht, aus der lauen Wärme eines Bettes in die duftende laue Wärme eines anderen Bettes zu gehen, immer mit einem Lichtschein umgeben wie mit einem faden Nachgeschmack von Liebe.

„Schläfst du, Jean?“

Sie hatte nur mit halblauter Stimme gerufen, aber er hatte es gehört.

„Fast!“ antwortete er wahrheitsgemäß.

„Guten Abend ...“

Auch Félicie hatte ihm guten Abend gewünscht. Was mochte ein Mädchen wie Félicie über ihn denken, die wußte, daß er einen Menschen umgebracht hatte? Und wie hatte sie ihr Kind bekommen? Wer hatte es ihr gemacht? Und wo?

Ihm war, als hörte er die fröhliche Stimme seines Anwalts, der vom Friseur kam und der, hinter den Ohren noch Talkumpuder, mit rosiger und glatter Haut, ihm zurief: „Na, mein guter alter Junge?“

Artikel 314 des Strafgesetzbuches ...

„Nein!“ schrie er wie in einem Alptraum.

Er wurde sich klar darüber und fragte sich, ob Tati es gehört hatte. Sicherlich glaubte sie, er träume wie Kinder ganz laut?

Die Frösche ... Hatte er auch nicht das Petroleum für den Brutapparat vergessen? ... Was hatte sie ihm gesagt? ... Ach ja! ... Der Schlachter ... im Dorf ... Es war sein Tag ... Er mußte Fleisch kaufen ...

... Bei Françoise aßen sie kein Fleisch, weil ...

„Guten Abend!“

... Aber sie hatte sich schon umgedreht ...

... Kikeriki! ...

Die Sonne stand ganz bleich, fast weiß über der Dachluke, und Tati bewegte sich in ihrem Bett.

8

Zuerst die Frau in Trauer, würdig und verachtungsvoll, dann die Gemischtwarenhändlerin, den Hals in Heizwatte verpackt. Sie war an diesem Morgen völlig heiser. Danach kam Félicie dran. Noch andere waren da, die von so ziemlich überall aus den Häusern kamen und auf den Lieferwagen des Schlachters zugingen. Sie nahmen sich Zeit. Viele ließen wie Gänse den Bauch nach vorne wackeln und aßen im Gehen.

Wenn die Heckwand des Wagens heruntergelassen wurde, bot sich eine Art Laden dar: Fleischviertel an Haken, eine Waage, Messinggewichte, braune Papierbogen, die an einem Faden hingen.

„Wer ist dran?"

Zwischen zwei Kundinnen gab der Schlachter ein kleines Hupsignal und blickte zum oberen Teil des Dorfes, um sich zu vergewissern, daß alle ihn gehört hatten.

Es waren noch ein paar Wassertropfen gefallen, aber es regnete nicht mehr. Félicie war in Holzpantoffeln gekommen, über ihrer blauen Schürze einen roten Schal, und in der Hand hatte sie einen Wachstuchbeutel.

Als sie gesehen hatte, wie Jean auf den Wagen zuging, hatte sie leicht gelächelt. Er war der einzige, der es sich nicht klarmachte: er kam überraschend! Überhaupt und auch in den kleinsten Einzelheiten seiner Person oder seiner Verhaltensweise.

Er kam mit großen Schritten an. Er hatte sich beeilt, weil er Félicie am Ende des Treidelpfades gesehen hatte. Da er keinen Hut trug, fielen seine Haare wirr herunter. Er war nicht rasiert. Er war eher mager, und sein Gesicht gemahnte ziemlich deutlich an das einer Christusfigur.

Er ging nicht wie jedermann. Er sah so aus, als ginge er nirgendwohin. Seine Arme hingen herab. Mit seinen Leinenschuhen machte er kein Geräusch, und seine Gangart erschien dadurch geschmeidiger. Der blaue Farbfleck der Hose. Der weiße Farbfleck des Hemdes, das er gewaschen hatte, ohne es zu bügeln.

Und er fand es ganz natürlich, da zu sein, abzuwarten, bis er an der Reihe war, bisweilen Félicie einen Blick zuzuwerfen, sich dann verlegen abzuwenden.

„Acht Francs fünfzig, schöne Frau ... Und du, junges Mädchen?"

„Ich möchte Pot-au-feu. Nicht mehr als ein Pfund. Wieviel kostet das?"

„Vier Francs das Pfund."

Verwundert sah Jean das kleine Stück schwärzlichen Fleisches an, nichts als ein Knochen und Haut.

„Fünf Francs."

Und sie, geradezu und entschlossen: „Ich will nur für vier Francs. Nehmen Sie mir ein Stück davon wieder ab."

Sie hielt die zwei Zweifrancsstücke auf der Handfläche bereit. Sie zahlte, streifte Jean mit dem Blick, ging in Richtung Kanal davon und ließ ihre Holzschuhe klappern.

„Und für Sie, junger Mann?"

„Ein Beefsteak."

„Für wie viele Personen?"

„Für eine Person."

„Sie hätten's gerne dick, wetten?"

„Ja, ziemlich."

Er hatte es eilig. Er sah Félicie nach, die davonging, ohne sich klarzumachen, daß die Hausfrauen ihrerseits ihn ansahen, etwa so, als hätten sie ein exotisches Tier angesehen.

„Acht Francs."

Das verdutzte ihn. Acht Francs für sein Beefsteak und nur vier Francs für das Pot-au-feu, das man bei Félicie essen würde, wo ihr Vater, ihre Mutter und der alte Couderc waren.

„Sie vergessen Ihr Kleingeld."

„Ach ja! Entschuldigung."

„Keine Ursache."

Da er nicht zu laufen wagte, holte er Félicie erst auf halbem Weg ein. Ein Lastkahn, den ein Esel zog, kam in entgegengesetzter Richtung heran, und ein ganz kleines Mädchen führte den Esel.

Das Ruder mußte festgebunden worden sein, denn auf Deck sah man niemand. Der Kanal verlief ganz gerade und genau darüber ein geradliniger Strich Himmel zwischen dem Laub der beiden Baumreihen. Und außer dem kleinen Mädchen und dem Eselchen war keine Menschenseele da.

„Warum sind Sie gelaufen?“ fragte Félicie, ohne ihm den Kopf zuzudrehen, während er seinen Schritt dem ihren anpaßte und man seinen geräuschvollen Atem hörte.

„Ich bin nicht gelaufen.“

Er hatte ihr nichts zu sagen. Er hatte eine wahnsinnige Lust darauf, bei ihr zu sein, doch nie hatte er gedacht, daß er dies oder jenes zu ihr sagen würde. Im Gehen betrachtete er ihr Profil und stellte fest, daß ihre Lippen dick, wie geschwollen waren, was ihr eine nachdenkliche oder trotzige Miene verlieh. Ihre Haut war auch sehr weiß, sehr fein, wie die aller Rothaarigen, und ihre Ohren winzig.

Es machte ihr nichts aus, sich so genau gemustert zu fühlen. Sie ging im selben Schritt weiter, und sie hatten wohl an die zweihundert Meter schweigend hinter sich gebracht, als sie, wie zum Abschluß ihrer Gedanken, fragte: „Was hält Sie bei meiner Tante fest?“

Er dachte keine einzige Sekunde lang nach. Die Promptheit seiner Antwort erstaunte ihn selbst am meisten, denn er hatte sich die Frage nie klar gestellt.

„Ich glaube, das Haus.“

Und nach einem weiteren Schweigen sie: „Ich frage mich, was dieses Haus Besonderes hat. Alle wollen sie es. Meine Mutter . . . Meine Tante Amélie . . .“

„Und Sie?“

„Ich? Mir liegt nichts daran.“

Und als sie sich der Schleuse näherten, bemerkte sie: „Sieh da, bei meiner Tante ist jemand.“

„Woran sehen Sie das?“

„Man erkennt den Schatten eines Autos, das auf dem Weg steht. Sie sollten sich besser beeilen.“

Tatsächlich stand ein Auto da. Jean erkannte es nicht und war besorgt. Als er die Küche betrat, stieß er an einen Mann, der sich gerade die Hände fertig abtrocknete, und er erkannte ihn. Es war der Arzt aus Saint-Amand.

„Ich wußte nicht, daß Sie heute morgen kommen würden“, sagte er, um sich zu entschuldigen.

„Ihretwegen komme ich nicht."
„Wie geht es Tati?"
„Schlecht."
Er mußte zu allen Patienten so sein. Er empfand Freude dabei, unangenehme Dinge zu sagen, und dann schimmerten seine Augen hinter seiner goldgeränderten Brille.
„Geht es ihr wirklich schlecht?"
„Wirklich schlecht. Tatsächlich."
Er brachte wieder Ordnung in seine Tasche.
„Ich muß Sie fragen, ob Sie gedenken hierzubleiben."
„Aber . . . Wieso?"
Ähnelte das nicht ein wenig, auf verächtlichere Weise, der Frage von Félicie?
„Es geht mich nichts an. Doch in gewissem Sinne geht es mich schon etwas an. Madame Couderc muß noch wochenlang im Bett bleiben und braucht Pflege. Ich glaube zu wissen, daß außer Ihnen niemand im Hause ist und daß sie mit ihrer Familie in nicht sehr gutem Einvernehmen steht. Wenn Sie eines Tages weggehen sollten, müßte ich Vorkehrungen treffen, sie ins Krankenhaus bringen lassen. Es wäre besser, wenn Sie mir offen antworteten. Gedenken Sie, sie so lange zu pflegen, wie es nötig sein wird?"
„Natürlich."
„Sehr angenehm ist es nicht."
„Das ist mir gleich."
„Gut!"
Und er setzte sich an eine Tischecke, um ein Rezept zu schreiben.
„Ist es gefährlich?"
„Sie könnte daran sterben. Ich komme in zwei oder drei Tagen wieder."
Der Arzt sagte ihm nicht auf Wiedersehen und stieg wieder in sein Auto. Jean seinerseits lief in den ersten Stock hinauf, blieb einen Augenblick auf dem Treppenabsatz stehen, um jede Spur von Bewegung zu verwischen.
„Komm rein!" ertönte Tatis Stimme. „Was hat er dir gesagt?"
„Nichts. Er ist ein sehr wortkarger Mann."

„Ich brauch noch lange, wie?"

„Aber nein ... In ein paar Tagen werden Sie wieder auf den Beinen sein."

„Warum lügst du? Du siehst, daß du fähig bist zu lügen!"

„Ich schwöre Ihnen ..."

„Schwör nicht, Jean, sonst glaube ich dir nicht mehr. Zum einen hat er mir gestanden, daß ich noch Wochen brauche. Zum anderen höre ich von hier aus alles, was in der Küche gesprochen wird. Stimmt es, daß du bleibst?"

„Aber ja, das stimmt."

„Du weißt, daß es nicht angenehm sein wird, mich zu pflegen. Seit gestern kriege ich Furunkel am ganzen Leib. Ich glaube, das sind die Wechseljahre, verstehst du? Das Blut ... Guck auf das Fieberthermometer. Er hat darauf geguckt, aber er hat mir nicht gesagt, wieviel es anzeigt."

„Neununddreißig."

„Hast du Fleisch gekauft?"

„Ja, ein Beefsteak."

„Hast du niemanden getroffen?"

„Nein."

„Hast du Couderc nicht gesehen? ... Oder Félicie?"

Er spürte genau, daß sie ihm nicht glaubte. Und da kam dieselbe Frage in anderer Form wieder.

„Manchmal frage ich mich, was dich hier festhält."

Er wagte nicht, so zu antworten, wie er Félicie geantwortet hatte: das Haus. Er sah lieber Tati lächelnd an und trat von einem Bein aufs andere.

„Eben, als das Auto hielt, dachte ich, es sei dein Vater. Fast war ich froh, daß du nicht hier warst. Dann hörte ich jemanden, der in der Küche auf und ab ging und Wasser in die Waschschüssel goß. Ich konnte nicht hinuntergehen. Ich wartete mit trockener Kehle. Wundern tut mich, daß der Alte noch nicht gekommen und hier herumgestrichen ist. Ich wette, daß sie den ganzen Tag dabei sind, ihn zu überwachen ... Hast du dich um den Brutapparat gekümmert?"

„Um alles. Es hat noch eine Häsin geworfen, und eine andere fängt an, ihr Nest zu bauen."

„Félicie hat nicht versucht, mit dir zu sprechen?"

Warum zwang sie ihn, zu lügen wie ein Kind?

„Aber nein, ich versichere Ihnen ..."

„Weißt du, was du tun wirst? Hier mache ich mir dauernd Sorgen. Renés Zimmer wird nicht mehr benutzt, seit er weg ist. Das Fenster geht auf den Kanal. Ein eisernes Bett ist da, das nur aufgestellt werden muß. Kannst du ein Bett aufstellen?"

„Ja."

„Im Wandschrank an der Treppe findest du eine Matratze und ein Kopfkissen."

„Wollen Sie wirklich das Zimmer wechseln?"

Er wußte, daß es geschah, um ihn zu überwachen und um Félicie zu überwachen. Ihr jetziges Zimmer war das größere, besser beleuchtete. Außerdem ging es auf den Hof, so daß sie im Liegen ihre Tiere sehen konnte.

„Geh schnell! Wenn es fertig ist, rufst du mich."

Sie wartete nicht, bis er ihr Bescheid gab. Mit nackten Füßen, in eine Decke gehüllt, schleppte sie sich hin. Das Zimmer, das als Obstvorratskammer gedient hatte, war an allen Wänden mit Regalen ausgestattet.

„Hol einen Hammer und eine Zange. Du wirst die Regale abmachen. Du wirst den Nachttisch aus meinem Zimmer nehmen. – Guck ..."

Und durch das offene Fenster zeigte sie ihm den alten Couderc, der ängstlich um seine zwei Kühe kreiste.

„Er wird herkommen. Du wirst ihn hereinlassen, ohne etwas zu sagen. Du wirst versuchen, ihn zum Heraufkommen zu bewegen, und ich übernehme es, ihn daran zu hindern, daß er zu Françoise zurückgeht ... Hol den Hammer und die Zange."

Sie schwitzte bei der geringsten Anstrengung, aber keinen Augenblick blieb sie ruhig.

„War Félicie nicht beim Fleisch?"

„Ich glaube, ich habe sie erkannt."

„Eben hast du mir erzählt, du hättest sie nicht gesehen."

„Ich habe nicht darauf geachtet."

Er riß die Bretter ab. Wo die Nägel gewesen waren, blieben Löcher in der Wandbespannung.

„Schieb mein Bett näher ans Fenster, damit ich ihr Haus sehen kann. Solange ich krank bin, können sie jedenfalls nichts machen ... Da! Couderc hat mich gesehen."

Der Alte hatte tatsächlich den Kopf gehoben, und reglos blieb er neben den beiden Kühen stehen.

„Du kannst hinuntergehen, Jean. Es wird Zeit, daß du dir das Abendessen machst. Ich darf nur Milch und eine Gemüsebrühe zu mir nehmen."

Den ganzen Tag dachte er an Félicie, und das war ein wenig Tatis Schuld, denn er spürte, daß auch sie die ganze Zeit daran dachte. Als er zu den Kühen ging, wagte er kaum, sich nach dem Haus neben der Ziegelei umzudrehen, denn Tati überwachte ihn von ihrem Fenster aus.

Zunächst hatte Félicie es nicht bemerkt. Ihren Säugling auf dem Arm, war sie auf Jean zugegangen und hatte zugesehen, wie er seinen Pflock einrammte. Vielleicht würde sie ihn ansprechen, nachdem sie den Kopf gehoben hatte, seinem Blick gefolgt war und ihre Tante am Fenster gesehen hatte?

Aber da hatte sie die Achseln gezuckt und war weggegangen. Stellte sie sich vor, daß er Angst vor Tati hatte?

„Was hatte ich dir gesagt? Ich wußte genau, daß sie anfangen würde, um dich herumzustreichen. Sie macht mit allen Männern dasselbe."

Und er bemühte sich, nicht zu antworten: Sie lügen, Tati. Sie sagen das, um sie mir zu verekeln. Selbst wenn es stimmte, wäre es mir gleichgültig.

Tati hatte sich einen Stock bringen lassen, den sie den ganzen Tag an ihr Bett gelehnt stehen hatte. Wenn sie etwas brauchte, stieß sie damit auf den Boden. War er draußen, dann schrie sie mit der kreischenden Stimme, mit der Mütter ihr Kind rufen: „Jean! ... Jean!"

Und er war verlegen, wegen Félicie, die es hörte.

„Weißt du, wer gerade mit dem Fahrrad bei ihnen angekommen ist, Jean? Guck mal. Das Fahrrad ist ans Haus gelehnt. Es ist Amélie. Sie ist gekommen, um Neues zu erfahren. Sie muß sich fragen, was ich tun werde. Da! Sie steht auf der Türschwelle."

Zwischen den beiden Häusern, Tatis großem und dem kleinen von Françoise, lagen vielleicht zweihundert Meter Luftlinie. Françoise blickte zu Tatis Fenster hinauf. Tati blickte auf Françoise.

„Ich frage mich, ob sie es wagen wird hierherzukommen."

Amélie kam, unsicher auf ihrem Fahrrad, das sie offenbar nicht häufig benutzte.

„Wenn sie bloß in den Kanal fiele ... Bleib hier, Jean. Sie brächte es fertig, die Gelegenheit, daß ich in meinem Bett liege, dazu auszunutzen ..."

„Bist du da, Tati?" rief eine Stimme in der Küche.

„Als wüßte sie nicht, daß ich hier bin!"

„Kann ich hinaufkommen?"

„Komm rauf, du Kamel!" knurrte Tati zwischen den Zähnen.

„Was höre ich denn da bei Françoise? Daß es schlecht steht? Daß der Doktor schon zweimal gekommen ist? Anscheinend ist es das Blut?"

Tati forderte sie nicht dazu auf, sich zu setzen, und blickte ihrer Schwägerin unverwandt in die Augen.

„Wie wirst du es ganz alleine schaffen, dich zu pflegen? Wie ich höre, hat Papa sich entschlossen, bei Françoise zu leben? Man muß zugeben, daß es natürlich ist, wenn er lieber bei einer seiner Töchter wohnt ..."

„Gib mir ein Glas Wasser, Jean."

„Françoise und ich haben uns gefragt, was jetzt zu tun ist. Meinst du nicht, daß du in einer Klinik besser aufgehoben wärest als in diesem großen Haus, wo jeder x-beliebige hereinkommen kann, während du im Bett liegst? Ich weiß, gefallen wird es dir nicht, aber ich an deiner Stelle ..."

„Ich bin nicht ganz allein."

„Im Augenblick! Aber wer sagt dir, daß du es nicht von einer Stunde auf die andere bist? Eines schönen Morgens wirst du dasitzen und warten, und der hübsche Vogel wird entflogen sein. Und du wirst Glück haben, wenn er nicht noch ein paar kleine Erinnerungen hat mitgehen lassen."

„Jean!"

„Ja."

„Setz sie bitte vor die Tür, ja?"

„Ich werde ganz von allein weggehen ... Immerhin!

Du bist gewarnt. Wenn dir jetzt etwas zustößt, dann weißt du, wem du dafür die Schuld in die Schuhe schieben mußt. Was Papa angeht, so hat er mich gebeten, daß ich ihm etwas mitbringe."

„Er hat dich um gar nichts gebeten. Jean, hindere sie daran, in die Zimmer zu gehen und irgend etwas zu nehmen!"

„Du wirst doch unseren Vater schließlich nicht ohne ein Hemd lassen."

„Setz sie vor die Tür, Jean! Sie wird mir lästig. Nimm meinen Stock. Hab keine Angst."

„Leb wohl, Alte!"

„Ja, leb wohl . . ."

Und abermals sah man auf dem Treidelpfad Amélie, die zu Françoise zurückfuhr.

„Was hatte ich dir gesagt, Jean? Sie versuchen mit allen Mitteln, mich aus dem Haus zu kriegen. Wenn das Unglück es wollte, daß ich auch nur eine Stunde ausginge, dann fände ich sie hier wieder vor, und sie würden mir die Tür vor der Nase zuschlagen . . . Was guckst du?"

„Nichts."

Sie blickte ihrerseits hinaus und sah Félicie auf ihrer Türschwelle. Sie begriff, daß im Augenblick davor ihre und Jeans Blicke sich im Raum getroffen hatten.

„Schwör mir, daß zwischen euch beiden nichts ist."

„Ich schwöre es."

„Schwör mir, daß du sie nicht liebst."

„Ich liebe sie nicht."

Dennoch war er am selben Abend noch des Gegenteils sicher. Er dachte an nichts anderes. Manchmal war es kindisch. Wie ein Knabe, der eine Möglichkeit sucht, um die Schule herumzukommen, schmiedete er Pläne, wie er sie treffen könnte, ohne von Tati gesehen zu werden.

Beim Versorgen der Karnickel entdeckte er das Fenster in der Wand des Schuppens. Es war kein eigentliches Fenster, weil keine Glasscheiben darin waren. Es war ein Loch in der Wand, das mit zwei Gitterstäben versehen war. Wenn man es erreichen wollte, mußte man auf etwas hinaufsteigen, und er stellte zwei Karnikkelställe übereinander, vergewisserte sich, daß das fest genug war.

Auf diese Weise befand er sich unter Tati, etwas links unter ihr. So sehr sie den Kanal überwachen mochte, sie konnte ihn nicht sehen.

Er blieb fast eine Stunde in der Abenddämmerung da. Es war kühl, und Félicie hatte wieder ihren roten Schal umgelegt, aber im blauenden Abendlicht wurde das Rot noch üppiger als am Morgen.

Sie ging spazieren, vielleicht in der Absicht, ihm zu begegnen. Ihr Kind hatte sie nicht auf dem Arm. Sie wußte, daß ihre Tante an ihrem Fenster war, aber noch wußte sie nicht, wo Jean war.

Da steckte er eine Hand durch die Gitterstäbe und schwenkte sie, ohne einen einzigen Augenblick zu denken, daß das lächerlich sein könnte. Sie sah die Hand. Er war sicher, daß sie sie sah, denn sie hielt einen Augenblick inne. Ihm war, als lächelte sie, ein zugleich belustigtes und freudiges Lächeln.

Dann machte sie fast sogleich kehrt und ging nach Hause zurück, wiegte langsam ihren Körper und bückte sich, um einen Grashalm auszureißen und an ihm zu kauen . . .

„Danke, Jean! Bin ich dir auch nicht allzusehr zuwider? So eine Frau ist nichts Schönes, was? Findest du es nicht sonderbar, daß dein Vater noch nicht gekommen ist?"

„Der wird nicht kommen."

„Ich glaube, daß er kommen wird."

Arme Tati! Das Haus wurde ihre Festung, das Zimmer, mit dem stets zum Kanal hin offenen Fenster, ihr Wachturm. Von morgens bis abends war sie in Bereitschaft, sie lauerte auf die Geräusche, sie zuckte zusammen, wenn sie auf der Landstraße ein Auto hörte, fragte sich, ob der Wagen in den Weg mit den Haselnußsträuchern einbiegen würde; dann, wenn sie einen Augenblick nicht wußte, wo Jean war, lauschte sie auf die Stille mit der Angst, daß nichts sie durchbräche.

„Wo warst du?"

„Ich habe Kartoffeln gehackt. Heute morgen sah ich, wie der Schleusenwärter seine mit einem Mittel behandelt hat."

„Sie müßten auch mit einem Schutzmittel behandelt

werden. Wirst du das können? ... Eben ist jemand zu Françoise gekommen. Jemand, den ich nicht kenne. Was Couderc betrifft, der wäre beinahe über die Brücke gegangen. An Lust dazu fehlte es ihm nicht. Françoise ist gerade noch rechtzeitig gekommen, ihn zurückzuholen ... Hast du Félicie gesehen?"

„Nein."

„Sie muß hier spazierengegangen sein, denn sie hat die Schleuse überquert. Leider kann ich mich nicht aus dem Fenster beugen. Hast du nicht vor einer Viertelstunde mit jemand gesprochen?"

„Nein."

Das war die Wahrheit. Er hatte mit niemand gesprochen. Aber Félicie war auf dem Weg spazierengegangen, nicht mehr auf der anderen Seite des Wassers, wo Tati ihr mit den Augen folgen konnte, sondern auf dem Weg, der vorm Haus vorbeiführte. Und Jean stand hinter seinen Gitterstäben. Er hatte ihr, bis auf zwei Finger, beide Hände hingezeigt. Ob sie das verstanden hatte? Er hatte auch mit Nachdruck auf den Zaun gezeigt, der links vom Haus lag und von dem er Kette und Vorhängeschloß weggenommen hatte.

Tati, die auf geheimnisvolle Weise unterrichtet schien, nutzte leider an diesem Abend um acht Uhr die Gelegenheit aus und ließ sich pflegen. Er wußte nicht einmal, daß Félicie gekommen war und am Zaun spazierenging. Wenn sie es getan hatte, was hatte sie dann gedacht?

Er seinerseits lebte mit ihr von morgens bis abends. Ihr Bild, die Gedanken an sie führte er mit sich durch das Haus, durch die Höfe, den Garten, in den Stall, zu den Hühnern und an den Brutapparat. Vor allem die Schwellung der Lippen hielt ihn behext und die Art, wie sie ihren Körper bog, wenn sie ihr Kind auf dem Arm hatte.

„Was machst du, Jean?"

„Nichts! Ich bin bei den Karnickeln."

Er war oft bei den Karnickeln, um durch das Loch in der Wand zu blicken, und auch an diesem Tag wieder wie auch an dem darauffolgenden zeigte er acht Finger der Hände mit einem Nachdruck, der komisch sein mußte.

Hatte sie verstanden? Machte sie sich über ihn lustig? Erklärte sie auch nicht, wenn sie nach Hause kam, ihrer Mutter: Er hat mir wieder Zeichen gemacht. Ich glaube, er wird verrückt.

Und Tati, die seinen Blick suchte, sooft er in ihr Zimmer hinaufkam, mit einer Miene, so als wollte sie darin Spuren finden! Wovon konnten Spuren in seinen Augen sein?

„Ich dachte, du würdest am Samstag statt meiner zum Markt fahren, aber ich habe Angst davor, allein im Haus zu bleiben. Ich werde Clémence kommen lassen, das ist die, die rechts vom Weg wohnt. Du weißt schon, das kleine Haus mit dem blauen Zaun. Wenn es ihrer Schwägerin besser geht, wird sie die Eier und die Butter mitnehmen."

Sie wollte wissen, ob er zusammenzucken, ob er Enttäuschung oder schlechte Laune bekunden würde, denn das würde dann heißen, daß er sich mit Félicie in der Stadt verabredet hatte.

Nun geschah das in einem Augenblick, den sie nicht vorhergesehen, und unter Bedingungen, die auch Jean sich nicht vorgestellt hatte. Als er seine acht Finger zwischen den Gitterstäben zeigte, wußte er überhaupt nicht, was geschehen würde, wenn Félicie um acht Uhr käme. Er wußte nur, daß es der sanfteste Augenblick des Tages war, von einer fast traurigen Sanftheit, wenn der Kanal die Dinge einfaßte und der rote Schal im Blau und im Violett der anhebenden Nacht einen solchen Farbwert annahm.

In den Ställen unter seinen Füßen sprangen die Karnickel geräuschvoll hin und her, während manchmal ein Huhn auf einer Sitzstange des Hühnerstalles den Platz wechselte.

Er wußte nicht, welcher Tag es war. Er hatte gerade allein in der Küche gesessen. Tati hatte er vom Fuß der Treppe aus zugerufen: „Ich gehe nachsehen, ob die Tiere etwas brauchen."

Er hatte den Garten zwischen den Kartoffeln betreten, und da sah er plötzlich in weniger als einem Meter Entfernung Félicie stehen.

Sie hatte gewartet. Er sah nicht ihren Blick, sondern nur ihre Gestalt. Sie sagte nichts. Er sagte auch nichts, und ganz natürlicherweise, so als wäre es lange vorher vereinbart gewesen, nahm er sie in seine Arme und preßte seinen Mund auf ihren.

Ihrerseits hatte sie nicht den geringsten Widerstand geboten. Sie hatte sich nicht gewundert. Sobald der Arm sich um sie geschlossen hatte, hatte sie sich schlaff werden lassen, und unter dem Kuß blieben ihre Lippen gefügig halboffen.

Jeans erster Gedanke war, daß sie da, zwischen den Kartoffeln, nicht stehenbleiben konnten, und er zog sie sanft zum Schuppen, noch ohne Ziel und noch immer ohne zu sprechen. Dann küßte er sie abermals und sah, daß ihre Augen geschlossen waren, der Hals von einem unwirklichen Weiß.

Man hätte wahrhaftig meinen können, es sei seit aller Ewigkeit vorgesehen gewesen, daß sie einander an diesem Abend begegnen sollten, an dieser Stelle, und daß sie einander nichts würden zu sagen haben, daß sie einander erkennen und nur ihr Geschick würden zu vollenden haben.

Im Augenblick wußte Jean nicht einmal, worauf er sie hinstreckte: es war Heu, das für die Karnickel bereitlag. Und als sie lag, blieb sie reglos, während er versuchte, mit ihrem Fleisch in Berührung zu kommen. Ihre nackten Beine waren kalt. Ein wenig Wärme fand er nur sehr hoch oben an den Schenkeln entlang, und dann auf einmal, ohne daran zu denken, mit einer Leichtigkeit, die etwas Traumhaftes hatte, besaß er sie.

Sie biß die Zähne zusammen. Die Karnickel rumorten wenige Zentimeter von ihren Köpfen entfernt. In einer Ecke verbreitete die Lampe des Brutapparates einen gelblichen Schein, wie die kleine Flamme des Tabernakels im weiträumigen Dunkel einer Kirche.

Sie schüttelte den Kopf, um ihn darauf hinzuweisen, daß ihre an die seinen geschweißten Lippen sie am Atmen hinderten, und das war ebenso ergreifend wie ein Vogel, den man zuckend in der Hand hält und der ängstliche Anstrengungen macht zu entweichen.

Dann wurde sie mit einem Ruck steif, und im Augenblick danach entspannte sich ihr ganzer Körper.

Da stammelte er: „Félicie!“

Er spürte, daß sie die Augen geöffnet hatte, daß sie ihn anblickte, vielleicht mit einer gewissen Verwunderung, und daß sie versuchte, sich frei zu machen.

Sie richtete sich wieder auf und schüttelte von ihrem Kleid die Heuhälmchen ab, die sie im Dunkeln nicht sehen konnte.

Und als sie die Ohren spitzte und er linkisch vor ihr stehenblieb, da murmelte sie: „Ich glaube, du wirst gerufen ...“

Das waren die einzigen Worte, die sie an diesem Abend sprach. Dann ging sie weg, er ergriff ihre Hand. Sie überließ sie ihm, doch offenbar verspürte sie nicht wie er die Notwendigkeit einer solchen Geste, und noch erstaunter war sie, als er ihre Lippen mit den Fingerspitzen streifte und stammelte: „Danke ...“

Im Haus war Geräusch zu hören. Es war Tati, die mit ihrem Stock auf den Fußboden stieß.

„Bist du da, Jean?“

„Ja ...“

Er hätte sich gerne in der Spiegelscherbe der Küche betrachtet, aber die Lampe brannte noch nicht.

„Was machst du?“

„Ich komme ...“

Er stieg die Treppe hinauf und fuhr sich dabei mit beiden Händen übers Gesicht, so als wollte er seine Züge wieder zurechtrücken.

„Was hast du gemacht? Zünde Licht an.“

„Ich war bei den Karnickeln.“

Und er nahm das Glas von der Lampe herunter, drehte den Docht hoch, entzündete ein Streichholz. Seine Finger zitterten noch leicht.

„Ich dachte, draußen liefe jemand ... Man hätte meinen können, jemand ginge auf Zehenspitzen.“

Er antwortete nicht.

„Du hast niemand gesehen?“

„Nein.“

„Wenn du wüßtest, welche Angst ich habe, Jean! Ich falle dir lästig, wie? Am Ende wirst du mich verwünschen.“

„Aber nein doch!“

„Bei der Vorstellung, daß eine Frau ... Und vor allem diese Félicie ..."

Warum sprach sie gerade in diesem Augenblick von Félicie? Sie war sehr rot angelaufen. Gegen Abend hatte sie immer Fieber, und ihr Gesicht erschien dicker. Er sah den Fleck auf der Wange an, der wie aus Tierfell war.

„Ich weiß nicht, was ich täte, aber ..."

Jeans Körper warf einen großen Schatten auf die Wand – einen Schatten, der fast an die Decke stieß, und in der Tapete sah man die Löcher, die er gemacht, als er die Regale der Obstvorratskammer herausgerissen hatte.

„Langweilst du dich nicht?"

„Nein."

„Glaubst du, daß du imstande bist, lange hier zu bleiben?"

„Aber ja doch."

„Das eben verstehe ich nicht ... Als ich dich auf der Straße zurückkommen sah, da war ich fast darauf gefaßt, weil ich dich für einen Ausländer hielt, eine Art Jugo, und diese Leute müssen, wenn sie fern von ihrer Heimat sind, eine ruhige Ecke finden ..."

Sie hielt inne, und er achtete nicht darauf.

„Hörst du mir nicht zu?"

„Doch."

„Was habe ich zu dir gesagt?"

„Sie sprachen von dem Jugo."

Und selig lächelnd wünschte er ihr guten Abend, tastete sich in seine Mansarde hoch, wo er sich voll angezogen auf sein Bett warf.

9

Eine Sekunde ... Zwei Sekunden noch, und undeutlich begann er zu ahnen, daß es ein Traum war ... Er bemühte sich, ihn bis zu Ende zu bringen, nicht einen nach dem anderen die Tropfen aus dem schlauchförmigen Quark fallen zu hören. Unwillkürlich öffnete er die Augen auf die zwei schieferblauen rechteckigen Scheiben des Dachfensters, unter dem er lag.

Lange blieb er wie abgestumpft, gerädert, zugleich unwirsch und vor Überschwang noch erschauernd. Das Außergewöhnlichste war Tatis Anwesenheit. Sie sah zu, wie sie einander umschlangen, wie sie ihren Hühnern oder ihren Karnickeln zusah, mit einem glücklichen, ermunternden Lächeln, und sie sagte zu ihnen: „Liebt euch nur schön, meine Täubchen . . .“

Unmöglich, genau anzugeben, wo sich das abspielte. In einem Zimmer war es nicht. Auch nicht im Schuppen. Es war so hell, daß man hätte glauben können, es sei mitten am Himmelszelt, und der Puls schlug im Rhythmus unsichtbarer Musik, so als hätten hundert Geigen die Liebenden anfeuern wollen.

Er fragte sich, ob Tati in seinem Traum ihren behaarten Fleck auf der Wange hatte, und er konnte sich daran nicht erinnern, auch nicht an ihre Kleidung, nur daran, daß da ein elektrisches Rosa war wie das ihres Unterrocks. Was Félicie anging, so klammerte sie sich derart stürmisch an ihn . . .

Seine Augenlider schlugen, als drückte eine Träne sie hoch. Plötzlich spürte er, daß es wieder anfing, daß die Angst eindrang und abermals seine Brust mit unbestimmtem Schmerz erfüllen würde.

„Gott, mach, daß . . .“

Es kam vor, daß er so, mit halber Überzeugung, betete, wenn er sich in seinem Bett wie ein ganz kleines Kind fühlte.

„Mach, daß ich wieder einschlafe! Mach, daß ich keine Alpträume mehr habe.“

Es war zu spät, er wußte es.

Jeder zum Tode Verurteilte wird . . .

Nein! Das bereitete ihm keine Angst mehr. Es lag schon weit zurück. Mit jedem Augenblick sah er klarer, so klar, daß er nicht liegenbleiben konnte und sich mit offenen Augen in seinem Bett aufsetzte.

Was wäre geschehen, wenn soeben, als er im Schuppen mit Félicie zusammen war, deren Vater hereingekommen wäre? Und wenn Tati, trotz ihrer Krankheit und ihrer Furunkeln, in ihren Filzpantoffeln heruntergekommen wäre?

Was würde er zu Félicie sagen, wenn er sie wiedersähe? Wer weiß? Sie würde die folgenden Abende vielleicht wiederkommen? Er konnte bereits nicht mehr darauf verzichten. Also würde unausweichlich eines schönen Tages ...

Er erinnerte sich an eine Minute seines Daseins, an eine Minute, die in ihrer Leichtigkeit seiner Entlassung aus dem Gefängnis ähnelte. Es war im Sommer. Die Prüfungen rückten näher. Die Fenster des Klassenzimmers standen offen. Der Englischlehrer sah wie eine boshafte Marionette aus.

Jean hatte seine Hand hochgereckt, so als wollte er auf die Toilette gehen. Der Englischlehrer hatte die Achseln gezuckt. Jean hatte mit seinen Fingern geschnalzt.

„Also was wollen Sie? Sie brauchen mich nicht um Erlaubnis zu bitten hinauszugehen, da ich Sie als nicht vorhanden betrachte."

„Ich möchte nach Hause gehen. Ich fühle mich krank."

Er war dessen noch nicht sicher, aber er wollte krank sein. Ganz allein ging er über den großen Schulhof, und aus -zig offenen Fenstern drangen Stimmen von Lehrern oder Schülern. Auf der Straße streifte ihn eine Straßenbahn. Bevor er sein Haus betrat, ging er zu Pitigrilli Eis essen, drei Portionen hintereinander, trotz des Fiebers.

Wenig fehlte, daß er seine Bücher auf den Rand des Bürgersteigs gelegt hätte. Das hatte keine Bedeutung mehr. Er würde nicht mehr lernen. Er würde seine Prüfungen nicht ablegen.

Auch als er aus dem Gefängnis gekommen war, war er Eis essen gegangen. Man hatte ihm Geld ausgehändigt, zweihundert und einige Francs, er wußte nicht genau, warum. Er hatte einen Autobus genommen. Er hatte in einer Stadt, dann in einer anderen übernachtet, und nichts verpflichtete ihn zu irgend etwas, nichts von dem, was er tat, hatte noch Gewicht oder Bedeutung ...

Tatis Haus war ein Spielbaukasten. Er betrachtete den alten Kalender mit den Vergoldungen, wie man einen Bilderbogen betrachtet. Er sog die guten Gerüche ein, den der Küche, den des Stalles. Ohne Eile tat er dies und jenes, machte Feuer an, mahlte Kaffee, molk die Kühe und knetete den Futterbrei für die Hühner durch.

Und da, um acht Uhr, im Dunkel des Schuppens ...

Er lächelte bitter, allein in seinem Bett. Es würde wieder anfangen, wirkliches Leben, Verwicklungen, und wie immer würde das Schicksal sich über ihn hermachen. Er war dessen sicher.

Genauso sicher wie damals, als er in Paris Zézette kennengelernt und das erste Mal ihre Wohnung betreten hatte.

Er legte sich wieder hin, fand keinen Schlaf, stand auf und machte barfuß an die zehnmal die Runde um den Speicher und fragte sich dabei, ob unter ihm Tati schliefe.

Er war schrecklich erschöpft. Nicht nur von der Vergangenheit, von der Gegenwart, sondern auch von all den Verwicklungen, die er voraussah; voll Rührung bereits blickte er auf die Tage zurück, die er gerade durchlebt hatte. Er sah klar. Zweimal, nur zweimal in seinem Leben hatte er diesen harmlosen Frieden gekannt, das eine Mal, als er krank gewesen war und danach die Schule nicht mehr als eine Wirklichkeit betrachtet hatte, das andere Mal hier, noch diesen Morgen, als er mit großen Schritten in Richtung Dorf ging und mit den Hausfrauen zusammen hinter dem Lieferwagen des Schlachters wartete ...

„Jean! ... Jean!"

Ihm wurde klar, daß er gerufen wurde; er wußte nicht, wo er war, er begriff nicht, daß er aufstehen mußte; im Gegenteil, er versank tiefer in einen lichtvollen Morgenschlaf. Und plötzlich ging die Tür auf.

„Monsieur Jean ..."

Eine fremde Stimme. Eine Frau, die er nur flüchtig wahrgenommen hatte, die Frau, die in dem kleinen Haus mit dem blauen Zaun am Straßenrand wohnte. Sie war jung, aber ihr fehlten zwei Zähne im vorderen Teil des Mundes, und das entstellte sie.

„Es ist wegen der Eier und der Butter, die Sie mir geben sollen ..."

Sie sah zu, wie er inmitten eines Sonnenstrahls aus seinem Bett stieg. Es war spät. Es war das erste Mal, daß er so spät aufwachte, weil er erst am frühen Morgen eingeschlafen war.

Er ging bei Tati vorbei.

„Hast du mich nicht rufen hören?"

„Entschuldigen Sie bitte. Ich habe sehr tief geschlafen."

„Gib ihr schnell die Eier und die Butter. Geh mit ihr zum Autobus."

Er fühlte sich schwer, teigig. Immer diese undeutliche Empfindung, die Unruhe, ja Angst war. Er blickte um sich, so als fragte er sich, von welcher Seite der Schlag ihn treffen würde.

„Ist Tatis Krankheit ernst?"

„Ja ... Ich weiß nicht ..."

Der von Haselnußbüschen gesäumte Weg roch nach feuchtem Wald. Manchmal bemühte er sich noch, die Brocken seines Traumes wiederzufinden. Félicie wunderte sich wohl, daß sie ihn noch nicht sah. Er mußte sich beeilen, die Kühe zu melken, sie draußen festzubinden. Er hatte nicht den Mut, sich Kaffee zu kochen. Er würde sich damit begnügen, sich mit einem Glas Weißwein den Mund zu spülen.

Er half der Frau, die Körbe in den roten Bus zu heben, und sah ihn stumpfsinnig abfahren.

Als er die Kühe auf die Weide führte, stand Félicie mit dem Säugling im Arm auf der Schwelle, und ihm war, als mache sie ihm ein kleines Zeichen. Er wandte sich zum Fenster. Da war Tati mit ihren ergrauenden Haaren, die in langen Strähnen über ihr Nachthemd hingen.

Es wäre so leicht, wie in seinem Traum zu leben! Er brauchte nur ...

„Kommst du herauf, Jean?"

Er wußte nicht, daß der Briefträger, der samstags seine Runde früher machte als sonst, bereits dagewesen war. Der Briefträger hatte gerufen, die Treppe betreten.

Jetzt hielt Tati einen Brief in der Hand.

„Komm herein! Ich habe Nachricht von René erhalten. Willst du lesen?"

Auch sie war sorgenvoll.

Er hatte keine Lust zu lesen. Er nahm das Papier aus Höflichkeit.

Meine liebe Mama,

mein Adjutant, dieser Schweinehund, hat es wieder geschafft, mich einzubuchten, und so wird es weitergehen, bis ich daran verrecke ...

Die Handschrift eines Primaners und viele Fehler.

Die anderen haben eine Frau in Paris oder in der Provinz und bekommen monatlich bis zu tausend Francs, damit können sie den Unteroffizieren die Kehle schmieren ...

„Immer Geld!" seufzte Tati. „Sooft er mir schreibt, bittet er mich um welches, und dennoch dient das zu nichts. Warum setzt du dich nicht? Man könnte meinen, du denkst an etwas anderes ... Hast du keinen Brief bekommen?"

Sie kam auf ihren ersten Gedanken zurück.

„Für ihn habe ich alles getan, was ich getan habe, habe ich schlimmer gelebt als eine Sklavin, mir nichts gegönnt. Damit er eines Tages nicht ganz nackt im Leben steht. Und manchmal frage ich mich ..."

Es war seltsam: an dem Tag, da Jean niedergeschlagen war, da war sie ihrerseits traurig, und wenig fehlte daran, daß sie geweint hätte.

„Ich habe Geld beiseite gelegt. Es ist im Haus versteckt. Es ist mehr, als man glaubt. Zweiundzwanzigtausend Francs."

Sie heftete ihre Augen auf ihn, lauerte auf eine Reaktion, doch er lauschte ihren Worten, ohne darauf zu achten, ohne ihre Bedeutung zu erfassen.

„Zweiundzwanzigtausend Francs, die ich Sou um Sou zusammengespart habe, seit dem Tag, da ich hierhergekommen bin. Alle, wie sie da sind, habe ich gestohlen! Ich betrog, ich klaute mal einen Franc hier, mal einen Franc da. Nun, und kurz bevor das mit René passiert ist ... Hörst du mir zu, Jean?"

Er schien zu erwachen, sah den alten Couderc um die Kühe herumstreichen.

„Ich weiß nicht, warum ich dir das erzähle. Vielleicht, weil ich nie mit jemand darüber habe sprechen können. René war betrunken. Er kam sehr spät, nach Mitternacht erst, nach Hause. Er wollte nach Südamerika gehen. Diese Idee mußten seine Freunde ihm in den Kopf gesetzt haben.

‚Gib dein Geld her!' sagte er zu mir. ‚Für dich ist es zu nichts nutze, während ich ...'

Ich wollte nicht. Ich versuchte, ihn zu beruhigen.

‚Trink wenigstens eine Tasse Kaffee, René. Du bist nicht gut beisammen.'

‚Du glaubst, ich bin betrunken? Ich wiederhole dir, daß ich dein Geld will und daß ich noch heute nacht aufbrechen werde.'

Er fing an, im Haus herumzuwühlen. Er sprach mit sich selbst. Er fluchte. Ich wagte nicht, mein Zimmer zu verlassen, und er kam wieder herein.

‚Du wirst mir sofort sagen, wo du den Zaster versteckst!'

Ob du's glaubst oder nicht, Jean, er hat mich geschlagen. In dieser Nacht habe ich das Schlimmste befürchtet. Ich fragte mich, ob er nicht fähig sei zu töten.

Mit Mühe und Not habe ich ihn hinausdrängen und meine Tür verschließen können. Beim Hinuntergehen ist er auf der Treppe gestürzt, und am nächsten Morgen hatte er eine Beule auf der Stirn."

Er wußte genau, daß sie ihm das nicht ohne Grund erzählte. Sie sah ihn mit allzu großer Aufmerksamkeit an, wie dann, wenn sie etwas im Schilde führte.

„Ständig wird er bestraft, und ich frage mich, ob er je zurückkommt."

Er erriet undeutlich. All das bedeutete soviel wie: Während du hier bist und nicht weggehen wirst.

Sie seufzte, bat um ein Glas Wasser, das er aus dem Brunnen schöpfen ging, damit es kühler wäre.

„Bleib noch ein Weilchen bei mir. Heute morgen ist nichts Dringendes zu tun. Seit ich im Bett liege, vertreibe ich mir die Zeit mit Nachdenken. Fünfundvierzig Jahre mußte ich alt werden, um tagelang im Bett zu bleiben. Vorher lief ich, Krankheit hin, Krankheit her, wie ein altes Vieh herum ... Woran denkst du?"

„An nichts."

„Bedauerst du nicht?"

„Was?"

„Du weißt genau, was ich meine. Übrigens die zweiundzwanzigtausend Francs, rat mal, wo die sind."

Er zuckte zusammen. Das übrige hätte er am liebsten nicht gehört. Er hatte den unangenehmen Eindruck, daß sie ihn in Versuchung führen wollte.

„Du schläfst jede Nacht ganz nahe dran. Du brauchtest nur im Schlaf die Hand auszustrecken. Die Kleiderpuppe. Weißt du? Wenn man den Fuß abschraubt, findet man innen einen Hohlraum. Dort ist es."

Hatte er sich also getäuscht, als er mitten in der Nacht aufgewacht war, vor dem Ende eines so schönen Traumes? Es fing an! Es fing wieder an!

„Ich will dir sagen, was ich gedacht habe. Es geht um das Haus. Wenn du nicht einverstanden bist, nehme ich dir's nicht übel. Also!"

Ein Blick zur Ziegelei hinüber.

„Setz dich! Wenn ich liege, kann ich niemanden stehen sehen. Mir scheint, du bist zu groß. Nimm den Sessel. Ja doch! Komm näher heran. Was hast du nur heute morgen? Man könnte meinen, du seist verärgert. Etwa weil ich ekelerregend bin? Geh, ich werde rasch wieder gesund sein! Hab keine Angst. Diesmal werden sie mich noch nicht kriegen.

Wieviel, glaubst du, bringt ein Haus wie dieses bei einer öffentlichen Versteigerung ein?"

„Ich weiß es nicht."

„Mit dem Land und den Kosten würde es wohl um die hundertzwanzigtausend liegen. Man darf nicht vergessen, daß ich einen Drittelanteil daran habe, zumindest wenn Couderc tot ist, denn ich bin seine Schwiegertochter und war verheiratet, als Gütergemeinschaft galt. Also ist es so, als gehörten mir vierzigtausend Francs ... Folgst du mir?"

„Ja."

„Vierzigtausend und zweiundzwanzigtausend, das macht zweiundsechzigtausend. Dazu die Hälfte des

Preises für das Haus. Nimm jetzt einmal an, ich bekäme ein Darlehen von der Bodenkreditbank oder eine Hypothek für das übrige. Ich weiß, das ist schwierig ..."

Sie ging jetzt behutsamer vor, mit angstvollen, durchdringenden raschen Blicken.

„Nimm einmal an, jemand bürgte für mich ..." „Du hast mir erzählt, daß du nie das Erbteil von deiner Mutter bekommen hast. Das geht mich nichts an. Du hast dein eigenes Recht. Wenn du verärgert bist, dann sag es sofort, und ich rede nicht weiter."

„Ich bin nicht verärgert!"

„Du hättest die Papiere, während ich alles zurückgezahlt hätte. Also gehst du kein Risiko ein. Hör dir den Rest an. Ich habe viel darüber nachgedacht, weißt du, und ich bin nicht dümmer als andere. Auf dem Markt ... Auf dem Markt haben alle gelacht, als ich mir einen Brutapparat kaufte. Sie werden dennoch die Ergebnisse sehen. Hier fehlt es an Boden. Aber wenn man mit dem Kauf eines Hauses zugleich die Ziegelei kauft ..."

Er zuckte zusammen und blickte mechanisch zu dem Häuschen mit dem hellroten Dach hinüber.

„Zunächst schafft uns das Françoise und ihre Brut vom Hals. Sie würden gezwungen, woandershin zu gehen, denn hier, wo sie allzugut bekannt sind, fänden sie keinen Lebensunterhalt. Die Ziegelei bekäme man für ein Butterbrot ... Reich mir mal die Zeitschrift, die auf der Kommode liegt."

Es war eine landwirtschaftliche Zeitschrift. Sie zeigte ihm ganze Seiten mit Werbung für Rassehühner und Kücken.

„Man kauft einen großen Brutapparat, in den man tausend Eier auf einmal tun kann. Statt die Kücken auf dem Markt zu verkaufen, verschickt man sie nach ganz Frankreich in kleinen Pappschachteln. Sieh mal. Das sind die Schachteln."

„Ja."

„Ich bitte dich nicht, sofort zu antworten. Du hast Zeit, darüber nachzudenken. Ärgert es dich wirklich nicht, daß ich dir davon erzählt habe? Ich habe mir gesagt, wenn plötzlich dein Vater käme ... Im Augenblick werden *sie* nichts zu unternehmen wagen. Solange ich im Bett liege und noch Spuren an mir trage, haben sie zu große Angst davor, daß ich Anklage erhebe . . . Ach, da ist sie ja wieder und trotzt mir unter meinen Fenstern."

Er beugte sich hinaus und sah, wie Félicie schlendernd den Treidelpfad entlang spazierenging, auf dem Arm ihren Säugling. Sie sah aus wie ein kleines Mädchen, das mit Puppen spielt, wie ein spottlustiges kleines Mädchen, das sich einen Spaß daraus macht, die Erwachsenen zur Verzweiflung zu bringen.

Die Nase hochgereckt, blickte sie ihre Tante mit zufriedenem Lächeln an, und als Jean erschien, schloß sie zwei- oder dreimal die Augen, um ihm guten Tag zu wünschen.

„Guck sie nicht an", sagte Tati. „Sie könnte glauben, du seist in sie verliebt! Die läuft den Männchen nach wie eine Färse und . . . Was hast du?"

„Nichts!"

„Ist es, weil ich das über sie gesagt habe?"

„Nein."

„Ist es wegen meiner Pläne mit dem Haus?"

„Nein. Ich bin müde."

Müde, nervös, ängstlich, krank, in Erwartung dessen, was unausweichlich geschehen würde. Tati war unfähig zu begreifen. Und dennoch hatte auch sie so etwas wie Fühler.

„Interessiert sie dich?"

„Wer?"

„Félicie, das weißt du doch genau."

„Ich hab Ihnen doch schon gesagt, daß sie mich nicht interessiert!"

Welche Wut arbeitete in ihr, daß sie immer wieder auf Félicie zurückkam. Würde am Ende nicht *sie* ihn daran hindern, an etwas anderes zu denken?

Er ging hinunter und hackte wütend Holz. Am liebsten hätte er sich in die Hand gehackt, um zu sehen, was dann geschähe. Der Arzt müßte gerufen, er selber müßte vielleicht ins Krankenhaus gebracht werden.

Wer würde auf sein Rufen herbeikommen, da Tati ja im Bett lag?

Er ging und führte die Kühe an einen anderen Platz.

Absichtlich kam Félicie herbei und strich um ihn herum, und er glaubte, sie würde ihn ansprechen, während Tati sie nicht aus den Augen verlor.

Fast hoffte er, daß sie abends nicht käme. Zugleich sehnte er sich danach, daß sie da wäre. Er quälte sich wie zum Vergnügen.

„Jean!"

„Ja. Bitte ..."

„Du mußt daran denken, zu Clémence zu gehen und die Körbe und das Geld abzuholen."

Er ging hin. Er tat alles, was man wollte. Er mähte Gras für die Karnickel, reinigte die Taubenverschläge und verteilte Dünger zwischen den Erdbeersträuchern.

Tati brächte es fertig, genau um acht Uhr nach ihm zu rufen. Ob er hingehen würde? Sie rief nicht nach ihm, und er war darüber halb enttäuscht.

Es war schon fünf Minuten nach acht, als er sich in den Garten begab, und er fand Félicie still auf einer Deichsel der Karre sitzen.

„Die läuft den Männchen nach wie ...", hatte Tati gesagt.

Er hatte Lust, mit ihr zu sprechen, sich neben sie zu setzen, ihr den Arm um den Leib zu legen. Das beste wäre gewesen, Arm in Arm den Kanal entlang spazierenzugehen, den Fröschen zu lauschen und den Frieden des Abends einzuatmen.

Ohne nachzudenken sagte er: „Du bist gekommen ..."

Und kaum hatte er sie gestreift, da ließ sie sich in seine Arme gleiten und preßte ihren feuchten Mund an seinen Mund.

Er war in Verlegenheit. Sie war starr, wie ohnmächtig. Sie wartete. Sie standen genau an derselben Stelle wie am Abend davor. Er dachte, daß ihr Vater ihr vielleicht gefolgt war, daß Tati es fertigbrächte, hinunterzukommen ...

Sie hatte die Augen geschlossen. Auf den Lippen hatte er den Geschmack ihres Speichels, und er atmete ihren Geruch, den Geruch der Rothaarigen, ein.

Da gab er auf und legte sich auf sie. Sie gab einen kleinen Seufzer von sich, wie den Seufzer eines Kindes.

Vorher schon versteifte sie sich. Sie krallte ihre Finger um sein Handgelenk und versuchte, die Nägel in seine Haut zu bohren.

„Du tust mir weh!" sagte sie ganz leise ...

Am Abend davor war es mit so wundervoller Leichtigkeit verlaufen! Jetzt war er ungeschickt, ohne Verlangen. Er war böse auf die Karnickel, weil sie in der Nähe ihrer Köpfe rumorten. Er war böse auf das Stroh, weil es raschelte, böse auf die Stimmen von einem Schleppkahn, der an der Schleuse festgemacht hatte und auf dem eine Schifferfamilie frische Luft schöpfte.

„Hat meine Tante nichts gesagt?" erkundigte sich Félicie nach einem Schweigen, das auf die Vereinigung gefolgt war.

„Nein."

„Sie muß etwas ahnen. So, wie sie mir den ganzen Tag lang mit den Augen folgt ..."

Sie stand auf, befriedigt, vielleicht nicht vollauf.

„Gedenkst du bei ihr zu bleiben?"

„Ich weiß nicht ..."

„Ich muß nach Hause. Mein Vater könnte ..."

Sie kam noch einmal zurück, um ihm irgendwohin aufs Gesicht einen angedeuteten Kuß zu geben. Er hörte die Scharniere im Gartenzaun quietschen. Er hob den Kopf und sah überrascht, daß der Himmel nur ein Stern war.

Er war so matt, daß er sich auf die Deichsel der Karre setzte, während Tati besorgt aufstand, sich auf ihren dikken Beinen dahinschleppte und unaufhörlich rief: „Jean! ... Wo bist du?"

Mit einem Kerzenhalter in der Hand betrat sie die Treppe. Er wunderte sich darüber, einen Lichtstreif unter der Küchentür zu sehen, zog daraus aber keine Schlußfolgerung. Er war anderswo, weit weg, in einer sozusagen planetarischen Welt. Unsichtbare Strömungen trugen ihn, verschlugen ihn hierhin, dorthin. Wie Treibgut, das man auf dem Meer schwimmen sieht. Er schoß nach vorn, glitt zurück. Und die Flut vereinigte ihn für einen Augenblick mit Félicie. Er hängte sich an sie. Er klammerte sich fest.

Schon war ihm, als spürte er Gegenströmungen.

„Was machst du, Jean?"

Tati seufzte vor Erleichterung darüber, daß sie ihn allein fand.

„Ich fragte mich schon, ob du nicht weggegangen seist. Weißt du, diese Vorstellung. Mir scheint, das wäre noch schrecklicher, als wenn René . . ."

Sie brachte nicht zu Ende, was ihr wie eine Lästerung erschien.

„Kommst du nicht ins Haus?"

„Ja."

„Hilf mir. Ich habe mich für stärker gehalten, als ich bin."

Im Dunkeln ging von ihr ein Geruch nach Bett, nach krankem Fleisch, nach Arznei aus.

So wundervoll war es, als er im Sonnenschein aus dem Bus gestiegen war! Und als er das Haus entdeckt hatte, mit all den kleinen Pflichten, die sie verlangte und die den ganzen Tag ausfüllten!

„Zu dumm. Ich dachte, du seist nicht allein. Ich weiß nicht, was ich getan hätte. Ich . . ."

Die Woge trug ihn jetzt in die Küche zurück, dann auf die enge Treppe, die er Tati hinaufschieben mußte, in das Zimmer, dessen Rolladen er herunterließ.

Schließlich mußte er wohl oder übel auf seinen Dachboden zurück. Er wußte, daß er dort nicht schlafen, daß sein Grauen ihn bedrängen würde, während Félicie, ruhig und mit gestilltem Verlangen . . .

Beim Schlafen ließ sie sicherlich einen Arm herunterhängen, die Brust außerhalb der Decken, und er war überzeugt davon, daß manchmal ein Lächeln über ihr Gesicht glitt wie eine Kräuselung über das Wasser, daß ihre Lippen sich regten, ohne einen Laut von sich zu geben.

10

Tati behauptete, der Sommer sei verdorben. Alle zwei, höchstens alle drei Tage grollte in der Ferne ein Gewitter, von dem man nicht einmal den besänftigenden Regenschauer hatte. Auf dem Grund des Luftmeers war es zu spüren, irgendwo aus der Richtung des Morvan. Die Atmosphäre war schwül. Die Sonnenstrahlen schienen plötzlich in Öl gemalt. Dann brach allenthalben am Horizont der Donner los, und das Wasser des Kanals kräuselte sich, die Blätter der Kastanienbäume erbebten, die Röcke der Mädchen auf den Fahrrädern blähten sich, ein paar Wassertropfen fielen wie mit Bedauern, und stundenlang herrschten Grautöne, Zugluft, Nebel.

Erstmals war das am Sonntag eingetreten, und damals hatte Jean, fast wohlgemut, gelacht.

Der Vormittag war noch sonnig gewesen, freilich ein wenig heiß, und abgesehen von der Arbeit für die Tiere hatte er ihn in Tatis Zimmer verbracht. Ganz kurz zurückliegende Ereignisse erschienen ihm bereits mit dem Zauber der Erinnerung, so als wüßte er, daß es nie wieder anfangen würde. Beispielsweise der erste Sonntag, als sie nach der Mittagsmahlzeit vor der Haustür am Straßenrand saßen, Tati in einem Rohrsessel, er rittlings auf einem Stuhl mit strohgeflochtenem Sitz. Er rauchte die Pfeife des alten Couderc, die er mit Schnaps gereinigt hatte.

„Heute liege ich acht Tage in meinem Bett!" bemerkte sie und blickte zu dem dunklen Loch, das in Françoises weißem Haus die Tür bildete.

Er blickte auch hin. Ihm fiel auf, daß auf dem Land die Haustüren immer offenstehen.

Sonst, so dachte er, wäre es nicht hell genug. Die Fenster sind zu klein.

Um diese Zeit mußte Félicie sich für die Messe anziehen. Er war sicher, daß sie sich in der Küche wusch, wo sie die Schüssel mit Seifenwasser auf den Boden stellte, um sich die Füße zu säubern. Auch der Säugling saß auf dem Boden, verschmiert wie immer. Eugène war sonntags – und nur sonntags, so als hätte er in der Woche zuviel Arbeit – in seinem Stück Garten. Der Großvater schließlich wartete darauf, daß er seinerseits gewaschen und in Schwarz gekleidet würde, mit seiner weißen Krawatte und seinen Schuhen mit Gummisohlen.

Hatte Félicie sich für ihn ein neues Kleid gekauft oder geschneidert? Es war ein apfelgrünes Kleid. Als sie aus dem Haus trat, blickte sie sofort zu dem offenen Fenster hinüber. Im Vordergrund mußte sie Tatis Kopf sehen. Ob sie Jean im Halbdunkel erkannte?

Sie entschwand auf dem Treidelpfad. Tati beobachtete Jean, der so tat, als dächte er an etwas anderes, und sie seufzte.

Die Leute, die nicht wußten, daß es Gewitter geben würde, schickten sich an, einen Sonntag wie alle anderen zu verbringen. Manche ließen sich am Kanal entlang nieder, andere radelten mit Rucksack weit weg.

„Du hättest ein Hähnchen schlachten können", sagte Tati plötzlich. „Das Leben ist diese Woche für dich nicht besonders lustig gewesen."

Nie wurden Hühner gegessen in dem Haus, wo sie aufgezogen wurden, denn man verkaufte sie lieber. Daran dachte Tati.

„Wenn du mit den Leuten über mich sprichst, werden sie dir sagen, daß ich geizig bin. Das liegt daran, daß sie nicht wissen, was es heißt, sein Lebtag das Dienstmädchen anderer zu sein. Hätte ich mir Kleider geleistet wie dieses Weibchen, dann hätte ich jetzt keinen ersparten Sou, und ich liefe Gefahr . . ."

Doch Félicie war verschwunden; lange schon war ihr grünes Kleid wie untergegangen in den beiden Reihen von Blattgrün, die am Horizont zusammenliefen. Aber Tati folgte ihr über die Gedanken. Vielleicht über Jeans Gedanken?

Und schon hörte man Stimmen auf dem Weg.

„Aha, der Bus ist dagewesen", bemerkte sie.

Dann spitzte sie die Ohren.

„Mir scheint . . . Aber ja . . . Das ist Amélies Stimme."

Bald sah man die Familie auf der Brücke, den Vater mit seinem Strohhut und seinem Kneifer, den Jungen im Matrosenanzug und Amélie, die affektiert ein Päckchen mit Backwerk trug. Der Junge drehte sich um. Stur vor sich hin blickend, gab ihm seine Mutter einen kräftigen Schubs, und sicherlich verbot sie ihm dabei, dieses Haus anzuschauen.

Sie gingen zu Françoise. Der Alte war fertig, gewaschen, geputzt, und man steckte ihm eine Pfeife in den Mund, setzte ihn draußen in einen Sonnenstrahl hin – es wirkte so, als nagelte man ihn dort fest. Nur Françoise war noch schmutzig. Sie legte die Hand über die Augen, sah die Familie ankommen und rief sicherlich: „Schon elf Uhr!"

Worauf sie ins Haus stürzte und aus dem ersten Zimmer alles herausnahm, was herumlag.

„Vorher haben sie einander nie besucht!" bemerkte Tati.

„Désiré hält sich für einen Intellektuellen. Auf Eugène und seine Frau blickt er mit Verachtung hinab. Doch von dem Augenblick an, wo sie gegen mich etwas im Schilde führen . . ."

Der Tisch wurde hinausgestellt. Désiré, der seine Jacke ausgezogen hatte und dessen Hemdsärmel vor Weiße strahlten, half Françoise, aber der Tisch war breit und ging nur mit Mühe durch die Tür.

Félicie kam von der Messe zurück und warf einen Blick zum Fenster hinauf. An ihrem neuen Kleid hatte sie eine rote Blume.

Ein Tischtuch wurde ausgebreitet. Stühle herangebracht.

„Sie hat ein Karnickel geschlachtet", sagte Tati wieder, die sie nicht aus den Augen verlor.

Und sie ihrerseits taten, während sie das Karnickel aßen, als wären sie stark beschäftigt, konnten aber nicht umhin, zum Fenster hinüberzuschielen. Nur Eugène aß mit seinem Taschenmesser. Amélie hatte eine riesige Sahnetorte mitgebracht.

Im selben Augenblick, als sie sie nicht ohne Stolz anschnitt, lief die erste Kräuselung über das Wasser, und das Laubwerk erbebte mit einemmal so stark, daß Blätter sich ablösten. Das Tischtuch hob sich. Wassertropfen fielen.

Jean lachte von ganzem Herzen. Es war belustigend zu sehen, wie sie aufstanden, wie Amélie ihre Torte rettete, wie Désiré ratlos war und seine Jacke suchte, die er im Haus drinnen gelassen hatte.

Den ganzen Nachmittag hindurch fiel feiner Regen, und sie mußten in der Küche bleiben, im Halbkreis vor der Tür sitzend. Um fünf Uhr gingen Amélie, ihr Mann und der Junge weg. Man hatte ihnen einen alten Regenschirm geliehen, unter dem sie sich mit gesenktem Kopf im Winde zusammendrängten.

Würde Félicie trotzdem kommen?

In der Ferne waren Feuerwerkskörper zu hören, dann Explosionen, und manchmal trug der Windhauch Fetzen von Drehorgelmusik herüber.

„Ich hatte vergessen, daß heute die landwirtschaftliche Versammlung ist", murmelte Tati und warf Jean einen kurzen Blick zu. „Sicherlich gibt es eine Schießbude, ein Karussell mit Holzpferden, eine Tanzfläche mit Musikern ..."

Ob deshalb Félicie so lange auf der Türschwelle stehenblieb und zum Haus herüberblickte? Schließlich zog sie einen alten Regenmantel mit Kapuze über und ging in Richtung Dorf. Sie ging tanzen. Vielleicht hoffte sie, daß Jean ihr folgte?

Statt dessen planschte er im bereits dicken Schlamm des Hofes, wo alles naß war, und kaum hatte er die Tiere versorgt, kaum blickte er grollend zu der Stelle, wo Félicie ihn hätte treffen sollen, da rief Tati, wie es zur Sucht, zur Besessenheit geworden war: „Jean! ... Jean! ... Was machst du?"

Weitere Feuerwerkskörper krachten in der feuchten Nacht. Er hörte sie von seinem Bett aus. Er sah sogar Lichtschimmer, die von einem armseligen Feuerwerk herrühren mußten, und er glaubte, die seltsame Musik eines Klapphorns, einer Geige und eines Klaviers zu hören.

Von dem Tag an vergingen keine achtundvierzig Stunden mehr ohne Gewitter. Zunächst brauchte das Wetter lange dazu, sich zu beruhigen. Der Himmel blieb tiefgrün, das Wasser des Kanals aufgewühlt. Die Blätter trockneten langsam. Morgens war es heller. Man konnte hoffen, daß der Sommer wieder anfangen würde, und plötzlich, gegen Mittag oder gegen drei Uhr, war in der Ferne Grollen zu hören.

Félicie kam am Montag. Es regnete nicht mehr, aber hatte den ganzen Tag über geregnet. Das Stroh roch feucht. Jean hatte schlechte Laune.

„Bist du tanzen gewesen?" erkundigte er sich und suchte sie tastend im Dunkel. „Wann bist du zurückgekommen?"

„Ich weiß nicht ... Nach Mitternacht."

„Mit wem hast du getanzt?"

„Mit allen Jungen."

„Hast du nichts anderes getan?"

Sie lachte, ohne zu antworten. Er war unglücklich. Ihr war nicht klar, um welchen Preis er sie sich leistete.

„Bist du eifersüchtig? Das darfst du nicht . . ."

Sie spitzte ihre feuchten Lippen.

Seit er sie im Traum besessen hatte, fand er den schlichten Genuß ihrer ersten Umarmung nicht mehr wieder. Das war auf so natürliche Weise geschehen! Jetzt suchten sie einen Platz. Félicie legte sich hin.

„Warte . . . So. Komm jetzt. Drück mich nicht so fest."

Eines Tages hatte Zézette seufzend zu ihm gesagt: „Ich hab wirklich Schwein! Da wollte ich mir einen Gigolo leisten, und bei dir bin ich an einen falschen Galan geraten."

Weil er eifersüchtig war! Weil er sie nicht bezahlen ließ, wenn sie zusammen ausgingen! Weil er sich darauf versteifte, sie auszuhalten, während er dazu außerstande war!

„Du hast gestern mit niemand etwas gemacht?" fragte er Félicie in einem Murmeln.

„Aber nein! Warum?"

War sie es bereits überdrüssig, ihn jeden Abend um acht Uhr aufzusuchen? Tags darauf fragte sie ihn: „Wirst du tatsächlich lange hierbleiben?"

„Warum?" fragte er seinerseits.

Sie wechselten so wenig Worte, und dennoch waren es noch zu viele, denn wenn sie sprachen, stimmten die Worte nicht.

„Ich weiß nicht . . . Ich würde lieber in der Stadt oder irgendwo in der Pariser Banlieue wohnen. Eine kleine Dreizimmerwohnung, wo man seine Ruhe hat. Eine Stellung, in der man jeden Samstag sein Geld bekommt."

War das eine Aufforderung? Er antwortete nicht. Alles reizte, alles beklemmte ihn, selbst bestimmte unerwartete Einzelheiten.

„Nein. Laß mich. Heute geht es nicht."

War das nun nicht gerade für sie die Gelegenheit, sich in seine Arme zu schmiegen, Wange an Wange flüsternd im Dunkeln zu verweilen?

„Es wird Zeit, daß ich nach Hause gehe ... Wenn du mich morgen nicht siehst, dann liegt es daran, daß mein Vater ..."

Der Doktor kam Tati besuchen und sah ihn an, als fände er es erstaunlich, daß er noch da war.

„Geht es ihr besser?"

Er zuckte die Achseln.

Und Jean schleppte den ganzen Tag über Coudercs zu große Holzschuhe durch den Schlamm. Alles war durchweicht, klebrig. Man machte sich schmutzig, ohne etwas zu tun. Wenn er zu den Kühen ging, zog er einen Sack über Kopf und Schultern. Und nur selten erblickte er Félicie im Rahmen ihrer Haustür, wo Françoise dagegen immer aufgepflanzt stand.

Tati in ihrem Bett machte sich Sorgen. Sie konnte keine Stunde sein, ohne ihn zu sehen, und kaum kam er nach Hause, blickte sie ihn eindringlich an, als wollte sie seinem Gesicht die Ankündigung der Katastrophe ablesen.

„Langweilst du dich? Du bist fürs Land nicht geschaffen, was?"

„Im Gegenteil. Noch nie in meinem Leben bin ich so glücklich gewesen."

Er sagte das mit finsterer Stimme, denn es stimmte bereits nicht mehr.

„Du weißt, was ich manchmal denke. Ärgere dich bitte nicht. Besser für uns beide wäre es gewesen, wenn du ein echter Jugo wärest. Erinnerst du dich? Ich habe dich gefragt, ob du Franzose seist. Ich hielt dich für einen Jugo oder so etwas in der Art. Als du mir sagtest, wer du bist, habe ich dir nicht geglaubt."

Sie kam auf ihren Gedanken zurück.

„Komisch, daß dein Vater nicht gekommen ist." Dann mißtrauisch: „Bist du sicher, daß er nicht gekommen ist? Ich habe an einen Notar in Vierzon geschrieben, dessen Anschrift ich in der Zeitung gefunden habe. Um ihn zu fragen, wie man das mit dem Haus anstellen muß ..."

Genau wie Zézette, die ihm eines schönen Abends angekündigt hatte: „Ich habe eine Wohnung gefunden."

Und er hatte sie mieten müssen! Und diese Wohnung

war wie der Ausgangspunkt dessen gewesen, was geschehen war, weil er am selben Tage noch Geld hatte leihen müssen!

„Wir werden ein Zuhause haben, wie du es so sehr wünschst."

„Ja, wir werden ein Zuhause haben."

Félicie träumte von einer Dreizimmerwohnung in der Stadt!

Von morgens bis abends schmiedete Tati Pläne, um Françoise und Félicie für immer zu entfernen!

Er seinerseits ging zwischen Dingen hin und her, die bereits nur noch Erinnerungswert hatten, der Kalender, der Herd, den er allmorgendlich anmachte, der Tisch mit dem Licht, das durch das Fenster mit den kleinen Scheiben fiel, und die Bilder Coudercs und seiner verstorbenen Frau, und . . .

Es wäre so einfach gewesen! Alle drei oder vielmehr alle vier hätten sie hier gelebt, da es ja auch den Säugling gab. Der Säugling störte ihn nicht. Er war Teil der Umgebung, wie er sie sich vorstellte. Allenfalls auch der alte Couderc! Warum nicht?

So würden sie alle zusammen leben, damit beschäftigt, Hühner und Karnickel zu versorgen, Eier auszubrüten, Gras zu mähen, Gemüse zu ziehen.

Tati würde, wie es ihre Gewohnheit war, rufen: „Jean! Bring Kohle."

Und er würde im Schuppen Kohle holen.

„Jean! Es ist kein Holz mehr da."

Und er würde Holz hacken mit der Axt, die er die ersten Tage nur mit Grauen benutzt hatte.

Er würde Félicie erblicken, die im Gras mit dem Säugling spielte und auf allen vieren machte: „Vorsicht! . . . Der große Wolf . . . Der große Wolf . . . Der große Wolf!"

Das Lachen des Säuglings. Das seiner Mutter, die sich im Grase aufrichtete mit ihrer blauen Schürze und ihren zerzausten fuchsroten Haaren, rund um die Augen Sommersprossen.

„Liebt euch nur schön, meine Täubchen!"

In Abständen würde Tati, um die feuchtwarme Zeit der Mittagsruhe, in ihr Zimmer hinaufgehen, gefolgt von dem alten Couderc, dem sie Glück gewähren würde, wie man einem Hund ein Stück Zucker gibt.

Am Donnerstag kam Félicie nicht, und er blieb eine gute Viertelstunde lang allein im Schuppen. Als er hinaufging, begriff Tati sofort, daß er nicht seinen gewohnten Gesichtsausdruck hatte.

„Woher kommst du, Jean?"

„Aus dem Garten."

„Was hast du gemacht?"

„Ich weiß nicht."

Er nahm eine schuldbewußte Miene an, während er doch gerade an diesem Tag nicht schuldig war! Es war der Tag, den sie ihrerseits dazu aussuchte, mißtrauisch zu sein. Das Fenster stand offen.

Das Gewitter, das noch immer grollte, hatte die Luft nicht abgekühlt, aber manchmal blähte ein Windhauch die Gardine, ließ die Lampe blaken.

„Bist du sicher, daß du allein warst?"

„Ja."

„Warum setzt du dich nicht? Du hast etwas, nicht wahr? Ist es, weil dein Vater dich nicht besucht?"

„Nein."

„Ist es, weil du es satt hast, mich zu pflegen?"

„Ich versichere Ihnen, daß . . ."

„Langweilst du dich?"

„Nein."

„Ist es wegen Félicie?"

Ihr Blick wurde schärfer, und Jean versuchte vergebens, natürlich zu wirken.

„Gib zu, daß du nur an Félicie denkst. Aber ja doch! Ich habe es genau gesehen. Und sie, sie streicht um dich herum. Tückisch ist sie! Statt über die Brücke zu gehen, wo ich sie sehen würde, wie sie weiß, geht sie am Schleusentor vorbei, und so kann ich nicht wissen, wohin sie geht. War Félicie mit dir im Garten?"

„Nein. Ich schwöre Ihnen . . ."

„Ich will dir nämlich etwas sagen. Hör zu. Ich sollte so nicht sprechen. Neulich habe ich dir verraten, daß ich Ersparnisse habe, und ich habe dir absichtlich gesagt, wo sie versteckt sind. Selbst René hätte ich es nicht gesagt."

Aber ja! Aber ja doch! Er wußte, daß er ihr fast mehr

bedeutete als René. Er hatte in gewisser Weise, mit bestimmten zusätzlichen Einzelheiten, seine Nachfolge angetreten.

„Also gut! Du wärest weggegangen und hättest das Geld mitgenommen ... Werde nicht ärgerlich. Du bist nicht einmal auf den Gedanken gekommen, es zu tun, ich weiß. Aber hättest du es getan – ich frage mich, ob ich es dir dann übelgenommen hätte. Jetzt noch – wenn du mir sagtest: Tati, ich langweile mich. Ich muß weggehen ..."

Es ging blitzschnell. Er sah, wie ihre Brust anschwoll. Ihre Krankheit machte sie häßlich. Sie war noch häßlicher, als all ihre Züge durcheinandergerieten und sie mit schmollendem Kindermund zu weinen begann.

„Ach ... Achte nicht darauf ... Gib mir ein Taschentuch, bitte! ... Wenn ... wenn du weggehen möchtest, dann ..."

Doch schon wurde unter den Tränen ihr Gesicht wieder hart, und sie richtete sich in ihrem Bett auf.

„Nur eines werde ich nie verzeihen, werde ich nie zulassen, nämlich daß du und dieses Mädchen, das ich verabscheue ... Siehst du, Jean, wenn du das tätest ... Wenn ich daran denke, daß diese Leute mich mein ganzes Leben lang ..."

Sie fand keine Worte, die hart genug waren.

„Ich weiß nicht, was ich täte. Aber ich mag noch so sehr an mein Bett gefesselt sein, ich glaube, ich hätte die Kraft, aufzustehen und ..."

Vor Wut, vor Ohnmacht riß sie sich die Haare aus.

„Wenn du in der Stadt eine andere besuchtest, um deinen Spaß zu haben. Aber Félicie! ... Du antwortest nicht?"

„Nein."

„Liebst du sie?"

„Nein."

Nur sie beide waren im Haus, in dem Zimmer, durch das es zog. Von der anderen Seite des Wassers aus konnte man sie sehen. Es war wohl niemand da, der sie beobachten konnte? Félicie war nicht gekommen!

Im Haus neben der Ziegelei hatten sie sich hingelegt. Es mußte dort warm sein. Zu viert atmeten sie in zwei ganz kleinen Zimmern, und Eugènes Atem war stark, alkoholgeschwängert.

„Ja."

Er hatte gerade ja gesagt, nachdem er nein gesagt hatte. Ihm war bewußt, daß er eine Aussage von größter Bedeutung gemacht hatte. Er hatte ja gesagt, weil er nicht mehr den Mut hatte, zu leugnen, Komödie zu spielen, schlafen zu gehen und, allein in seinem Bett, wie die anderen Nächte von kalten Schweißausbrüchen befallen zu werden, in der Erwartung dessen, was unausweichlich geschehen würde.

„Jean! Was hast du gesagt?"

Sie sah genau, daß er sich in seiner Haut nicht wohl fühlte. Er war zu ruhig, der Blick zu abwesend.

„Jean! Liebst du sie?"

„Ja."

„Und du hast mit ihr geschlafen?"

„Ja."

Er lächelte schüchtern, als wollte er sich entschuldigen.

„Jean! Das darf nicht sein. Sag mir, daß das nicht stimmt . . . Jean!"

Sie hatte die Decken abgeworfen. Man sah ihre Verbände. Nie hatte er den Tierfleck auf ihrer Wange so genau bemerkt.

„Geh nicht weg, Jean! . . . Hör zu! . . . Ich muß dir erklären . . . Du mußt mir sagen . . . Wie hat es dazu kommen können?"

Warum regte sie sich derart auf? Regte denn er sich auf? Er sah klar, völlig klar! Er sah alle Einzelheiten des Zimmers, und die Gardine, die sich blähte, als stünde jemand dahinter; er stand auf, um den Docht der Lampe herunterzudrehen, denn sie blakte.

„Im Schuppen, neben den Karnickeln."

„Hör zu, Jean . . . Ich werde auf die Knie fallen . . . Hörst du? . . . Ich werde mich zu deinen Füßen hinschleppen . . . Ich weiß, daß ich eine alte Frau bin, ein altes Vieh, das nicht hoffen kann . . . Aber wenn du wüßtest . . . Mein ganzes Leben . . ."

Sie kniete auf dem Fußboden.

„Sieh mich nicht so an . . . Hör zu . . ."

Wie sah er sie an? Nie hatte er sie so ruhig angesehen.

„Versprich mir wenigstens, sie nicht mehr wiederzusehen. Ich werde sie dazu bringen wegzugehen. Ich werde Mittel und Wege finden, sie zum Weggehen zu bringen."

Jeder zum Tode Verurteilte ...

Er lächelte bläßlich.

„Warum lächelst du? Bin ich so lächerlich? Ich werde alles tun, was du willst. Ich werde dir schenken ... Hör zu! Das Geld, von dem ich dir erzählt habe ... Nimm es! Es gehört dir! ... Was sagst du? ... Lächle nicht ..."

Er lächelte nicht. Seine Lippen bildeten diese Falten von selbst. Er war im Gegenteil traurig. Oder vielmehr mürrisch.

Da es nun einmal so war, nahm er das Unvermeidliche hin. Sie hatte schließlich sein eines Bein umschlungen und kroch noch immer auf dem Boden herum, während er zu hören glaubte:

Die zu Zwangsarbeit Verurteilten werden für die härtesten Arbeiten eingesetzt; an ihren Füßen müssen sie eine Kugel tragen ...

„Jean! Lieber noch würde ich sterben, als ..."

Aber ja! Aber ja doch! nur das blieb zu tun! Er wußte es seit langem. Es war vorgesehen! Und war es nicht das einfachste?

Jeder Totschlag, der geplant oder dem ein Hinterhalt vorausgegangen ist, wird als Mord gewertet ...

Er hatte nichts geplant. Seine Schuld war es nicht! Und einen Hinterhalt gab es nicht.

„Mir ist schlecht, Jean. Hilf mir aufstehen, mich wieder hinlegen. Du mußt unbedingt verstehen. Seit ich vierzehn Jahre alt war ..."

Und er?

„Was suchst du? ... Jean! Du machst mir angst ... Jean! Sieh mich an! Sag etwas zu mir."

„Was?“

„Ich weiß nicht ... Ich ... Jean!“

Er hatte den Hammer gefunden, den Hammer, den er gebracht hatte, als Tati sich in dem Zimmer eingerichtet und er die Regale der Obstvorratskammer abgenommen hatte.

„Jean! ... Ich flehe dich an ...“

Wozu? Es müßte wieder angefangen – und immer wieder angefangen werden! Er hatte genug.

„Ich hab genug! Genug! Genug!“ brüllte er plötzlich. „Verstehst du? Versteht ihr alle? Ich hab genug!“

Er hatte vielleicht vier- oder fünfmal auf den schon schmerzenden Schädel eingeschlagen, als er sich angesichts der reglosen Tati fragte, ob die Leute aus Françoises Haus ihn nicht hatten schreien hören. Er ging zum Fenster, seinen Hammer in der Hand. Er sah, daß im Haus neben der Ziegelei kein Licht war. Es regnete.

Tati bewegte sich noch leicht. Ihre Augen waren offen geblieben.

Müde schlug er noch zwei- oder dreimal zu, dann nahm er das Kopfkissen vom Bett und legte es ihr aufs Gesicht.

Seine Knie zitterten. Seine Kehle war trocken, seine Brust leer.

Jetzt kannte er das Strafgesetzbuch. Fast machte es ihn lächeln, und halblaut sagte er sich den Artikel 314 auf, den vielberufenen Artikel, der Maître Fagonet so viele Nüsse zu knacken gegeben hatte.

> Totschlag zieht die Todesstrafe nach sich, wenn er einem anderen Verbrechen vorausgegangen, mit ihm einhergegangen oder darauf gefolgt ist.

Diesmal würde er nicht zu lügen brauchen. Es sei denn, er nähme das Geld, das im Bauch der Schneiderpuppe versteckt war ...

Wer weiß? Vielleicht würde man ihn in dieselbe Zelle stecken?

Zézette hatte ihn einmal im Sprechzimmer besucht. Würde Félicie auch kommen?

Er ließ die Lampe brennen, ging im Dunkeln die

Treppen hinunter und suchte tastend nach Streichhölzern auf dem Kamin. Seine Hand stieß auf die Pfeife des alten Couderc. Er hatte Lust, eine Pfeife zu rauchen. Vor allem aber mußte er trinken. Er hatte Durst. Er hatte Hunger.

Er machte Licht. Ihm fiel auf, daß das Pendel der Uhr fast nicht mehr schwang, und zog behutsam wieder das Messinggewicht nach oben.

Jetzt würde es für acht Tage reichen!

Er schnitt sich eine Scheibe Schinken ab, öffnete den Wandschrank, um Brot herauszunehmen, und runzelte die Brauen, weil er glaubte, oben Geräusche zu hören.

Nein! Sie war wirklich tot!

Es war aus!

Er brauchte nur noch zu essen, seine Flasche Weißwein zu trinken, die Pfeife des Alten zu rauchen und zu warten ...

Draußen fiel der Regen, prasselte auf die Blätter, machte Ringe im Kanal. Rittlings auf seinem Stuhl mit dem strohgeflochtenen Sitz blickte er vor sich hin, und manchmal sprach er halblaut Worte aus.

„Ich werde ihnen sagen, daß ich es mit Absicht getan habe. Denn sie hat es mit Absicht getan! Vom ersten Tag an ..."

Er lief im Sonnenschein auf der Landstraße, zu seinen Füßen einen winzigen Schatten, und mit geschmeidigen Schritten ging er durch Rauten von Sonnenschein vom Schatten des einen Baumes zum Schatten eines anderen Baumes ...

Er hatte den Arm gehoben, als ein Auto vorbeifuhr, das nicht angehalten hatte ...

Pech gehabt!

Dann war der große rote Bus gekommen, der auf der Steigung schnaufte. Und Tati hatte ihm zugeblinzelt.

Er stand plötzlich auf. Er hatte gerade an etwas gedacht. Er machte die Tür zum Hof auf. Ein trüber Tag brach an. Und jetzt ging er auf den Brutapparat zu, aus dem ein Piepsen kam. Kücken waren ausgeschlüpft. Andere schauten kaum aus ihrer zerbrochenen Schale heraus, und andere wiederum versetzten ihrem Gefängnis die ersten Schnabelhiebe.

„Tati hätte sich gefreut . . .“

Hatte er Weißwein getrunken? Zwei Flaschen standen auf dem Tisch, beide leer. Die zweite war die Schnapsflasche.

„Ich muß gehen und Félicie Bescheid sagen . . . Félicie wird . . .“

Er fiel hin, nickte ein, schlief.

Und gegen zehn Uhr, als die Gendarmen mit dem Fahrrad ankamen, herbeigerufen von Françoise, welche die Stille des Hauses beunruhigte, wo nur die Kühe brüllten und im Stall Hufschläge verteilten –, gegen zehn Uhr dauerte es eine Weile, ehe man ihn entdeckte, ausgestreckt neben dem Trog, worin er jeden Morgen den Futterbrei für das Federvieh zurechtmachte.

Er schlief, auf der Wange eine Fliege, und seine Lippen – geschwollen wie die eines Kindes, wie Félicies Lippen –, seine Lippen öffneten sich und ließen einen Atem durch, der nach Alkohol stank.

Mit Fersentritten in Gesicht und Beine wurde er geweckt. Er verzog das Gesicht, öffnete die Augen, erkannte die Gendarmen.

„Ach ja!“ sagte er und unternahm eine Anstrengung, um aufzustehen. Dann bat er: „Schlagt mich nicht.“ Und schließlich, im Stehen, auf seinen Beinen wankend: „Ich bin müde. Ich bin derart müde!“

Nieul-sur-Mer, April 1940

Der Schnee war schmutzig

Erster Teil

1

Wenn der Zufall nicht mitgespielt hätte, würde das, was Frank Friedmaier in jener Nacht tat, nur geringe Bedeutung gehabt haben. Natürlich hatte er nicht voraussehen können, daß sein Nachbar Gerhard Holst auf der Straße vorüberkommen würde. Aber daß Holst vorübergekommen war und ihn erkannt hatte, änderte alles. Doch auch das nahm Frank genauso hin wie alles, was sich später noch zutragen sollte.

Deshalb bedeutete das, was in jener Nacht an der Mauer der Gerberei geschah, für den Augenblick wie für die Zukunft etwas anderes als zum Beispiel für ein Mädchen der Verlust der Jungfräulichkeit.

Daran hatte Frank nämlich zunächst gedacht, und dieser Vergleich belustigte und ärgerte ihn gleichzeitig. Erst vor einer Woche hatte sein Freund Fred Kromer, der zweiundzwanzig Jahre alt war, einen Mann umgebracht, gerade als er von Timos Kneipe wegging, wo auch Frank noch wenige Minuten, ehe er sich an die Mauer der Gerberei drückte, gesessen hatte.

Fiel aber Kromers Mord wirklich ins Gewicht? Kromer war zur Tür der Kneipe gegangen, wobei er sich, eine dicke Zigarre zwischen den Lippen, wichtigtuerisch wie gewöhnlich, seinen Pelz zuknöpfte. Seine Haut glänzte; sie war dick wie die Schale mancher Apfelsinen, und er schien ständig zu schwitzen.

Jemand hatte ihn mit einem jungen Stier verglichen, der keine Gelegenheit findet, sich sexuell zu befriedigen. Sein fettes, glänzendes Gesicht, seine feuchten Augen und seine wulstigen Lippen ließen jedenfalls an etwas Geschlechtliches denken.

Ein kleiner, hagerer Kerl mit blassem Gesicht, wie man vor allem nachts ihrer so viele sieht, hatte sich ihm blöde in den Weg gestellt – wer ihn sah, hätte nicht geglaubt, daß er genug Geld hatte, um bei Timo etwas zu trinken – und hatte ihm, während er ihn an seinem Pelzkragen packte, Vorwürfe gemacht.

Was mochte Kromer ihm verkauft haben, womit er nicht zufrieden war?

Kromer war, an seiner Zigarre ziehend, würdevoll weitergegangen. Der andere war hinter ihm hergegangen und hatte Krach geschlagen, vielleicht nur, weil er auf die Frau, die er bei sich hatte, Eindruck machen wollte.

Die Leute in Timos Straße nehmen solchen Lärm nicht tragisch. Streifen kommen dort möglichst selten hin. Aber wenn eine Streife vorübergefahren wäre, hätte sie sich in die Sache einmischen müssen.

„Geh schlafen", hatte Kromer zu dem Gnom gesagt, der einen für seinen Körper zu großen Kopf hatte und zudem rothaarig war.

„Erst dann, wenn du dir angehört hast, was ich dir zu sagen habe!"

Wenn man sich alles anhören wollte, was die Leute einem zu sagen haben, würde man bald hinter Schloß und Riegel sitzen.

„Geh schlafen!"

Vielleicht hatte der Rothaarige zuviel getrunken. Er sah aber eher aus, als ob er süchtig wäre. Vielleicht bekam er die Droge von Kromer geliefert, und möglicherweise war sie diesmal zu sehr verfälscht gewesen.

Kromer war mitten auf der Straße, die sich schwarz zwischen den Schneehaufen zu beiden Seiten dahinzog, stehengeblieben, hatte mit der linken Hand seine Zigarre aus dem Mund genommen und mit der rechten Faust nur einmal zugeschlagen. Dann hatte man zwei Beine und zwei Arme wie die einer Marionette in der Luft zappeln sehen, und darauf war die schwarze Gestalt in dem Schneehaufen am Rande des Bürgersteigs zusammengesackt. Das Seltsame war, daß neben dem Kopf eine Orangenschale lag, die man außer vor Timos Kneipe gewiß in der ganzen Stadt nicht hätte finden können.

Timo war ohne Jacke und Mütze herausgekommen, so wie er hinter seiner Theke gestanden hatte, hatte die

Marionette betastet und die Unterlippe ein wenig vorgeschoben.

„Der hat sein Fett weg“, hatte er gebrummt. „In einer Stunde ist der steif.“

Hatte Kromer den Rothaarigen wirklich mit einem Faustschlag getötet? Man konnte es denken. Der Kerl wird nicht mehr das Gegenteil behaupten können, denn auf Anraten Timos, der nie lange fackelt, hat man ihn zweihundert Meter weiter in das alte Bassin geworfen, in das sich die Abwässer ergießen und das deshalb nicht zufriert.

Kromer darf also mit Fug und Recht behaupten, er habe den Kerl umgebracht, auch wenn Timo das Seine dazu beigetragen haben sollte, und selbst wenn die Marionette vielleicht noch nicht ganz tot war, als man sie über die kleine Backsteinmauer hinunterwarf.

Der Beweis dafür, daß Kromer der Sache kein Gewicht beimißt, ist, daß er weiter die Geschichte von dem erdrosselten Mädchen erzählt. Aber das ist nicht in der Stadt passiert noch an einer Stelle, die die anderen kennen. Man hat keine Beweise. In dieser Hinsicht kann sich jeder mit irgend etwas brüsten.

„Sie hatte dicke Brüste, fast keine Nase und helle Augen ...“, sagte er.

Bei dieser Beschreibung ist er immer geblieben. Aber er hat jedesmal andere Einzelheiten hinzugefügt.

„Es war in einer Scheune.“

Aber was tat Kromer, der nie Soldat gewesen ist und das Land haßt, in einer Scheune?

„Wir hatten im Stroh zusammen geschlafen, und die ganze Zeit haben mich die Halme gekitzelt und mich in schlechte Stimmung versetzt ...“

Kromer erzählt diese Geschichte, während er an seiner Zigarre zieht und wie aus Bescheidenheit abwesend vor sich hinblickt. Es ist da noch eine Einzelheit, die er immer wieder genauso erzählt. Es ist etwas, das die Frau gesagt hat.

„Ich möchte ein Kind von dir haben.“

Er behauptet, dieses Wort habe alles ausgelöst. Der Gedanke, ein Kind von diesem dummen, schmutzigen

Mädchen zu haben, mit dem er sich dort vergnügt habe, sei ihm grotesk und unmöglich erschienen.

„Völlig unmöglich."

Und daß sie immer zärtlicher geworden sei und sich immer dichter an ihn geschmiegt habe. Schließlich habe er, ohne die Augen schließen zu brauchen, einen riesigen blonden, bleichen Kopf ohne Gesicht vor sich gesehen, der der seines Kindes und des Mädchens gewesen sei.

Kommt das, weil Kromer braun ist, hart wie ein Baum?

„Das hat mich angewidert", sagt er jedesmal und läßt dabei die Asche seiner Zigarre fallen.

Er ist ein Schlaukopf, er weiß, wie er sich benehmen muß. Er hat Ticks, die ihn interessant machen.

„Ich habe es für sicherer gehalten, die Mutter zu erdrosseln. Es war das erstemal. Nun, das ist sehr einfach und macht einem nichts weiter aus."

Nicht nur Kromer ist ein Mörder. Wer von Timos Gästen hat nicht mindestens einen Menschen umgebracht! Im Krieg oder sonst wann. Oder nur auf eine Denunziation hin, was das einfachste ist. Man braucht nicht einmal dabei mit seinem Namen zu unterschreiben.

Timo, der sich damit nicht brüstet, hat bestimmt Unzählige umgelegt, sonst würde die Besatzungsmacht nicht sein Lokal die ganze Nacht offenlassen, ohne zu kontrollieren, was dort vorgeht. Obwohl die Fensterläden immer geschlossen sind und man durch den Flur kommen und sich durch Klopfen an die Tür zu erkennen geben muß, sind die nicht so einfältig, daß sie nicht Bescheid wüßten.

Als Frank zum erstenmal ein Mädchen hatte, war das für ihn eine ganz belanglose Sache. Die Umstände waren eben günstig. Andere machen daraus eine Geschichte, die sie jahrelang erzählen und immer mehr ausschmükken, wie Kromer die Geschichte von dem Mädchen, das er in der Scheune erdrosselt haben will.

Als Frank mit neunzehn Jahren seinen ersten Mord begeht, ist das für ihn kaum wichtiger als die Sache mit dem Mädchen. Auch diesmal ist es nicht geplant gewesen. Es hat sich aus den Umständen ergeben. Man könnte sagen, es kommt ein Augenblick, da es unerläßlich und natürlich ist, eine Entscheidung zu fällen, die in Wirklichkeit schon längst gefällt ist.

Niemand hat ihn dazu getrieben. Man hat nicht über ihn gelacht. Es sind übrigens nur die Dummköpfe, die sich von ihren Kumpanen beeindrucken lassen.

Seit Wochen, vielleicht seit Monaten, sagte er sich, weil ihn eine Art Minderwertigkeitsgefühl plagt: Ich werde es versuchen müssen ...

Nicht in einem Streit. Er ist nicht streitsüchtig. Das, worauf es ankommt, muß nach seiner Meinung mit kalter Überlegung getan werden.

Die Gelegenheit hat sich eben geboten. Kam das, weil er innerlich schon auf der Lauer lag?

Sie saßen bei Timo an ihrem Tisch in der Nähe der Theke. Auch Kromer war dabei in seinem Pelzmantel, den er selbst in überheizten Räumen anbehält, und natürlich auch mit seiner Zigarre und seiner fettig glänzenden Haut und seinen großen Augen, die tatsächlich an die eines Stiers erinnern. Kromer muß sich einbilden, er sei aus einem anderen Stoff gemacht als andere Sterbliche, denn er macht sich nicht die Mühe, die großen Geldscheine in seine Brieftasche zu stecken, sondern stopft sie einfach bündelweise und zerknittert in seine Taschen.

Neben Kromer saß jemand, den Frank noch nicht kannte, ein Kerl aus einem anderen Milieu, der, anstatt sich vorzustellen, sagte: „Nennt mich Berg."

Er schien mindestens vierzig Jahre alt zu sein. Er war kühl und zurückhaltend. Aber es ging etwas Besonderes von ihm aus. Weshalb auch Kromer sich ihm gegenüber fast unterwürfig zeigte.

Er hat auch ihm die Geschichte von dem erdrosselten Mädchen erzählt, aber nur wie nebenbei.

„Sieh mal, Frank, das Messer hat mir mein Freund eben geschenkt."

Als Kromer das Messer aus seinem warmen Pelz herauszog und es auf die karierte Tischdecke legte, wirkte es noch verlockender, wie ein Schmuckstück, das an Glanz gewinnt, wenn man es aus dem Schmuckkasten herausnimmt.

„Berühre mal die Schneide."
„Nicht übel."
„Kannst du die Fabrikmarke lesen?"
Das Messer kam aus Schweden. Es war ein Stellmesser und so schön geformt, daß man meinen konnte, die Klinge habe ihren eigenen Verstand und könne sich selber ihren Weg suchen.
Warum hatte Frank in einem kindlichen Ton, den er annahm, ohne es zu wollen, gesagt: „Leih es mir."
„Wozu?"
„Nur so."
„Solche Spielzeuge sind nicht ganz ohne."
Berg lächelte ein wenig gönnerhaft, als hörte er den Prahlereien zweier Jungen zu.
„Leih es mir."
Gewiß nicht, um es nicht zu benutzen. Dennoch wußte Frank noch nicht, wozu. Aber in diesem Augenblick sah er an dem Tisch in der Ecke, unter der Lampe mit dem lila Schirm, den dicken, schon puterroten Unteroffizier sein Koppel abnehmen und es auf den Tisch legen.
Sie kannten alle diesen Unteroffizier. Er war beinahe ein Maskottchen, eine Art Haustier, das man an seinem Platz zu sehen gewohnt ist. Er war der einzige von den fremden Soldaten, der regelmäßig und ohne jede Vorsichtsmaßnahme zu Timo kam.
Man nannte ihn hier den Eunuchen, weil er so dick war und am Bauch und unter den Armen richtige Fettpolster hatte. Man mußte bei seinem Anblick an ein fettes Weib denken, das sich auszieht und bei dem sich das Korsett in das wabbelige Fleisch eingedrückt hat. Auch im Nacken und unter dem Kinn hatte er Fettwülste und auf dem Kopf ein paar farblose, weiche Haare.
Er setzte sich immer in die gleiche Ecke, immer mit zwei Frauen, die immer brünett und mager waren. Man behauptete, daß er behaarte besonders schätze.
Wenn die Gäste, die hereinkamen, beim Anblick seiner Uniform – der Uniform der Besatzungspolizei – zusammenzuckten, sagte Timo, ohne groß die Stimme zu senken: „Keine Angst. Er ist ungefährlich."
Hörte es der Eunuch? Verstand er es? Er bestellte

Schnaps in Karaffen. Eine der beiden Frauen saß auf seinem Schoß, die andere neben ihm auf der Bank, und er erzählte ihnen mit leiser Stimme Geschichten, flüsterte ihnen ins Ohr und lachte. Er trank, erzählte, lachte, und sie mußten trinken, während er ihnen mit den Händen unter die Röcke griff.

Irgendwo in seiner Heimat hatte er gewiß Angehörige. Noushi, die mit seiner Brieftasche gespielt hatte, behauptete, sie sei mit Bildern von Kindern jeden Alters vollgestopft. Er nannte die Mädchen mit anderen Namen als ihren eigenen; das machte ihm Spaß. Er lud sie zum Essen ein. Es bereitete ihm Genuß, sie teure Gerichte verspeisen zu sehen, wie man sie nur bei Timo und in einigen anderen Lokalen bekam, in die man noch schwerer Einlaß fand, weil sie Offizieren vorbehalten waren.

Er zwang die Mädchen fast zum Essen, aß mit ihnen und knutschte sie vor allen Leuten. Er betrachtete seine schmutzigen Fingernägel und lachte. Dann kam jedesmal der Augenblick, da er sein Koppel abschnallte und es auf den Tisch legte.

An diesem Koppel hing eine Tasche mit einem Revolver.

Im Grunde war das alles belanglos. Der Unteroffizier, der Eunuch, war ein dicker lasterhafter Kerl, den jeder nur komisch fand, selbst Lotte, Franks Mutter.

Auch sie kannte ihn. Das ganze Viertel kannte ihn, denn um in die Stadt zu gelangen, wo sich seine Dienststelle befand, überquerte er zweimal am Tag die Straße, durch die die Straßenbahn fährt, und ging bis zur alten Brücke. Er lebte nicht in der Kaserne. Er wohnte bei Frau Mohr, einer Architektenwitwe. Man betrachtete ihn wie einen Nachbarn. Immer zur gleichen Zeit sah man ihn rosig und wie aus dem Ei gepellt vorübergehen. Er hatte ein besonderes Lächeln, das manchen verschlagen erschien, das aber vielleicht nur ein Babylächeln war.

Er drehte sich nach kleinen Mädchen um, schäkerte mit ihnen und gab ihnen manchmal Bonbons, die er aus seiner Tasche zog. „Ich wette, eines Tages kommt er zu uns herauf“, hatte Lotte, Franks Mutter, gesagt.

Ihre berufliche Tätigkeit war gesetzlich verboten. Gewiß, sie durfte in dem Viertel des alten Bassins einen Maniküresalon unterhalten, obwohl bestimmt niemand auf den Gedanken gekommen wäre, in einem mit Mietern vollgestopften Haus drei Treppen hochzusteigen, um sich die Nägel pflegen zu lassen.

Man wußte nicht nur in der Straße, sondern sozusagen in der ganzen Stadt, daß es hinter dem Salon Zimmer gab.

Der Eunuch, der zur Polizei der Besatzungsmacht gehörte, mußte es auch wissen.

„Du wirst sehen, er kommt!"

Lotte brauchte nur einen Mann vom Fenster des dritten Stocks aus zu sehen, um sagen zu können, ob er heraufkommen würde oder nicht. Sie konnte sogar die Zeit voraussagen, die er für seine Entscheidung benötigte, und sie täuschte sich selten.

Eines Sonntagmorgens – weil er an den anderen Tagen Dienst hatte – war der Eunuch tatsächlich gekommen, sehr verlegen und wie mit schlechtem Gewissen. Frank war gerade nicht da, und er hatte es bedauert, daß er nicht auf den Küchentisch hatte klettern und durch das Guckfenster hatte zusehen können.

Man hatte es ihm haargenau erzählt. An jenem Tag war nur Steffie anwesend, ein langes Reff mit grauer Haut, die nichts weiter konnte, als sich hinlegen, die Beine spreizen und dabei zur Decke starren.

Der Unteroffizier war zweifellos enttäuscht gewesen, weil sich mit Steffie nichts anfangen ließ. Sie war nicht einmal imstande, die Geschichten anzuhören, die man ihr erzählte.

„Mit dir ist nichts los", sagte Lotte oft zu ihr.

Der Eunuch hatte sich die Sache gewiß anders ausgemalt. Vielleicht war er wirklich impotent. Jedenfalls war er niemals mit einer Frau von Timo fortgegangen.

Vielleicht befriedigte er sich selbst, ohne daß es jemand merkte, während er den Frauen unter die Röcke fuhr. Das war möglich. Bei Männern war alles möglich, wie Frank wußte, seit er vom Küchentisch aus durch das Guckfenster zusah.

War es nicht natürlich, daß ihm der Gedanke kam, da

er eines Tages jemanden würde umbringen müssen, es bei dem Eunuchen zu versuchen?

Er mußte schließlich das Messer, das man ihm eben in die Hand geschoben hatte und das wirklich eine schöne Waffe war, zu etwas benutzen. Auch wenn man es nicht wollte, reizte es einen, es auszuprobieren, die Wirkung auszukosten, wenn man es jemandem zwischen die Rippen stieß.

Es gibt einen Trick, den man ihm erklärt hatte: die Hand leicht drehen wie bei einem Schlüssel in einem Schlüsselloch, sobald die Schneide in das Fleisch eingedrungen ist.

Auf dem Tisch lag das Koppel mit dem schweren glänzenden Revolver in seiner Tasche. Was kann man nicht alles mit einem Revolver machen! Und was für ein Mensch wird man dann automatisch!

Außerdem war da dieser vierzigjährige Berg, ein Freund von Kromer, jemand also, dessen man sicher sein konnte, der zweifellos etwas darstellte und dem gegenüber man von ihm gewiß wie von einem Jungen gesprochen hatte.

„Leih es mir nur für eine Stunde, und ich weihe es ein. Du kannst dich darauf verlassen, ich komme dann mit einem Revolver wieder!"

In diesem Augenblick war das nichts Außergewöhnliches. Frank wußte genau, wo er ihm auflauern konnte. In der Rue Verte, durch die der Eunuch kommen mußte, wenn er vom alten Bassin zu der Straße, durch die die Straßenbahn fuhr, ging, stand ein altes Gebäude, das immer noch die Gerberei hieß, obwohl dort schon seit fünfzehn Jahren nichts mehr gegerbt wurde. Die Leute behaupteten, zu der Zeit, da sie für die Armee arbeitete, habe sie bis zu sechshundert Arbeiter beschäftigt.

Jetzt standen bloß noch nackte Mauern mit hohen Fenstern wie in einer Kirche, die erst sechs Meter über dem Boden begannen und deren Scheiben alle zerbrochen waren.

Eine finstere Sackgasse, kaum einen Meter breit, trennte die Gerberei von den übrigen Häusern.

Die nächste Gaslaterne – die ganze Stadt war voll von

verbogenen oder umgerissenen Gaslaternen – brannte weit davon an der Straßenbahnhaltestelle.

Es war also ganz einfach und nicht ein bißchen erregend. Er lehnte dort in der Sackgasse an der Ziegelmauer der Gerberei, und bis auf das schrille Pfeifen der Züge jenseits des Flusses war alles ringsum still. In keinem Fenster brannte Licht. Die Leute schliefen. Er sah nur ein kleines Stück der Straße, so wie er sie von jeher während der Wintermonate kannte: auf den Bürgersteigen bildete der Schnee zwei graue Wälle, einen vor den Häusern, einen am Fahrdamm. Dazwischen ein schmaler schwarzer Pfad, auf den die Leute Sand, Salz oder Asche gestreut hatten. Vor jeder Tür kreuzte diesen Pfad ein anderer Pfad, der auf den Fahrdamm führte, wo mehr oder weniger tiefe Räderspuren im Schnee zu sehen waren.

Alles ganz einfach.

Den Eunuchen töten ...

Jede Woche wurden Männer in Uniform umgebracht, und die Schuld daran wurde patriotischen Verbänden in die Schuhe geschoben. Man nahm ehrenwerte Leute als Geiseln fest, erschoß sie oder verschleppte sie Gott weiß wohin. Jedenfalls hörte man nichts mehr von ihnen.

Für Frank ging es um seinen ersten Mord und die Einweihung des schwedischen Messers von Kromer.

Um weiter nichts.

Das einzig Schwierige für ihn war, daß er bis zu den Knien im Schnee steckte – niemand war nämlich auf den Gedanken gekommen, den Schnee in der Sackgasse wegzuschaufeln – und zu fühlen, wie die Finger seiner rechten Hand allmählich steif wurden. Aber er hatte beschlossen, den Handschuh nicht anzubehalten.

Es ließ ihn völlig kalt, als er Schritte hörte, denn er wußte, daß es nicht sein Unteroffizier war. Unter dessen schweren Schritten hätte der Schnee stärker geknirscht.

Er war bloß neugierig. Die Schritte waren zu lang, um die einer Frau zu sein. Es war schon längst Sperrstunde. Aber Leute wie er, wie Kromer, wie Timos Gäste kümmerten sich aus vielen Gründen nicht um die Sperrstunde, und die Bewohner des Viertels gingen nachts nicht spazieren.

Der Mann näherte sich der Sackgasse, und noch ehe

er ihn sah, hatte Frank es begriffen, hatte es vielmehr erraten, und es erraten zu haben, bereitete ihm eine gewisse Befriedigung.

Ein schwaches gelbliches Licht schwankte über den Schnee. Es war das einer Taschenlampe, die der Mann beim Gehen hin und her bewegte.

Bei diesem langen, fast lautlosen, zugleich weichen und erstaunlich raschen Schritt mußte Frank unwillkürlich an seinen Nachbarn Gerhard Holst denken.

Holst wohnte im selben Haus wie Lotte und im selben Stockwerk. Seine Wohnungstür befand sich unmittelbar der ihren gegenüber. Er war Straßenbahnfahrer, und seine Dienststunden wechselten jede Woche. Manchmal ging er sehr früh fort, noch bevor es dämmerte; manchmal kam er erst am Nachmittag herunter. Immer hatte er eine Blechdose unter dem Arm.

Er war sehr groß und ging fast lautlos, weil er Stiefel trug, die er sich aus Filz und Lumpen selber gemacht hatte. Ein Mann, der stundenlang auf der Plattform einer Straßenbahn steht, muß darauf bedacht sein, warme Füße zu haben, und dennoch konnte Frank ohne eigentlichen Grund diese unförmigen grauen Schuhe nicht ohne ein gewisses Mißbehagen ansehen.

Der ganze Mann wirkte ebenso grau. Er schien niemanden zu beachten, sich für nichts zu interessieren außer für die Blechdose, die er unterm Arm trug und die sein Essen enthielt.

Trotzdem wandte Frank den Kopf ab, um ihn nicht ansehen zu müssen, oder aber er blickte Holst absichtlich aggressiv in die Augen.

Holst würde gleich an ihm vorbeikommen. Und dann?

Alles sprach dafür, daß er geradenwegs weiterging und dabei den runden Schein seiner Taschenlampe vor sich über den Schnee und den Pfad gleiten ließ. Frank hatte keinerlei Grund, durch ein Geräusch auf sich aufmerksam zu machen. Wie er dort an der Mauer lehnte, war er so gut wie unsichtbar.

Aber warum hustete er gerade in dem Augenblick, da der Mann die Sackgasse erreichte? Er war nicht erkältet. Er hatte keine trockene Kehle. Er hatte den Abend kaum geraucht.

Im Grunde hustete er, um die Aufmerksamkeit auf sich zu lenken. Und das nicht einmal aus Herausforderung. Was für ein Interesse sollte er daran haben, einen Straßenbahnfahrer herauszufordern?

Holst war übrigens kein richtiger Straßenbahnfahrer. Offensichtlich hatten er und seine Tochter früher einmal ein anderes Leben gekannt. Solche Leute gab es jetzt viele. Sie standen Schlange vor den Bäckereien, und man drehte sich nicht einmal mehr nach ihnen um. Oft schämten sie sich, nicht ganz so wie die anderen zu sein, die eine demütige Miene aufsetzten.

Trotzdem hatte Frank absichtlich gehustet.

War es Holsts Tochter Sissy wegen? Das wäre blöde gewesen, denn er war in Sissy nicht verliebt. Dieses sechzehnjährige Ding imponierte ihm nicht im geringsten. Im Gegenteil, er imponierte ihr.

Öffnete sie nicht manchmal ihre Tür einen Spalt, wenn sie ihn pfeifend die Treppe heraufkommen hörte? Lief sie nicht ans Fenster, wenn er fortging, und sah er nicht, wie sich die Gardine bewegte?

Wenn er sie hätte haben wollen, hätte er sie haben können, wann er wollte. Vielleicht mit etwas Geduld und einigen Umständen. Schwer war es jedenfalls nicht.

Das Merkwürdigste war, daß Sissy zweifellos wußte, wer er war und was für einen Beruf seine Mutter ausübte. Das ganze Haus verachtete sie. Nur selten grüßte ihn einmal jemand.

Holst grüßte ihn auch nicht, aber er grüßte überhaupt niemanden. Nicht aus Stolz. Vielmehr aus Bescheidenheit, oder weil die Leute ihn nicht interessierten, weil er mit seiner Tochter in einer kleinen abgeschlossenen Welt lebte und nicht das Verlangen spürte, sie zu verlassen. Es gibt solche Menschen. Es hat nicht einmal etwas Geheimnisvolles.

Vielleicht war es reine Kinderei, daß Frank hustete. Holst hatte keine Angst. Er verlangsamte auch nicht den Schritt. Er dachte bestimmt nicht daran, daß man ihm in dieser Sackgasse auflauern könnte. Auch das war ziemlich seltsam, denn schließlich lehnte sich ein Mann nicht ohne Grund bei zwanzig Grad unter Null mitten in der Nacht an eine Mauer.

Als Holst einen Augenblick seine Taschenlampe auf Frank richtete, nur so lange, daß er sein Gesicht sehen konnte, machte sich Frank nicht einmal die Mühe, seinen Mantelkragen hochzuschlagen und den Kopf abzuwenden. Er blieb unbeweglich stehen, mit der nachdenklichen und entschlossenen Miene, die er immer hat, selbst wenn er nur an belanglose Dinge denkt.

Holst hat ihn gesehen und erkannt. Er hat nur noch hundert Meter zu gehen, dann ist er zu Hause. Er wird den Hausschlüssel aus seiner Tasche ziehen, denn seiner Nachtarbeit wegen ist er der einzige Mieter, der einen Hausschlüssel besitzt.

Morgen wird er aus den Zeitungen oder in einer Schlange vor irgendeinem Laden erfahren, daß der Unteroffizier vor der Sackgasse ermordet worden ist. Er wird also Bescheid wissen.

Was wird er tun? Die Besatzungsmacht wird eine Prämie aussetzen, wie sie es immer tut, wenn es sich um jemand aus ihren Reihen handelt, und erst recht, wenn es kein einfacher Soldat ist. Holst und seine Tochter sind arm. Sie essen gewiß höchstens alle vierzehn Tage einmal Fleisch, und meistens sind es dann auch bloß Abfälle, die mit Steckrüben gekocht werden. Durch die Gerüche, die durch die Türen dringen, weiß man, was die Leute in jeder Wohnung essen. Was wird Holst tun?

Bestimmt ist er nicht entzückt darüber, daß Lotte ihrem dunklen Gewerbe genau seiner Tür gegenüber nachgeht, zumal Sissy den ganzen Tag zu Hause verbringt.

Wäre es nicht eine günstige Gelegenheit, Lotte und Frank loszuwerden?

Trotzdem hat Frank gehustet und denkt nicht einen Augenblick daran, auf seinen Plan zu verzichten. Im Gegenteil! Er betet geradezu darum, der Unteroffizier möge um die Ecke kommen, bevor Holst im Haus verschwunden ist. Dann würde es Holst hören und sehen und vielleicht mit dem Schlüssel in der Hand einen Augenblick warten und die Sache miterleben.

Aber so kommt es nicht. Schade. Frank hatte diese Vorstellung sehr gereizt. Schon ist es ihm, als bestände ein geheimes Band zwischen ihm und diesem Mann, der im Dunkeln die Treppe hinaufgeht.

Nicht wegen Holst wird er den Eunuchen umbringen, gewiß nicht, denn er hatte es schon vorher beschlossen.

Aber da hatte seine Tat noch keinen Sinn gehabt. Es war fast ein Scherz, eine Kinderei. Wie hatte er gedacht? Eine Entjungferung . . .

Jetzt ist es etwas anderes, etwas, das er begehrt und im vollen Bewußtsein der Folgen auf sich nimmt.

Da sind Holst, Sissy und er, und der Unteroffizier tritt in den Hintergrund. Kromer und sein Kumpan verlieren ihre Bedeutung.

Holst und er!

Es ist wirklich so, als hätte er sich soeben Holst auserwählt, als ob er die ganze Zeit gewußt hätte, daß dieser im gegebenen Augenblick vorüberkommen würde, denn er hätte das für niemand anderen als den Straßenbahnfahrer getan.

Eine halbe Stunde später klopfte er bei Timo auf die verabredete Weise an die kleine Tür hinten in der Gasse. Timo machte ihm selber auf. Es war fast niemand mehr da, und eins der Mädchen, die vorhin mit dem Eunuchen getrunken hatten, übergab sich im Spülstein der Küche.

„Ist Kromer fort?"

„Ja, er hat mir gesagt, ich soll dir bestellen, er habe eine Verabredung in der Oberstadt."

Das sorgfältig abgewischte Messer steckte in Franks Tasche. Timo beachtete ihn nicht weiter und spülte die Gläser.

„Willst du was trinken?"

Beinahe hätte er ja gesagt. Er wollte sich aber beweisen, daß er nicht aufgeregt war und keinen Schnaps brauchte. Dennoch hatte er wegen des dicken Specks auf dem Rücken des Unteroffiziers zweimal ansetzen müssen. Der Revolver blähte seine andere Tasche auf.

Sollte er ihn Timo zeigen? Das war ungefährlich. Timo würde schweigen. Aber es war auch zu leicht. Jeder hätte das getan.

„Gute Nacht."

„Schläfst du bei deiner Mutter?"

Er schlief mal hier, mal dort, manchmal in der Bude hinten bei Timo, wo Mädchen in Pension waren, manchmal bei Kromer, der ein schönes Zimmer und eine Couch hatte, manchmal bei anderen, wie es sich gerade traf. Aber in Lottes Küche stand immer ein Feldbett für ihn bereit.

„Ich gehe nach Hause . . ."

Es war gefährlich der Leiche wegen, die immer noch auf dem Bürgersteig lag. Aber noch gefährlicher war es, den Umweg über die Hauptstraße zu machen, denn dort konnte er einer Streife begegnen.

Der dunkle Haufen lag halb auf dem schwarzen Pfad, halb im Schnee, und Frank stieg über ihn hinweg. Es war der einzige Augenblick, da er Angst hatte. Er fürchtete nicht nur, Schritte hinter sich zu hören, sondern den Eunuchen sich wieder erheben zu sehen.

Er läutete und wartete eine ganze Weile, bis der Portier auf einen Knopf neben seinem Bett drückte und die Tür öffnete. Die ersten Stufen stieg er ziemlich rasch hinauf, dann ging er langsamer, und als er an Holsts Tür vorbeikam, unter der Licht hindurchschimmerte, begann er zu pfeifen, damit man wisse, daß er es war.

Er ging nicht in das Zimmer seiner Mutter, die schon fest schlief, sondern in die Küche, wo er Licht machte und sich auszog. Dann legte er sich auf das Feldbett. Es roch in der Küche aber so stark nach Suppe und Porree, daß er nicht einschlafen konnte.

Er stand darum wieder auf, öffnete die hintere Tür und zuckte die Schultern.

An diesem Abend lag Berta in dem Bett. Ihr dicker wabbeliger Körper war ganz warm. Er stieß sie mit dem Rücken zur Seite. Sie brummte etwas und streckte einen Arm aus, den er wegschieben mußte, um für sich Platz zu machen.

Etwas später hätte er sie beinahe genommen, weil er noch immer nicht einschlafen konnte. Dann dachte er an Sissy, die sicherlich noch Jungfrau war.

Ob ihr Vater ihr erzählen würde, was Frank in dieser Nacht getan hatte?

2

Als Berta aufstand, erwachte er und schlug die Augen so weit auf, daß er die großen Eisblumen an den Fensterscheiben sehen konnte.

Das dicke Mädchen huschte barfuß in die Küche, machte dort Licht und ließ die Tür einen Spalt breit offen, so daß nur ein schwacher Lichtschein in das Zimmer fiel. Dann hörte er, wie sie hinten in der Küche Strümpfe, Unterwäsche und ihr Kleid anzog und darauf hinausging und die Tür hinter sich schloß. Das nächste Geräusch würde das Kratzen des Schürhakens im Ofen sein. Franks Mutter verstand es, die Mädchen abzurichten. Sie war immer darauf bedacht, mindestens eine nachts in der Wohnung zu behalten. Nicht der Kunden wegen, denn von acht Uhr abends an, wenn die Tür unten geschlossen wurde, kam niemand mehr herauf. Aber Lotte brauchte Gesellschaft, und vor allem brauchte sie Bedienung.

„Solange ich dumm und jung war, habe ich genug gehungert, und jetzt ist es Zeit, daß ich mir das Leben endlich ein bißchen hübsch mache. Jeder ist einmal an der Reihe."

Es war immer das gutmütigste und ärmste Mädchen, das sie unter dem Vorwand, es wohne zu weit weg und in der Wohnung sei es schön warm und sie habe ein gutes Abendessen bereit, dabehielt.

Für alle Mädchen gab es den gleichen Morgenrock aus lila Seide, der ihnen meistens bis auf die Füße reichte. Sie waren sämtlich zwischen sechzehn und achtzehn Jahre alt. Ältere wollte Lotte nicht. Und bis auf wenige Ausnahmen behielt sie sie nie länger als einen Monat.

Die Kunden lieben Abwechslung. Es war aber überflüssig, das den Mädchen im voraus zu sagen. Sie fühlten sich hier zu Hause, besonders die vom Land, und das waren auch fast immer die, die über Nacht blieben.

Lotte hörte gewiß wie Frank die Geräusche in der Wohnung und auf der Straße. Unwillkürlich lauschte er auf den Lärm der ersten Straßenbahn, die man schon von weitem durch die leere vereiste Straße kommen hörte und deren große gelbe Lampe er zu sehen glaubte.

Gleich darauf hörte er zwei Kohleneimer aneinanderstoßen. Für das Mädchen, das die Nacht hier verbringen mußte, war das Kohlenholen am Morgen das schwerste. Eine, obwohl sie zäh und kräftig war, war deswegen sogar gegangen. Man mußte nämlich mit zwei schwarzen Blecheimern drei Treppen und dann noch die Kellertreppe hinuntersteigen und mit den vollen Eimern wieder heraufkommen.

Im Haus standen alle früh auf. Es wirkte wie ein Gespensterhaus, weil der Stromeinschränkungen wegen die Leute nur noch schwache elektrische Birnen benutzten. Außerdem hatten sie nur so viel Gas, daß sie ihren Eichelkaffee darauf kochen konnten.

Jedesmal, wenn man mit Kohleneimern hinunterstieg, spitzte Frank das Ohr, und Lotte tat in ihrem Bett sicherlich das gleiche.

Jeder Mieter hatte seinen Verschlag im Keller, der mit einem Vorhängeschloß abgeschlossen war. Aber wer außer ihnen besaß Kohle und Holz?

Wenn das Mädchen mit hochrotem Gesicht und müden Armen wieder heraufkam, öffneten sich fast immer die Flurtüren, und giftige Blicke musterten sie und ihre Eimer. Frauen tauschten laut böse Bemerkungen. Einmal hatte ein Mieter im zweiten Stock – er war inzwischen erschossen worden, aber nicht deswegen – die beiden Eimer umgeworfen und gebrüllt: „Hure!"

Das Haus war eine richtige Mietskaserne, und die meisten Bewohner behielten, weil sie nichts zum Heizen hatten, den ganzen Tag die Mäntel an, und viele trugen außerdem noch zwei oder drei Westen und Handschuhe. Und dann waren da noch die Kinder, die zur Schule gehen mußten.

Berta war in den Keller gegangen. Sie hatte keine Angst. Sie war eine von den wenigen, vielleicht weil sie stark und sanft war, die die Sache mehr als sechs Wochen ausgehalten hatte.

Aber für die Liebe taugte sie nicht. Sie stieß manchmal so merkwürdige Laute aus, daß dem Mann dabei die Lust verging.

Eine Kuh! dachte Frank.

So wie er bei Kromer dachte: Ein junger Stier!

Die beiden hätten gut zueinander gepaßt.

Berta machte Feuer in der Küche und dann im Zimmer und ließ dabei die Küchentür halb offen. Es gab vier Öfen in der Wohnung, mehr als in allen übrigen Wohnungen im Haus, vier Öfen für sie allein. Wer weiß, ob die Leute nicht eines Tages sich im Flur an die Wand lehnen würden, um etwas von der Wärme zu profitieren.

Ob es Sissy Holst warm hatte?

Er wußte, wie das vor sich ging. Er kannte die kleine blaue Flamme, die nur morgens zwischen sieben und acht Uhr aus dem Gasherd kam. Die Leute wärmten sich die Finger am Wasserkessel. Einige legten sogar die Füße auf den Gasherd oder preßten den Bauch daran. Und alle waren mit alten Kleidern bedeckt, mit allem, was sie hatten, eins überm anderen.

Sissy? Warum hatte er an Sissy gedacht?

Im Haus gegenüber, das noch ärmlicher als das ihre war, denn es war älter und schon halb zerfallen, hatten die Bewohner Packpapier an die Scheiben geklebt, um sich etwas gegen die Kälte zu schützen, und kleine Löcher in das Papier geschnitten, damit Licht hereinkam und sie hinausblicken konnten.

Sahen die den Eunuchen? Hatte man die Leiche schon entdeckt? Das würde in aller Stille vor sich gehen. So etwas ging immer in aller Stille vor sich. Viele Männer waren schon zur Arbeit gegangen, und die Frauen stellten sich bereits vor den Läden an. Wenn nicht eine Streife vorbeigekommen war – aber das war unwahrscheinlich, denn es kam fast nie eine in die Rue Verte, die nirgendwohin führt –, hatten die Frühaufsteher als erste den dunklen Haufen im Schnee bemerkt und waren dann zur Straßenbahnhaltestelle geeilt.

Aber jetzt, da es schon hell war, mußten die später Weggehenden die Farbe der Uniform erkennen. Doch sie hatten es nicht weniger eilig, sich davonzumachen.

Ein Portier würde alles Notwendige veranlassen. Diese Leute sind gleichsam Beamte. Sie können nicht behaupten, nichts gesehen zu haben. Sie haben im Hausflur ein Telefon zur Verfügung.

Aus der Küche kam der Geruch von brennendem Holz. Dann hörte Frank, wie in den anderen Öfen gestochert wurde, und schließlich vernahm er das Geräusch der Kaffeemühle.

Arme, dicke, dumme Berta! Vorhin, als sie barfuß auf dem Teppich gestanden, hatte sie sich den ganzen Körper gerieben, um die von den Decken auf der Haut verursachten Druckstellen zu entfernen. Sie hatte keinen Schlüpfer an. Sie schwitzte. Sie sprach mit sich selbst. Vor zwei Monaten hatte sie zu dieser Stunde den Hühnern Futter gegeben und gewiß mit ihnen in einer Sprache gesprochen, die sie verstanden.

Immer wieder der Lärm der Straßenbahn. Ihr plötzliches Anhalten an der Straßenecke, daß der Sand in den Schienen knirschte. Man war daran gewöhnt, und dennoch wartete man unwillkürlich darauf, daß sie wieder polternd weiterfuhr.

Welcher von den Portiers hatte so viel Angst, daß er die Behörden anrief? Die Portiers haben alle Angst. Das gehört zu ihrem Beruf. Man merkt das, wenn man sie vor zwei oder drei Wagen voller Soldaten der Besatzungsmacht gestikulieren sieht.

Es hat eine Zeit gegeben, da man das Viertel umzingelt und die Häuser eins nach dem anderen durchsucht hätte. Aber das ist schon lange her. Auch das mit den Geiseln. Man könnte sagen, die Menschen auf beiden Seiten der Barriere seien gelassener geworden. Aber gibt es überhaupt noch eine Barriere?

Man tut jedenfalls noch so . . .

Ein lasterhafter Kerl weniger. Was kann das für sie bedeuten? Sie müssen doch gewußt haben, was er wert war. Das Verschwinden des Revolvers wird sie stärker beunruhigen, denn der, der ihn an sich genommen hat, könnte auf den Gedanken kommen, ihn gegen sie zu benutzen. Schließlich haben auch sie Angst. Alle haben Angst. Zwei, drei Autos fahren vorüber und kommen wieder zurück. Ein weiteres fährt von Haus zu Haus. Aber das geschieht nur zum Schein. Es wird sich nichts ereignen. Vorausgesetzt natürlich, daß Holst den Mund hält. Aber der wird schon nichts sagen. Auf ihn kann er sich verlassen. Das ist es: nun hat er die Erklärung. Das

Wort ist vielleicht nicht ganz richtig, aber es drückt ungefähr das aus, was er gestern abend verworren gedacht hat: er kann sich auf Holst verlassen.

Holst schläft gewiß noch. Nein, zu dieser Stunde ist er schon auf. Er wird hinuntergehen, denn wenn er keinen Dienst hat, stellt er sich in der Schlange an.

Auch Lotte stellt sich für diese oder jene Lebensmittel an, das heißt, sie schickt eins der Mädchen. Nicht für alle. Selbst für sie lohnt sich das bei manchem.

Alle Türen in der Wohnung stehen offen. Der Ofen in der Küche strahlt seine Wärme in alle Zimmer aus. Notfalls würde er allein genügen. Und dann verbreitet sich der Duft des echten Kaffees.

Auf der anderen Seite der Küche, zum Treppenhaus hin, genau links von der Treppe, befindet sich der Maniküresalon, in dem ein Dauerbrenner steht.

Jeder Ofen, jedes Feuer hat seinen eigenen Geruch, sein eigenes Leben, seine mehr oder weniger merkwürdigen Geräusche. Der im Salon riecht nach Linoleum, und man sieht dabei das Zimmer mit den gewachsten Möbeln, dem Klavier und den Spitzendeckchen auf kleinen Tischen und Sessellehnen vor sich.

„Die Lasterhaftesten", sagt Lotte, „sind die ehrbaren Bürger, und die ehrbaren Bürger treiben ihre kleinen Schmutzereien gern in einer Atmosphäre, die sie an ihr Zuhause erinnert."

Darum sind die beiden Maniküretische winzig, sozusagen unsichtbar. Dagegen lehrt Lotte die Mädchen Klavier mit einem Finger zu spielen.

„Wie ihre Töchter, verstehst du?"

Das Zimmer, das große Zimmer, wie er es nennt, in dem Lotte in diesem Augenblick schläft, ist mit einem Teppich ausgelegt, hat schöne Vorhänge, und überall liegen Kissen und Decken umher.

„Wenn ich mir das Bild ihres Vaters, ihrer Mutter, ihrer Frau und ihrer Kinder beschaffen könnte, wäre ich steinreich", behauptete Lotte.

Ob sie den Eunuchen endlich fortgeschafft haben? Wahrscheinlich. Das Hinundherfahren der Autos hat aufgehört. Gerhard Holst mit seiner langen, vor Kälte blauen Nase wird mit dem Einkaufsnetz in der Hand unbeweglich und würdevoll in irgendeiner Schlange stehen. Manche finden sich damit ab. Manche nicht. Frank ist nie dazu bereit gewesen. Um nichts in der Welt würde er sich in einer Schlange anstellen.

„Andere, ganz andere als du stehen da“, hat ihm seine Mutter einmal gesagt, die ihn hochmütig findet.

Kann man sich Kromer in einer Schlange vorstellen? Und Timo? Und diesen oder jenen?

Hat Lotte Kohle? Ihre erste Sorge, wenn sie sich gleich erhebt, wird das Essen sein.

„Bei mir gibt es zu essen“, hat sie einmal einem Mädchen geantwortet, das sich noch nie gewerbsmäßig mit Männern eingelassen hatte und sie fragte, wieviel sie in dem Haus verdienen würde.

Und das stimmt. Es gibt zu essen. Man ißt nicht, man füllt sich den Bauch, vom Morgen bis zum Abend. Auf dem Küchentisch steht immer etwas Eßbares, und man könnte eine ganze Familie mit den Resten ernähren.

Es ist eine Art Spiel geworden, die kompliziertesten Gerichte zu bereiten, zu denen besonders viel Fett oder anderes, was es nirgends gibt, gehört.

„Speck? Geh mal zu Kopotzky und sag ihm, ich werde ihm Zucker bringen.“

„Und wie wäre es außerdem noch mit Champignons?“

„Nimm die Straßenbahn und fahr zu Blang. Sag ihm, daß . . .“

Jede Mahlzeit ist eine Herausforderung zur Wette. Denn durchs ganze Haus gehen die Küchendämpfe, kommen durch Schlösser und unter den Türen hindurch. Am liebsten ließe man sie offen. Während dieser Zeit begnügen sich die Holsts mit Rindsknochen und Kohl.

Warum muß er immer wieder an Holst denken? Frank steht auf. Er hat jetzt lange genug im Bett gelegen. Er geht in die Küche und reibt sich die Augen. Es ist elf Uhr. Ein neues Mädchen ist gekommen, das er noch nicht kennt. Sie sieht solide aus, hat ihren Hut noch auf und trägt eine weiße Bluse.

„Nehmen Sie doch Zucker“, sagt Lotte gerade zu ihr, die im Morgenrock in der Küche sitzt. Sie hat die Ellbogen auf den Tisch gestemmt und trinkt ihren Milchkaffee in kleinen Schlucken.

So geht das immer vor sich. Die Mädchen müssen zahm werden. Im Anfang wagen sie keinen Zucker zu nehmen. Sie betrachten die Zuckerstücke, als wären es Wertgegenstände. Und mit der Milch und allem anderen machen sie es ebenso. Nach einiger Zeit muß man sie dann hinauswerfen, weil sie die Schränke ausplündern. Aber Lotte würde sie sowieso vor die Tür setzen.

Sie sind noch brav. Wenn sie sich hinsetzen, pressen sie die Knie aneinander. Die meisten tragen ein Kostüm wie Sissy mit dunklem Rock und heller Bluse.

Wenn sie sich nur nicht so verändern würden!

Denn gerade so mögen die Kunden sie. Aber nicht in der Aufmachung, in der sie sich am Morgen zeigen. Dann sitzen sie alle wie im Familienkreis ungewaschen und mit fettig glänzender Haut am Tisch, trinken Kaffee, essen, was sie wollen, rauchen eine Zigarette und schlendern durch die Wohnung.

„Bügelst du mir meine Hose?" fragt Frank seine Mutter.

Da die Steckdose im Salon ist, legt Lotte ein Brett auf die Lehnen von zwei Sesseln.

Der Eunuch?

Zweifellos haben die Nachbarn Angst vor ihm; all jene, die die Leiche heute morgen im Schnee gesehen haben, werden den ganzen Tag kein ruhiges Gewissen haben.

Frank hat sich nur des Revolvers wegen Sorgen gemacht. Gegen neun Uhr ist er einen Augenblick aufgestanden in der Absicht, ihn aus der Tasche seines Mantels zu holen und irgendwo zu verstecken.

Aber wo soll er ihn verstecken? Und vor wem?

Berta wird bestimmt nichts verraten, höchstens aus Dummheit. Die andere, die Kleine im Kostüm, deren Namen er noch nicht weiß, wird schweigen, weil sie eine Neue ist, weil sie Hunger hat und hier etwas zu essen bekommt.

Seine Mutter ist ihm gleichgültig. Er ist hier der Herr. Auch wenn sie sich manchmal auflehnt, sie weiß, daß sie nichts zu sagen hat und daß sie schließlich doch das tun wird, was Frank will.

Er ist nicht groß. Er ist eher klein. Eine Zeitlang – aber das ist schon lange her – hat er hohe Absätze getragen, um größer zu wirken. Er ist auch nicht dick, aber kräftig und breitschultrig.

Er hat einen hellen Teint wie Lotte, blondes Haar und blaugraue Augen.

Warum haben die Mädchen, obwohl er noch nicht neunzehn Jahre ist, Angst vor ihm? Manchmal könnte man ihn für ein Kind halten. Wenn er wollte, könnte er wahrscheinlich zärtlich sein, aber er macht sich erst gar nicht die Mühe.

Das Erstaunlichste ist seine Ruhe, die so gar nicht zu seinem Alter paßt. Schon als kleiner Junge, als er kaum laufen konnte und einen großen Lockenkopf hatte, fand man, er sehe aus wie ein kleiner Erwachsener. Er plagt sich mit nichts. Er gestikuliert nicht. Man sieht ihn selten laufen. Nur selten wird er wütend, und noch seltener spricht er mit lauter Stimme.

Eins der Mädchen, mit dem er ziemlich oft geschlafen hat, hat einmal seinen Kopf in ihre Arme genommen und ihn gefragt, warum er so traurig sei.

Sie wollte es nicht glauben, als er ihr, sich von ihr losmachend, in nüchternem Ton antwortete: „Ich bin nicht traurig. Ich bin nie im Leben traurig gewesen."

Vielleicht war es wahr. Er war nicht traurig, aber er hatte auch nie das Bedürfnis, zu lachen oder zu scherzen. Er blieb immer ruhig, und das war den Leuten sicher etwas unheimlich.

Auch jetzt, da er an Holst denkt, ist er vollkommen ruhig. Er spürt nicht die geringste Angst. Höchstens etwas Neugier.

Hier trinkt man Kaffee mit Zucker und richtiger Sahne, man streicht Butter aufs Brot oder Marmelade oder Honig. Das Brot ist fast weiß, wie man es im ganzen Viertel sonst nur noch bei Timo bekommt.

Was essen die gegenüber? Was ißt Gerhard Holst? Was ißt seine Tochter Sissy?

„Du hast ja fast nichts gegessen", bemerkt Lotte, die sich wie immer den Bauch vollgeschlagen hat.

Sie hat einst, als die anderen zu essen hatten, so sehr gehungert, daß sie immer wieder fürchtet, ihr Sohn esse nicht genug, und am liebsten möchte sie ihn wie eine Gans mästen.

Er bringt den Schwung nicht auf, sich anzuziehen. Übrigens hat er um diese Zeit draußen ja auch nichts zu suchen. Er schlendert in der Wohnung umher und sieht Lotte zu, wie sie seine Hose bügelt und mit ihren lackierten Fingernägeln ein paar Flecken wegkratzt. Dann beobachtet er die Neue. Sie legt auf dem kleinen Tisch die Manikürgeräte zurecht, mit denen sie noch nicht umzugehen versteht.

Auf ihrem noch zarten Nacken, dessen feine Haut ihn an ein Huhn denken läßt, fallen ein paar widerspenstige Haare, die sie immer wieder mechanisch nach oben streicht.

Sissy macht das oft ebenso, wenn sie die Treppe hinunter- oder heraufgeht.

Die Neue nennt ihn Herr Frank. Lotte hat es ihr schon beigebracht. Aus Höflichkeit fragt er sie nach ihrem Namen.

„Minna."

Ihr Rock ist gut geschnitten, der Stoff ist noch fast neu, und sie macht einen sauberen Eindruck. Hat sie schon einmal etwas mit einem Mann gehabt? Vermutlich. Sonst wäre sie nicht zu Lotte gekommen. Aber sie hat sich gewiß noch nicht für Geld mit jemandem eingelassen.

Wenn nachher ein Kunde kommt, wird Frank auf den Küchentisch klettern. Er ist jetzt schon sicher, daß sie, wenn sie im Unterkleid dasteht, sich zur Wand drehen wird und lange an den Trägern nesteln wird, bevor sie sich nackt auszieht.

Sissy ist drüben in der anderen Wohnung. Wenn man die lange Treppe heraufkommt, ist rechts und links eine Tür, bevor man in den Flur tritt. Manche Mieter haben eine ganze Wohnung, andere nur ein Zimmer; es geht noch drei Stockwerke höher. Die ganze Zeit hört man Leute hinauf- und hinabgehen. Die Frauen tragen Netze, Pakete; je höher sie steigen, desto mühsamer wird es für sie. Eine Frau von erst dreißig Jahren ist vor ein paar Tagen auf den Stufen ohnmächtig geworden.

Er ist noch nie bei den Holsts gewesen. Er hat schon in manche Wohnungen hineingesehen, denn die Mieter lassen manchmal ihre Tür offenstehen. Frauen waschen im Flur ihre Wäsche, obwohl der Wirt das untersagt hat.

Überall herrscht tagsüber eine rücksichtslose, um nicht zu sagen eisige Helligkeit, denn die Fenster sind hoch und groß, Treppenhaus und Korridore weiß gestrichen, und der Schnee von draußen reflektiert sich im ganzen Haus.

„Können Sie Klavier spielen?" fragt Lotte die Neue.

„Ein bißchen."

„Nun, dann spielen Sie etwas."

Heute abend wird Lotte du zu ihr sagen, aber am Anfang redet sie die Mädchen immer mit Sie an.

Lotte ist rotblond und hat noch kein einziges weißes Haar; ihr Gesicht ist jung geblieben. Wenn sie nicht so viel äße und dadurch so fett wäre, wäre sie sehr hübsch, aber sie kümmert sich nicht um ihre Linie, im Gegenteil, sie scheint ganz glücklich darüber zu sein, daß sie dick wird. Vermutlich läßt sie absichtlich ihren Morgenrock immer halb offen, so daß ihre beiden starken, weichen Brüste, die bei jeder Bewegung beben, sichtbar werden.

„Deine Hose ist gebügelt. Gehst du aus?"

„Ich weiß es noch nicht."

Manchmal möchte er gern den ganzen Tag schlafen. Aber das ist nicht möglich, denn man muß die Zimmer machen, und oft läutet schon mittags ein Kunde. Frank trifft sich mit seinen Freunden selten vor fünf Uhr. Alle seine Bekannten fangen erst gegen Abend an, wirklich zu leben, und so trödelt er oft stundenlang umher.

Häufig hält er sich auch ungewaschen und ungekämmt in der Küche auf, stemmt die Füße gegen den Herd, steckt sie gar in den Backofen hinein, liest irgendeinen Schmöker und klettert manchmal auf den Tisch, wenn er Stimmen im Zimmer hört.

Ohne sich dessen recht bewußt zu sein, streicht er heute ständig um die Neue herum, die gar nicht so schlecht Klavier spielt. In Wirklichkeit beschäftigt er sich jedoch nicht mit ihr, sondern muß immer wieder an Holst und Sissy denken, und das versetzt ihn in schlechte Stimmung. Er schätzt es nicht, wenn ein Gedanke ihm so zusetzt wie eine Fliege bei gewittriger Luft.

„Frank, es hat geläutet."

Das Klavier hat das Klingeln fast übertönt. Lotte räumt das Bügelbrett und das Bügeleisen fort, vergewissert sich, daß alles in Ordnung ist, und sagt dann zu Minna: „Spielen Sie weiter."

Sie öffnet die Tür halb, erkennt den Besucher und murmelt wenig begeistert: „Ach, Sie sind's, Herr Hamling. Kommen Sie herein. Lassen Sie uns allein, Minna."

Sie hält ihren Morgenrock mit einer Hand zu und schiebt dem Besucher einen Stuhl hin.

„Setzen Sie sich. Vielleicht ziehen Sie besser Ihre Gummischuhe aus."

„Ich werde nicht lange bleiben."

Minna ist in die Küche zu Frank gegangen. Nebenan macht Berta das Bett. Die Neue ist unruhig und nervös.

„Ist es ein Kunde?" fragt sie.

„Der Polizeikommissar."

Die Auskunft erschreckt sie noch mehr, während Frank ruhig bleibt und etwas verächtlich sagt: „Bloß keine Angst. Er ist ein Freund meiner Mutter."

Das stimmt beinahe. Der Kommissar hat Lotte schon gekannt, als sie noch ein junges Mädchen war. Ist etwas zwischen ihnen gewesen? Möglich. Jedenfalls ist er jetzt ein Mann von fünfzig Jahren, breitschultrig und hager. Vermutlich ist er unverheiratet. Er spricht nämlich nie von seiner Frau und trägt keinen Ehering. Alle im Viertel außer Lotte haben Angst vor ihm.

„Du kannst reinkommen, Frank."

„Morgen, Herr Kommissar."

„Morgen, junger Mann."

„Frank, schenke Herrn Hamling einen Schnaps ein. Ich trinke auch gern einen."

Die Besuche des Kommissars verlaufen immer auf die gleiche Weise. Wenn er hereinkommt, sieht es so aus, als wolle er als Nachbar und guter Freund eben einmal guten Tag sagen. Er setzt sich auf den Stuhl, den man ihm anbietet, und trinkt den Schnaps, den man ihm kredenzt. Er steckt sich seine Zigarre an, knöpft seinen dikken schwarzen Mantel auf und seufzt befriedigt wie jemand, der froh ist, sich in einer gemütlichen und sympathischen Umgebung aufwärmen und etwas ausruhen zu können.

Ständig glaubt man, er werde etwas sagen oder eine Frage stellen. In der ersten Zeit war Lotte auch davon überzeugt, daß er versuchte, sich über das zu informieren, was bei ihr vorging.

Auch wenn sie sich einst kannten, so hatten sie sich doch jahrelang aus den Augen verloren, und er ist außerdem inzwischen Polizeikommissar geworden.

„Der schmeckt", sagt er und stellt das Glas auf einem Tischchen ab.

„Der beste Schnaps, den man heute bekommen kann."

Dann folgt ein Schweigen, aber dieses Schweigen stört Kurt Hamling keineswegs. Vielleicht schweigt er absichtlich, weil er weiß, daß es die anderen verwirrt, besonders Lotte, die nur still ist, wenn sie den Mund voll hat.

Er betrachtet das offene Klavier und die beiden kleinen Maniküretische mit harmloser Miene. Er hat Minna bemerkt, als sie aus dem Zimmer in die Küche gegangen ist, und wird begriffen haben, daß sie eine Neue ist. Schon im Treppenhaus hat er das Klavierspiel gehört.

Was mag er denken? Man weiß es nicht. Man hat sich schon öfter darüber den Kopf zerbrochen.

Er ist bestimmt über Lottes Tätigkeit im Bilde. Einmal ist er nachmittags gekommen – das einzige Mal übrigens –, als gerade ein Kunde da war. Man hörte vom Salon aus Geräusche, die nur allzu eindeutig waren.

Unter dem Vorwand, nach ihrem Ragout zu sehen, ist Lotte durch die Küche in das Zimmer gegangen und hat dem Mann gesagt, er dürfte nicht herauskommen, ehe sie ihm ein Zeichen mache.

An jenem Tag war Hamling ausnahmsweise zwei Stunden geblieben, ohne Grund, ohne Entschuldigung, mit einer Miene, als mache er nur einen Höflichkeitsbesuch.

Vielleicht kennt er Minna. Vielleicht hat sie Eltern, die die Polizei benachrichtigt haben.

Lotte lächelt über das ganze Gesicht. Frank dagegen blickt ihn schroff an und versucht gar nicht erst, seine Antipathie zu verbergen. Hamling hat harte Züge und einen harten Körper. Er wirkt wie ein Mann aus Stein, und seine kleinen, von Ironie funkelnden Augen fallen darum um so mehr auf. Er scheint sich immer über einen lustig machen zu wollen.

„Die Herren haben heute in Ihrer Straße Arbeit gehabt."

Frank zuckt nicht zusammen. Seine Mutter kann sich aber kaum zurückhalten, ihn anzusehen, als ob sie fühlte, daß ihr Sohn in die Sache verwickelt ist.

„Ein dicker Unteroffizier ist hundert Meter von hier in der Nähe der Gerberei ermordet worden. Er hat die Nacht im Schnee gelegen. Er kam von Timo."

Es klingt, als ob er das nur so hinsage. Er greift wieder nach seinem Glas, wärmt es in der hohlen Hand und trinkt bedächtig einen Schluck.

„Ich habe nichts gehört", sagt Lotte.

„Man hat nicht geschossen. Man hat ihn erstochen. Es ist bereits jemand verhaftet worden."

Warum denkt Frank sofort: Holst?

„Sie müssen ihn kennen, Frank. Es ist ein junger Mann in Ihrem Alter, er wohnt mit seiner Mutter hier im Haus, im ersten Stock, ganz hinten im linken Flur. Ein Geigenspieler."

„Ich bin manchmal einem jungen Mann mit einem Geigenkasten begegnet."

„Ich habe seinen Namen vergessen. Er behauptet, er habe heute nacht seine Wohnung nicht verlassen, und seine Mutter behauptet es natürlich auch. Er will auch niemals bei Timo gewesen sein. Nun, uns geht die ganze Angelegenheit nichts an. Die Herren führen die Untersuchung selbst. Ich habe nur sagen hören, sein Geigenkasten sei eine Tarnung gewesen. Meistens habe er Dokumente enthalten. Er soll zu einer Terroristengruppe gehören."

Warum sollte Frank unruhig werden?

Er steckt sich eine neue Zigarette an.

„Ich habe ihn für lungenkrank gehalten."

Mehrmals ist er auf der Treppe einem baumlangen, mageren jungen Mann begegnet, der stets schwarz gekleidet war, einen sehr dünnen Mantel anhatte und einen Geigenkasten unter dem Arm trug. Er sah immer sehr blaß aus, hatte rote Flecke auf den Wangen und unnatürlich rote Lippen. Manchmal blieb er auf der Treppe stehen, weil er einen heftigen Hustenanfall bekam.

Hamling hat das Wort Terrorist gebraucht wie die Angehörigen der Besatzungsmacht. Andere nennen solche Leute Patrioten. Das hat nichts zu bedeuten. Besonders bei einem Beamten läßt sich schwer erraten, was er denkt.

Ob Kurt Hamling seine Mutter und ihn verachtet? Nicht der Mädchen wegen. Das interessiert ihn nicht. Sondern der anderen Sachen wegen, der Kohlen wegen, ihrer Beziehungen zu vielen Leuten und der Offiziere wegen, die bei ihnen verkehren?

Angenommen, Hamling möchte etwas gegen Lotte unternehmen. Was würde dann geschehen? Lotte würde einfach hohe Beamte der Militärpolizei aufsuchen, die sie kennt, oder Frank würde mit Kromer darüber sprechen, der einen langen Arm hat.

Diese Herren würden dann den Kommissar vorladen und ihm befehlen, den Mund zu halten.

Lotte fürchtet sich deshalb nicht. Ob Hamling das weiß?

Er besucht sie, wärmt sich an ihrem Feuer, läßt sich von ihr Schnaps kredenzen.

Und Holst?

Von manchen Mietern weiß man genau, was sie denken. Die meisten verachten und hassen Frank und seine Mutter. Manche funkeln sie zornig an, wenn sie vorbeigehen.

Die einen nur, weil Lotte Kohlen und reichlich zu essen hat. Aber wenn sie es könnten, würden sie es vielleicht genauso wie sie machen. Die anderen, vor allem Frauen eines gewissen Alters oder Väter, verübeln ihr ihr Gewerbe.

Aber es gibt auch welche, bei denen der Fall noch anders liegt.

Frank weiß es, fühlt es. Und das sind gerade jene, die am wenigsten ihre Gefühle verraten. Sie blicken sie nicht einmal an, tun so, als ob sie gar nicht von ihrer Existenz Notiz nähmen.

Ist es mit Holst auch so? Gehört er wie der junge Mann mit der Geige einer geheimen Organisation an?

Das ist unwahrscheinlich. Frank hat es eine Weile geglaubt, seiner Ruhe und seiner äußeren Heiterkeit wegen. Und auch, weil er nicht ein richtiger Straßenbahnfahrer ist, weil man den Intellektuellen in ihm spürt. Vielleicht war er Lehrer, und man hat ihn wegen seiner politischen Ansichten entlassen. Oder er ist freiwillig gegangen, um nicht gegen seine Überzeugung lehren zu müssen.

Außer zur Arbeit geht er nur aus dem Haus, um sich in einer Schlange anzustellen. Nie besucht ihn und seine Tochter jemand.

Weiß er schon, daß der Geigenspieler verhaftet worden ist? Er wird es bestimmt erfahren. Der Portier, der darüber im Bilde ist, wird es allen Mietern berichten, außer Lotte und ihrem Sohn.

Und Hamling sitzt ruhig da, ohne noch etwas zu sagen, zieht wie verträumt an seiner Zigarre und stößt den Rauch gelassen aus.

Selbst wenn er etwas weiß oder etwas argwöhnt, was kann das Frank schon anhaben? Er wird es nicht wagen, ein Wort verlauten zu lassen.

Es kommt allein auf Gerhard Holst an, der inzwischen gewiß von seinen Besorgungen zurückgekehrt ist und mit Sissy in der Wohnung gegenüber sitzt.

Etwas Gemüse, Steckrüben, vielleicht ein winziges Stück ranzigen Speck, wie man ihn hin und wieder auf Karten bekommt.

Niemand kommt zu ihnen, und sie sprechen mit niemandem. Wovon sprechen sie den ganzen Tag?

Und Sissy belauert Frank, hebt die Gardine, um ihn in der Straße fortgehen zu sehen, oder sie öffnet ihre Tür einen Spalt breit, wenn sie sein Pfeifen im Treppenhaus hört.

Hamling erhebt sich mit einem Seufzer.

„Noch ein Gläschen?“

„Nein, danke. Ich muß gehen.“

Aus der Küche kommt ein verlockender Geruch. Unwillkürlich schnuppert Hamling, als er hinausgeht. Der Duft weht bis ins Treppenhaus hinter ihm her und dringt vielleicht unter der Tür hindurch auch in Holsts Wohnung.

„Der alte Trottel“, sagt Frank ruhig.

3

Frank war nur hereingekommen, um nicht auf der Straße warten zu müssen, aber er liebte solche Kneipen nicht. Man stieg zwei Stufen hinunter, und der Boden war mit Fliesen ausgelegt wie in einer Kirche. An der Decke zogen sich alte Balken hin. Die Wände waren getäfelt, die Theke war reich geschnitzt und die Tische aus schwerem Eichenholz.

Er kannte den Wirt, Herrn Kamp, dem Namen nach und vom Sehen, und Kamp mußte ihn ebenfalls kennen. Er war ein kleiner, kahlköpfiger Mann, ruhig und höflich, der immer Pantoffeln trug. Er war sicherlich einmal sehr dick gewesen, aber sein Bauch begann zu schrumpfen, und seine Hosen wurden ihm zu weit. In solchen Lokalen, die sich an die Vorschriften halten oder zumindest so tun, bekommt man natürlich nur schlechtes Bier.

Man spürt, daß man stört. Bei Kamp sieht man immer vier oder fünf Stammgäste, alte Männer aus dem Viertel, die ihre lange Porzellan- oder Meerschaumpfeife rauchen und sofort verstummen, wenn man eintritt. Die ganze Zeit, die man dort ist, schweigen sie geduldig und blicken einen, während sie an ihrer Pfeife ziehen, verstohlen an.

Frank hat neue Schuhe an mit dicken Ledersohlen. Sein Mantel ist dick und warm, und von dem, was seine pelzgefütterten Handschuhe gekostet haben, würde einer dieser Greise mitsamt seiner ganzen Familie einen Monat leben können.

Durch die kleinen Fensterscheiben späht er nach Holst aus. Holsts wegen ist er hergekommen, denn es verlangt ihn, ihm ins Gesicht zu blicken. Da der Straßenbahnfahrer am Tag zuvor um Mitternacht nach Hause gekommen und es ein Montag war, wird er gegen halb drei die Wohnung verlassen, um pünktlich um drei in seinem Depot zu sein.

Worüber unterhielten sich die alten Männer, als Frank eintrat? Es ist ihm gleichgültig. Einer von ihnen ist Schuster und hat eine Werkstatt ein Stück weiter die Straße hinunter, aber mangels Materials arbeitet er kaum noch. Er schielt gewiß auf Franks Schuhe, schätzt ihren Wert ab und entrüstet sich innerlich, daß der junge Mann keine Gummischuhe trägt, um sie vor der Nässe zu schützen.

Es gibt Lokale, in die man gehen kann, und andere, die man besser nicht betritt. Bei Timo fühlt sich Frank wie zu Hause. Hier nicht. Was werden sie hier über ihn sagen, wenn er wieder gegangen ist?

Auch Holst war gewiß einmal dick und ist jetzt abgemagert. Solche Leute bilden gleichsam eine besondere Rasse, die man auf den ersten Blick erkennt. Hamling ist zwar ganz hübsch rund, aber man spürt, daß er kräftig ist. Holst, der viel größer ist und dessen Schultern bestimmt einmal sehr breit gewesen sind, wirkt jetzt wabbelig und schlaff. Nicht nur sein abgetragener Anzug hängt an ihm herunter, sondern auch seine Haut hat ihre Straffheit verloren und schlägt Falten. Übrigens auch in seinem Gesicht.

Seit dem Anfang des Krieges – und er war damals knapp fünfzehn Jahre alt – hat Frank das Elend verachtet und jene, die sich darein schicken. Ihn ekelt geradezu vor solchen Menschen, selbst vor den Mädchen, die blaß und mager zu seiner Mutter kommen und sich sofort auf das Essen stürzen. Einige weinen vor Erregung, füllen sich ihre Teller bis an den Rand, können dann aber nichts essen.

In der Straße, durch die die Straßenbahn fährt, ist der Schnee schmutziger als anderswo. So weit das Auge reicht, sieht man die glänzenden schwarzen Schienen, die die Perspektiven betonen, Kurven bilden, bis sich die beiden Linien wieder vereinen. Der Himmel ist niedrig, zu klar, von einer Helle, die trauriger macht als richtig grauer Himmel. Dieses Weiß hier, leichenblaß, durchsichtig, hat etwas Bedrohliches, Definitives, Ewiges; die Farben werden hart und böse, das Braun oder Schmutziggelb der Häuser, zum Beispiel, das Dunkelrot der Straßenbahn, das sonst wirkt, als ob es verschwimmen und auf die Straße fließen wollte. Und gegenüber von Kamp steht die lange häßliche Schlange vor dem Laden, in dem es Innereien gibt, Frauen in Schals, kleine Mädchen mit rotgefrorenen Beinen, die, um warm zu werden, mit ihren Holzsohlen auf das Pflaster stampfen.

„Wieviel macht es?“

Er zahlt. Der Preis ist lächerlich. Es lohnt sich kaum, für so wenig seinen Mantel aufzuknöpfen. In diesen Lokalen sind die Preise grotesk niedrig. Man bekommt allerdings auch nichts für sein Geld.

Holst steht am Rand des Bürgersteigs in seinem langen, unförmigen Mantel, seiner Pelzmütze und seinen berühmten Schuhen, die er mit Bindfaden an den Waden festgebunden hat. In anderen Zeiten und anderen Ländern würden die Leute stehenbleiben, um ihn anzuglotzen. Sicherlich hat er sich Zeitungen unter die Jacke gestopft, die ihn warm halten sollen, und unter den Arm hat er sich seine Blechdose geklemmt und preßt sie an sich, als ob sie etwas Kostbares wäre. Was kann er schon zum Essen mitnehmen!

Frank stellt sich neben ihn, als ob er ebenfalls auf die Straßenbahn wartet. Dann geht er auf und ab und blickt ihn mindestens zehnmal an, wobei er ihm den Zigarettenrauch ins Gesicht bläst. Ob Sissys Vater, wenn Frank den Stummel wegwürfe, ihn aufheben würde? Vielleicht nicht vor ihm, obwohl es viele Leute in der Stadt tun, die weder Bettler noch Arbeiter sind.

Er hat Holst nie rauchen sehen. Ob er früher einmal geraucht hat?

Frank ärgert sich über sich selbst. Er kommt sich wie ein kleiner wütender Hund vor, der vergeblich versucht, die Aufmerksamkeit auf sich zu lenken. Er schleicht um die lange graue Gestalt herum, aber Holst scheint von seiner Anwesenheit überhaupt keine Notiz zu nehmen.

Dennoch hat Holst ihn in der Nacht in der Sackgasse gesehen. Er weiß von der Ermordung des Unteroffiziers. Er weiß auch, das ist mehr als sicher – denn der Portier holt einen der Mieter nach dem anderen in seine Loge –, daß man den Geigenspieler aus dem ersten Stock verhaftet hat.

Warum reagiert er also nicht? Es würde nicht viel fehlen, und Frank würde ihn, um ihn herauszufordern, ansprechen. Vielleicht hätte er es wirklich getan und irgendein paar Worte gesagt, wenn die dunkelrote Straßenbahn nicht gerade mit ihrem üblichen lauten Geklingel angefahren gekommen wäre.

Frank steigt nicht ein. Er hat zu dieser Zeit nichts in der Stadt zu tun. Er wollte nur Holst sehen, und er hat ihn in aller Muße betrachten können. Holst, der auf die vordere Plattform gestiegen ist, dreht sich noch einmal um und beugt sich hinaus, als die Straßenbahn abfährt, aber nicht, um ihn anzusehen, sondern um zu seiner Wohnung hinaufzublicken, wo man zwischen den Gardinen den hellen Fleck eines Gesichtes sieht.

Vater und Tochter sagen sich so auf Wiedersehen. Nachdem die Straßenbahn fort ist, bleibt das Mädchen noch am Fenster stehen, weil Frank auf der Straße ist. Und Frank faßt plötzlich einen Entschluß. Er vermeidet es, hinaufzublicken, geht ins Haus zurück, steigt langsam die Treppen hinauf und klopft ein wenig beklommen an die Tür, die sich genau gegenüber von Lottes Tür befindet.

Er hat sich nichts überlegt, weiß nicht, was er sagen wird. Er hat nur beschlossen, seinen Fuß gegen den Türrahmen zu setzen, damit die Tür nicht zugemacht werden kann. Aber die Tür schließt sich nicht wieder. Sissy blickt ihn überrascht an, und er ist fast ebenso überrascht wie sie, daß er da vor ihrer Tür steht. Er lächelt. Es kommt nicht oft vor, daß er lächelt. Er runzelt vielmehr meistens die Brauen und blickt düster vor sich hin, selbst wenn er ganz allein ist, oder setzt eine so gleichgültige Miene auf, daß die Menschen sich unwillkürlich in sich zurückziehen.

„Und doch“, sagt Lotte, „wenn du lächelst, kann man dir nichts abschlagen. Du hast das Lächeln behalten, das du schon mit zwei Jahren hattest.“

Er lächelt nicht absichtlich, sondern nur aus Verlegenheit. Er kann Sissy schlecht sehen, weil sie gegen das Licht steht, aber auf einem Tisch in der Nähe des Fensters erblickt er kleine Schalen, Pinsel und Farbtöpfe.

Stumm geht er hinein und sagt dann, ohne daran zu

denken, sich zu entschuldigen oder seinen Besuch zu begründen: „Malen Sie?"

„Ich bemale Porzellan. Ich muß doch meinem Vater helfen."

Solche Schalen, Tassen, Aschenbecher und Kerzenhalter, sogenanntes Kunstgewerbe, hat er in einigen Läden im Stadtzentrum gesehen. Sie werden vor allem von den Angehörigen der Besatzungsmacht als Andenken gekauft. Es sind Blumen oder eine Bäuerin in Tracht oder der Turm des Doms darauf gemalt.

Warum sieht sie ihn unverwandt an? Wenn sie das nicht täte, wäre es für ihn leichter. Sie verschlingt ihn geradezu mit den Augen, so naiv, daß es fast peinlich ist. Er muß dabei an Minna, die Neue, denken, die vielleicht gerade beschäftigt ist und die ihn mit einer Art blöden Respektes unaufhörlich angestarrt hat.

„Arbeiten Sie viel?"

„Die Tage sind lang."

„Gehen Sie nie aus?"

„Manchmal."

„Gehen Sie auch hin und wieder ins Kino?"

Warum errötet sie? Er machte es sich sofort zunutze. „Ich würde gern einmal mit Ihnen ins Kino gehen."

Dennoch ist es gar nicht sie, die ihn am meisten interessiert, wie er jetzt merkt. Er blickt um sich. Er schnuppert genauso, wie Hamling es bei ihnen getan hat. Die Wohnung ist viel kleiner als Lottes. Man kommt sofort in die Küche, wo ein Klappbett an der Wand steht. Sicherlich schläft ihr Vater darin, und seine Füße ragen gewiß ein Stück heraus. Durch eine offene Tür sieht man Sissys Zimmer. Daß es ihr Zimmer ist, zeigt ihre Verwirrung, als sie merkt, daß er hineinspäht.

Auch hier gibt es ein Guckfenster wie bei ihnen, aber man hat es mit Pappe vernagelt, weil man sonst in die Wohnung der Nachbarn sehen könnte.

Sie stehen beide immer noch. Sie hat ihn nicht aufgefordert, sich zu setzen. Um sich Haltung zu geben, hält er ihr sein Zigarettenetui hin.

„Danke, ich rauche nicht."

„Weil Sie es nicht mögen?"

Auf dem Tisch liegt eine Pfeife, und daneben steht

eine Blechdose mit Stummeln. Bildet sie sich etwa ein, daß er nicht begriffen hat?

„Probieren Sie mal eine. Sie sind sehr milde."

„Ich weiß."

Sie hat die ausländische Marke erkannt. Diese Zigaretten sind mehr wert als Banknoten, und jeder weiß, was eine kostet.

Sie zuckt zusammen, denn es hat eben an die Tür geklopft. Frank hat den gleichen Gedanken gehabt wie sie. Ob Holst aus irgendeinem Grund, vielleicht, weil er den jungen Mann an der Straßenbahnhaltestelle gesehen hat, zurückgekommen ist? „Entschuldigen Sie, Fräulein Holst ..."

Es ist ein alter Mann, dem Frank schon im Treppenhaus begegnet ist. Ein Nachbar, gerade der, in dessen Wohnung das Guckfenster geht. Er gibt sich keine Mühe, sich zu verstellen, und betrachtet Frank wie den Schmutz, den eine Katze auf dem Fußboden hinterlassen hat. Dagegen zeigt er sich Sissy gegenüber sehr sanft und väterlich.

„Ich wollte Sie fragen, ob Sie vielleicht ein Streichholz haben?"

„Ja, natürlich, Herr Wimmer."

Aber er geht nicht. Er bleibt und hält die Hände über den Ofen, in dem noch ein schwaches Feuer brennt. Dann sagt er in gleichgültigem Ton: „Es wird bald wieder schneien."

„Wahrscheinlich."

„Es gibt Leute, denen der Frost nichts ausmacht."

Das gilt Frank, aber Sissy stellt sich mit einem Augenzwinkern auf seine Seite.

Herr Wimmer mag fünfundsechzig Jahre alt sein, und seine Wangen sind mit harten weißen Bartstoppeln bedeckt.

„Es wird bestimmt noch vor Ende der Woche wieder schneien", wiederholt er. Er wartet sichtlich darauf, daß Frank geht.

Da wagt Frank etwas Kühnes. „Entschuldigen Sie, Herr Wimmer ..."

Eben erst hatte er den Namen des alten Mannes noch nicht gewußt, der ihn jetzt erstaunt und empört ansieht.

„Fräulein Holst und ich wollten gerade ausgehen."

Herr Wimmer sieht das junge Mädchen an. Er ist sicher, daß sie es abstreiten wird.

„Es stimmt", sagt sie und nimmt ihren Mantel vom Haken. „Wir haben eine Besorgung zu machen."

Dies ist einer ihrer schönsten Augenblicke gewesen. Sie hätten beide fast laut herausgelacht. Sie waren wie Kinder, denen ein Streich gelungen ist – und obwohl Herr Wimmer keine Krawatte trägt und man über seinem Adamsapfel seinen Kragenknopf sieht, wirkt er wie ein pensionierter Lehrer.

Sissy hat den Ofen abgestellt. Dann ist sie zurückgekommen, um ihre Handschuhe zu holen. Der Alte rührt sich immer noch nicht vom Fleck. Man hätte annehmen können, er wolle sich aus Protest in der Wohnung einschließen lassen. Er hat ihnen nachgespäht, als sie die Treppe hinuntergingen, und ohne Frage hat er die ganze Jugendlichkeit ihrer Schritte gespürt.

„Ob er es meinem Vater sagt?"

„Der wird nichts sagen."

„Ich weiß, daß Papa ihn nicht mag, aber . . ."

„Die Leute sagen nie etwas."

Er behauptet es so selbstsicher, weil es stimmt, weil er es aus Erfahrung weiß. Hat Holst ihn angezeigt? Er würde gern mit Sissy darüber sprechen, ihr den Revolver zeigen, den er immer noch in seiner Tasche hat. Er setzt mit dieser Waffe, die er da bei sich trägt, sein Leben aufs Spiel. Aber sie ahnt es nicht. Auf der Straße fragt sie: „Was wollen wir machen?"

Das war ein wirklich außergewöhnlicher Moment, etwas Unerwartetes: als er dem alten Mann geantwortet und sie ihren Mantel genommen hat; als sie an dem traurigen Alten vorbei zur Treppe gegangen sind, als gingen sie zum Tanzen.

Fast hätte sie ihn, ganz natürlich, untergehakt. Aber jetzt auf der Straße ist schon alles wieder aus.

Merkt Sissy das? Sie wissen nicht, in welcher Richtung sie gehen sollen. Glücklicherweise hat Frank vom Kino gesprochen.

„Im Lido läuft ein guter Film."

Das Kino befindet sich jenseits der Brücken. Er hat

keine Lust, die Straßenbahn zu nehmen. Nicht ihres Vaters wegen, sondern weil er nicht wüßte, wie er sich verhalten sollte. Sie müssen am alten Bassin vorbei. Auf der Brücke ist der Wind so stark, daß sie nicht sprechen können, und er wagt nicht, Sissy unterzufassen, obwohl sie instinktiv dicht neben ihm geht.

„Wir gehen nie ins Kino."

„Warum nicht?"

Er bedauert die Frage. Es ist ihnen natürlich zu teuer, und an Geld zu denken ist ihm plötzlich peinlich. Zum Beispiel würde er sie gern in eine Konditorei einladen. Es gibt noch einige, wo man alles bekommen kann, was man begehrt, wenn man dort bekannt ist. Er kennt sogar zwei Lokale, wo man tanzen kann, und sicherlich würde Sissy gern tanzen.

Sie hat gewiß noch nie getanzt. Sie ist noch zu jung. Vor dem Krieg war sie noch ein kleines Mädchen. Sie hat nie Likör oder Aperitif getrunken.

Er ist jetzt der Verlegene. In der Oberstadt schiebt er sie in die Halle des Lido, die hell erleuchtet ist.

„Zwei Logenplätze."

Er erschrickt über seine Kühnheit. Er ist schon oft hier gewesen. Seine Freunde gehen auch ins Lido. Wenn man ein Mädchen bei sich hat, nimmt man eine Loge im Lido. Das weiß jeder. Die Logen sind sehr dunkel und die Trennwände so hoch, daß man so ziemlich alles machen kann, was man will. Auf diese Weise hat er mehrmals Lotte Mädchen besorgt.

„Hast du Arbeit?"

„Die Werkstatt hat in der vorigen Woche geschlossen."

„Möchtest du gern Geld verdienen?"

Sissy folgt ihm wie die anderen. Es schmeichelt ihr, in dem gut beheizten Kino von einer Platzanweiserin in Uniform, die eine kleine rote Mütze trägt, auf der in goldenen Buchstaben das Wort Lido steht, in eine Loge geleitet zu werden.

Aber gerade das versetzt ihn wieder in eine düstere Stimmung: sie ist genau wie die anderen. Sie benimmt sich genau wie die anderen. Im Dunkeln wendet sie sich ihm zu und lächelt ihn an, weil sie glücklich ist, hier zu sein, weil sie ihm dafür dankbar ist. Sie sagt nichts und zuckt kaum zusammen, als er seinen Arm auf die Lehne ihres Sessels legt.

Gleich wird er ihn um ihre Schultern legen. Sie hat magere Schultern. Sie wartet darauf, daß er sie küßt. Er weiß das wohl, aber er tut es fast widerwillig. Sie kann nicht küssen. Sie hält den Mund dabei halb offen. Es ist ein feuchter, ein wenig säuerlicher Kuß. Gleichzeitig drückt sie seine Hand ganz fest und läßt sie nicht wieder los.

Sie sind sich alle gleich. Sie glaubt ihm. Sie bittet ihn, still zu sein, als er ihr etwas ins Ohr flüstert, weil sie versucht, dem Film zu folgen, dessen Anfang sie nicht gesehen haben. Bisweilen krampfen sich ihre Finger vor Erregung über eine Szene auf der Leinwand zusammen.

„Sissy . . .“

„Ja.“

„Sieh mal.“

„In meiner Hand . . .“

Der Revolver in seiner Hand schimmert im Halbdunkel. Es läuft ihr kalt über den Rücken, und sie blickt um sich.

„Vorsicht!“

Es hat Eindruck auf sie gemacht, aber sie ist nicht einmal so sehr erstaunt.

„Ist er geladen?“

„Ich nehme an.“

„Haben Sie ihn schon gebraucht?“

Er zögert. Er ist ehrlich.

„Noch nicht.“

Dann benutzt er sofort die Gelegenheit, um ihr die Hand aufs Knie zu legen und ihren Rock unmerklich hochzuschieben.

Sie läßt es geschehen wie die anderen. Und da packt ihn ein dumpfer Zorn auf sie, auf sich, auf Holst. Ja, auch auf Holst, wenn es ihm auch schwerfallen würde zu sagen, warum.

„Frank.“

Sie hat seinen Namen ausgesprochen. Sie kannte ihn also schon. Sie wiederholt ihn absichtlich, während sie versucht, seine Hand zurückzudrängen.

Aber Franks liebevolle Gefühle sind plötzlich erstorben. Er ist wütend. Bilder tanzen vor seinen Augen, riesige Köpfe erscheinen auf der Leinwand und verschwinden, er hört Stimmen und Musik. Was er wissen will und was er wissen wird, wenn sie sich auch noch so stark wehrt, ist, ob sie noch unberührt ist. Es ist das einzige, woran er sich noch klammern kann.

Das zwingt ihn, sie zu küssen, und jedesmal, wenn er sie küßt, läßt sie ihn gewähren. Seine Hand tastet sich auf dem nackten Schenkel weiter. Er berührt den Strumpfhalter, und sie wehrt sich auch jetzt noch kaum.

Er wird es wissen. Denn wenn sie nicht einmal mehr Jungfrau ist, wird Holst alles verlieren, wird ein groteskes Wesen werden. Aber er selber auch. Wie ist er nur daraufgekommen, sich mit diesen beiden zu befassen?

Ihre Haut ist gewiß schneeweiß wie die Minnas. Eine Hühnerhaut, wie Lotte sagt. Hühnerschenkel. Ob sich Minna jetzt gerade nackt in dem Zimmer mit einem Herrn vergnügt, den sie nicht kennt? Jetzt wird es warm. Er tastet sich weiter. Sie hat nicht die Kraft, sich die ganze Zeit zu versteifen, und als sie an Terrain verliert, drücken ihre Finger sanft die seinen, wie bittend. Sie flüstert ihm ins Ohr: „Frank . . .“ Und in der Art, wie sie seinen Namen ausspricht, verrät sie, daß sie sich geschlagen gibt.

Er hatte mindestens mit acht Tagen gerechnet; aber jetzt war er schon da, es war nur noch eine Frage von Zentimetern, die Haut wurde weicher, wärmer, ganz feucht.

Er hielt jäh inne, als er merkte, daß sie wirklich noch Jungfrau war. Aber er hatte kein Mitleid. Er war nicht erregt. Er wußte plötzlich, daß nicht sie ihn interessierte, sondern ihr Vater, und es war lächerlich, an Holst zu denken, als seine Hand ihre Scham berührte.

„Du hast mir weh getan.“

„Verzeih“, sagte er höflich.

Und er wurde wieder korrekt, während im Dunkeln Sissys Gesicht Enttäuschung zu verraten schien. Wenn er es hätte sehen können, wäre alles viel schlimmer gewesen. Wenn er korrekt wurde, wurde er furchtbar, so ruhig, so kalt, so abwesend, daß man nicht mehr wußte, wie man ihn nehmen sollte. Sogar Lotte fürchtete sich dann vor ihm.

„Aber werde doch wütend", rief sie ihm dann zu. „Schrei, schlage um dich, tu etwas, irgend etwas!"

Arme Sissy, sie interessierte ihn nicht mehr. Oft hatte er in der letzten Zeit, wenn er an sie dachte, Paare vor sich gesehen, die eng aneinandergeschmiegt auf der Straße gehen und in dunklen Winkeln heiße, nicht enden wollende Küsse tauschen. Er hatte ehrlich geglaubt, daß das erregend sein könnte. Eine Einzelheit unter anderem hatte ihn gelockt: der Hauch, der aus dem Mund zweier Liebender kommt, wenn sich im Schein einer Laterne ihre Lippen zu einem Kuß nähern.

„Wollen wir etwas essen gehen?"

Ihr blieb nichts mehr weiter übrig, als ihm zu folgen. Übrigens würde sie nur allzu glücklich sein, Kuchen zu essen.

„Wir gehen zu Taste."

„Da sollen doch immer so viele Offiziere sein."

„Na und?"

Sie mußte sich daran gewöhnen, daß er nicht irgendein junger Mann war, eine Art Vetter, dem man Liebesbriefe schickt. Er ließ sie nicht einmal das Ende des Films sehen, sondern zog sie einfach mit. Als sie an erleuchteten Schaufenstern vorübergingen, merkte er, daß sie ihn verstohlen, mit schon ehrfurchtsvoller Neugier betrachtete.

„Es ist dort teuer", wagte sie noch einzuwenden.

„Das spielt keine Rolle."

„Ich bin dafür nicht angezogen."

Auch daran war er gewöhnt: an diese zu kurzen und zu engen Mäntel mit einem Pelzkragen, der von der Mutter oder der Großmutter stammte. Sie würde viele ihrer Art bei Taste treffen. Er hätte ihr antworten können, daß die Mädchen das erstemal immer so dorthin kämen.

„Frank . . ."

Es ist einer der wenigen Eingänge, die noch mit einem sehr sanften blauen Licht beleuchtet sind. In dem halbdunklen Flur liegt ein dicker Läufer, aber hier bedeutet das spärliche Licht nicht Armut, sondern im Gegenteil Reichtum, und der Portier in seiner Livree wirkt fast wie ein General.

„Komm ..."

Sie gehen in den ersten Stock hinauf. Eine Messingstange blitzt zwischen jeder Stufe, und die Beleuchtungskörper an der Wand sind imitierte Kerzen. Zwischen geheimnisvollen Vorhängen streckt eine junge Frau die Hand aus, um Sissy den Mantel abzunehmen. In ihr Schicksal ergeben, fragt Sissy: „Soll ich?"

Wie die anderen. Frank ist hier zu Hause. Er lächelt der Garderobenfrau zu, reicht ihr seinen Mantel, bleibt vor einem Spiegel stehen und fährt sich mit einem Kamm durchs Haar.

In ihrem kurzen schwarzen Trikotkleid wirkt Sissy wie eine Waise. Frank schiebt einen Vorhang zur Seite, und sie blicken in einen gut geheizten Raum, in dem es nach Parfüm duftet und eine leise Musik erklingt und wo der Teint der Frauen an Glanz mit den Litzen der Uniformen wetteifert.

Einen Augenblick lang war Sissy den Tränen nahe. Er hat es wohl gemerkt. Aber wennschon!

Kromer ist sehr spät zu Timo gekommen. Um halb elf. Schon seit mehr als einer Stunde wartete Frank auf ihn. Kromer hatte getrunken. Das sah man sofort an seiner zu straffen Gesichtshaut, seinen unnatürlich glänzenden Augen, seinen abgehackten Bewegungen. Als er sich setzen wollte, hätte er fast den Stuhl umgeworfen. Seine Zigarre roch gut. Es war eine noch bessere als sonst, obgleich er immer nur die besten raucht.

„Ich habe eben mit dem General, der der Ortskommandant ist, zu Abend gegessen", sagte er halblaut.

Dann schwieg er, um Frank Zeit zu lassen, die Bedeutung seiner Worte abzumessen.

„Ich habe dir dein Messer mitgebracht."

„Danke."

Er ergreift es, ohne es anzusehen, und steckt es in die Tasche. Er ist viel zu sehr mit sich selbst beschäftigt, um sich über Frank viele Gedanken zu machen. Dennoch fragt er aus Höflichkeit, sich an ihr Gespräch von gestern erinnernd: „Hast du es gebraucht?"

Als Frank in der Nacht vorher nach seiner Tat wieder zu Timo kam, hatte er Kromer den Revolver zeigen wollen, den er eben erobert hatte. Er hat ihn Sissy gezeigt. Er wird ihn noch vielen Leuten zeigen, und dennoch, ohne eigentlich zu wissen, warum, antwortet er: „Ich habe keine Gelegenheit dazu gehabt."

„Vielleicht ist das besser . . . Sag mal, hast du eine Ahnung, wo man Uhren auftreiben kann?"

Gleichgültig, wovon er redet, Kromer scheint immer von bedeutenden und geheimnisvollen Geschäften zu sprechen. Ebenso ist es mit seinen Beziehungen, den Leuten, mit denen er zu Abend ißt und eine Flasche Wein trinkt. Er nennt selten Namen. Er flüstert: „Jemand sehr Hohes . . . Sehr, sehr Hohes, verstehst du?"

„Was für Uhren?" fragt Frank.

„Möglichst alte. Man müßte eine ganze Menge auftreiben, Haufen von Uhren, verstehst du?"

Frank trinkt auch viel. Jeder trinkt. Erstens, weil man die meiste Zeit in Lokalen wie dem Timos umhersitzt. Und zweitens, weil gute Getränke knapp, schwer zu bekommen und überaus teuer sind.

Im Gegensatz zu den meisten Leuten bekommt Frank aber kein rotes Gesicht, spricht nicht lauter und macht keine Faxen. Er wird nur blasser, seine Züge werden schärfer, seine Lippen so schmal, daß sie wie ein Federstrich in seinem Gesicht wirken. Seine Augen werden winzig klein. Etwas Kaltes und Hartes blitzt in ihnen auf, als ob er die ganze Menschheit haßte.

Vielleicht tut er das auch tatsächlich.

Er mag Kromer nicht, und Kromer mag ihn auch nicht. Kromer gibt sich oft zwar jovial, aber im Grunde mag er niemanden. Er schmeichelt nur denen, die ihn bewundern. Er hat immer tausend Dinge in den Taschen, besonders gute Zigarren, Feuerzeuge, Krawatten, seidene Taschentücher, die er einem in dem Augenblick, da man es am wenigsten erwartet, lässig reicht.

„Nimm das."

Frank würde Timo mehr trauen als ihm. Er hat übrigens bemerkt, daß auch Timo Kromer nicht recht traut.

Er handelt offensichtlich. Von manchen seiner Geschäfte weiß man, weil er einem in allen Einzelheiten davon erzählt, weil er einen braucht und einem dann einen guten Anteil des Gewinns zusteckt. Er verkehrt viel mit den Offizieren der Besatzungsmacht. Das ist auch sehr einträglich.

Wie weit geht er wirklich? Wie weit ginge er, wenn seine Interessen auf dem Spiel stünden?

Frank hat beschlossen, ihm nichts von dem Revolver zu sagen. Er spricht lieber von den Uhren, weil das Wort in ihm Erinnerungen geweckt hat.

„Es handelt sich um den Mann, von dem ich gerade gesprochen habe, den General. Weißt du, was er noch vor zehn Jahren war? Arbeiter in einer Lampenfabrik. Er ist erst vierzig und schon General. Wir haben zu zweit vier Flaschen Champagner getrunken. Er hat mir dabei gleich von seinen Uhren erzählt. Er sammelt sie und kann gar nicht genug davon haben. Er behauptet, er habe schon mehrere hundert.

‚In einer Stadt wie Ihrer', hat er zu mir gesagt, ‚in der so viele Bourgeois leben, hohe Beamte und Rentner, müssen sich doch alte Uhren in Mengen auftreiben lassen. Sie wissen, was ich meine: Uhren aus Silber oder aus Gold, mit einem oder mehreren Deckeln. Manche haben ein Läutwerk. Es gibt auch welche mit kleinen Figuren, die sich bewegen . . .'"

Während Kromer spricht, sieht Frank wieder die Uhren des alten Vilmos und ihn selber vor sich in dem immer halbdunklen Raum, in den nur durch die Jalousien das Sonnenlicht dringt. Der alte Vilmos zieht die Uhren eine nach der anderen auf, hält sie ihm ans Ohr, läßt sie läuten.

„In seiner Stellung kann man bekommen, was man will", seufzt Kromer. „Es ist nun einmal seine Marotte, von der er unentwegt redet. Er hat irgendwo gelesen, daß der König von Ägypten die schönste Uhrensammlung der Welt besitzt, und er würde viel darum geben, wenn sein Land Ägypten den Krieg erklärte."

„Halbe-halbe?" fragt Frank kalt.

„Weißt du, wo du Uhren auftreiben kannst?"

„Halbe-halbe."

„Habe ich je versucht, dich übers Ohr zu hauen?"

„Nein. Aber ich brauche ein Auto."

„Das ist schwieriger. Ich könnte den General um eins bitten, aber ich weiß nicht, ob das klug wäre."

„Nein . . . ein Privatwagen. Nur für zwei oder drei Stunden."

Kromer fragt nicht nach Einzelheiten. Im Grunde ist er viel vorsichtiger, als er sich den Anschein gibt. Da Frank ihm anbietet, ihm Uhren zu besorgen, will er lieber gar nicht wissen, woher sie kommen, noch wie er sie beschaffen will.

Dennoch beunruhigt es ihn. Vor allem Frank selber beunruhigt ihn, die Art, wie er ganz kalt eine Entscheidung trifft.

„Warum nimmst du nicht irgendeinen Wagen, der auf der Straße steht?"

Das wäre natürlich das einfachste, und da es nur dreißig Kilometer sind, die er in der Nacht zu fahren hat, riskiert er dabei nicht viel. Aber Frank will nicht gestehen, daß er nicht fahren kann.

„Verschaff mir einen Wagen mit einem zuverlässigen Fahrer, und ich werde dir die Uhren besorgen."

„Was hast du heute gemacht?"

„Ich bin im Kino gewesen."

„Mit einem Mädchen?"

„Wie immer."

„Hast du's mit ihr getrieben?"

Kromer ist ein lasterhafter Kerl. Er läuft den jungen Mädchen nach, vor allem den armen Mädchen, weil das einfacher ist, und er sucht sich immer die jüngsten aus. Er liebt es, mit geblähten Nüstern und dicken Lippen davon zu sprechen, wobei er die ordinärsten Worte benutzt und die intimsten Einzelheiten preisgibt.

„Kenne ich sie?"

„Nein."

„Wirst du sie mir vorstellen?"

„Vielleicht. Sie ist noch Jungfrau."

Kromer rutscht auf seinem Stuhl unruhig hin und her und feuchtet die Spitze seiner Zigarre an.

„Liegt dir viel an ihr?"

„Nein."

„Dann gib sie mir."

„Werd's mir überlegen."

„Ist sie jung?"

„Sechzehn. Sie lebt bei ihrem Vater. Denke an den Wagen."

„Ich werde dir morgen Bescheid sagen. Komm gegen fünf zu Leonhard."

Das ist eine andere Bar, in der sie verkehren, aber da sie in der Oberstadt liegt, muß Leonhard um zehn Uhr abends schließen.

„Erzähl, was ihr beide im Kino gemacht habt. Timo, eine Flasche . . . Also leg los."

„Immer das gleiche . . . Ihr Strumpf, ihr Strumpfhalter, dann . . ."

„Was hat sie gesagt?"

„Nichts."

Er wird jetzt gehen. Wahrscheinlich hat seine Mutter Minna dabehalten. Sie läßt die Mädchen nicht gern in den ersten Tagen wieder gehen, weil manche nicht wiederkommen.

Er wird sich zu ihr ins Bett legen, und im Grunde wird das genauso sein, als ob es Sissy wäre. Im Dunkeln wird er den Unterschied nicht merken.

4

Frank geht, die Hände in den Taschen, mit hochgeschlagenem Mantelkragen durch die am hellsten erleuchtete Straße der Stadt, in der es aber dennoch dunkle Winkel gibt. Er hat sich erst für eine halbe Stunde später verabredet.

Es ist Donnerstag. Am Dienstag hat Kromer der Uhren wegen mit ihm gesprochen. Am Mittwoch, als er ihn um fünf bei Leonhard traf, hat er ihn gefragt: „Immer noch entschlossen?"

Für ältere Menschen muß es merkwürdig sein, wenn sie sehen, wie sich diese jungen Männer mit soviel Ernst unterhalten. Aber es geht ja dabei auch weiß Gott um ernste Dinge! Frank sieht sich im Spiegel, ruhig und blond.

„Hast du den Wagen?"

„In fünf Minuten kann ich dir den Fahrer vorstellen. Er wartet gegenüber."

Ein gewöhnlicheres, lauteres Lokal, wo man jedoch noch annehmbare Getränke bekommt. Ein Mann erhebt sich. Er mag dreiundzwanzig oder vierundzwanzig Jahre alt sein, ist sehr mager und sieht trotz seiner Lederjacke wie ein Student aus.

„Das ist er", sagt Kromer, auf Frank deutend. Und dann zu Frank: „Karl Adler. Du kannst dich auf ihn verlassen. Ein prima Kerl."

Sie haben einen gehoben, weil man in solchen Fällen immer einen hebt.

„Und der andere?" hat Frank leise gefragt.

„Ach so, ja. Muß er . . ."

Er zögert. Er nennt die Dinge nicht gern beim Namen. Es gibt Worte, die man lieber nicht ausspricht, die manche aus Aberglauben aus ihrem Wortschatz gestrichen haben.

„Wird es eine harte Arbeit sein?"

„Ist kaum anzunehmen."

Kromer, der jeden Menschen kennt, sieht sich um. Er sucht sich im Qualm des Lokals ein Gesicht aus und verschwindet für einen Augenblick mit einem Mann auf der Straße. Als er wiederkommt, begleitet ihn ein Kerl mit einem groben Gesicht, ein richtiger Mann aus dem Volk. Frank hat seinen Namen nicht verstanden.

„Wie lange wird es dauern? Er muß um zehn wieder bei seiner Mutter sein. Später macht der Portier nicht mehr auf, und seine Mutter, die krank ist, braucht ihn oft nachts."

Beinahe hätte Frank auf sein Vorhaben verzichtet, nicht dieses zweiten Mannes wegen, sondern wegen Adler, der, solange sie beide allein warteten, kein einziges Wort gesagt hat. Er ist sich dessen nicht sicher, aber er würde schwören, ihn schon einmal mit dem Geigenspieler aus dem ersten Stock zusammen gesehen zu haben. Wo, weiß er allerdings nicht. Vielleicht ist es auch nur eine Gedankenverbindung. Sie genügt aber, um in ihm ein unbehagliches Gefühl zu wecken.

„Wann treffen wir uns?"

„Möglichst bald."

„Morgen? Wann?"

„Um acht Uhr abends. Hier."

„Nicht hier“, mischt sich Adler ein. „Meine Kiste wird in der Hinterstraße parken, genau vor dem Fischladen. Sie brauchen dann bloß einzusteigen.“

Als sie wieder allein waren, fragte Frank dennoch Kromer: „Sind die sicher?“

„Habe ich dir jemals einen vorgestellt, der nicht sicher gewesen wäre?“

„Was macht dieser Adler?“

Eine Handbewegung.

„Mach dir keine Sorgen.“

Es ist sonderbar. Man traut und mißtraut sich gleichzeitig. Das kommt vielleicht daher, daß jeder den anderen mehr oder weniger hält und daß alle sich, wenn man ein bißchen sucht, etwas vorzuwerfen haben. Kurz und gut, wenn man nicht verrät, so aus Angst, verraten zu werden.

„Und das Mädchen, hast du daran gedacht?“

Frank hat nicht darauf geantwortet. Er hat ihm nicht gesagt, daß er gerade an diesem Tag Sissy wiedergesehen hat. Nicht lange. Nicht gleich, nachdem Holst, dem er vom Fenster aus nachblickte, wie er zur Haltestelle der Straßenbahn ging, das Haus verlassen hatte.

Er hat bis vier Uhr gewartet, hat schließlich die Schultern gezuckt und gedacht: Na, wir werden mal sehen.

Nur im Vorbeigehen hat er an ihre Tür geklopft. Des alten Dummkopfs wegen, der hinter dem Guckfenster lauerte, hatte er nicht die Absicht, zu ihr hineinzugehen, sondern hat nur gesagt: „Ich warte unten auf dich. Kommst du runter?“

Er hat nicht lange warten müssen. Sie kam im Laufschritt angerannt, wobei sie mechanisch zu den Fenstern hochblickte, und dann hat sie sich wie selbstverständlich bei ihm eingehängt.

„Herr Wimmer hat meinem Vater nichts erzählt“, hat sie gleich gesagt.

„Das wußte ich von vornherein.“

„Ich kann heute aber nicht lange bleiben.“

Beim zweiten Mal können die Mädchen nie lange bleiben. Es begann schon zu dämmern. Er hat sie in die Sackgasse geführt, und da hat sie ihm ihren Mund dargeboten und gefragt: „Hast du an mich gedacht?“

Er hat sie nicht an sich gepreßt, sondern hat nur einen Augenblick die Hand in ihre Bluse gesteckt, weil er am Tag zuvor im Lido nicht an ihre Brüste gedacht hatte und darum nicht wußte, wie sie beschaffen waren. Nachts bei Minna, die nur einen ganz flachen Busen hat, war es ihm eingefallen.

Hat er deswegen, aus purer Neugier, bei Sissy angeklopft und sie gebeten runterzukommen?

Er hat sie heute, zur selben Stunde, wiedergesehen; und heute hat er angekündigt: „Ich habe nur ein paar Minuten Zeit."

Sie hat nicht gewagt, Fragen zu stellen, obgleich es sie danach verlangte. Sie hat nur den Mund verzogen und geflüstert: „Findest du mich häßlich, Frank?"

Wieder wie die anderen. Aber er wüßte wirklich nicht zu sagen, ob er ein Mädchen hübsch oder häßlich findet. Es kommt auch gar nicht darauf an. Er verspricht Kromer nichts, schlägt ihm aber auch nichts ab. Man wird sehen.

Minna behauptet, sie sei in ihn verliebt, sie schäme sich jetzt, da sie ihn kenne, dessen, was sie mit den Kunden machen müsse. Sie hat bei dem ersten kein Glück gehabt. Wieder Komplikationen! Frank hat sich bemüht, sie zu beruhigen. Sie hat obendrein Angst vor ihm. Sie hat den Revolver gesehen, und das hat sie entsetzt.

Er hat ihr heute versprechen müssen, sie zu wecken, wenn er nach Hause kommt, ganz gleich, wie spät es dann ist.

„Ich werde sowieso nicht schlafen", hat sie gesagt.

Sie hat schon den Geruch der Frauen in der Wohnung. Das muß an der Seife liegen, die Lotte den Mädchen gibt. Jedenfalls verwandeln sie sich immer schnell. Und sie ist den ganzen Morgen in einem schwarzen Spitzenhemd in der Wohnung herumspaziert.

Er hat sich vorgenommen, zu der Verabredung mit Adler und dem anderen zu gehen, ohne vorher Kromer noch einmal zu sehen, aber im letzten Augenblick wird er schwankend. Nicht so sehr Kromers wegen, sondern weil er das Bedürfnis hat, sich an etwas Vertrautes zu klammern. Die Menge auf der Straße ängstigt ihn immer ein wenig. Im Licht der Schaufenster oder der Gaslaternen wirken die Gesichter unheimlich blaß oder müde, und manche haben einen abwesenden oder verbissenen Ausdruck. Die meisten sind verschlossen. Am schlimmsten sind die toten Augen. Man begegnet immer häufiger Menschen mit toten Augen.

Wie Holst sie hat? Aber bei ihm ist es anders. In Holsts Augen ist kein Haß. Sie sind auch nicht leer. Dennoch fühlt man, daß man mit ihnen keinen Kontakt bekommen kann, und das ist demütigend.

Er stößt die Tür bei Leonhard auf. Kromer sitzt dort mit einem Mann, der so ganz anders ist als sie beide, mit Ressl, dem Chefredakteur der Abendzeitung, der immer von einem Leibwächter mit gebrochener Nase begleitet wird.

„Kennst du Peter Ressl?"

„Dem Namen nach wie jedermann."

„Mein Freund Frank."

„Freut mich."

Ressl reicht ihm seine lange knochige, sehr weiße Hand. Vielleicht sind es Adlers Hände, die Hände des Fahrers von heute abend, die Franks Mißtrauen erregt haben, denn sie ähneln denen Ressls.

Die Familie Ressl ist eine der ältesten in der Stadt, und sein Vater war Staatsrat. Schon vor dem Krieg waren sie finanziell ruiniert, aber die Besatzungsmacht hat in ihrer Villa ihr Hauptquartier aufgeschlagen, und es vergeht kein Monat, ohne daß dort für diese Herren Bauarbeiten durchgeführt werden.

Es wird erzählt, daß Staatsrat Ressl, der immer wie ein Schatten an den Häusern vorbeihuscht, noch kein einziges Wort mit ihnen gewechselt habe und daß jeder andere an seiner Stelle schon gehängt oder erschossen sein würde.

Peter ist von Beruf Rechtsanwalt und hat sich früher mit Filmangelegenheiten beschäftigt. Er hat dann den ihm angebotenen Chefredakteurposten der Abendzeitung sofort angenommen. Wahrscheinlich ist er der einzige im ganzen Land, der die Erlaubnis bekommen hat, die Grenzen zu überschreiten. Die Gründe dafür sind undurchsichtig. Er ist so nach Rom, Paris und London gereist. Der dunkle Anzug, den er heute abend trägt, stammt aus London, und er raucht ostentativ englische Zigaretten.

Er ist nervös und wirkt ungesund. Manche behaupten, er sei süchtig. Andere, er sei homosexuell.

„Ich dachte", sagte Kromer, der sehr stolz darauf ist, mit Ressl zusammen gesehen zu werden, aber zugleich etwas beunruhigt darüber, daß Frank um diese Zeit erschienen ist, „du hättest eine wichtige Verabredung. Was willst du trinken?"

„Ich bin nur hergekommen, um dir schnell guten Tag zu sagen."

„Trink doch etwas! Kellner!"

Einige Minuten später, als Frank geht, nimmt Kromer einen flachen Gegenstand aus seiner Tasche und steckt ihn in die seines Freundes.

„Man kann nie wissen . . ."

Es ist eine kleine Flasche Schnaps.

„Viel Glück. Und vergiß nicht, daß die Kleine . . ."

Sie haben fast nicht miteinander gesprochen.

Das Auto war in Wirklichkeit ein Lieferwagen. Karl Adler wartete mit dem Fuß auf dem Gashebel.

„Und wo ist der andere?" fragte Frank besorgt.

„Hinten."

Und wirklich sah er im Dunkel des Lieferwagens eine Zigarette glimmen. „Wohin?"

„Fahren Sie erst einmal durch die Stadt."

Der Wagen fuhr am Kino Lido vorüber. Einen Augenblick lang dachte Frank an Sissy, die unter der Lampe Blumen malt, bis ihr Vater heimkommt. Der Kerl, der hinten sitzt, gehört der untersten Schicht an. Frank hat es schon gestern bemerkt. Er hat breite Hände mit tiefen schwarzen Rillen in der Haut. Wenn sein Gesicht richtig gewaschen wäre, hätte es eine gewisse Ähnlichkeit mit dem Kromers. Er ist nicht ein bißchen aufgeregt. Obwohl er nicht weiß, was man vorhat, stellt er keine Frage.

Auch Karl Adler tut es nicht. Aber er hat eine unangenehme Art, vor sich hinzublicken. Er zeigt so Frank ein absichtlich gleichgültiges Profil mit einem verächtlichen oder jedenfalls überlegenen Ausdruck. „Und nun?"

„Links einbiegen."

Da kein Wagen ohne Ausweis der Besatzungsmacht fahren darf und sie nicht gerade großzügig damit ist, muß man annehmen, daß Adler für sie arbeitet. Viele spielen dieses Doppelspiel. Man hat einen erschossen, den man Tag für Tag mit höheren Offizieren zusammen gesehen hatte, und er war so bekannt, daß die Kinder auf dem Bürgersteig ausspuckten, wenn er vorbeiging. Jetzt sagen die Leute, er sei ein Held gewesen.

„Nach der nächsten Kreuzung wieder links einbiegen."

Frank raucht eine Zigarette und gibt auch dem Kerl hinten eine, der auf dem Ersatzreifen zu sitzen scheint. Adler hat erklärt, er rauche nicht. Nun, dann läßt er es eben bleiben.

„Wenn Sie einen Leitungsmast sehen, biegen Sie rechts ein und fahren dann die Anhöhe hinauf."

Das Dorf ist nicht mehr fern. Frank würde es mit geschlossenen Augen finden. Er würde gern sagen: Mein Dorf, wenn es irgendwo in der Welt etwas gäbe, was ihm gehörte. In diesem Dorf ist er aufgewachsen. Lotte, die ihn mit neunzehn Jahren bekam, hat ihn dort in Pflege gegeben.

Zuerst geht es ziemlich steil bergauf. Die Häuser sind in Wirklichkeit fast alle kleine Bauernhöfe. Dann wird die Straße breiter und bildet eine Art Platz mit runden Pflastersteinen, über die die Autos holpern. Die Kirche steht hinter dem Teich, der aber nur ein großer Sumpf ist. Daneben liegt der Friedhof, auf dem der Totengräber – ob es immer noch der alte Pruster ist? – auf Wasser stößt, bevor er einen Meter tief gegraben hat.

„Ich begrabe sie nicht. Ich ertränke sie!" sagt er.

Die Scheinwerfer beleuchten ein rötliches Haus, auf dem Giebel sind Engel in natürlicher Größe gemacht. Das ganze Dorf ist wie ein Spielzeug angemalt. Es gibt rosa, grüne, blaue und gelbe Häuser. Fast alle haben eine kleine Nische mit einer Porzellanmadonna darin, und einmal im Jahr gibt es ein Fest, wo an allen Statuen eine Kerze angezündet wird.

Frank ist nicht erregt. Als Kromer mit ihm von den Uhren gesprochen hat, hat er sich gesagt, daß ihm das nichts ausmachen würde.

Es ist sogar eine gute Gelegenheit. Er schuldet weder diesen Leuten noch sonst jemand etwas. Es ist ja so einfach, einem Kind Bonbons zu schenken und mit einer albern piepsenden Stimme mit ihm zu reden.

Bis zu seinem elften Lebensjahr hat er hier gelebt. Fast jeden Sonntag besuchte ihn seine Mutter. Jedenfalls im Sommer – er erinnert sich noch an ihre weißen Strohhüte. Es gab keine schönere Frau in der Welt. Seine Pflegemutter faltete bei jedem dieser Besuche ihre roten Hände über dem Bauch und blickte Lotte bewundernd an.

Lotte kam nicht immer allein. Vier- oder fünfmal begleitete sie ein Mann. Jedesmal ein anderer. Sie waren alle sehr zurückhaltend. Und sie blickte sie ängstlich an und sagte mit geheuchelter Heiterkeit: „Das ist mein Frank."

Aus irgendeinem Grund verdarb ihr das sicherlich jedesmal alles. Als sie Frank dann in die Stadt in ein Internat brachte, hatte er es schon begriffen und bat sie, ihn nicht mehr zu besuchen, obwohl sie immer mit vollen Händen gekommen war.

„Aber warum denn nicht?"

„Nur so."

„Haben dir deine Freunde etwas gesagt?"

„Nein."

Sie wollte aus ihm einen Arzt oder einen Rechtsanwalt machen. Das war ihre Marotte.

Zum Glück kam der Krieg, und die Schulen blieben mehrere Monate lang geschlossen. Als sie wieder geöffnet wurden, war er schon fünfzehn Jahre alt.

„Ich gehe nicht ins Internat zurück", hat er erklärt.

„Warum nicht, Frank?"

„Darum."

Er hat nie herausbekommen, ob er sie an jemanden erinnerte, aber als er noch ein kleiner Junge war, hat er bereits gemerkt, daß seine Mutter, wenn er ein bestimmtes Gesicht machte, nicht weiter in ihn drang, erschreckt schien und alles tat, was er wollte. Sein verschlossenes Gesicht, wie sie sagte.

Seitdem ist das Leben für alle Menschen so kompliziert geworden, daß Lotte sich nicht mehr um seine Ausbildung gekümmert hat. Man hat sich angewöhnt zu sagen: „Später, wenn alles vorüber ist."

Es geht immer noch weiter, und er ist inzwischen ein Mann geworden. Es ist noch nicht lange her, da hat er bei einem Streit, bei dem er der Ruhigere geblieben war, Lotte kalt mit zusammengekniffenen Augen ins Gesicht gesagt: „Du Hure."

Jetzt befiehlt er Adler ebenso ruhig: „Halt!"

Ein Stück vor dem Platz ist rechts eine Gasse, in der der Wagen nicht auffallen wird. Übrigens ist auch kein Mensch zu sehen. Nur in wenigen Fenstern schimmert Licht, denn die Dorfleute sind darauf bedacht, ihre Läden fest zu schließen. Auch die fünf Schulfenster sind dunkel, in denen er mit seinem Ball so manche Scheibe zerschmettert hat. „Kommen Sie", sagt er zu dem Mann, der hinten sitzt. Und der antwortet herzlich und grob: „Nenn mich Stan." Er schlägt mit der Hand auf seine leeren Taschen und fügt hinzu: „Dein Kumpan hat gesagt, ich brauchte nichts mitzubringen. Stimmt das?"

Frank hat seinen Revolver bei sich. Das genügt. Adler wird im Auto auf sie warten.

„Sicher?" fragt Frank und versucht, ihm in die Augen zu sehen.

Herablassend und wie angewidert antwortet Adler: „Dafür bin ich ja da."

Der Schnee knirscht stärker als in der Stadt. Hinter den Häusern sieht man Gärten, Tannen und Hecken, die mit Eiszapfen gespickt sind. Vilmos' Haus steht rechts am Platz, ein wenig im Hintergrund. Nirgends Lichtschein, aber die Zimmer, in denen man sich aufhält, liegen nach hinten.

„Laß mich nur machen."

„Gut."

„Möglicherweise muß man ihnen ein bißchen Angst einjagen."

„Ich weiß Bescheid."

„Vielleicht wird es auch nötig sein, etwas handgreiflich zu werden."

„Wird gemacht."

Frank ist seit Jahren nicht mehr hier gewesen, aber unwillkürlich folgt er seinen Fußstapfen von einst. Der

Uhrmacher Vilmos und seine Uhren und sein berühmter Garten sind vielleicht die lebendigsten Erinnerungen an seine Kindheit.

Noch bevor er die Tür erreicht, glaubt er den Geruch des Hauses wiederzuerkennen, eines Hauses, das immer ein Haus der alten Leute gewesen ist, denn der Uhrmacher Vilmos und seine Schwester sind ihm stets uralt erschienen.

Er zieht ein dunkles Tuch aus seiner Tasche, das er sich unter den Augen ums Gesicht bindet. Stan will protestieren.

„Bei dir ist das anders. Dich kennt man nicht. Aber wenn du willst . . .“

Er reicht ihm ein ähnliches Tuch. Denn er hat an alles gedacht. Er erinnert sich noch an Fräulein Vilmos' Plätzchen, Plätzchen, wie er sie sonst nirgends bekommen hat. Sie schmeckten fade, waren dick und mit Verzierungen aus rotem oder blauem Zucker darauf. Sie bewahrte sie in einer Dose auf, auf der die Abenteuer Robinson Crusoes in bunten Bildern dargestellt waren.

Sie nannte Frank immer „Engelchen . . .“

Vilmos muß jetzt mindestens achtzig sein. Seine Schwester siebzig. Es fällt Frank schwer, sich das vorzustellen, denn als Kind schätzt man das Alter der Leute anders ein. Für ihn sind Vilmos' immer alt gewesen, und Vilmos war auch der erste, bei dem er gesehen hat, daß man sich alle Zähne auf einmal aus dem Mund nehmen kann. Er trug nämlich ein Gebiß.

Es sind Geizhälse. Bruder und Schwester sind beide gleich geizig.

„Soll ich läuten?“ fragt Stan. Es macht ihn nervös, so mitten auf einem menschenleeren Platz im Mondschein zu stehen.

Frank läutet selber. Es überrascht ihn, daß die Schnur so niedrig hängt. Damals mußte er sich auf die Zehenspitzen stellen, wenn er sie erreichen wollte. Den Revolver hält er in der rechten Hand. Er stellt den Fuß so, daß er wie neulich bei Sissy verhindern kann, daß die Tür wieder zugeschlagen wird. Schritte kommen von fern wie in einer Kirche. Auch daran erinnert er sich noch. Der lange und breite Flur mit den dunklen Wänden und mit den geheimnisvollen Türen wie in einer Sakristei ist mit grauen Fliesen bedeckt, von denen immer einige lokker waren.

„Wer ist da?"

Es ist die Stimme von Fräulein Vilmos, die keine Angst kennt.

„Ich komme vom Pfarrer", antwortet er.

Er hört, wie die Kette abgenommen wird, schiebt den Fuß vor, hält den Revolver vor den Bauch und sagt zu Stan, der plötzlich ganz verlegen geworden ist: „Geh hinein."

Dann sagt er zu der alten Frau: „Wo ist Vilmos?"

Mein Gott, wie klein und schneeweiß sie ist! Sie schlägt die Hände zusammen und stammelt mit ihrer heiseren Stimme: „Aber, mein lieber Herr, Sie wissen doch, daß er schon vor einem Jahr gestorben ist."

„Geben Sie mir die Uhren."

Er erkennt den Flur wieder, die dunkelbraune Tapete aus imitiertem Leder, auf der die Goldstreifen noch sichtbar sind. Links befindet sich der Laden mit dem Arbeitstisch, über den sich Vilmos immer beugte, wobei er sich eine schwarz umrandete Lupe ins Auge klemmte.

„Wo sind die Uhren?" Nervös werdend, setzt er hinzu: „Die Sammlung . . ." Dann richtet er den Revolver auf sie. „Es ist besser für Sie, wenn Sie schnell machen."

Vielleicht wäre die Sache beinahe mißglückt. Er hat nicht vorausgesehen, daß Vilmos tot sein könnte. Mit ihm wäre es leicht gewesen. Der Uhrmacher war so ängstlich, daß er seine Uhren sofort herausgegeben hätte.

Die alte Hexe ist aus anderem Holz geschnitzt. Sie hat zwar den Revolver gesehen, aber man spürt, daß sie nach einem Ausweg sucht. Sie ist noch nicht entschlossen, sich zu ergeben. Sie wird bis zuletzt kämpfen.

Da sagt Stan, an den Frank gar nicht mehr gedacht hat, in schnarrendem Ton: „Vielleicht könnte man ihrem Gedächtnis auf die Sprünge helfen."

Er muß Übung darin haben. Kromer hat keinen Anfänger ausgesucht. Vielleicht hat er es absichtlich getan, weil er Frank nicht recht traute.

Die Alte drückt sich gegen die Wand. Eine gelbe

dünne Haarsträhne hängt ihr übers Gesicht. Sie breitet die Arme auseinander und legt die Hände flach auf die falsche Ledertapete.

Fast mechanisch wiederholt Frank: „Die Uhren ..."

Er hat nicht viel getrunken, und dennoch ist ihm zumute, als wäre er betrunken. Alles ist verworren und verschwimmt. Nur wenige Einzelheiten treten mit überstarker Deutlichkeit hervor: die gelblichgraue Haarsträhne, die flach auf die Wand gelegten Hände der alten Frau mit den dicken blauen Adern darauf.

Er, der sonst immer so ruhig ist, muß sich zu brüsk zu Stan umgedreht haben, und dabei ist ihm das Tuch vom Gesicht gerutscht. Bevor er es aufheben und wegblicken kann, hat sie ihn erkannt.

„Frank!" ruft sie. „Der kleine Frank!"

Mit harter Stimme wiederholt er: „Die Uhren ..."

„Ich weiß ja, daß du sie schließlich doch findest. Du hast immer erreicht, was du wolltest. Tu mir aber nichts. Ich will es dir ja sagen ... Mein Gott, Frank. Es ist der kleine Frank ..."

Obgleich sie sich jetzt sicherer fühlt, hat sie mehr Angst als zuvor. Sie hat ihre Starrheit verloren, und man spürt, daß ihr Gehirn wieder zu arbeiten beginnt. Sie schlurft durch den Flur zur Küche, wo er den Korbsessel sieht, auf dem eine dicke rotbraune Katze zusammengerollt auf dem roten Kissen liegt.

Sie scheint mit sich selbst zu sprechen, oder sie betet, während sie aufgeregt herumfuchtelt. Vielleicht will sie nur Zeit gewinnen. Bisweilen beobachtet sie verstohlen Stan und fragt sich wohl, ob sie ihn nicht eher rühren könnte.

„Was willst du denn damit anfangen? Wenn ich denke, wie mein armer Bruder sich freute, wenn er sie dir zeigte, sie dir nacheinander ans Ohr hielt und sie läuten ließ. Und daß ich immer Bonbons für dich hatte ... Sieh mal, die Dose steht noch auf dem Kamin, aber sie ist leer. Man bekommt keine Bonbons mehr. Man bekommt überhaupt nichts mehr. Es wäre das beste, man stürbe ..."

Sie weint. Auf ihre Art. Aber sie weint. Und das ist möglicherweise wieder eine List.

„Die Uhren!"

„Er hat sie, bei all dem, was passiert ist, immer wieder anderswo versteckt ... Ein ganzes Jahr ist er nun schon tot, und du hast es noch nicht gewußt! Man weiß ja überhaupt nichts mehr ... Wenn er hier wäre, bin ich sicher, daß ..."

Wessen ist sie sicher?

Es ist grotesk. Es ist Zeit, zum Schluß zu kommen. Adler wird gewiß schon ungeduldig und bringt es womöglich fertig, allein wegzufahren.

„Wo sind die Uhren?"

Sie stochert im Ofen, kehrt ihm dabei, wie er merkt, absichtlich den Rücken zu und ruft dann wütend: „Unter der Fliese."

„Unter welcher Fliese?"

„Du weißt es doch genau. Unter der mit dem Spalt, der dritten ..."

Stan ist in der Küche geblieben, um die Alte zu überwachen, während Frank ein Werkzeug sucht, um die Fliese im Flur abnehmen zu können. Sie hat Stan Kaffee angeboten. Frank hat gehört, wie sie zu ihm sagte: „Fast jeden Tag kam er zu uns, und ich hatte immer Plätzchen in der Dose da."

Dann hat sie leiser hinzugefügt, als ob sie nicht mit einem Mann spräche, dessen untere Gesichtshälfte von einem Tuch verdeckt ist: „Mein Gott, mein Herr, es ist doch nicht möglich, daß er ein Dieb geworden ist! Und bewaffnet ist er auch! Ist sein Revolver denn geladen?"

Frank hat die Uhren in ihren Schachteln, die in Leinwand eingewickelt waren, gefunden. Mit schneidender Stimme ruft er: „Stan!"

Sie können jetzt wieder gehen. Es ist alles erledigt. Blöde stammelt die Alte: „Glauben Sie nicht, daß er eine Tasse Kaffee annehmen wird?"

„Stan!"

Sie klammert sich an sie, folgt ihnen auf den Flur hinaus. „Gott, was man nicht alles erlebt! Und ich, die ..."

Sie brauchen nur noch aus dem Haus zu gehen und zu dem Lieferwagen, der knapp zweihundert Meter entfernt auf sie wartet. Auch wenn die alte Frau die Kraft hätte, so laut zu schreien, daß die Nachbarn aufmerksam würden, hätte das nichts zu bedeuten. Denn im Dorf hat niemand Benzin, und nachts geht das Telefon nicht.

Frank hat die Tür halb geöffnet und sieht den Platz im Mondschein liegen. Nichts regt sich. Er sagt zu seinem Begleiter: „Geh schon."

Der andere weiß, was das bedeutet. Die Alte hat Frank ohne Maske gesehen. Sie kennt ihn. Es gibt Fälle, in denen man auf den Schutz der Besatzungsmacht zählen kann. In anderen lassen sie einen einfach fallen, man weiß nicht, warum, und die Polizei macht sich das zunutze. Man lernt die Besatzungsmacht zwar mit jedem Tag besser kennen, aber trotzdem wird man aus ihrem Verhalten nicht recht klug. Im Grunde ist niemand sicher.

Stan geht einige Schritte mit dem Sack im Arm, der die Uhren enthält. Man hört das Knirschen des verharschten Schnees.

Die Tür hat sich hinter ihm geschlossen. Er hat bestimmt den dumpfen Knall gehört. Nun öffnet sich die Tür wieder. Er sieht ein gelbliches helles Viereck, das immer kleiner wird, bis es ganz verschwindet.

Schritte kommen auf ihn zu. Eine Hand greift im Dunkel nach dem Sack.

Als sie dicht vor dem Wagen sind, sagt Stan: „Eine alte Jungfer!"

Er bekommt keine Antwort. Im Auto reicht ihm Frank, ohne sich umzudrehen, sein Päckchen Zigaretten, zündet sich selber eine an und befiehlt: „In die Stadt."

Jetzt kommt ein unangenehmer Augenblick, aber Frank fühlt, daß er rasch vorüber sein wird. Erst im Auto hat es ihn gepackt. Bis dahin war er Herr seiner Nerven. Jetzt verliert er sie plötzlich. Aber die anderen merken es nicht. Es ist ein inneres Zittern, eine Art Krampf. Er muß sich zusammenreißen, damit seine Finger nicht zittern, und etwas wie eine Luftkugel möchte aus seiner Lunge. Er läßt die Glasscheibe herunter. Die eiskalte Luft, die seine Stirn berührt, tut ihm wohl. Er atmet sie gierig ein.

Allein der Anblick der Lichter, als sie sich der Stadt

nähern, wirkt beruhigend auf ihn. Er hat die Schnapsflasche, die Kromer ihm in die Tasche gesteckt hat, nicht angerührt.

Nun ist es schon fast vorüber. Es war eine physische Schwäche. Bei dem Unteroffizier hat er fast das gleiche empfunden, nur nicht so stark.

Er ist zufrieden. Er mußte das einmal durchmachen, und nun ist es geschafft. Die Sache mit dem Eunuchen zählte nicht. Es war sozusagen nur eine technische Angelegenheit.

Das Merkwürdige ist, daß er jetzt das Gefühl hat, eine Tat vollbracht zu haben, deren Notwendigkeit er schon seit langem geahnt hatte.

„Wo soll ich Sie absetzen?"

Ahnt Adler, was passiert ist? Er hat den Schuß nicht unbedingt hören müssen.

Er hat keine Frage gestellt. Er hat nur den Sack zurückgeschoben, der ihn beim Fahren störte und der zwischen ihren Füßen liegt.

„Bei Timo, aber nicht direkt davor."

Er überlegt und beschließt, nicht gleich zu Timo zu gehen. Es hat keinen Zweck, Kromer die Uhren auf einmal in die Hand zu drücken. Im Hinterhaus, wo die Mädchen wohnen, ist seine Beute sicher. Bevor sie in der Stadt sind, steckt er den Arm in den Sack und betastet die Schachteln. Einige davon erkennt er wieder. Er nimmt eine heraus und schiebt sie in seine Tasche.

Jetzt ist ihm wieder wohl. Er freut sich, Kromer zu treffen und etwas zu trinken.

Der Lieferwagen hält ganz kurz und fährt dann ohne ihn weiter. Er geht zum Hinterhaus und in das Zimmer eines der Mädchen hinein, das aber nicht da ist. Er wird sie jedoch bei Timo an der Theke finden.

Er läßt den Sack unter dem Bett verschwinden, nachdem er den Revolver, den zu reinigen er nicht die Zeit gehabt, in den Sack gesteckt hat.

Es ist fast ein feierlicher Augenblick. Der helle Raum, die vertrauten Gesichter, der Geruch von Wein und Alkohol. Timo, der hinter der Theke steht, winkt ihm zu.

Er geht langsam. In seinem Wintermantel wirkt er

klein und gedrungen. Seine Züge sind entspannt. In seinen Augen ist ein leises Funkeln. Kromer ist nicht allein. Er ist nie allein. Frank kennt die beiden Männer, die bei ihm sitzen. Er hat keine Lust, sich mit ihnen zu unterhalten. Er beugt sich zu Kromer hinunter.

„Kommst du einen Augenblick?"

Sie gehen nach hinten in den Waschraum, und stumm schiebt Frank Kromer die Schachtel in die Hand. Trotz der Dunkelheit im Wagen hat er sich nicht geirrt. Es ist die große blaue Schachtel, die eine Porzellanuhr mit einem Hirtenpaar enthält.

„Nur eine?"

„Ich habe etwa fünfzig davon. Aber du mußt vorher mit ihm reden. Man muß wissen, was man bekommt."

Hat das Spuren hinterlassen? Schon im Auto auf der Rückfahrt hat Adler es vermieden, ihn anzusehen, und nicht einmal haben sich ihre Schultern berührt.

Auch Kromer wirkt jetzt anders. Er ist verlegen, wagt keine Fragen zu stellen und blickt Frank nur hin und wieder verstohlen an. Wenn sie sonst ein Geschäft miteinander machten, war er der Chef und ließ es ihn deutlich fühlen.

Aber jetzt diskutiert er nicht. Er hat es eilig, in den Saal zurückzukommen, und sagt fügsam: „Ich werde versuchen, ihn morgen zu sprechen." Dann, als er sich eben hinsetzt: „Trinkst du etwas?"

Plötzlich fällt Frank ein, daß er vergessen hat, ihm die Schnapsflasche zurückzugeben, die er nicht angerührt hat. Er reicht sie ihm und sieht ihm dabei in die Augen.

Versteht Kromer?

Dann geht er nach Hause und legt sich zu Minna ins Bett. Er ist so leidenschaftlich, daß sie erschrickt.

Auch sie versteht. Sie verstehen alle.

5

Die Füße im Backofen, ungewaschen und unrasiert, hat er den ganzen Tag in der Küche verbracht und in einem Buch von Zola gelesen. Hat seine Mutter Verdacht geschöpft? Sonst treibt sie ihn schon gegen Mittag an, sich endlich zu waschen, denn in der Wohnung ist nur ein Badezimmer, und das wird am Nachmittag für die Kunden und die Mädchen gebraucht.

Aber diesmal hat sie nichts gesagt. Obwohl sie in der Nacht bestimmt den Lärm gehört hat, den Minna und er gemacht haben. Minna sieht mitgenommen und verängstigt aus. Sie steht die ganze Zeit entweder am Fenster, als wäre sie darauf gefaßt, jeden Augenblick die Polizei kommen zu sehen, oder blickt ihm in die Augen, enttäuscht, daß er sich nur wegen der Erkältung Gedanken macht, die er sich zugezogen zu haben glaubt. Er nimmt eine Aspirintablette nach der anderen, tut Tropfen in die Nase und vertieft sich mit mürrischer Miene wieder in seine Lektüre.

Sissy hat ihn gewiß erwartet. Mehrmals, besonders nachdem Holst gegangen war, hat Frank auf den Wecker gesehen, der auf dem Ofen steht. Er hat sich aber nicht vom Fleck gerührt. Wie immer hat es in der Wohnung ein Kommen und Gehen gegeben. Stimmen hinter den Türen und Geräusche, die ihm wohlbekannt sind. Kein einziges Mal jedoch hat ihn die Neugier gereizt, auf den Tisch zu klettern und durch das Guckfenster zu sehen. Minna ist splitternackt hereingekommen, hat sich mit einer Hand den Unterleib bedeckt und hat sich eine Kanne heißen Wassers geholt, aber es ist ihr nicht gelungen, seine Aufmerksamkeit auf sich zu lenken.

Als es draußen dunkel wurde, hat er sich schließlich angezogen. Er ist an Holsts Tür vorübergegangen. Er könnte schwören, daß sich die Tür bewegt hat, daß Sissy dahinter stand, bereit, ihm aufzumachen. Aber er hat seinen Weg ruhig fortgesetzt und seine Zigarette geraucht, die nach Menthol schmeckte.

Kromer kam erst nach sieben zu Leonhard. Er gab sich Mühe, seine Erregung zu verbergen.

„Ich habe den General gesprochen."

Frank zuckte nicht mit der Wimper.

Kromer hat eine große Summe genannt.

„Die Hälfte für mich, die Hälfte für dich, und ich übernehme die beiden Männer."

Kromer versucht schon wieder, vor ihm den bedeutenden und sehr beschäftigten Mann zu spielen.

„Ich will sechzig Prozent haben“, sagt Frank.

„Einverstanden.“

Der andere denkt, daß er ihn trotzdem übers Ohr hauen wird, da Frank den General nicht sieht und also auch nicht erfährt, was er gezahlt hat.

„Nein, lassen wir es doch bei fünfzig. Aber ich will einen grünen Ausweis haben.“

Kromer hat selber keinen. Frank hat das zweifellos nur gesagt, weil dieser Ausweis am schwersten zu beschaffen ist. Man kriegt ihn nie richtig zu sehen. Ein Mann wie Ressl hat bestimmt einen, hütet sich aber wohlweislich, ihn zu zeigen. Es gibt Ausweise für Autos, dann Ausweise, die einen dazu berechtigen, die ganze Nacht draußen zu sein, und schließlich jene, die dem Inhaber gestatten, bestimmte Gebiete zu betreten. Der grüne Ausweis mit Lichtbild und Fingerabdrücken, Unterschrift des Kommandanten und des Chefs der Politischen Polizei macht es allen Behörden zur Pflicht, den Inhaber ungehindert seinen Auftrag ausführen zu lassen. Mit anderen Worten, niemand hat mehr das Recht, einen zu durchsuchen. Wenn die Streifen einen grünen Ausweis zu sehen bekommen, stehen sie stramm und entschuldigen sich für alle Fälle, weil man nicht wissen kann . . .

Es ist merkwürdig, daß Frank vor seinem Zusammentreffen mit Kromer nie auf den Gedanken gekommen ist, sich diesen Ausweis zu beschaffen. Es ist ihm plötzlich eingefallen, als sie von den Prozenten sprachen und er sich überlegte, was er Außergewöhnliches fordern könnte. Und ebenso seltsam ist es, daß Kromer nach einem Augenblick der Verblüffung nicht in schallendes Lachen ausbricht und Einwände macht.

„Ich kann ja mal mit ihm deswegen sprechen.“

„Weißt du, es wird, wie dein General es will. Du kannst es tun oder lassen. Wenn er auf die Uhren Wert legt, muß er wissen, was er zu tun hat.“

Er wird seinen grünen Ausweis bekommen, daran zweifelt Frank nicht.

„Wie steht es mit der Kleinen?“

„Nichts Neues.“

„Hast du noch mal was mit ihr gehabt?“

„Nein."
„Überläßt du sie mir?"
„Vielleicht."
„Ist sie nicht zu mager? Ist sie auch sauber?"
Warum ist Frank jetzt so gut wie sicher, daß die Geschichte von dem in der Scheune erdrosselten Mädchen eine reine Erfindung ist? Es ist ihm aber gleichgültig. Er verachtet Kromer, und der Gedanke belustigt ihn, daß ein Mann wie Kromer sich abmühen wird, um ihm einen grünen Ausweis zu besorgen, den er für sich selbst nicht zu fordern wagen würde.
„Sag mal, dein Karl Adler, was ist das für einer?"
„Der Fahrer? Ich glaube, er ist Ingenieur beim Rundfunk."
„Was macht er?"
„Er arbeitet für die Besatzungsmacht, um Geheimsender ausfindig zu machen. Er ist zuverlässig."
„Denkst du!"
Kromer kommt immer wieder auf seine fixe Idee zurück.
„Warum bringst du sie nie mit?"
„Wen?"
„Die Kleine."
„Ich hab dir doch schon gesagt, sie wohnt bei ihrem Vater."
„Was hat denn das zu sagen?"
„Will mal sehen. Vielleicht läßt es sich einrichten."
Die Menschen müssen glauben, er sei hart. Sogar seine Mutter hat Angst davor. Dabei kann er plötzlich träumen wie jetzt, da er geradezu zärtlich einen grünen Fleck an der Wand betrachtet. Es ist nichts Besonderes. Es ist nur der Hintergrund einer Wandbemalung bei Leonhard. Er stellt eine Wiese dar; man sieht jeden Grashalm, und die Margeriten haben alle ihre Blütenblätter.
„Woran denkst du?"
„An nichts."
Diese Frage hat ihm schon seine Pflegemutter gestellt. Auch seine Mutter hat sie ihm immer wieder gestellt, wenn sie ihn sonntags besuchte.
„Woran denkst du, mein kleiner Frank?"
„An nichts."

Er antwortete verstimmt, weil er es nicht mochte, daß man ihn kleiner Frank nannte.

„Sag mal, wenn ich den grünen Ausweis für dich bekomme . . .“

„Du wirst ihn schon bekommen.“

„Gut, nehmen wir's einmal an. Man könnte dann interessante Dinger drehen.“

„Vielleicht.“

An diesem Abend ist ihm klar, daß seine Mutter Bescheid weiß. Er ist früh heimgekommen, denn er hat sich wirklich erkältet, und er fürchtet sich immer vor einer Krankheit. Sie hielten sich im ersten Zimmer auf, im sogenannten Salon. Die dicke Berta stopfte Strümpfe, Minna hatte eine Wärmflasche auf dem Bauch, und Lotte las die Zeitung.

Sie saßen alle stumm und reglos da, so stumm und reglos in dem schlafenden Haus, daß sie Wachsfiguren glichen und man überrascht war, daß sie den Mund auftaten.

„Ach, da bist du ja schon.“

In der Zeitung steht gewiß, was Fräulein Vilmos passiert ist. Man berichtet nicht so weitschweifig darüber wie früher, denn jetzt kommen solche Überfälle jeden Tag vor. Aber auch wenn es bloß drei Zeilen auf der letzten Seite wären, würde Lotte sie nie übersehen. Sie übersieht nie eine Meldung über Menschen, die sie gekannt hat.

Sie wird einen Teil der Wahrheit begriffen und den Rest erraten haben. Sogar der Lärm, den er in der letzten Nacht mit Minna gemacht hat, ist ihr sicherlich wieder eingefallen. Für sie, die die Männer so gut kennt, haben solche Einzelheiten eine ganz bestimmte Bedeutung.

„Hast du schon zu Abend gegessen?“

„Ja.“

„Willst du eine Tasse Kaffee?“

„Nein, danke.“

Sie fürchtet sich vor ihm und streicht ängstlich um ihn herum. Sonst hat sie diese Furcht nicht so deutlich gezeigt, aber im Grunde hat sie sich immer vor ihm gefürchtet.

„Du schnüffelst ja so."
„Ich habe mich erkältet."
„Trink doch einen Grog, und ich werde dir Schröpfgläser aufsetzen."
Den Grog will er gern haben, aber nicht die Schröpfgläser. Er verabscheut diese Glasglocken, die seine Mutter den Mädchen bei dem geringsten Husten auf den Rücken setzt und die runde rosa oder braune Flecken auf der Haut hinterlassen.
„Berta!"
„Ich geh schon", beeilt sich Minna zu sagen und verzieht vor Schmerzen das Gesicht, als sie aufsteht.
Es ist warm und ruhig. Franks Zigarettenrauch schwebt um die Lampe. Der Ofen bullert. Vier Öfen bullern in der Wohnung, während draußen wieder ein ganz feiner Schnee vom Himmel fällt.
„Willst du wirklich nichts essen? Wir haben Leberwurst da."
Im Grunde bedeuten diese Worte nichts. Sie dienen nur dazu, ihn zum Sprechen zu bringen. Er merkt, daß Lotte seine Stimme hören möchte, als ob sie feststellen wollte, ob sie sich verändert habe.
Der alten Vilmos wegen!
In einem tiefen granatroten Plüschsessel sitzend und die Beine zum Ofen ausgestreckt, raucht er seine Zigarette. Das Seltsamste ist, daß er bei seiner Mutter etwas wie ein Schuldgefühl spürt. Wenn sie seinen Schritt rechtzeitig gehört hätte, hätte sie vermutlich die Zeitung verschwinden lassen. Ist er absichtlich auf Zehenspitzen die Treppe hinaufgestiegen?
In Wirklichkeit dachte er gar nicht an Lotte, sondern an Sissy, weil er fürchtete, Holsts Tür könnte sich öffnen.
Um diese Zeit ist sie mit ihren Schalen allein. Geht sie schon zu Bett, ehe ihr Vater heimkommt? Bleibt sie ganz allein bis Mitternacht auf?
Er hat Angst davor gehabt, er gesteht es sich ein, die Tür sich öffnen zu sehen und dann gezwungen zu sein, einzutreten und sich mit ihr allein in der schlecht beleuchteten Küche zu befinden, wo vielleicht noch die Reste ihres Abendessens auf dem Tisch standen.

Abends muß sie das Bett aufklappen, und die Tür zu ihrem Zimmer bleibt gewiß offen, um Wärme hereinzulassen.

„Warum ziehst du ihm nicht die Schuhe aus? Berta!"

Berta wird sie ihm ausziehen. Sissy würde es auch tun. Sie würde nicht zögern, sich dabei hinzuknien.

„Du siehst müde aus."

„Das kommt von der Erkältung."

„Du solltest dich gründlich ausschlafen."

Er begreift, was sie meint. Es ist, als ob er automatisch aus einer fremden Sprache übersetzte. Lotte rät ihm, allein zu schlafen, sich heute nacht nicht mit einem Mädchen zu vergnügen. Aber es ist da etwas, das sie noch nicht weiß, das er selber nur ahnt: es verlangt ihn weder nach Minna noch Berta, ja nicht einmal nach Sissy.

Etwas später überwacht sie, wie sein Bett gemacht wird.

„Wird es dir warm genug sein?"

„Ja."

Er wird heute nacht nicht in diesem Bett schlafen. Er wäre in dieser Nacht imstande, in irgendein Bett zu schlüpfen, selbst in das einer alten Frau, nur um nicht allein zu sein.

Es ist kaum zu glauben. Minna, die noch gar keine Erfahrung hatte, als sie kam, und deren Schenkel auf der Innenseite noch bogenförmig geschwungen sind wie bei kleinen Mädchen, hat binnen drei Tagen alles gelernt. Sie streckt den Arm aus, damit er seinen Kopf darauf lege, sagt kein Wort und streichelt ihn sanft wie eine Amme.

Seine Mutter weiß Bescheid. Daran ist nicht mehr zu zweifeln. Darum ist die Zeitung auch heute früh schon verschwunden. Es ist da noch eine Einzelheit, die ihm auffällt, die sie aber bestimmt nicht zugeben würde. In dem Augenblick, da sie ihn küssen will, wie sie es jeden Morgen tut, ist sie unwillkürlich ein wenig zurückgewichen. Sie hat sich dann aber gleich selber darüber geärgert und ist plötzlich besonders liebevoll gewesen.

Er wird den grünen Ausweis bekommen, davon ist er überzeugt. Für andere würde das einen außerordentlichen Erfolg bedeuten, ein Ziel, das zu erreichen man kaum zu träumen wagt, denn es versetzt einen in die gleiche Lage wie im anderen Lager einen Chef des Widerstandes.

Er hätte auch Chef des Widerstandes sein können.

Im Anfang, als man noch mit Panzern und Geschützen kämpfte, hat er versucht, der Widerstandsgruppe beizutreten, aber man hat ihn in die Schule zurückgeschickt.

Lange ist er um einen Mieter aus dem fünften Stock herumgestrichen, einen Junggesellen in den Vierzigern mit einem dicken braunen Schnurrbart, der geheimnisvolle Allüren hatte und übrigens als erster erschossen worden ist.

Ob der Geigenspieler schon erschossen oder verschleppt worden ist? Ob man ihn foltert? Wahrscheinlich wird man nie etwas davon erfahren, und seine Mutter wird von Tag zu Tag vor Gram immer elender werden, wie so viele andere. Eine Zeitlang wird sie weiterhin Schlange stehen und bei den Dienststellen anklopfen, aber man wird sie überall fortschicken, und dann wird man sie schließlich nicht mehr sehen und nicht mehr an sie denken, und eines Tages wird der Hauswart einen Schlosser rufen.

Man wird sie in ihrem Zimmer finden, starr und kalt, und wird feststellen, daß der Tod schon vor acht bis zehn Tagen eingetreten ist.

Frank hat kein Mitleid. Mit niemandem. Auch nicht mit sich selbst. Er fordert kein Mitleid und will auch nicht bemitleidet werden, und es reizt ihn, daß Lotte ihn immer wieder ängstlich und rührselig zugleich anblickt.

Interessieren würde ihn nur, sich einmal lange mit Holst unter vier Augen zu unterhalten. Danach hat es ihn schon verlangt, als ihm das noch gar nicht bewußt war.

Warum gerade mit Holst? Er weiß es nicht. Er wird es vielleicht nie wissen. Er weigert sich zu denken, es könnte daher kommen, daß er selber nie seinen Vater gekannt hat. Sissy ist dumm. Heute morgen lag unter der Tür des Salons ein an Frank adressierter Brief, den Berta beim Aufräumen entdeckt hat. In dem Umschlag steckte ein Blatt Papier, auf dem mit Bleistift ein Fragezeichen gemalt war, und darunter stand: *Sissy.*

Weil er sich am Tag vorher nicht bei ihr hatte blicken lassen! Sie weint. Sie bildet sich ein, sie könne nicht mehr weiterleben. Nur dieser Aufdringlichkeit wegen beschließt er, sie nicht aufzusuchen und notfalls allein ins Kino zu gehen, bevor er sich mit Kromer trifft.

Aber sie ist viel beharrlicher, als er geglaubt hat. Er ist kaum im Treppenhaus – und er ist darauf bedacht gewesen, leise zu gehen –, da kommt sie in Mantel und Hut aus ihrer Wohnung, was darauf schließen läßt, daß sie hinter der Tür, vielleicht schon stundenlang, auf ihn gewartet hat.

Er kann nicht anders, er muß unten auf sie warten, wo Schneeflocken auf seinen Lippen zergehen.

„Willst du mich nicht mehr sehen?"

„Doch."

„Seit zwei Tagen weichst du mir aus."

„Ich weiche niemandem aus. Ich war sehr beschäftigt."

„Frank!"

Hat sie auch an die alte Vilmos gedacht? Ist sie intelligent genug, um ihn mit der Zeitungsmeldung in Verbindung zu bringen?

„Warum hast du kein Vertrauen zu mir?" fragt sie vorwurfsvoll.

„Ich habe Vertrauen."

„Du sagst mir nichts von dem, was du tust."

„Weil das Mädchen nichts angeht."

„Ich habe Angst, Frank."

„Wovor?"

„Angst um dich."

„Was brauchst du Angst um mich zu haben?"

„Verstehst du nicht?"

„Doch."

Es dämmert, und es fällt immer noch feiner Schnee. Es ist wie bei Sommergewittern: wenn es zu lange dauert, wartet man schließlich beklommen auf den erlösenden Schneefall, der den Himmel reinigt und einen dann wieder die Sonne sehen läßt, und sei es auch nur für ein paar Augenblicke.

„Komm."

Er faßt sie unter. Das haben Mädchen immer gern.

„Hat dein Vater dir nichts gesagt?"

„Weswegen?"

„Ahnt er nichts?"

„Wenn er etwas ahnte, wäre es furchtbar."

„Glaubst du wirklich?"

Franks Skepsis empört sie.

„Frank!"

„Er ist ein Mann wie alle anderen. Er wird sich wohl auch mal mit einer Frau eingelassen haben."

„Sei still."

„Ist deine Mutter tot?"

Sie zögert und wird verlegen.

„Nein."

„Sind sie geschieden?"

„Sie ist fortgegangen."

„Mit wem?"

„Mit einem Zahnarzt. Laß uns nicht mehr davon sprechen, Frank."

Sie haben die Gerberei hinter sich und kommen an das alte Bassin, das früher, bevor man den Staudamm baute, ein Hafen war. Jetzt ist fast kein Wasser mehr darin, und die alten Kähne, die man, Gott weiß warum, dort gelassen hat, verfaulen mehr und mehr, und einige sind umgekippt.

Dort, wo die beiden gehen, ist im Sommer eine Grasböschung, auf der die Kinder aus dem Viertel spielen.

„War er ein schöner Mann, der Zahnarzt?"

„Ich weiß es nicht. Ich war noch zu klein."

„Hat dein Vater versucht, sie zurückzuholen?"

„Ich weiß es nicht, Frank. Wir wollen nicht von Papa sprechen."

„Warum nicht?"

„Weil . . ."

„Was hat er früher getan?"

„Er schrieb Bücher und Artikel für Zeitschriften."

„Bücher über was?"

„Er war Kunsthistoriker."

„Ging er in die Museen?"

„Er kennt alle Museen der Welt."

„Und du?"

„Einige."
„In Paris?"
„Ja."
„In Rom?"
„Ja. Und in London, Berlin, Amsterdam, Bern . . ."
„Ihr steigt in den guten Hotels ab!"
„Ja, warum fragst du mich das?"
„Was macht ihr, wenn ihr zusammen seid?"
„Wo?"
„Bei euch. Wenn dein Vater nicht seine Straßenbahn fährt."
„Er liest."
„Und du?"
„Er liest mir vor und erklärt es mir."
„Was liest er vor?"
„Bücher aller Art. Vor allem Gedichte."
„Macht dir das Spaß?"
Sie möchte so gern, daß sie von etwas anderem sprächen. Sie spürt, daß er kühler wird, daß er sie verabscheut. Sie würde sich so gern enger an ihn schmiegen und mit ihren bloßen Fingern seine drücken, aber er tut so, als merkte er es gar nicht.
„Komm", sagt er schließlich.
„Wo willst du mich hinführen?"
„Ganz in die Nähe. Zu Timo. Du wirst schon sehen."
Es ist noch früh. Die Musik spielt noch nicht. Es sind bloß Stammgäste da, die mit Timo oder untereinander handeln. Nicht eine Frau. Und die Farben der Wände und Lampenschirme wirken greller als sonst. Man hat ein wenig das Gefühl, am hellen Tag während einer Probe in ein Theater einzudringen.
„Frank . . ."
„Setz dich."
„Es wäre mir lieber gewesen, wenn wir ins Kino gegangen wären."
Wohl weil es dort dunkel ist? Aber gerade nach Dunkelheit verlangt es ihn nicht, noch nach dem säuerlichen Geschmack ihres Speichels, und auch nicht danach, die Hand an ihrem Strumpfband entlanggleiten zu lassen.
„Leidet er darunter, daß ihn nie jemand besucht?"

Sie braucht einen Augenblick, bis sie begreift, daß immer noch von ihrem Vater die Rede ist.

„Nein. Warum sollte er darunter leiden?"

„Ich weiß es nicht. Seid ihr reich gewesen?"

„Ich glaube. Ich habe lange eine Hauslehrerin gehabt."

„Bringt der Beruf des Straßenbahnfahrers etwas ein?"

Sie sucht unter dem Tisch nach seiner Hand und sagt mit flehender Stimme: „Frank."

Ohne sich um sie zu kümmern, ruft er: „Timo, komm mal her. Wir möchten etwas Gutes essen. Zuerst eine Vorspeise. Dann Kotelett mit Pommes frites, und vor allem bring uns gleich eine Flasche Ungarwein. Du weißt schon, welchen."

Er beugt sich zu ihr hinunter und will weiter von ihrem Vater sprechen. Da klingelt das Telefon. Timo wischt sich die Hände an seiner weißen Schürze ab, geht an den Apparat und sieht dabei Frank an.

„Ja ... Ja ... Ich werde es schon auftreiben ... Nicht zu teuer, nein, aber billig wird es auch nicht gerade sein ... Wer? ... ich habe ihn heute noch nicht gesehen ... Aber dein Freund Frank ist hier."

Er bedeckt die Sprechkapsel mit der Hand und sagt zu Frank: „Es ist Kromer. Willst du mit ihm sprechen?"

Frank steht auf und ergreift den Hörer.

„Du bist es? Hat es geklappt? Gut ... Ja ... ich gebe sie dir heute abend ... Wo bist du im Augenblick? Zu Hause? ... Bist du angezogen? ... Ganz allein? ... Es wäre gut, du besuchtest gleich mal deinen Freund Timo ... Ich kann es dir nicht erklären ... Wie? ... Ja, so ungefähr ... Nein, heute nicht. Du wirst dich mit dem Ansehen begnügen müssen ... Von weitem ... Nein! Wenn du dich dumm benimmst, ist alles im Eimer."

Und als er sich wieder setzt, fragt Sissy: „Wer war es?"

„Ein Freund."

„Kommt er?"

„Nein."

„Ich glaubte, du hättest ihn darum gebeten."

„Nicht jetzt. Heute abend."

„Hör mal, Frank."

„Was ist denn nun schon wieder?"

„Ich möchte gehen."
„Warum?"
Man bringt ihnen auf einem silbernen Tablett dicke Koteletts und Pommes frites. Seit Monaten, ja wahrscheinlich seit Jahren hat sie gewiß keine Pommes frites gegessen. Und erst recht keine panierten Koteletts.
„Ich habe keinen Hunger."
„Schade."
Sie wagt nicht zu sagen, daß sie Angst hat, aber er spürt es.
„Was ist das hier?"
„Restaurant, eine Bar, ein Nachtlokal. Alles, was man will. Das Haus des lieben Gottes. Es heißt: Bei Timo."
„Kommst du oft hierher?"
„Jeden Tag."
Sie bemüht sich, das Fleisch zu essen, aber dann kann sie nicht mehr, legt die Gabel hin und seufzt, als wäre sie müde: „Ich liebe dich, Frank."
„Ist das so schlimm?"
„Warum sagst du das?"
„Weil du das mit einer tragischen Miene sagst, als ob es schlimm wäre."
Vor sich hinstarrend, sagt sie noch einmal: „Ich liebe dich."
Am liebsten würde er ihr antworten: Ich dich nicht.
Aber da kommt gerade Kromer in seinem Pelz herein. Er hat eine dicke Zigarre im Mund und spielt hier wie überall den bedeutenden Mann. Als ob er Frank nicht erkenne, geht er zur Theke und setzt sich mit einem Seufzer des Behagens auf einen der hohen Hocker.
„Wer ist das?" fragt Sissy.
„Was kann dich das schon interessieren?"
Warum fürchtet sie sich instinktiv vor Kromer? Er betrachtet die beiden, sie vor allem, durch den Rauch seiner Zigarre, und als sie den Kopf über ihren Teller senkt, zwinkert er Frank zu.
Unwillkürlich hat sie zu essen begonnen, vielleicht, um sich Haltung zu geben und um Kromers Blick nicht zu begegnen. Und sie ißt so tüchtig, daß sie nichts außer den Knochen übrigläßt. Sogar das Fett ißt sie. Dann wischt sie ihren Teller mit Brot ab.

„Wie alt ist dein Vater?"
„Fünfundvierzig. Warum?"
„Ich hätte ihn für sechzig gehalten."
Er merkt, daß sie den Tränen nahe ist und sie mühsam zurückdrängt. Er errät auch ihren Zorn, der gegen ein anderes Gefühl ankämpft, ihre Lust, ihn hier sitzenzulassen und aufrecht allein fortzugehen. Würde sie überhaupt den Ausgang finden?
Kromer, der sehr aufgeregt ist, blickt Frank immer vielsagender an.
Da nickt Frank.
Es ist abgemacht. Nun, es hilft nichts.
„Es gibt Mokkakuchen."
„Ich habe keinen Hunger mehr."
„Bring zwei Stück Kuchen, Timo."
Währenddessen fährt Holst seine Straßenbahn, schiebt eine dicke Laterne vor sich her, als trüge er sie auf dem Bauch. Die Laterne wirft einen gelben Lichtschein auf den Schnee, durch den die beiden schwarzen, glänzenden Linien der Schienen laufen. Seine kleine Blechdose liegt gewiß neben dem Fahrschalter. Vielleicht beißt er hin und wieder in sein Brot und kaut langsam. Seine Füße stecken in Filzstiefeln, die mit Bindfaden an den Waden festgebunden sind.
„Iß."

„Glaubst du wirklich, daß du mich liebst?"
„Du wagst mir diese Frage zu stellen?"
„Wenn ich dich bäte, mit mir fortzugehen, würdest du es tun?"
Sie blickt ihn fest an. Sie sind zu Hause bei ihr, wohin er sie gebracht hat. Sie hat den Mantel noch an und den Hut noch auf, und der Alte lauscht bestimmt schon hinter seinem Guckfenster. Er wird gleich herüberkommen. Es bleibt ihnen nicht mehr viel Zeit.
„Möchtest du fort, Frank?"
Er schüttelt den Kopf. „Und wenn ich dich bitten würde, mit mir zu schlafen?" fragt er dann. Er hat absichtlich einen Ausdruck gebraucht, der sie schockieren muß.
Sie sieht ihn immer noch fest an. Es ist, als wünschte

sie aus tiefstem Herzen, er sähe ihr tief in ihre hellen Augen.

„Willst du es?“ sagt sie.

„Heute nicht.“

„Wann du willst.“

„Warum liebst du mich?“

„Ich weiß es nicht.“

Es ist ein Zögern in ihrer Stimme, und ihr Blick verschwimmt. Was hätte sie fast geantwortet? Sie hatte schon andere Worte auf der Zunge.

Er möchte es erfahren, und dennoch wagt er nicht, weiter in sie zu dringen. Er täuscht sich vielleicht. Er möchte schwören – es ist töricht, denn dieser Gedanke läßt sich mit nichts begründen –, er möchte schwören, daß sie nahe daran war, ihm zu gestehen: Weil du unglücklich bist.

Es ist nicht wahr. Er erlaubt ihr nicht, erlaubt niemandem, so etwas von ihm zu denken. Warum kümmert sie sich überhaupt um ihn?

Der Nachbar kommt. Man hört ihn schon hinter der Tür atmen. Er zögert, anzuklopfen. Schließlich tut er es.

„Entschuldigen Sie, Fräulein Sissy, ich bin es wieder...“

Sie hat ein Lächeln nicht unterdrücken können. Frank ist fortgegangen, nachdem er guten Abend gemurmelt hatte. Er geht aber nicht nach Hause. Immer vier Stufen auf einmal nehmend, läuft er die Treppe hinunter und eilt zu Timo.

„Heute nacht?“ fragt Kromer, dem das Wasser im Munde zusammenläuft.

Frank blickt ihn hart an und sagt dann barsch: „Nein.“

„Was hast du plötzlich?“

„Nichts.“

„Bist du anderen Sinnes geworden?“

„Nein.“

Frank bestellt etwas zu trinken, aber er hat keinen Durst.

„Wann?“

„Jedenfalls vor Sonntag abend, weil von Montag an ihr Vater wieder Frühdienst hat und dann gegen Abend zu Hause ist.“

„Hast du mit ihr darüber gesprochen?“

„Sie braucht es nicht zu wissen.“

„Das begreife ich nicht.“ Kromer ist etwas beunruhigt. „Du willst . . .?“

„Nein. Ich habe eine Idee. Ich erkläre es dir, wenn es soweit ist.“

Seine Augen sind ganz klein. Er hat Kopfschmerzen. Seine Haut ist feucht, und er zuckt immer wieder nervös, als hätte er sich die Grippe geholt.

„Hast du den grünen Ausweis?“

„Du mußt ihn dir morgen vormittag mit mir bei der Dienststelle abholen.“

Gut. Die Sache mit den Uhren wird also klappen.

Was treibt ihn, kurz vor Mitternacht auf der Straße herumzustreichen, um Holst nach Hause kommen zu sehen?

Er schläft aber nicht bei Lotte, sondern nimmt mit der Couch bei Kromer vorlieb.

Zweiter Teil

1

Minna ist krank. Sie liegt auf dem Feldbett, in dem sonst Frank schläft, und man trägt das Bett immer wieder in ein anderes Zimmer, weil in der Wohnung kein Platz für einen Kranken ist. Man kann sie in ihrem Zustand auch nicht zu ihren Eltern zurückkehren lassen oder einen Arzt rufen.

„Das war wieder Otto", hat Lotte zu ihrem Sohn gesagt.

Sein richtiger Name ist Schonberg, und er heißt auch nicht Otto. Fast alle Kunden hier haben einen Decknamen, vor allem jene, die sehr bekannt sind wie Schonberg. Er ist bereits Großvater, Tausende von Familien hängen von ihm ab, und man grüßt ihn auf der Straße ängstlich.

„Er verspricht mir jedesmal, aufzupassen, aber das nächste Mal macht er es wieder."

Minna wird also mit ihrer roten Wärmflasche von einem Zimmer ins andere geschoben, und einen guten Teil der Zeit verbringt sie in der Küche. Sie schämt sich sichtlich, als wäre es ihre Schuld.

Die Geschichte mit dem grünen Ausweis hat viele Gänge erfordert. Im letzten Augenblick waren eine Menge Papiere notwendig und fünf Paßbilder statt der drei, die Frank mitgebracht hatte.

„Wieso heißen Sie Friedmaier wie Ihre Mutter? Sie müßten doch den Namen Ihres Vaters tragen."

Der rothaarige Beamte fand das verdächtig. Kromer mußte von dem Büro aus vor den Augen des Beamten den General anrufen.

Nach stundenlangem Warten hat Frank schließlich seinen Ausweis bekommen.

Er wirkt immer noch grippekrank, obwohl er kein Fieber hat. Lotte blickt ihn oft verstohlen an. Sie fragt sich, warum er plötzlich so nervös ist.

„Es wäre besser, du legtest dich einen oder zwei Tage ins Bett und ruhtest dich aus."

Er hat sich auch bemüht, für den Sonnabend, der bei Lotte der wichtigste Tag ist, einen Ersatz für Minna zu finden. Er weiß, wohin er sich wenden muß. Er kennt mehrere Mädchen, die dafür in Frage kommen.

Aber das alles braucht Zeit. Er ist unaufhörlich beschäftigt, und dennoch ist es, als wollten die beiden Tage kein Ende nehmen.

Draußen liegt immer noch der schmutzige Schnee, Schneehaufen mit schwarzen Spuren und voller Abfälle. Der weiße Puder, der ab und an wie Gips von einer Decke fällt, vermag diesen Schmutz nicht zuzudekken.

Frank ist noch einmal mit Sissy ins Kino gegangen. Zu dem Zeitpunkt war zwischen ihm und Kromer alles schon vereinbart und klar. Aber natürlich wußte Sissy nichts davon.

Am selben Tag hat seine Mutter ihn gefragt: „Gehst du am Sonntag aus?"

„Wahrscheinlich. Warum?"

Sie geht jeden Sonntag aus. Ins Kino und dann in eine Konditorei, in der ein Orchester spielt.

„Glaubst du, daß Berta ihre Eltern besuchen wird?"

Sonntag ist der Maniküresalon geschlossen. Berta wird bestimmt ihre Eltern besuchen, die auf dem Land wohnen und glauben, sie sei in einem bürgerlichen Haushalt tätig.

Nur Minna wird in der Wohnung bleiben, dagegen läßt sich nichts machen.

Im Kino – es war am Freitag – hat Sissy ihn, kaum daß sie Platz genommen hatten, mit der bittenden Miene eines kleinen Mädchens gefragt: „Darf ich das tun, was ich tun möchte?"

Sie hat ihren Stuhl ein wenig verrückt, hat Franks Arm weggeschoben, ihren Hut abgesetzt und den Kopf an seine Schulter geschmiegt.

Man hätte meinen können, sie schnurre wie eine Katze, so zufrieden hat sie geseufzt.

„Sitzt du nicht schlecht? Ist es dir nicht unbequem?"

Er hat nichts erwidert. Vielleicht hat sie die ganze

Zeit die Augen geschlossen gehalten, und diesmal hat er den Film gesehen.

Er hat sie an jenem Nachmittag nicht angerührt. Es war ihm peinlich, sie zu küssen. Plötzlich hat sie, als sie dicht vor dem Haus waren, ihre Lippen auf die seinen gepreßt, und beim Abschied hat sie ihm rasch zugeflüstert: „Danke, Frank."

Es ist zu spät. Es läßt sich alles nicht mehr aufhalten. Am Sonnabend ist die Militärpolizei in der Wohnung des Geigenspielers und seiner Mutter erschienen und hat sie durchsucht. Als sie kamen, war Frank gerade fortgegangen. Bei seiner Rückkehr spürte er schon vor dem Haus, daß dort etwas Ungewöhnliches vor sich ging, ohne sagen zu können, was. In der Haustür stand ein Zivilist neben dem Portier, der versuchte, ganz unbefangen zu sein.

Im ersten Stock stieß Frank auf mehrere uniformierte Männer, drei oder vier, die die Hausfrauen daran hinderten, in ihre Wohnungen hinaufzugehen, und zugleich andere Mieter, die das Haus verlassen wollten, zurückhielten.

Alle schwiegen. Es war unheimlich. Im Flur sah man noch mehr Uniformen. Die Tür zur Wohnung des Geigenspielers – ob sie ihn zu der Durchsuchung mitgebracht hatten? – stand offen, und man hörte Geräusche, als würden Schranktüren eingeschlagen, und hin und wieder vernahm man die flehende Stimme der alten Frau, die dem Weinen nahe war.

Frank hat seelenruhig seinen grünen Ausweis gezeigt, den er noch nicht benutzt hatte. Alle haben den Ausweis gesehen; alle wußten, was er bedeutet. Die Soldaten sind zurückgetreten, um ihn vorbeigehen zu lassen, und hinter ihm ist das Schweigen noch drückender geworden.

Er hat es absichtlich getan. Am Tag zuvor hatte er Minna einen Morgenrock mitgebracht. Er hat ihn nicht in einem Laden gekauft, denn in Läden gibt es schon seit langem keine Morgenröcke mehr aus wattierter Seide. Er hätte sich im übrigen auch gar nicht die Mühe gemacht, in ein Geschäft zu gehen, um ihn zu kaufen.

Er hat schon das ganze Geld in seinen Taschen gehabt, seinen Anteil für die Uhren, genügend große Scheine, um eine ganz gewöhnliche Familie zu ernähren, sogar zwei oder drei Familien, während Jahren. In einer Ecke bei Timo hat jemand Ware ausgestellt, wie so oft, und Frank hat den Morgenrock gekauft.

Es war fast, als hätte er ihn für Sissy gekauft, wenn das auch nicht ganz stimmte, da schon alles bis in die kleinsten Einzelheiten beschlossen war. Das läßt sich nicht erklären. Er wollte ihn natürlich Minna schenken, aber dennoch hatte er dabei an Sissy gedacht. Lotte war wütend. Sie sagte, das sähe so aus, als wolle man sich bei ihr für das, was ihr der elende Otto angetan hat, entschuldigen.

Es ist das erstemal, daß er etwas Persönliches für eine Frau gekauft hat, und ob das nun verrückt ist oder nicht, Sissy stand dabei im Hintergrund.

Das alles hat er in den Tagen getan, und er hat auch die Vertreterin für den Sonnabend aufgetrieben, die schon da ist und einen schlechten Charakter hat.

Was hat sich sonst noch ereignet?

Nichts. Er hat immer noch die Grippe in den Gliedern, die heftigen Kopfschmerzen, er fühlt sich krank, ohne daß man es eigentlich als Krankheit bezeichnen könnte. Der Himmel ist weiß wie ein Bettuch, weißer und reiner als der Schnee, und es fällt nur noch ein wenig eisiger Staub von ihm hernieder.

Er hat am Sonntag morgen versucht zu lesen, dann hat er das Gesicht an das bereifte Fenster gepreßt und so lange stumm und bewegungslos auf die Straße gestarrt, daß Lotte, die sich immer mehr über ihn beunruhigte, schließlich gemurmelt hat: „Du solltest lieber baden, solange das Wasser noch heiß ist. Berta will auch noch baden. Wenn sie es vor dir tut, bleibt dir nur noch lauwarmes Wasser."

Man wollte Minna für den ganzen Tag, da die Zimmer sonntags nicht gebraucht werden, in das Bett in dem kleinen Zimmer legen, und Lotte war überrascht, als ihr Sohn bestimmte: „Nein, sie wird in dem großen Zimmer liegen."

Lotte ahnte etwas. Sie weiß, daß er jemanden erwartet. Sie errät gewiß, daß es Sissy ist. Und gerade darum wollte sie das große Zimmer für ihn freihalten. Aber nun versteht sie das Ganze nicht mehr.

„Wie du willst. Wirst du zu Hause bleiben?"

„Ich weiß es noch nicht. Jedenfalls wäre es mir lieber, wenn du nicht zu früh zurückkämst."

Minna ist ihm kindisch dankbar für den Morgenrock, den sie durchaus den ganzen Tag im Bett anbehalten will. Sie glaubt, das Geschenk sei eine Aufmerksamkeit seinerseits. Nur deswegen wirft er, bevor er sein Bad nimmt, Berta, die wie jeden Morgen unter ihrem Morgenrock nackt ist, auf das Bett und vergnügt sich mit ihr.

Es dauert nur drei Minuten. Es ist, als ob er sich rächen wolle. Er berührt ihre Wange nicht mit seiner Wange, und als es vorbei ist, verschwindet er stumm.

Während der ganzen Zeit weht ein köstlicher Küchenduft durch alle Zimmer. Alle sind jetzt gewaschen und angezogen, und man ißt. Lotte ist fast so angezogen wie damals, als sie ihn auf dem Land besuchte, und wirkt kaum älter. Er ahnt, daß sie ihren Maniküresalon nur seinetwegen aufgezogen und ebenso seinetwegen darauf verzichtet hat, sich selbst mit den Kunden einzulassen.

Aber sie brauchte sich wirklich nicht vor ihm zu genieren.

Berta, die zwei verschiedene Straßenbahnlinien nehmen muß, geht als erste. Dann pudert sich Lotte und betrachtet sich im Spiegel. Sie ist immer noch unruhig und kann sich ohne Grund nicht recht entschließen zu gehen.

„Ich glaube, ich werde in der Stadt zu Abend essen."

„Das wäre mir lieber."

Sie gibt ihm einen Kuß auf beide Wangen und noch einen auf die linke, was ihm zuwider ist, denn es erinnert ihn an seine Pflegemutter. Bei gewissen Leuten ist das eine Angewohnheit. Unwillkürlich zählt er halblaut: „. . . zwei . . . drei . . ."

Nun ist auch sie fort und wartet ebenfalls an der Ecke auf die Straßenbahn. Er weiß, daß Minna nicht gern den ganzen Tag in dem Zimmer liegt, wo Lotte nachts schläft, und daß es ihr nicht gelingt, sich für den Roman von Zola zu interessieren, den er ihr geliehen hat.

Ohne allzusehr daran zu glauben, erwartet sie, daß er

zu ihr kommt und sich mit ihr unterhalten will. Auch sie hat ihn durchs Fenster mit Sissy gesehen und hat gehört, wie er an Holsts Tür klopfte.

Sie würde es sich nicht erlauben, eifersüchtig zu sein, jedenfalls nicht, es zu zeigen. Sie weiß, daß sie nicht unberührt war, daß sie freiwillig zu Lotte gekommen ist und daß sie nichts zu erhoffen hat.

Nach einer Stunde versucht sie es dennoch mit einer kleinen List. Sie atmet zunächst sehr stark, dann jammert sie und läßt das Buch auf den Bettvorleger fallen.

„Was hast du?" fragt er, nachdem er an ihr Bett gekommen ist.

„Ich habe Schmerzen."

Er nimmt die Wärmflasche, füllt sie in der Küche mit heißem Wasser und legt sie ihr wieder auf den Bauch. Um ihr deutlich zu zeigen, daß er nicht in der Stimmung ist, sich mit ihr zu unterhalten, legt er das Buch auf die Bettdecke zurück.

Sie wagt nicht, ihn wieder hereinzurufen. Sie hört auch nicht, daß er sich bewegt, und überlegt, was er macht. Er liest nicht, denn alle Türen stehen offen, und so würde sie ihn die Seiten umblättern hören. Er trinkt nicht. Er schläft nicht. Er geht nur hin und wieder ans Fenster und bleibt dort eine lange Weile stehen.

Sie hat Angst um ihn, ahnt aber nicht, daß sie ihn gerade dadurch noch störrischer macht. Er ist alt genug, um zu wissen, was er tut. Er tut, was er will, und er tut es kaltblütig. Er tritt an diesem Nachmittag sogar ein paarmal vor den Spiegel und betrachtet sich verstohlen darin, um sich zu vergewissern, daß sein Gesicht vollkommen ruhig ist.

Hat er nicht in der Sackgasse Holsts Aufmerksamkeit auf sich gezogen, obwohl das nicht nötig war und er ohne das keinen Zeugen bei seiner Tat gehabt hätte?

Und hat er etwa bei der alten Vilmos versucht zu mogeln?

Er will von niemandem bemitleidet werden. Er will von nichts wissen, was nach Mitleid aussehen könnte. Er darf nie so feige werden, daß er sich selbst bemitleidet.

Sie werden das nie verstehen, weder Lotte noch

Minna, noch Sissy. Für Sissy wird es sowieso bald nichts mehr bedeuten.

Woran mag sie die ganze Zeit im Kino gedacht haben, als sie ihren Kopf an seine Schulter lehnte? Hin und wieder hob sie den Kopf ein wenig und fragte: „Bin ich dir nicht zu schwer?“

Sein Arm war steif geworden, aber er hätte es um keinen Preis eingestanden.

Auch Kromer wird ihn nicht mehr verstehen. Er versteht ihn schon jetzt kaum. Im Grunde ist er ängstlich, obwohl er es nicht zugeben will. Er hat Angst vor allem und jedem. Franks Verhalten bringt ihn in Verwirrung. Kaum hatte er seinen grünen Ausweis in der Tasche und sie hatten die Dienststelle der Militärpolizei verlassen, da hat Kromer ihn gefragt: „Was willst du eigentlich damit?“

Frank hat es Spaß gemacht, ihm zu antworten: „Nichts.“

Aber Kromer glaubt das nicht. Er versucht, Franks Absichten und Pläne zu erraten. Auch in bezug auf Sissy fühlt er sich ziemlich unsicher.

„Hast du sie wirklich nicht angerührt?“

„Nur soviel, um zu wissen, daß sie noch Jungfrau ist.“

„Gefällt dir das nicht?“ Und Kromer hat mit einem Zwinkern hinzugefügt: „Du bist eben noch zu jung.“

Kromer war dabei aber so wenig wohl zumute, daß Frank sich an diesem Nachmittag immer wieder fragt, ob er überhaupt kommen wird. Kromer hat Feuer gefangen. Er wird die ganze Nacht an Sissy gedacht und sich in seinem Bett herumgewälzt haben. Er ist aber der Mann, der im letzten Augenblick von Angst gepackt werden kann und dann lieber zu Leonhard oder in eine andere Kneipe geht und sich betrinkt, statt zu der Verabredung zu erscheinen.

„Warum hast du ihr nicht die Wahrheit gesagt?“

„Weil sie dann nicht mitgemacht hätte.“

„Glaubst du, daß sie in dich verliebt ist? Das willst du doch wohl damit sagen.“

„Vielleicht.“

„Und wenn sie es merkt?“

„Dann wird es vermutlich schon zu spät sein.“

Im Grunde haben sie alle etwas Angst vor ihm, weil er vor nichts mehr zurückschreckt.

„Und wenn ihr Vater plötzlich erscheint?"

„Er kann seine Straßenbahn nicht im Stich lassen."

Auch am Sonntag fahren Straßenbahnen.

„Und wenn Nachbarn ..."

Frank erzählt ihm lieber nicht von Herrn Wimmer, der Bescheid weiß und tatsächlich auf den Gedanken kommen könnte einzugreifen.

„Sonntags gehen die Nachbarn aus", hat er selbstsicher geantwortet. „Und notfalls würde sie mein Ausweis zum Schweigen bringen."

Im allgemeinen trifft das auch zu. Es haben sich jedoch schon Dummköpfe viel geringerer Sachen wegen einsperren lassen, zum Beispiel des Vergnügens wegen, vor Kameraden vorübergehende Soldaten zu beschimpfen. Fast immer waren das Leute in der Art von Herrn Wimmer.

Wimmer hat zu Holst noch nichts gesagt. Vielleicht, weil er ihn nicht beunruhigen will und glaubt, er sei selber schlau genug, um auf Sissy aufpassen zu können. Oder er ist davon überzeugt, daß Sissy brav genug ist, um keine Dummheiten zu machen? So sind eben alte Leute, auch jene, die schon vor der Ehe ein Kind gezeugt haben. Später vergessen sie das.

Minna fängt wieder an zu stöhnen. Es ist inzwischen dunkel geworden. Er geht zu ihr, knipst ihr die Lampe an, zieht die Vorhänge zu und füllt noch einmal die Wärmeflasche.

Es wäre ihm lieber, wenn sie nicht in der Wohnung wäre und er keinen Zeugen hätte. Aber ist es nicht eigentlich besser, daß es jemand weiß, und zwar jemand, der nichts verraten wird?

„Wird sie kommen?"

Er antwortet nicht. Er hat das Hinterzimmer ausersehen, weil es eine Tür hat, die unmittelbar ins Treppenhaus geht, und weil man es auch von der Küche erreichen kann.

„Wird sie kommen, Frank?"

Das ist eine Geschmacklosigkeit. Vor seiner Mutter nennt sie ihn: Herr Frank. Es ärgert ihn, daß sie sich vertraulicher benimmt, wenn sie allein sind. Nervös antwortet er: „Das geht dich gar nichts an."

Sie scheint ihn um Verzeihung bitten zu wollen, aber gleich darauf kann sie nicht umhin zu fragen: „Ist es das erstemal?"

Nein, das geht denn doch zu weit. Bitte, keine Rührung. Er verabscheut dieses Mitleid der Huren für junge Mädchen, die das noch nicht durchgemacht haben. Womöglich empfiehlt sie ihm auch noch, Sissy nicht weh zu tun.

Zum Glück hat Kromer geschellt. Er ist also doch gekommen, sogar zehn Minuten zu früh, und das ist Frank unangenehm, denn er hat keine Lust, sich zu unterhalten. Kromer kommt gerade aus der Badewanne. Seine zu rosige und straffe Haut riecht nach Hure.

„Bist du allein?"

„Nein."

„Ist deine Mutter da?"

„Nein." Und absichtlich laut fügt Frank hinzu: „Nebenan liegt ein Mädchen, das ein Kerl am Unterleib verletzt hat."

Beinahe würde Kromer den Rückzug antreten, aber Frank hat wohlweislich die Tür hinter ihm abgeschlossen.

„Komm rein. Nur keine Angst. Leg deinen Pelz ab."

Mit Verachtung stellt er fest, daß Kromer nicht seine gewohnte Zigarre raucht, sondern Tabak kaut.

„Was willst du trinken?"

Er möchte nichts trinken, weil er fürchtet, dann nicht fit genug zu sein.

„Komm in die Küche. Dort wirst du warten. Bei uns ist die Küche das Allerheiligste."

Frank grinst wie jemand, der getrunken hat, obwohl der Schnaps, mit dem er mit Kromer anstößt, sein erster an diesem Tag ist. Zum Glück ahnt sein Freund davon nichts, er hätte sonst noch viel mehr Angst.

„Es wird alles ablaufen, wie ich es dir gesagt habe."

„Und wenn sie Licht macht?"

„Hast du schon mal erlebt, daß ein Mädchen dabei Licht macht?"

„Und wenn sie mich anspricht und ich nicht antworte?“

„Die wird kein Wort sagen.“

Selbst diese zehn Minuten verstreichen langsam. Frank verfolgt sie auf dem Zifferblatt des Weckers auf dem Ofen.

„Präg dir den Weg genau ein, damit du ihn in der Dunkelheit findest. Komm mit. Hier steht das Bett. Hinter der Tür mußt du also scharf rechts gehen.“

„Ja.“

Kromer muß noch einen heben, sonst macht er schlapp. Er darf aber um keinen Preis schlappmachen, denn Frank hat das Ganze bis in jede Einzelheit inszeniert.

Es läßt sich nicht erklären, und es hat keinen Zweck, zu versuchen, es jemandem begreiflich zu machen: es muß sein. Danach wird er wieder seine Ruhe finden.

„Du weißt also Bescheid?“

„Ja.“

„Gleich hinter der Tür scharf rechts.“

„Ja.“

„Ich mache das Licht aus.“

„Aber du, wo bleibst du?“

„Hier.“

„Schwörst du mir, daß du nicht weggehen wirst?“

Noch vor zehn Tagen hatte er Kromer als den älteren und stärkeren angesehen, kurz, als einen Mann, während er sich selbst noch für ein Kind hielt.

„Was machst du soviel Theater?“ sagt er höhnisch, um den anderen in seiner Absicht zu bestärken.

„Es geht dabei nur um dich, mein Lieber. Ich kenne das Haus nicht. Ich will nur vermeiden . . .“

„Pst, sei still.“

Sie ist wie eine Maus hereingehuscht. In diesem Augenblick war Frank so hellhörig, daß er vernahm, wie Minna leise aufstand und barfuß in ihrem schönen Morgenrock zur Tür schlich und horchte. Minna hat also in ihrem Bett gehört, wie sich die Tür bei Holst öffnete und wieder schloß. Sie ist zweifellos deshalb zur Tür gegangen, weil sie dann keine Schritte im Treppenhaus hörte wie gewöhnlich.

Wer weiß? Alles ist möglich. Minna hat vielleicht eine andere Tür gesehen, die nicht ganz geschlossen war, die Tür des alten Wimmer. Frank ist davon überzeugt, daß der alte Wimmer auf der Lauer liegt.

Aber das weiß Minna nicht. Bei schärferem Nachdenken wird es Frank zur Gewißheit, daß sie es nicht weiß, denn sie hätte viel zuviel Angst um ihn und würde ihn sofort warnen.

Sissy ist durch den Flur gekommen, und ihre Füße haben dabei kaum den holprigen Fußboden berührt. Sie hat ganz leise angeklopft.

Frank hatte das Licht schon ausgemacht. Wenn sie laut gesprochen hätten, hätte Kromer sie in der Küche hören können.

Sie hat nur gesagt: „Da bin ich." Und dann ist sie ihm in die Arme gesunken. „Du hast mich darum gebeten, Frank."

„Ja."

Er hat die Tür hinter ihr abgeschlossen, aber die Küchentür, die sie im Dunkeln nicht sehen konnte, ist offengeblieben.

„Willst du es immer noch?"

Sie konnten nichts sehen, nur einen schwachen Widerschein der Gaslaterne zwischen den Vorhängen.

„Ich will es."

Er brauchte sie nicht auszuziehen. Er fing nur damit an, dann tat sie es allein weiter, ohne ein Wort zu sagen, dicht neben dem Bett.

Vielleicht verabscheut sie ihn und kann doch nicht umhin, ihn zu lieben. Er weiß es nicht und will es auch nicht wissen. Kromer hörte sie. Frank sagt, und die Worte, die er nur mühsam herausbringt, kommen ihm selbst töricht vor: „Morgen wäre es zu spät gewesen. Dein Vater hat dann wieder Frühdienst."

Sie muß fast nackt sein, sie ist nackt. Er spürt Kleid und Wäsche unter seinen Füßen. Sie wartet. Das Schwierigste bleibt noch zu tun: sie auf das Bett legen.

Sie tastet in der Dunkelheit nach seiner Hand. Sie flüstert, und es ist das erstemal, daß sie seinen Namen in diesem Ton ausspricht: „Frank."

Ein Glück nur, daß Kromer hinter der Tür ist.

Sehr schnell und leise antwortet er: „Ich komme gleich ..."

Er hat Kromer im Vorbeigehen auf die Schulter getippt und hat ihn fast in das Zimmer stoßen müssen. Dann hat er sofort mit einer Hast, die er sich selber kaum erklären kann, die Tür zugemacht. Unbeweglich bleibt er stehen.

Es gibt keine Stadt mehr, keine Lotte, keine Minna, niemanden mehr, auch keine Straßenbahn mehr, kein Kino und keine Welt. Es gibt nichts mehr außer einer Leere, die aufsteigt, außer einer Beklemmung, die ihm den Schweiß aus allen Poren treibt und ihn zwingt, die Hand auf die linke Brustseite zu legen.

Jemand berührt ihn, und er ist nahe daran, laut aufzuschreien. Nur mit aller Kraft unterdrückt er den Schrei. Er weiß, es ist Minna, Minna, die die Tür des großen Zimmers, aus dem etwas Licht hereinfällt, offengelassen hat.

Ob sie ihn sehen kann? Ob sie ihn gesehen hat, als sie hereinkam, bevor sie ihn wie einen Schlafwandler durch eine Berührung weckte?

Er schweigt. Er grollt ihr, weil sie nicht irgendeine dieser blöden Bemerkungen gemacht hat, wie sie solchen Mädchen so leicht von den Lippen kommen.

Sie bleibt neben ihm stehen, so steif und so bleich wie er, in dem schwachen Lichtschein, in dem die Gesichtszüge nicht zu erkennen sind, und erst viel später merkt er, daß sie ihre Hand auf sein Handgelenk gelegt hat.

Es ist, als wolle sie ihm den Puls fühlen. Wirkt er krank? Er erlaubt ihr nicht, ihn als einen Kranken zu betrachten, ihn weiter anzusehen. Er erlaubt ihr nicht zu sehen, was niemand sehen darf.

„Frank!"

Man hat seinen Namen gerufen. Sissy hat gerufen. Sissy hat seinen Namen gerufen. Es ist Sissy, die barfuß durchs Zimmer läuft und an der Tür zum Flur rüttelt. Sissy, die um Hilfe ruft oder zu flüchten versucht.

Vielleicht weil die andere, die er nicht liebt, die er verachtet, die nur eine Hure ist, weniger als ein Nichts – vielleicht weil Minna weiter sein Handgelenk festhält, rührt er sich nicht. Im Zimmer ist jetzt ein Lärm wie an dem Tag, als die Militärpolizei die Wohnung des Geigenspielers durchsuchte. Sie laufen barfuß hin und her, verfolgen sich, ringen miteinander, man hört Kromers Stimme. Er bemüht sich, den Kopf nicht zu verlieren.

„Ziehen Sie wenigstens etwas über. Ich schwöre Ihnen, ich rühre Sie nicht mehr an . . .“

„Den Schlüssel . . .“

Erst später wird ihm das wieder einfallen. Jetzt denkt er nicht und rührt sich nicht. Er geht bis zum Äußersten. Er hat sich geschworen, bis zum Äußersten zu gehen.

Kromer war immerhin geistesgegenwärtig genug, sich des Schlüssels zu bemächtigen. Bei ihnen brennt jetzt Licht. Man sieht unter der Tür einen hellen rosigen Streifen. Hat Sissy Licht gemacht? Hat sie zufällig die kleine elektrische Birne entdeckt, die über dem Bett hängt?

Was tun sie? Sie kämpfen miteinander. Es hört sich wie eine Schlacht an, mit dumpfen, unerklärlichen Geräuschen. Wie eine abgenutzte Schallplatte wiederholt Kromer: „Nicht ehe Sie etwas übergezogen haben . . .“

Sie spricht nicht mehr von Frank. Sie hat seinen Namen nur einmal ausgesprochen, hat ihn aus Leibeskräften gerufen.

Wenn Nachbarn zu Hause sind, müssen sie es hören. Minna denkt daran. Frank rührt sich noch immer nicht vom Fleck. Nur eine Frage möchte er um jeden Preis stellen, auf Knien, wenn es sein muß, so wichtig ist sie plötzlich für ihn geworden.

Ob Kromer . . .? Etwas in ihm zerbricht.

Sissy ist fort. Die Tür ist laut ins Schloß gefallen. Man hat Schritte im Flur gehört. Minna hat sein Handgelenk losgelassen und ist ins Zimmer gestürzt, denn sie denkt an alles, sogar daran, die Tür zum Treppenhaus einen Spalt breit zu öffnen. Kromer erscheint nicht sofort. So wie Frank ihn kennt, wird er darauf bedacht sein, sich erst wieder richtig anzuziehen. Schließlich stößt er die Tür auf.

„Na, mein Lieber, da hast du mir ja was Schönes eingebrockt.“

Frank rührt sich nicht.

„Was hast du?"
„Nichts."
„Wenn du mir gesagt hättest, daß sich ein Lichtschalter am Kopfende des Bettes befindet, wäre das nicht passiert."
Frank rührt sich immer noch nicht.
„Ich habe mich gehütet, ihr zu antworten. Ich spürte, daß sie im Dunkeln nach etwas tastete, aber ich dachte nicht, daß sie Licht machen würde."
Frank hat sich die Frage nicht gestellt. Seine Augen sind ganz klein, sein Blick so hart, daß Kromer Angst bekommt und sich einen Augenblick fragt, ob er nicht in eine Falle gegangen ist.
Aber das kann ja gar nicht sein.
„Jedenfalls kannst du dich rühmen . . ."
Minna kommt zurück und macht Licht. Ein grelles weißes Licht fällt den beiden Männern in die Augen, und sie können nur noch blinzeln.
„Sie ist wie eine Verrückte runtergelaufen und hat gar nicht versucht, in ihre Wohnung zu gehen. Ein Nachbar, Herr Wimmer, wollte sie im Vorbeigehen festhalten. Ich wette, sie hat ihn nicht einmal gesehen."
Es ist also geschehen.
Kromer kann gehen. Aber ihm ist weich in den Knien. Er denkt nicht daran zu gehen. Er ist wütend.
„Wann sehe ich dich?"
„Ich weiß nicht."
„Kommst du heute abend zu Timo?"
„Vielleicht."
Sie ist fortgelaufen, und Wimmer hat versucht, sie festzuhalten. Sie ist die Treppe hinuntergerast.
„Sag mal, kleiner Frank, ich glaube, du . . ."
Zum Glück hält Kromer inne. Frank ist für niemand mehr der kleine Frank. Er ist es nie gewesen. Sie haben sich alles nur eingebildet, alles, was sie wollten, eingebildet.
Jetzt ist er ein Mann geworden und hat dafür bezahlt.
Mit dem abwesenden Blick jemandes, der nicht zugehört hat, fragt er: „Was?"
„Was meinst du?"
„Nichts. Ich frage dich: was?"

„Und ich habe dich gefragt, ob ich dich heute abend bei Timo sehe?"

„Und ich antworte: was?"

Er hält es nicht mehr aus. Der Schmerz auf seiner linken Brustseite wird unerträglich, als ob er sterben müßte.

„Also, mein Lieber . . ."

„Ja, geh."

Schnell sich hinsetzen, sich hinlegen. Der andere soll gehen. Er soll Timo und seinen Freunden erzählen, was er will.

Frank hat getan, was er wollte. Er ist über den Berg. Er hat die andere Seite gesehen. Er hat nicht gesehen, was er erwartet hatte. Aber darauf kommt es gar nicht an.

Kromer soll gehen. Zum Teufel, er soll gehen!

„Worauf wartest du noch?"

„Aber . . ."

Minna, die in das kleine Zimmer gegangen ist, die sich das nie hätte erlauben dürfen, die all das nicht begreifen kann, kommt mit einem schwarzen Strumpf in jeder Hand zurück.

Sissy ist ohne Strümpfe in ihren Schuhen davongerannt. Kromer begreift auch nichts. Wenn die beiden da stehenbleiben, wird er verrückt, wird er sich auf den Boden werfen und in irgend etwas hineinbeißen.

„Hau ab. In Gottes Namen, hau ab."

Merkt denn niemand, daß er jetzt auf der anderen Seite steht und mit ihnen nichts mehr gemeinsam hat?

2

Im Garten von Frau Porse, seiner Pflegemutter, stand ein einziger Baum, eine große Linde. Eines Tages, als es schon zu dämmern begann und der tiefhängende Himmel alles zu erdrücken und allmählich zu verschlingen schien, hatte der Hund angeschlagen, und man hatte in der Linde eine fremde Katze entdeckt.

Es war Winter. Die Regentonne unter der Wasserrinne war zugefroren. Hinter dem Haus sah man, wie im Dorf eine Lampe nach der anderen anging.

Die Katze saß auf dem untersten Ast, etwa vier bis fünf Meter über dem Boden, und starrte hinab. Sie war schwarzweiß und gehörte niemandem im Dorf. Frau Porse kannte alle Katzen.

Als der Hund bellte, hatte man gerade die Wanne mit warmem Wasser gefüllt, um Frank zu baden. In Wirklichkeit war es keine Wanne, sondern ein Faß, das man in der Mitte durchgesägt hatte.

Die Fensterscheiben waren beschlagen. Man hörte im Garten Herrn Porse, der Straßenarbeiter war, in sehr bestimmtem Ton – den er stets hatte, besonders, wenn er angetrunken war, was bei ihm häufig vorkam – sagen: „Ich werde sie mit dem Gewehr erschießen."

Frank hatte das Wort Gewehr gehört. Das Jagdgewehr hing an der weißgetünchten Wand über dem Kamin. Frank, der schon halb ausgezogen war, hatte sich Hose und Jacke wieder übergestreift.

„Versuch doch zuerst einmal, sie zu fangen. Vielleicht ist sie gar nicht so sehr verletzt."

Man sah in der Dämmerung noch genug, um rote Flecke auf den weißen Teilen des Fells wahrzunehmen, und ein Auge hing der Katze aus der Augenhöhle heraus.

Frank könnte nicht mehr sagen, wie sich das eigentlich zugetragen hatte. Es hatten sich schnell fünf, dann zehn Erwachsene versammelt, dazu noch viele Kinder, und alle blickten wie gebannt hinauf. Jemand hatte auch eine Laterne mitgebracht.

Man versuchte, die Katze herunterzulocken, indem man sichtbar auf den Boden eine Schale voll warmer Milch stellte. Natürlich hatte man vorher den Hund in seiner Hütte an die Kette gelegt. Dann waren alle zurückgetreten und verhielten sich möglichst ruhig.

Aber die Katze rührte sich nicht. Immer wieder miaute sie kläglich.

„Du hörst doch, sie ruft."

„Ja, sie ruft vielleicht, aber nicht uns."

Als sie einer fassen wollte und dafür auf einen Stuhl

geklettert war, war sie auf einen höheren Ast gesprungen.

Das Ganze hatte lange gedauert, mindestens eine Stunde. Immer mehr Nachbarn kamen herzu. Man erkannte sie an ihren Stimmen. Ein junger Mann war in den Baum geklettert, und jedesmal, wenn er den Arm ausstreckte, sprang die Katze höher hinauf, so daß man sie schließlich von unten nur noch wie eine dunkle Kugel sah.

„Links, Helmut . . . Am Ende des dicken Astes . . ."

Das merkwürdigste war, daß, sobald man die Jagd aufgab, das verletzte Tier wieder zu miauen anfing, als wäre es darüber entsetzt, daß man es im Stich ließ.

Man schleppte dann Leitern herbei. Alle waren sehr aufgeregt, und der Straßenarbeiter sagte immer wieder, er wolle sein Gewehr holen, aber man gebot ihm, still zu sein.

Man konnte die schwarzweiße Katze nicht fangen. Und so gingen alle wieder nach Hause. Man ließ die Milch und Fleischreste für sie stehen.

„Sie ist hinaufgekommen und wird darum auch wieder herunter können."

Am nächsten Tag saß die Katze immer noch in der Linde, fast ganz oben, und miaute den ganzen Tag. Immer wieder versuchte man, sie einzufangen. Man hielt Frank zurück, sie sich anzusehen, damit ihm der Anblick des heraushängenden Auges erspart blieb. Selbst Frau Porse wurde fast krank davon. Das Ende der Geschichte hat Frank nie erfahren. Am dritten Tag versicherte man ihm, die Katze sei weg. Stimmte das? Hatte man es nicht nur gesagt, um seine Empfindsamkeit zu schonen? Etwas ganz Ähnliches hat sich jetzt zugetragen, nur mit dem Unterschied, daß es sich diesmal nicht um eine Katze, sondern um Sissy handelt.

Frank ist schließlich ganz allein in das hintere Zimmer gegangen, nachdem er sorgfältig die Tür hinter sich geschlossen hatte, fast feierlich, als beträte er ein Totenzimmer.

Ohne auf die verwühlten Laken zu sehen, hat er die Decke wieder über das Bett gebreitet, und er hätte sich vielleicht auf das Bett gelegt, wenn er nicht plötzlich einen Gegenstand auf dem Nachttisch hätte liegen sehen.

Kurz zuvor hatte er Sissys schwarze Wollstrümpfe in der Hand gehalten, die an den Fersen fein gestopft waren, wie es junge Mädchen in Klosterschulen lernen.

Nicht aus Neugier hat er nach der Handtasche auf dem Nachttisch gegriffen. Er wollte sie nur berühren. Er konnte es tun, da er ja allein war. Da aber ist ihm etwas eingefallen. Er hat sich an Lotte erinnert, die fast immer klingelt, wenn sie nach Hause kommt, und dann entschuldigend sagt: „Ich habe wieder einmal meinen Schlüssel in meiner alten Handtasche gelassen."

Auch Sissy hat einen Schlüssel, den Schlüssel von der gegenüberliegenden Wohnung. Wohin hätte sie ihn gesteckt, wenn nicht in ihre Handtasche?

Sie hat nicht daran gedacht, als sie floh, und es ist ihr auch nicht der Gedanke gekommen, wieder in die Wohnung zu gehen. Sie hat nicht einmal Herrn Wimmer bemerkt, der sie festzuhalten versuchte.

Ihr Schlüssel ist also hier in der Handtasche, dazu ein Taschentuch, ein paar Lebensmittelkarten, ein paar Geldscheine, Kleingeld und ein Bleistift.

„Wo wollen Sie hin, Herr Frank?"

Es war noch nicht sechs Uhr. Er sah deutlich die schwarzen Zeiger auf dem Zifferblatt des Weckers in der Küche. Minna hatte sich nicht wieder hingelegt, sondern saß am Ofen. Sie nannte ihn wieder Herr Frank und verfolgte ihn mit ängstlichen Blicken.

Er war sich nicht bewußt, daß er eine kleine Handtasche aus schwarzem Wachstuch in der Hand hielt, daß er barhäuptig war, keinen Mantel anhatte und die Flurtür in dieser Aufmachung öffnete.

„Ziehen Sie wenigstens Ihren Mantel an, wenn Sie fortgehen."

Ein Kranker vergißt seine Schmerzen, wenn er jemanden pflegen muß, der noch mehr leidet als er. Minna spürte gar nicht mehr, daß ihr der Unterleib weh tat. Hätte sie nicht gewußt, daß er es sich verbeten hätte, wäre sie mit ihm gegangen.

„Sie kommen doch gleich wieder, nicht wahr? Sie sind nicht auf dem Damm."

Die Tür gegenüber war geschlossen, und es schimmerte kein Lichtschein unter ihr hindurch. Frank ging mit entschlossenem Gesicht, als wüßte er, wo er Sissy finden würde, die Treppe hinunter.

Am Ende der Rue Verte biegt rechts eine Straße ab, die Straße, in der Timos Lokal liegt. Dahinter befindet sich das alte Bassin. Durch diese Straße erreicht man die Brücke, und dort ist man schon fast im Stadtzentrum mit seinen grell erleuchteten Geschäften und seinem Menschengewimmel.

Wenn man aber nach links einbiegt, wie Frank es einmal mit Sissy getan hat, sieht man nur die Hinterfronten von Häusern und freies Gelände. Einige Teile des Bassins sind zugeschüttet, andere nicht. Man hat angefangen, hier ein Lehrerseminar zu bauen, aber durch den Krieg ist der Bau unterbrochen worden. Es steht nur ein riesiges Gerippe da, ohne Dach, mit Eisenträgern und halbhohen Mauern. Zwei Reihen noch ganz kleiner und dürrer Bäume, die durch Gitter geschützt sind, lassen erkennen, daß hier eines Tages eine Allee entlangführen soll. Aber dazwischen sind Schluchten, und der Weg hört plötzlich vor einer Sandgrube auf.

Es war inzwischen dunkel geworden. Auf diesem ganzen Gelände brannte nur eine einzige Gaslaterne, die man vergessen zu haben schien, während jenseits des Wassers die Lichter eine fast ununterbrochene Girlande bildeten und Straßenbahnen vorüberfuhren.

Er wußte, daß er sie wiederfinden würde, aber er wollte ihr keine Angst einjagen. Er hatte nicht vor, mit ihr zu sprechen, sondern ihr bloß den Schlüssel zurückzugeben. Weil Holst nicht vor Mitternacht nach Hause kommen würde und sie nicht ohne Strümpfe und ohne Geld draußen bleiben konnte.

Genau an der Straßenecke kam er dicht an einem Mann vorüber; er war sicher, daß es Herr Wimmer war. Er wich unwillkürlich zurück und hatte Angst, denn wenn der Mann die Absicht hatte, ihn zu schlagen, hätte er sich nicht wehren können. Auch Herr Wimmer suchte gewiß Sissy. Vielleicht war er ihr eine Weile nachgegangen und hatte ihre Spur in dem freien Gelände verloren.

Eine Sekunde lang berührten sich die beiden Männer fast. An dieser Stelle war es etwas heller. Man sah zwar den Mond nicht, aber er war hinter den Wolken und ließ die Umrisse erkennen. Ob Herr Wimmer die Handtasche gesehen hatte, die Frank immer noch in der Hand hielt? Hatte er an den Schlüssel gedacht und begriffen, was der junge Mann wollte?

Jedenfalls ließ er ihn vorübergehen. Frank lief kreuz und quer und stolperte dabei über vereiste Schneehaufen. Dann blieb er plötzlich stehen.

Er hätte am liebsten laut Sissys Namen gerufen, aber damit hätte er sie bestimmt verscheucht, und sie wäre nur noch weiter ins Dunkel hineingelaufen oder hätte sich wie die schwarzweiße Katze in ein Loch verkrochen.

Bisweilen hörte er, wie sich etwas rührte. Er stürzte zu der Stelle, fand aber nichts, hörte wieder Schritte in einer anderen Richtung, lief hin und stellte fest, daß es Herr Wimmer war, der fast den gleichen Weg wie er eingeschlagen hatte.

Mehrmals brach er durch eine harte Eiskruste, und seine Beine blieben bis zu den Knien darin stecken.

Da steht sie. Er hat sie gesehen. Er hat ihre Gestalt erkannt, aber nicht gewagt, ihr entgegenzulaufen, sie anzusprechen, zu rufen.

Er hat nur die Handtasche hochgehalten, wie man der Katze den Milchnapf gezeigt hatte.

Sie ist schon wieder weg. Sie ist im Dunkeln verschwunden, und erst in dieser Wüste des Schweigens ruft er mit einer Stimme, deren er sich schämt: „Der Schlüssel!"

Er sieht sie noch einmal, als sie über einen Schneehaufen springt. Er rennt, stolpert und ruft von neuem: „Der Schlüssel!"

Er will nicht ihren Namen aussprechen, um sie nicht zu verscheuchen. Er hätte die Handtasche Herrn Wimmer geben sollen, dem es vielleicht gelungen wäre, sie einzuholen. Er hat nicht daran gedacht. Herr Wimmer auch nicht. Hat der alte Nachbar wirklich mehr Chancen als er? Frank sieht und hört ihn nicht mehr. Herr Wimmer ist nicht mehr in dem Alter, um in diesem mit Fallen gespickten Gelände herumzulaufen. Sissy ist nicht weit weg, knapp hundert Meter. Auch der, der in Frau Porses Garten auf die Linde kletterte, ist ein paarmal mit der Hand bis auf ein paar Zentimeter an die Katze herangekommen. Alle glaubten, die Katze werde sich fangen lassen, aber im letzten Augenblick sprang sie dann auf einen höheren Ast.

Der Fluß ist zugefroren, bis auf die Stelle, wo die Abwässer zusammenfließen, und diese Stelle ist nicht mehr fern.

Ein-, zweimal versucht er es noch. Vor Verzweiflung möchte er am liebsten weinen.

Die kleine abgenutzte Handtasche aus Wachstuch mit einem Taschentuch, Lebensmittelkarten, etwas Geld und dem Schlüssel darin wird für ihn zu einer fixen Idee.

Da er nicht weit von ihr entfernt sein kann und sie ihn sehen muß, sucht er sich die hellste Stelle aus und bleibt dort, die Handtasche in der hocherhobenen Hand, aufgereckt stehen. Ohne Angst, sich lächerlich zu machen, ruft er, so laut er kann: „Der Schlüssel."

Er schwenkt die Handtasche. Er möchte sicher sein, daß sie ihn sieht und begreift. Möglichst sichtbar legt er die Handtasche in den Schnee und ruft wieder: „Der Schlüssel . . . Ich lasse ihn hier liegen!"

Es ist für sie besser, wenn er verschwindet. Solange er hier herumstreicht, wird sie auf der Hut sein. Er stapft durch das freie Gelände und geht auf der schwarzen Spur zwischen Schneehaufen, die den Bürgersteig darstellt, weiter.

Er geht aber nicht zu Timo, dessen Lokal ganz in der Nähe ist. Er geht an der dunklen Sackgasse der Gerberei vorüber, ohne sie überhaupt zu bemerken. Als er ins Haus tritt, beobachtet ihn der Portier hinter seiner Gardine. Zweifellos weiß er schon Bescheid, und heute abend oder morgen früh wird es das ganze Haus wissen.

Er steigt die Treppe hinauf. Bei Herrn Wimmer brennt kein Licht. Er ist also noch nicht zurück.

Das Ganze beginnt ein graues chaotisches Durcheinander zu werden. Eine Stunde wird sich an die andere reihen. Es sind gewiß die längsten Stunden, die er je erlebt hat. Bisweilen möchte er schreien, wenn er auf den Wecker sieht und feststellt, daß die Zeiger immer noch auf der gleichen Stelle stehen.

Von all diesen Stunden wird dennoch so wenig übrigbleiben wie das bißchen Reisig, das aus der Asche am Herd herausragt.

Seine Mutter kommt zurück, und ihr Parfüm verbreitet sich sofort in der ganzen Wohnung. Sie sieht ihn nur eine Sekunde lang an, dann wendet sie sich Minna zu. Minna macht ihr ein Zeichen, mit ihr in das große Zimmer zu kommen. Glauben sie etwa, daß er sie nicht flüstern hört? Minna soll ruhig alles erzählen. Sie wartet auch gar nicht auf seine Erlaubnis. Sie hält sich um seinetwillen dazu verpflichtet. Von jetzt an werden ihn die beiden Frauen beschützen wollen.

Es ist ihm gleichgültig.

„Ich möchte, daß du etwas ißt, Frank. Nur ein bißchen."

Lotte ist darauf gefaßt, daß er nein sagt. Dennoch ißt er etwas. Er weiß nicht mehr, was, aber er hat etwas gegessen. Seine Mutter hat das Bett im hinteren Zimmer gemacht. Minna legt sich nicht wieder hin. Sie setzt eine Unschuldsmiene auf, sitzt in einem Sessel im Salon, möglichst nahe bei der Tür, und horcht.

Haben sie Angst vor Holst? Vor der Polizei? Vor dem alten Wimmer? Er lächelt verächtlich.

„Du kannst schlafen gehen, Frank. Dein Zimmer ist fertig. Oder möchtest du heute nacht lieber im großen Zimmer schlafen?"

Er ist nicht zu Bett gegangen. Er könnte aber nicht sagen, was er getan oder woran er gedacht hat. Bisweilen – und das ist das einzige, an das er sich erinnert – begannen die Gegenstände vor seinen Augen zu leben wie damals, als er klein war, ein kupferner Aschenbecher zum Beispiel, dessen Reflexe zu Blicken wurden, ein mit Stoff bezogener Schemel vor dem Ofen, auf den seine Mutter die Füße legt, wenn sie einmal dazu kommt zu nähen.

Diese Stunden schienen gar nicht zu Ende gehen zu wollen. Dennoch sind sie zu Ende gegangen. Man hat ihm etwas zu trinken gegeben. Zitrone und Schnaps waren darin. Man hat ihm auch andere Socken angezogen, und er hat sich Pantoffeln über die Füße streifen lassen. Sie haben von Berta gesprochen, die erst am nächsten Tag wiederkommen und versuchen wird, ein Stück Schweinefleisch und ein paar Würste mitzubringen.

Gegen acht Uhr ist Herr Wimmer allein zurückgekommen. Auch Mieter aus anderen Stockwerken sind nach Hause gekommen, und der Portier hat ihnen gewiß alles haarklein berichtet.

Vielleicht ist Sissy schon tot.

Der Straßenarbeiter sagte immer wieder, es sei besser, mit einem gut gezielten Schuß dem Leben der Katze ein Ende zu bereiten. Im Haus gibt es bestimmt Leute, die bei Sissy das gleiche denken. Andere würden, wenn sie es wagten, Frank gern niederschießen.

Aber auch das ist ihm gleichgültig.

„Warum gehst du nicht zu Bett?"

Da beide wissen, worauf er wartet, fügt Lotte hinzu: „Wir passen auf. Ich verspreche dir, daß ich dich wecke, wenn es etwas Neues gibt."

Hat er schallend gelacht? Jedenfalls hat es ihn danach verlangt. So oder so muß der Sache ein Ende gemacht werden. Bei der Katze hat es mindestens zwei Tage gedauert. Ist das schwarzweiße Tier mit dem heraushängenden Auge wirklich weggelaufen?

Wahrscheinlicher ist es, daß der Straßenarbeiter schließlich, während Frank in der Schule war, sein Gewehr genommen und man ihn lieber belogen hat.

Die Minuten vor Mitternacht verstreichen noch langsamer, als die vor fünf Uhr verstrichen sind. Jene liegen schon so weit zurück, daß sie einer anderen Welt angehören.

Die beiden Frauen schrecken als erste auf, als man Schritte auf der Treppe hört, aber sie tun so, als ließen sie sich in ihrer Beschäftigung gar nicht stören, die eine bei ihrer Handarbeit, die andere bei der Lektüre des Romans von Zola, dessen Inhalt sie vermutlich nicht wiedergeben könnte.

Die Haustür ist zugeschlagen. Er ist es. Es kann nur er sein, und man wird ihn, während er vorbeigeht, festhalten. Der Portier hat ihm bestimmt aufgelauert, um ihm die Neuigkeit zu verkünden.

Wie kommt es, daß man sofort Schritte auf der Treppe hört? Bis zum ersten Stock ist das Geräusch kaum vernehmlich. Erst vom zweiten an hört Frank den dumpfen Hall der Filzstiefel auf den Stufen und zugleich einen anderen Schritt.

Er hält den Atem an. Minna hätte sich fast erhoben, um die Tür einen Spalt breit zu öffnen und hinauszusehen, aber Lotte hat ihr bedeutet, sich nicht zu rühren. Sie horchen alle drei. Der andere Schritt ist der einer Frau. Man vernimmt das Klappern der hohen Absätze. Dann hört man, wie sich der Schlüssel im Schloß dreht und wie Holst ganz ruhig sagt: „Geh hinein."

Erst viel später wird Frank erfahren, daß sie an der Ecke der Sackgasse auf ihren Vater gewartet hat, dort, wo er selbst eine Nacht lang an der Wand gelehnt hatte. Wird er auch erfahren, daß sie ihn beinahe hätte vorübergehen lassen, daß Holst von der Ecke aus, an der sie kauerte, kaum sichtbar war, als sie mit letzter Kraft gerufen hat: „Vater!"

Sie sind nach Hause gekommen. Die Tür hat sich wieder geschlossen.

„Leg dich jetzt hin, Frank. Sei vernünftig."

Er hat es erraten. Seine Mutter fürchtet, daß Holst, sobald seine Tochter im Bett liegt, an ihre Türe klopfen wird. Sie möchte ihn lieber selber empfangen. Wenn sie es wagte – aber der starre Blick Franks hält sie davon ab –, würde sie ihrem Sohn raten, ein paar Tage aufs Land zu fahren oder zu einem Freund zu gehen.

Wie einfach verlaufen die Dinge jedoch! Der alte Wimmer ist nicht aus seinem Versteck herausgekommen. Gewiß ist auch er nicht schlafen gegangen. Durch das Guckfenster hört er alles.

Hat sich Holst in dieser Nacht zu Bett gelegt? Lange hat man ihn in seiner Wohnung rumoren hören. Sie werden noch etwas Holz und Kohle gehabt haben, denn er hat Feuer gemacht. Er hat später darin gestochert und Wasser zum Kochen aufgesetzt.

Das Licht ist brennen geblieben. Frank hat zweimal die Tür einen Spalt breit geöffnet, das erstemal um halb zwei morgens, das zweitemal kurz nach drei. Unter der Tür gegenüber sah man immer noch den Lichtstreifen.

Auch Frank hat nicht geschlafen. Er ist im Salon geblieben, wo die Frauen ihm durchaus sein Feldbett hatten aufschlagen wollen. Sie haben versucht, ihn mit Grogs schläfrig zu machen. Es ist ihnen aber nicht gelungen. Er hat alles getrunken, was sie ihm gegeben haben, aber trotzdem seinen klaren Kopf behalten. Einen so klaren Kopf hat er sein Leben lang nicht gehabt. Es ängstigt ihn fast, als wäre es etwas Übernatürliches.

Die Frauen haben sich ausgezogen. Seine Mutter hat Minna behandelt. Er hat ihr ganzes Gespräch mit angehört, in dem von weiblichen Organen die Rede war und in dem auch wieder der Name Otto erwähnt wurde.

Sie mögen angenommen haben, er schlafe. Lotte war ganz überrascht, als sie in dem Augenblick, da sie das Licht ausknipsen wollte, ihren Sohn kategorisch sagen hörte: „Nein."

„Wie du willst. Versuch trotzdem, etwas zu ruhen."

Erst gegen fünf Uhr hat Holst seine Tür geöffnet und bei Herrn Wimmer angeklopft. Er hat mehrmals klopfen müssen. Sie haben sich leise im Flur unterhalten, und dann hat sich Wimmer gewiß angezogen. Es hat bei Holsts geklopft, und Holst hat ihm sofort aufgemacht.

Holst ist dann fortgegangen. Frank hat begriffen, daß er einen Arzt holte. Zu dieser Stunde darf man zwar noch nicht auf die Straße, doch das ist ihm wohl gleichgültig. Er hätte versuchen können, von unten anzurufen. Aber Frank hätte es genauso gemacht wie er. Die Ärzte kommen nicht gern zu so früher Stunde, besonders wenn man sie anruft.

Holst muß weit gehen. Im ganzen Viertel gibt es keinen Arzt mehr, außer einem alten bärtigen, der fast immer betrunken ist und zu dem niemand Vertrauen hat. Er hat fast nur noch Kassenpatienten.

Holst muß über die Brücke gehen. Er wird schließlich einen Arzt gefunden haben, denn gegen sechs Uhr hält ein Auto vor dem Haus. Ob es ein Krankenwagen ist? Ob man sie in ein Krankenhaus bringen wird? Frank läuft ans Fenster, versucht etwas zu erkennen, sieht aber nur die beiden Scheinwerfer.

Nur zwei Männer kommen die Treppe herauf. Wenn man Sissy fortschaffen würde, würden die Krankenwärter mit ihrer Trage herauskommen.

Frank knipst das Licht aus, damit Holst nicht merkt, daß er wach ist. Vielleicht tut er es aus Scham, vielleicht auch, weil es wie eine Herausforderung wirken würde. Jedenfalls tut er es nicht aus Angst. Er hat keine Angst vor Holst. Er wird nichts tun, um ihm aus dem Weg zu gehen. Im Gegenteil!

Der Arzt ist lange geblieben. Man hat im Ofen Kohle nachgelegt, hat gestochert und sicherlich wieder Wasser heiß gemacht. Ob Sissy ihre Handtasche dort gefunden hat, wo er sie hingelegt hatte? Hat sie seine Absicht verstanden? Wenn nicht, wird ihr Vater viele Gänge zu machen haben, um neue Lebensmittelkarten zu bekommen.

Der Arzt ist eine halbe Stunde geblieben. Wimmer hätte lieber fortgehen sollen, aber auch er ist geblieben. Er ist immer noch dort drüben. Erst um sieben geht er in seine Wohnung zurück.

Dann ist Frank endlich eingeschlafen. Er hat so fest geschlafen, daß er gar nicht gemerkt hat, daß man sein Bett in die Küche dicht an den Ofen schob und ihm eine Wärmeflasche auf die Füße legte.

Die Küche geht nicht auf die Straße. Das Tageslicht kommt nur durch das Guckfenster herein. Aber als er die Augen aufschlägt, weiß er dennoch, daß sich etwas verändert hat. Neben ihm bullert der Ofen. Er muß sich aufrichten, um den Wecker zu sehen, der elf Uhr zeigt. Im Zimmer nebenan hört er Bertas Stimme.

„Du solltest lieber liegenbleiben, Frank", sagt Lotte, die herbeigeeilt kommt. „Wir haben dich nicht wecken wollen, sonst hätten wir dich in ein richtiges Bett gelegt. Aber du hast bestimmt Fieber."

Er hat kein Fieber, er weiß es. Es wäre zu einfach, krank zu sein. Man kann ihm alle Thermometer der Welt in den Mund oder in den Hintern stecken.

Der Schnee fällt dicht und lautlos herab, so dicht, daß man kaum die Fenster des Hauses gegenüber sieht.

„Warum willst du dich nicht pflegen lassen?"

Er schweigt beharrlich.

„Komm, Frank."

Als er aufgestanden ist und seinen Morgenrock angezogen hat, führt sie ihn in den Salon, wo der Teppich halb aufgerollt ist – sie machten gerade rein –, und schließt alle Türen.

„Ich will dir keine Vorwürfe machen. Du weißt, ich habe dir nie Vorwürfe gemacht. Ich bitte dich nur, mich anzuhören. Glaub mir, Frank, es ist besser, wenn du dich heute nicht draußen zeigst, ja vielleicht ein paar Tage lang zu Hause bleibst. Ich habe Berta einkaufen geschickt. Man hätte sie beinahe nicht bedient."

Er hört nicht zu, und sie versteht den Blick, den er in die Richtung von Holsts Wohnung wirft. Um ihn zu beruhigen, setzt sie hastig hinzu: „Es wird bestimmt nichts Schlimmes sein."

Glaubt sie, er sei verliebt oder habe Gewissensbisse?

„Der Arzt ist heute morgen dagewesen. Er hat Sauerstoffflaschen holen lassen. Sie hat sich erkältet. Ihr Vater . . ."

Warum spricht sie nicht weiter?

„Ihr Vater? . . ."

„Er läßt sie nicht allein. Die Mieter haben sich zusammengetan, um ihr ein paar Kohlen zu bringen."

Und dabei haben sie selber zwei Tonnen im Keller! Aber niemand wird von diesen Kohlen etwas haben wollen.

„Wenn sie wieder gesund ist, wird niemand mehr daran denken. Selbst wenn es eine Lungenentzündung wird, wie man sagt, dauert es nicht länger als drei Wochen. Hör auf mich, Frank, hör dies eine Mal auf deine Mutter!"

„Na und?"

„Heute abend oder noch besser heute nacht, da du einen Ausweis hast, von dem du mir zwar nichts gesagt hast, den aber alle gesehen haben . . ."

Der grüne Ausweis! Sie vermittelt den Offizieren der Besatzungsmacht blutjunge Mädchen, aber es entsetzt sie, daß ihr Sohn diesen grünen Ausweis hat. Da er ihn jedoch nun einmal hat, soll er ihn sich auch zunutze machen.

„Es ist das beste, du fährst auf ein paar Tage fort und zeigst dich nicht im Viertel. Du hast das schon öfters getan. Du hast Freunde. Du hast Geld. Und wenn du keins hast, werde ich dir etwas geben."

Warum sagt sie das, obwohl ihr Minna bestimmt von dem dicken Banknotenbündel in seiner Tasche erzählt hat? Sicherlich hat sie, während er schlief, selber in seiner Tasche nachgesehen. Auch das erschreckt sie. Es ist zu viel. So viel Geld kann man sich auf einmal nur mit gefährlichen Mitteln beschaffen.

„Wenn es dir lieber ist, werde ich ein ruhiges Zimmer für dich suchen. Ich kann eins bei meiner Freundin haben, mit der ich gestern ausgegangen bin und die dich nur allzu gern aufnimmt. Ich werde dich dort besuchen und dich pflegen. Du brauchst Ruhe."

„Nein!"

Er wird das Haus nicht verlassen. Im Grunde weiß er genau, was seine Mutter meint. Er ist zu weit gegangen. Sie hat Angst. Das ist die Wahrheit. Solange sie in aller Ruhe ihren kleinen Mädchenhandel betrieb, sogar mit Offizieren, verachteten die Leute sie, wagten aber nicht, etwas zu sagen. Man ging ihr aus dem Weg, sah weg, wenn sie die Treppe heraufkam, trat ein paar Schritte zurück, wenn sie zufällig in einer Schlange stand.

Aber jetzt ist es ernster geworden. Die Mieter sind erregt, weil ein junges Mädchen krank ist, vielleicht sterben wird und weil es obendrein arm ist.

Lotte hat Angst. Das ist es.

Sie, die selbst zu einem Otto und zu Offizieren liebenswürdig ist, die Dutzende von Menschen haben erschießen oder foltern lassen, grollt ihm, weil er diesen grünen Ausweis hat, von dem sie nicht einmal zu träumen gewagt hatte.

Hätte er ihn nur niemandem gezeigt!

Das ganze Haus ist gegen Lotte und ihn. Ihr Opfer befindet sich vor der Tür, unmittelbar vor ihrer Tür. Außerdem ist die Erregung im Haus am Tag zuvor durch die Durchsuchung der Wohnung des Geigenspielers noch aufgepeitscht worden. Man behauptet schon, daß man die Mutter mit dem Gewehrkolben geschlagen habe, damit sie ruhig blieb.

Selbst wenn man die beiden nicht unmittelbar mit dieser Sache in Verbindung bringt, sind die Gemüter doch überreizt. Noch lange wird sich das Haus daran erinnern, daß Frank, dieser Bengel, als einziger durch die Polizeisperre hindurchgelassen worden ist, weil er seinen grünen Ausweis vorzeigte, während Hausfrauen, deren Kinder allein in der kalten Wohnung waren, nicht durchgelassen wurden.

Lotte hat auch vor Holst Angst.

„Ich bitte dich, Frank, hör auf mich!"

„Nein."

Was gehen ihn seine Mutter, was gehen ihn die Mädchen an? Er wird bleiben und nicht in der Dämmerung davonlaufen, wozu sie ihn verleiten will. Er wird keine Zuflucht bei einem Kromer oder bei einer Freundin seiner Mutter suchen.

„Du tust immer nur das, was du dir in den Kopf gesetzt hast."

„Ja."

Und jetzt mehr denn je. Er wird fortan nur noch das tun, was er sich in den Kopf gesetzt hat, ohne auf irgend jemanden Rücksicht zu nehmen. Lotte wird es schon merken. Die anderen auch.

„Zieh dich aber wenigstens an. Es kann jemand kommen."

Aber es ist kein Kunde, der ein wenig später, kurz vor zwölf, klingelt, sondern der Kommissar Kurt Hamling. Er benimmt sich kühl und höflich wie immer, als ob er nur eben einmal als Nachbar hereinsähe. Frank steht gerade unter der Dusche, als er hereinkommt. Aber wie immer am Vormittag sind alle Türen offen, und man hört alles, was in der Wohnung gesprochen wird, unter anderem den traditionellen Satz seiner Mutter: „Wollen Sie nicht Ihre Überschuhe ausziehen?"

Heute wäre das wirklich angebracht. Es schneit unentwegt, und gleich wird sich eine Schmutzpfütze auf dem Teppich bilden, vor dem Sessel, in dem Hamling Platz genommen hat.

„Danke. Ich bleibe nur ganz kurz."

„Einen Schnaps?"

Er sagt nie ja, aber er nimmt ihn an.

„Das Wetter ist milder geworden", stellt er fest. „In ein oder zwei Tagen wird sich der Himmel aufklären."

Man kann nicht wissen, von welchem Himmel er spricht, aber Frank fürchtet sich nicht vor ihm. Er zieht seinen Bademantel an und geht absichtlich in den Salon.

„Ach, ich hatte ja gar nicht gehofft, Ihren Frank hier anzutreffen."

„Warum nicht?" fragt Frank angriffslustig.

„Man hatte mir gesagt, Sie seien auf dem Land."

„Ich?"

„Die Leute reden viel, wissen Sie. Und wir müssen ihnen zuhören, weil das unser Beruf ist. Zum Glück hören wir nur mit einem Ohr hin, sonst würden wir am Ende alle verhaften."

„Schade."

„Was?"

„Daß Sie nur mit einem Ohr hinhören."

„Warum?"

„Weil ich gern verhaftet werden würde, besonders von Ihnen."

„Frank, du weißt doch, daß man dich nicht verhaften kann", wendet Lotte ein.

Sie muß wirklich Angst haben, denn mit einem herausfordernden Blick auf den Kommissar fügt sie hinzu: „Bei dem Ausweis, den du hast."

„Gerade deshalb", sagt er.

„Wie meinst du das?"

„Genau so, wie ich es gesagt habe."

Er gießt sich einen Schnaps ein und stößt mit Kurt Hamling an. Sie scheinen beide an die Tür gegenüber zu denken.

„Auf Ihr Wohl, Herr Kommissar."

„Auf das Ihre, junger Mann."

Warum kommt Hamling auf seinen Gedanken zurück?

„Ich habe wirklich geglaubt, Sie seien auf dem Land."

„Ich habe nie die Absicht gehabt, aufs Land zu fahren."

„Schade. Ihre Mutter ist im Grunde eine brave Frau."

„Finden Sie?"

„Ich weiß, was ich sage. Ihre Mutter ist eine brave Frau, und es wäre unrecht von Ihnen, daran zu zweifeln."

Frank grinst. „Ich zweifle an so vielen Dingen, wissen Sie."

Arme Lotte, die ihm vergeblich ein Zeichen macht zu schweigen. Sie weiß nicht, was sie machen soll. Sie kann es nicht fassen, daß die beiden Männer nahe daran sind, sich in die Haare zu kriegen, aber dennoch spürt sie deutlich, daß es nach einer Kriegserklärung aussieht.

„Wie alt sind Sie, mein Junge?"

„Obwohl ich nicht Ihr Junge bin, will ich Ihnen antworten, daß ich achtzehn bin und bald neunzehn werde. Gestatten Sie, daß ich Ihnen auch eine Frage stelle. Wenn ich mich nicht täusche, sind Sie Kommissar."

„Das ist mein Titel."

„Seit wann?"

„Ich bin vor sechs Jahren dazu ernannt worden."

„Wie viele Jahre sind Sie schon bei der Polizei?"

„Im nächsten Juni achtundzwanzig."

„Sehen Sie, ich könnte Ihr Sohn sein. Ich schulde Ihnen Respekt. Achtundzwanzig Jahre lang den gleichen Beruf auszuüben, das ist eine lange Zeit, Herr Hamling."

Lotte will den Mund öffnen, um ihrem Sohn Schweigen zu gebieten, denn er überschreitet die gebotenen Grenzen, und es wird ein böses Ende nehmen. Aber Frank füllt die Gläser wieder und reicht eines freundlich dem Kommissar.

„Auf Ihr Wohl."

„Auf das Ihre."

„Auf Ihre achtundzwanzig Jahre treuer Pflichterfüllung."

Sie sind bedenklich weit gegangen. Es ist schwer, in diesem Ton fortzufahren, aber noch schwerer, umzukehren.

„Prost."

„Prost."

Es ist Kurt Hamling, der den Rückzug antritt.

„Meine liebe Lotte, es wird Zeit, daß ich gehe, denn in meinem Büro warten bestimmt schon viele Leute auf mich. Pflegen Sie den Jungen gut."

Er geht mit seinem breiten Rücken und seinen eckigen Schultern hinaus. Seine Gummischuhe hinterlassen auf jeder Treppenstufe feuchte Spuren.

Er ahnt nicht, daß er Frank eben den größten Dienst erwiesen hat, den er ihm erweisen konnte: seit einigen Minuten denkt Frank nicht mehr an die Katze.

3

Am Donnerstag kam es zu dem Krach mit Berta. Es war gegen Mittag, und Frank schlief noch, denn er war erst um vier Uhr früh nach Hause gekommen. Es war das dritte Mal seit dem Sonntag. Und die Tatsache, daß er so lange im Bett blieb, daß dadurch die Arbeit in der Wohnung durcheinandergeriet, mag zum Teil die Ursache des Streites gewesen sein. Später dachte er gar nicht mehr daran, sich danach zu erkundigen.

Er hatte viel getrunken. Er hatte es sich in den Kopf gesetzt, zwei Paare durch die Lokale zu führen. Er kannte diese Paare nicht, hatte sie jedoch zum Trinken eingeladen und zog jedesmal beim Zahlen sein dickes Banknotenbündel aus der Tasche. Als die Streife sie anhielt, weil sie auf der Straße sangen, hatte er seinen grünen Ausweis vorgezeigt, und man hatte sie weitergehen lassen.

In der Wohnung war ein neues Mädchen, um das man sich nicht bemühte, sondern das sich ganz von selbst mit einer ruhigen Sicherheit eingefunden hatte. Mit Vornamen hieß sie Anny.

„Haben Sie schon gearbeitet?" hatte Lotte sie gefragt, wobei sie sie von Kopf bis Fuß musterte.

„Meinen Sie, ob ich viel mit Männern verkehrt habe? In der Hinsicht können Sie beruhigt sein. Ich weiß mehr als gut Bescheid."

Als Lotte sie nach ihren Familienverhältnissen fragte, hatte sie geantwortet: „Was möchten Sie lieber hören, daß ich die Tochter eines höheren Offiziers oder eines hohen Beamten bin? Wenn ich irgendwo Angehörige habe, dann können Sie sich jedenfalls darauf verlassen, daß Sie mit ihnen keine Scherereien bekommen."

Neben den anderen, die bisher dagewesen waren, wirkte sie wie ein reinrassiges Pferd. Dabei war sie sehr klein, schlank und mollig zugleich, hatte braunes Haar und eine makellose goldfarbene Haut. Sie ließ an eine Bronzestatue denken. Sie war noch nicht achtzehn, aber schon verdorben.

Als sie sah, daß die anderen abwuschen, setzte sie sich in den Salon und las in einer der Illustrierten, die sie mitgebracht hatte. Am Abend machte sie es genauso, und am nächsten Morgen erklärte sie Lotte: „Sie erwarten doch wohl nicht, daß ich obendrein noch das Dienstmädchen spiele."

Minna arbeitete wieder, obwohl es ihr noch schwerfiel, aber es war fast immer die Neue, die sich die Kunden aussuchte. Das war übrigens seltsam. Frank war neugierig auf den Tisch gestiegen. Sie wahrte eine überraschende Würde, während die Männer lächerlich oder widerlich wirkten. Frank erriet die Worte, die sie ohne Lächeln und mit einer großartigen Gleichgültigkeit sagte.

„Soll ich mich nach der anderen Seite drehen? Höher? Tiefer? So? Und nun?"

Während sich die Männer mit ihr vergnügten, blickte sie mit ihren schönen Tieraugen zur Decke. Ihr Blick begegnete so dem Franks, den sie undeutlich hinter der Scheibe sah. Er überlegte lange, ob sie ihn wirklich gesehen hatte, denn sie zuckte nicht zusammen, zeigte keinerlei Überraschung. An etwas anderes denkend, wartete sie weiter darauf, daß der Mann sich erleichterte.

„Hat dir die Chefin aufgetragen zuzusehen?" fragte sie ihn ein wenig später.

„Nein."

„Bist du lasterhaft?"

„Auch nicht."

Sie zuckte die Schultern. Ihretwegen schliefen Minna und Berta in dem gleichen Bett, und Frank benutzte wieder sein Feldbett in der Küche. Am Dienstagabend hatte er sich zu Anny ins Bett gelegt, und sie hatte ihm gesagt: „Wenn du es durchaus willst, dann beeile dich. Ich werde wohl dem Sohn der Chefin keinen Korb geben dürfen. Aber denke nicht, daß du die Nacht in meinem Bett verbringen kannst. Es ist mir zuwider, mit jemandem zusammen zu schlafen."

Minna hatte versucht, sich mit ihr anzufreunden, aber

sie las den lieben langen Tag. Berta dagegen, die jetzt eigentlich nur noch das Dienstmädchen war, vermied es, die Neue anzusprechen, bediente sie murrend, denn Anny ließ sich bedienen, als verstände sich das von selbst. Sie ließ sich sogar beim Waschen und Trocknen des Haars helfen.

Frank schlief noch, als der Streit begann. Wie jeden Morgen hatte man sein Bett – mit ihm darin – in das Hinterzimmer geschoben. Geraume Zeit später hörte er einen lauten Wortwechsel und erkannte Bertas Stimme, die er niemals wütend gehört hatte. Die Worte, die sie sagte, waren so ordinär, wie er sie noch nie von ihr gehört hatte.

„Ich habe die Schnauze voll, und ich bleibe keinen Tag mehr. Bei den Schweinereien hier kann das auch unmöglich noch lange so weitergehen, und ich bin lieber fort, wenn es einmal knallt."

„Berta", rief Lotte mit schriller Stimme. „Halt bitte den Mund, hörst du."

„Sie können noch lauter schreien, wenn Sie wollen. Ich möchte es Ihnen aber nicht raten. Es gibt genug Leute im Haus, die wissen, was hier vorgeht, und die kurzen Prozeß mit Ihnen machen würden, wenn sie es wagten."

„Berta, ich fordere Sie auf . . ."

„Fordern Sie nur auf, fordern Sie nur auf. Erst gestern hat mir auf dem Markt ein Knirps ins Gesicht gespuckt, und das galt nicht mir, sondern Ihnen. Ich weiß nicht, was mich davon zurückhält, es Ihnen weiterzugeben."

Hätte sie es getan? Wahrscheinlich nicht. Sie gehörte zu denen, die ihren Groll lange in sich aufspeichern, aber jetzt, da der Damm gebrochen war, gab es kein Halten mehr. Sie hatte nicht gemerkt, daß Frank barfuß und im Schlafanzug hinter ihr in die Küche getreten war. Sie war darum ganz verblüfft, daß, als sie vom Spucken sprach und Lotte dabei ansah, sie plötzlich eine Ohrfeige bekam, eine Ohrfeige, die aus einer Ecke kam, wo sie niemanden vermutet hatte.

Als sie Frank erkannte, biß sie die Zähne zusammen.

„Sie sind es, Sie Schmutzfink. Versuchen Sie's nur noch mal, dann werden Sie was erleben . . ."

Lotte kam gar nicht dazu, dazwischenzutreten, denn schon klatschten zwei weitere Ohrfeigen, so laut wie im Zirkus. Plötzlich hatte sich Berta mit purpurrotem Gesicht auf ihn gestürzt und klammerte sich mit aller Kraft an ihn, während er sich bemühte, sie abzuschütteln.

„Berta! Frank!"

Minna hatte sich in den Salon geflüchtet, während Anny, die in einer langen Spitze aus Elfenbein eine Zigarette rauchte, am Türrahmen lehnte und dem Schauspiel zusah.

„Ein Schmutzfink, ja, der sind Sie! Ein Lump, der glaubt, ihm sei alles erlaubt, weil seine Mutter ein Bordell hat . . . Hier kann man Schweinereien erleben, die das verdorbenste Mädchen erröten ließen. Lassen Sie mich los, Sie, sonst schrei ich, so laut ich kann. Da werden schon die Nachbarn kommen. Weder mit Ihrem Revolver noch mit Ihrem verdammten Ausweis werden Sie sie abschütteln, wenn die Ihnen einmal nachsetzen . . ."

„Frank!"

Er ließ sie los. Seine zerkratzte Wange blutete ein wenig.

„Warten Sie nur, bis sie Sie in der Falle haben. Lange dauert das nicht mehr. Es werden nicht immer fremde Soldaten im Land sein, um Sie zu schützen, Sie und Ihresgleichen."

„Kommen Sie, Berta, ich will Sie auszahlen."

„Ich gehe, wenn es mir paßt. Ihr werdet euch morgen früh schön wundern, alle miteinander, wenn niemand mehr hier ist, um euch euren Kaffee zu kochen und eure Nachttöpfe auszuleeren. Wenn ich denke, daß ich auch noch Fleisch und Wurst von meinen Eltern mitbringen sollte!"

„Kommen Sie, Berta."

Ein letztes Mal wandte sie sich Frank zu und fauchte ihm zum Abschied mit funkelnden Augen ins Gesicht: „Feigling! Dreckiger kleiner Feigling!"

Dabei war sie, wenn er mit ihr schlief, fast mütterlich zärtlich zu ihm gewesen.

Vermutlich wird Berta nichts sagen. Aber Lotte ist beunruhigt, obwohl sie schon ganz anderes erlebt hat. Schon zwanzigmal ist es bei ihr zu solchen Auftritten gekommen, aber sie haben nie Folgen gehabt. Sie hat versucht zu horchen, als Berta mit ihren Sachen die Treppe hinunterging. Sie wollte wissen, ob sie mit den Mietern oder mit dem Portier sprechen würde.

Das war zwar unwahrscheinlich, denn Berta wird ebenso schief angesehen wie sie. Hat der Bengel sie nicht angespuckt? An ihr würde man sich am ehesten vergreifen.

Man sieht Berta an der Ecke auf die Straßenbahn warten. Vielleicht bereut sie schon, was sie getan hat.

Lotte bereut es noch mehr. Wenn auch Berta die Männer nicht gerade begeisterte, so befriedigte sie sie immerhin, und außerdem besorgte sie fast den ganzen Haushalt.

Das wird nun Minna tun. Aber Minna ist nicht kräftig, und sie hat immer noch Schmerzen. Was Anny betrifft, so kann man bestenfalls hoffen, daß sie morgens ihr Bett selber macht.

Jemand muß auch einkaufen und in der Schlange stehen, wobei man nicht umhin kann, mit den Leuten aus dem Viertel und bisweilen mit den Mietern aus dem Haus zusammenzukommen.

„Du hättest sie nicht ohrfeigen dürfen. Aber nun ist es einmal geschehen . . .“

Ihr fallen die blasse Gesichtsfarbe und die dunkel umrandeten Augen ihres Sohnes auf. Nie hat Frank so viel getrunken. Nie ist er so viel ausgegangen, ohne zu sagen, wohin, mit einem harten Blick und immer mit seinem geladenen Revolver in der Tasche.

„Glaubst du, daß es klug ist, das Ding immer bei dir zu tragen?“

Er gibt sich nicht die Mühe, darauf zu antworten oder auch nur die Schultern zu zucken. Er hat eine neue Angewohnheit, die schon geradezu zu einem Tick geworden ist: er sieht die Leute, die mit ihm sprechen, so an, als sähe er sie überhaupt nicht und hätte nichts gehört.

Nicht ein einziges Mal ist er Holst auf der Treppe begegnet. Dabei geht Frank jeden Tag fünf- bis sechsmal die Treppe hinunter und hinauf, viel öfter als früher. Anscheinend hat sich Holst von der Straßenbahngesellschaft beurlauben lassen, um seine Tochter pflegen zu können. Frank hat angenommen, daß er die Einkäufe machen und die Arzneien für seine Tochter besorgen müsse. Aber sie haben es offensichtlich anders eingerichtet. Schon am frühen Morgen klopft der alte Wimmer bei seinen Nachbarn und macht für sie die Besorgungen.

Einmal war die Tür halb offen geblieben, und Frank hatte im Vorübergehen gesehen, wie er sich eine Schürze umgebunden hatte und den Haushalt besorgte.

Der Arzt kommt einmal am Tag gegen zwei Uhr. Frank richtet es so ein, daß er ihm begegnet, als er wieder weggeht. Es ist ein verhältnismäßig junger Mann, der fast wie ein Sportler wirkt. Er scheint nicht besorgt zu sein. Es handelt sich allerdings auch nicht um seine Tochter oder seine Frau. Ob auch Holst krank ist? Frank hat es eine Weile gedacht, aber am Mittwoch, als er in die Straßenbahn steigen wollte, hat er sich unwillkürlich zu dem Fenster umgedreht und ihn dort stehen sehen. Von weitem haben sich ihre Blicke gekreuzt. Frank ist davon überzeugt. Es konnte sich zwar nichts weiter ereignen, und dennoch hat Frank dieser Anblick erregt. Sie sind beide ruhig und ernst geblieben, ohne Haß zu zeigen, aber es war wie eine große Leere zwischen ihnen.

Seine Mutter würde sich noch mehr beunruhigen, wenn sie erführe, daß er absichtlich jeden Tag, manchmal zweimal am Tag, in das kleine Café an der Straßenbahnhaltestelle geht, zu dem man eine Stufe hinuntersteigen muß. Es grenzt geradezu an Herausforderung, denn er hat dort gar nichts zu suchen. Die Stammgäste verstummen, sobald er eintritt, und blicken ostentativ weg. Der Wirt, Herr Kamp, der fast immer mit ihnen zusammen am Tisch sitzt – oft spielen sie Karten –, erhebt sich nur ungern, um ihn zu bedienen.

Am Montag hat Frank seinen Verzehr mit einem großen Geldschein bezahlt, den er aus seinem Bündel genommen hat.

„Tut mir leid“, hat Herr Kamp gesagt, während er ihm den Schein wieder hinschob, „ich kann nicht herausgeben.“

Frank hatte den Schein auf der Theke liegenlassen und ihm beim Hinausgehen nur zugerufen: „Behalten Sie den Rest."

Am Dienstag hätte er schwören können, daß die Stammgäste schon auf ihn warteten, und es hat ihn dabei leicht geschaudert. Es ergeht ihm jetzt manchmal so. Einmal muß ja etwas passieren; man kann nur nicht voraussehen, wann und auch nicht genau, was. Es kann ebenso hier in diesem altmodischen, ruhigen kleinen Café wie anderswo sein. Warum haben die Stammgäste Herrn Kamp so seltsam angesehen, mit einem kaum verhaltenen Lächeln?

Der Wirt hat Frank stumm bedient. Und als Frank dann bezahlen wollte, hat er einen Umschlag vom Regal genommen, der dort zwischen zwei Flaschen stand, und ihn ihm gegeben.

Frank hat Scheine und Kleingeld in dem Umschlag gefühlt. Es war das Wechselgeld für den großen Schein vom Tag zuvor.

Er hat sich bedankt und ist gegangen. Trotzdem kommt er wieder. Auch mit Timo hätte er sich beinahe verkracht. Es war zwei Uhr morgens. Er hatte viel getrunken. In einer Ecke sah er einen Mann neben einer Frau sitzen, dessen Gesicht ihm nicht gefiel. Frank, der an der Theke stand, hat Timo seinen Revolver gezeigt und gesagt: „Wenn der Kerl weggeht, knalle ich ihn nieder."

Timo hat ihn wütend angesehen. „Du bist wohl verrückt."

„Ich bin nicht verrückt. Sein Gesicht gefällt mir nicht, und ich knalle ihn nieder."

„Gib nur acht, daß ich dir nicht meine Faust mitten ins Gesicht knalle."

„Wie bitte?"

„Ich schätze die Manieren nicht, die du dir neuerdings angewöhnst. Das kannst du anderswo machen, aber nicht bei mir. Ich warne dich. Wenn du dem Mann was tust, lasse ich dich sofort hochgehen. Außerdem wirst du fortan dein Spielzeug gefälligst draußen lassen, sonst kommst du mir nicht mehr hier rein. Und wenn ich dir noch einen Rat geben darf, dann sauf nicht so viel. Das steigt dir zu Kopf, und das paßt nicht zu deinem Alter."

Timo ist allerdings ein wenig später zu ihm gekommen und hat sich entschuldigt. Er hat diesmal vernünftig mit ihm gesprochen.

„Ich bin vielleicht vorhin etwas grob gewesen, aber das ist nur zu deinem Besten. Sogar dein Freund Kromer findet, daß du gefährlich wirst. Von euren Geschäften will ich nichts wissen. Ich weiß nur, daß du dir seit einiger Zeit einbildest, du hättest es geschafft. Hältst du es für klug, jedem deine Banknotenbündel zu zeigen? Glaubst du, die Leute wissen nicht, womit man soviel Geld verdient?"

Frank hat seinen grünen Ausweis gezeigt. Timo schien der aber wenig zu imponieren. Er war höchstens verlegen. Er hat ihm gesagt, er solle den Ausweis wieder einstecken.

„Auch den solltest du lieber nicht so oft zeigen."

Er hat noch ein drittes Mal davon angefangen. Ein Gespräch mit Timo wird immer wieder unterbrochen, weil ihn die Gäste von allen Seiten rufen.

„Hör mal, mein Lieber. Ich weiß, du wirst behaupten, ich sei neidisch, aber ich sage dir trotzdem, was ich dir sagen muß. Ich behaupte nicht, daß solch ein Ausweis wertlos ist. Es kommt aber darauf an, wie man ihn benutzt. Und es ist da noch etwas Komplizierteres."

Er hatte keine Lust, es näher zu erklären.

„Was?"

„Wozu davon reden? Man redet viel zuviel davon. Ich stehe mich gut mit ihnen. Sie lassen mich in Ruhe. Es gibt welche unter ihnen, die mir Ware bringen und die sich geschäftlich korrekt benehmen. Vielleicht weil ich viele von der verschiedensten Art von ihnen sehe, errate ich manches."

„Was?"

„Ich will dir einen Fall erzählen. Vor etwa einem Monat saß hier am dritten Tisch ein höherer Offizier, ein Oberst, ein gutaussehender junger temperamentvoller Bursche, der die Brust voller Orden hatte. Er hatte zwei Frauen bei sich. Ich weiß nicht, worüber er mit ihnen sprach. Ich war anderweitig beschäftigt. Jedenfalls lachten sie alle sehr laut. Dann hat er seine Brieftasche rausgezogen, wahrscheinlich, um zu zahlen. Die Frauen haben sie ergriffen und mit ihr gespielt. Sie waren alle drei betrunken. Die Frauen reichten sich Papiere und Fotos. Ich stand an der Theke. Da sah ich plötzlich einen Kerl aufstehen, den ich gar nicht beachtet hatte, irgendeinen Zivilisten, wie man sie überall auf der Straße sieht. Er war nicht einmal gut angezogen. Er ist auf den Tisch zugegangen, und der Oberst hat ihn mit einem verlegenen Lächeln angesehen. Der andere hat ein Wort gesagt, ein einziges Wort nur, und da ist der Oberst mit einem Ruck aufgesprungen und hat strammgestanden. Dann hat er den Frauen seine Brieftasche fortgenommen und hat gezahlt. Er ist geradezu zusammengeschrumpft. Er hat seine Freundinnen ohne jede Erklärung sitzenlassen und ist mit dem Zivilisten weggegangen."

„Was hat das mit mir zu tun?" hat Frank gebrummt.

„Es heißt, man habe ihn am nächsten Tag auf dem Bahnhof gesehen und er sei mit unbekanntem Ziel abgefahren. Und ich will dir sagen, was es zu bedeuten hat. Es gibt Leute, die mächtig wirken und es vielleicht im Augenblick auch sind. Aber nie, merk dir das gut, sind sie so mächtig, wie sie vorgeben. Es gibt immer welche, die noch mächtiger sind als sie. Aber gerade die kennt man im allgemeinen nicht.

Du arbeitest mit einer Dienststelle zusammen, wo jeder dir die Hand drückt, und glaubst, du seist sicher. Aber im gleichen Augenblick ist man in einem anderen Büro, das nichts mit dem ersten zu tun hat, damit beschäftigt, eine Akte von dir anzulegen.

Sie haben mehrere Abteilungen, wenn du genau wissen willst, was ich meine. Und wenn du dich mit einer Abteilung gut stehst, bedeutet das noch nicht, daß du dich in eine andere wagen kannst."

Frank hat sich am nächsten Morgen daran erinnert, und es hat ihn um so mehr beunruhigt, als er einen Kater hatte. Es wird bei ihm zu einer Gewohnheit. Jeden Morgen gelobt er sich, nicht mehr so viel zu trinken, aber dann fängt er doch sofort wieder damit an, nur weil er einen Schnaps braucht, um in Schwung zu kommen. Eine Beziehung zwischen Timos Worten und einer Bemerkung Lottes, auf die er gar nicht geachtet hatte, wird ihm plötzlich bewußt. „Man spürt, daß bald Weihnachten ist", hat sie gesagt. „Man sieht lauter neue Gesichter."

Das bedeutet, daß ihre Kundschaft wechselt, zumindest was die Besatzungsmacht betrifft. Für sie ist das jedesmal eine unangenehme Zeit, denn sie lebt dann in ständiger Unruhe. Alle drei oder sechs Monate – im allgemeinen zu den großen Festen, aber vielleicht ist das nur ein Zufall – wechselt das Personal bei den militärischen und zivilen Dienststellen. Die einen kehren in ihre Heimat zurück, und andere kommen von dort, die sich erst eingewöhnen müssen und deren Charakter man noch nicht kennt. Man muß wieder von vorn anfangen. Sooft ein Neuer klingelt, glaubt Lotte ihre Maniküresalonkomödie spielen zu müssen, und sie beruhigt sich erst dann, wenn der Kunde den Vornamen des Kameraden nennt, der ihn geschickt hat.

Ohne eigentlich zu wissen, warum, möchte Frank nicht, daß sein General fortgeht. Er nennt ihn seinen General, obwohl er ihn nicht kennt und ihn nie gesehen hat. Kromer dagegen kennt ihn. Seine Leidenschaft für Uhren hat etwas Naives und Beruhigendes. Frank ist darin wie seine Mutter. Er hat es lieber mit Menschen zu tun, die eine Leidenschaft haben. Wenn man zum Beispiel Ottos Laster kennt, ist es unmöglich, noch Angst vor ihm zu haben. Das ist übrigens einer, dessen Frank sich eines Tages noch wird bedienen können. Er würde bestimmt viel dafür geben, daß nicht manches von dem, was er tut, ruchbar wird.

Die Sonne scheint wieder, und es friert. Der letzte Schnee hat noch nicht die Zeit gehabt, schmutzig zu werden, und in einigen Vierteln sind von der Stadtverwaltung angestellte Arbeitslose damit beschäftigt, am Rand der Bürgersteige den Schnee zu leuchtend weißen Haufen zu schaufeln.

Er hat das Gefühl, daß Kromer ihm ausweicht. Allerdings geht auch er Kromer aus dem Weg. Warum beunruhigt er sich also darüber? Und was heißt überhaupt: er beunruhigt sich – da er doch vollkommen ruhig ist und völlig freiwillig und ganz bewußt alles tut, um das Schicksal herauszufordern?

Zum Beispiel geht er zu Kamp. Unter den Stammkunden des kleinen Cafés gibt es sicher Spione und Nationalverbändler. Sie stehen auch in den Schlangen, vor denen er paradiert, obgleich er weiß, daß allein seine Kleider und Schuhe eine Provokation darstellen.

Zweimal ist er Karl Adler begegnet, dem Fahrer des Wagens, der ihn in der Nacht, da er Fräulein Vilmos umgebracht hat, in das Dorf gefahren hat. Es ist seltsam: zweimal in vier Tagen und ganz zufällig und beide Male an Stellen, wo er ihn am wenigsten vermutet hätte, das erste Mal vor dem Lido, das zweite Mal vor einem Tabakladen in der Oberstadt.

Vorher hatte er ihn nie getroffen. Oder vielmehr, da er ihn nicht kannte, hat er ihn hundertmal streifen können, ohne ihn zu bemerken.

So macht man sich dumme Gedanken! Hat Adler absichtlich, aus Vorsicht oder aus einer Art Anständigkeit so getan, als ob er ihn nicht kenne?

Aber das alles ist ohne Bedeutung. Sollte jedoch ein Komplott dahinterstecken, würde es Frank nur entzükken. Dennoch ist da eine Einzelheit, die ihn beunruhigt. Vor dem Kino war Adler nicht allein. Er war mit einem Mann zusammen, der ausgerechnet in ihrem Haus wohnt.

Er hat diesen Mann nur manchmal flüchtig auf der Treppe gesehen. Er weiß, daß er im zweiten Stock wohnt, daß er eine Frau und eine kleine Tochter hat. Er muß achtundzwanzig bis dreißig Jahre alt sein. Er ist mager und wirkt krank und hat unnatürlich blondes Haar. Er ist kein Arbeiter. Ein Angestellter? Vielleicht. Nein, doch nicht, denn Frank ist ihm nicht zu bestimmten Stunden begegnet, sondern irgendwann im Laufe des Tages, aber er sieht auch nicht wie ein Vertreter aus.

Wahrscheinlich ist er Techniker wie Adler, und in diesem Fall ist es natürlich, daß sie sich kennen.

Man weiß nie, wer zu einer Widerstandsgruppe gehört. Es sind oft die äußerlich am harmlosesten wirkenden Menschen, und der Blonde aus dem zweiten Stock mit seiner Frau und seinem Töchterchen ist genau der Typ des Mieters, der gar nicht auffällt.

Warum sollten diese Leute ihn umbringen? Er hat ihnen nichts getan. In Wirklichkeit bringen sie vor allem ihre eigenen Leute um, die sie verraten, und Frank kann sie nicht verraten, weil er sie nicht kennt. Daß sie ihn verachten, ist gewiß. Aber er hat – genau wie seine Mutter – viel mehr von der Wut der Nachbarn zu befürchten, die sie der Kohle, der warmen Kleidung und des guten Essens wegen beneiden.

Lotte hat übrigens nur vor dem Viertel Angst. Sie weiß, da man Frank bisher in Ruhe gelassen hat, daß er Fräulein Vilmos' wegen nichts zu befürchten hat. Sogar die Haltung Kurt Hamlings, die kleinen Bemerkungen, die er wie nebenbei fallengelassen hat, deuten nur auf eine lokale Gefahr hin. Sonst wäre doch kein Grund gewesen, Frank zu raten, ein paar Tage auf dem Land oder bei Freunden zu verbringen.

Es ist Frank nicht gelungen, Holst wiederzubegegnen, wie er es sich gewünscht hatte, aber sie haben sich von weitem gesehen. Holst, der seinen Schritt kennen muß, wie Frank den seinen kennt, hört Frank zehnmal am Tag ein- und ausgehen und könnte ihn im Treppenhaus stellen.

Frank hat keine Angst. Es ist ein viel komplizierteres Gefühl. Es ist ein Spiel, das er erfunden hat, wie er als Kind viele erfand, die er allein verstand. Das geschah meistens morgens in seinem Bett, während Frau Porse das Frühstück machte, und vor allem, wenn die Sonne schien. Mit geschlossenen Augen sagte er zum Beispiel: „Fliege!"

Dann machte er die Augen halb auf und blickte nur auf eine bestimmte Stelle der Tapete. Wenn dort eine Fliege saß, hatte er gewonnen.

Jetzt hätte er sagen können: „Schicksal."

Denn er wollte, daß das Schicksal sich mit ihm befaßte. Er hatte alles getan, um es dazu zu zwingen. Er forderte es weiter von früh bis spät heraus. Am Tag zuvor hatte er lässig zu Kromer gesagt: „Frag doch mal deinen General, was ihm außer den Uhren noch gefallen würde."

Er brauchte kein Geld. Selbst wenn er weiter so viel ausgab wie augenblicklich, würde es noch für Monate reichen. Er brauchte überhaupt nichts. Er hatte sich einen noch auffallenderen Mantel gekauft, einen Mantel, wie es deren nur fünf in der Stadt gab, hellbeige, aus echtem Kamelhaar. Für die Jahreszeit hätte er zwar etwas dicker sein dürfen, aber Frank trug ihn, um die Leute damit herauszufordern.

Ebenso hatte er immer seinen Revolver in der Tasche, obgleich dessen Gewicht ihn störte und der Revolver trotz des grünen Ausweises ihm einen bösen Streich hätte spielen können.

Er hatte keine Lust, zum Märtyrer zu werden oder auch nur zum Opfer. Dennoch tat es ihm wohl, sich vorzustellen, wenn er abends durch die Straßen des Viertels ging, daß ihn plötzlich aus einer dunklen Ecke eine Kugel treffen könnte.

Man kümmerte sich nicht um ihn. Nicht einmal Holst schien sich um ihn zu kümmern, und dennoch hatte Frank genug getan, um seine Aufmerksamkeit auf sich zu lenken.

Sissy haßte ihn gewiß. Jeder andere an Franks Stelle hätte nach dem, was vorgefallen war, das Haus verlassen.

Irgendwo lauerte das Schicksal. Aber wo? Statt abzuwarten, bis seine Stunde kam, ging Frank ihm entgegen und suchte überall nach ihm. Es war, als riefe er wie an jenem Tag, als er die Handtasche mit dem Schlüssel in dem freien Gelände hochhielt: Hier bin ich! Worauf wartet ihr noch?

Er hatte nicht genug Feinde und tat deshalb alles, um sich welche zu machen. Hatte er nicht deswegen Berta geohrfeigt? Und jetzt, wenn Minna es wagte, sich zärtlich oder auch nur zuvorkommend zu zeigen, antwortete er, um sie zu verletzen: „Ein kranker Unterleib ist mir zuwider."

Er brachte Anny Schokolade, die sich aber weder dafür bedankte noch daran dachte, den anderen etwas abzugeben. Er betrachtete sie gern. Er hätte ihren Körper stundenlang betrachten können, aber es befriedigte ihn nicht, sich mit ihr zu vergnügen. Auch sie hatte kein Verlangen danach. Als er zum zweitenmal zu ihr ins Bett geschlüpft war, hatte sie mürrisch geseufzt: „Schon wieder?"

Ihr Körper war ein Kunstwerk, aber sie hatte nichts als ihn. Er war außerdem wie aus Stein. Sie legte ihn so, wie man wollte, und schien dabei zu denken: Seht ihn euch an, streichelt ihn, macht, was ihr wollt, aber macht schnell.

Am Donnerstag war Berta weggegangen. Am Freitag nachmittag um halb vier sah er den Mieter aus dem zweiten Stock auf der Straße vor einem Schaufenster stehen. Erst später war ihm eingefallen, daß es ein Korsettgeschäft war. Fast eine volle Stunde danach war er mit einem Mann namens Kropetzki, den er flüchtig kannte, zu Taste Kuchen essen gegangen. Ressl, der Chefredakteur, war auch gerade dort. Dieser luxuriöse Rahmen paßte zu ihm, und selten hatte Frank eine so gutgekleidete und so rassige Frau gesehen wie die, mit der Ressl zusammen war.

Ressl hatte ihm sogar zugewinkt. Frank und sein Bekannter hatten der Musik gelauscht. Taste ist das einzige Lokal, wo man bereits am Nachmittag um fünf Uhr Musik hören kann. Beim Anblick des Orchesters mußte er an den Geigenspieler denken, denn auch der Geiger hier war groß und hager.

Hatte man den Geigenspieler erschossen? Die Leute fürchten so etwas immer, aber meistens sieht man die Totgesagten eines schönen Tages wieder heimkehren. Einige sprechen dann von Folterungen, aber das kommt selten vor. Oder schweigen die anderen aus Vorsicht?

Wenn er an die Folter denkt, stockt ihm das Blut in den Adern. Dennoch hat er im Grunde keine Angst davor. Würde er es aushalten? Er ist davon überzeugt, daß er es könnte. Er hat so oft daran gedacht, daß der Gedanke ihm vertraut geworden ist. Schon als Kind machte es ihm Spaß, sich weh zu tun, sich zum Beispiel, während er vor dem Spiegel stand, mit einer Nadel in die Haut zu stechen und dabei die Zuckungen auf seinem Gesicht zu verfolgen. Man wird ihn nicht foltern. Man wird es nicht wagen. Warum sollte man ihn auch foltern, da er doch nichts aussagen kann? In wenigen Tagen ist Weihnachten. Wieder einmal kein richtiges Weihnachten. Außer in seiner frühesten Kindheit hat er nie ein richtiges Weihnachten erlebt. Mit sieben oder acht Jahren war er ein paarmal um diese Zeit in der Stadt. Die Straßen waren heller erleuchtet als ein Tanzsaal. Frauen und Männer in Pelzen drängten sich auf den Gehsteigen, und die Schaufenster barsten fast von der Fülle der ausgestellten Waren.

Wie in den anderen Jahren wird man bei Lotte im Salon einen kleinen Baum aufstellen. Man tut das vor allem der Kunden wegen. Wer wird wohl über Weihnachten dableiben? Minna hat sicherlich Angehörige. Wenn die Mädchen sich auch sonst wenig um ihre Verwandtschaft kümmern, sobald ein Fest vor der Tür steht, erinnern sie sich plötzlich ihrer. Von Anny weiß man nicht einmal, wo sie zu Hause ist. Vielleicht bleibt sie da. Vermutlich wird sie sich damit begnügen, sich vollzufressen und sich dann wieder auf ihre Illustrierten zu stürzen.

Sogar Kromer fährt Weihnachten nach Hause. Es ist etwa dreißig Kilometer weg.

Sissy wird noch im Bett liegen. Holst wird sein letztes Geld ausgeben, wenn er überhaupt noch welches hat, oder er wird ein paar Bücher verkaufen, damit sie einen Weihnachtsbaum hat. Sie werden den alten Wimmer bei sich haben, der jetzt seinen richtigen Beruf gefunden hat: er ist Mädchen für alles bei ihnen.

„Woran denkst du?" fragt sein Bekannter.

Frank zuckt zusammen.

„Ich?"

„Nicht der Papst."

„An gar nichts. Entschuldige."

„Du sahst eben so aus, als wolltest du die Musiker erdrosseln."

„So?"

Er hat sie gar nicht gesehen. Er hatte sie ganz vergessen.

„Sag mal, ich möchte dich um etwas bitten, aber ich wage es nicht."

„Wieviel willst du haben?"

„Es ist nicht so, wie du glaubst. Es ist nicht für mich, sondern für meine Schwester. Sie sollte schon lange operiert werden. Man hat mir gesagt, du hättest die Taschen voll Geld."

„Was hat deine Schwester denn?" Und Frank denkt voller Ironie daran, daß sie ja noch nicht bei Lotte war.

„Etwas an den Augen. Wenn sie nicht operiert wird, erblindet sie."

Der Bekannte ist ungefähr seines Alters, aber weich und schüchtern. Er gehört zu denen, die dazu geboren sind unterzugehen.

Sofort stehen ihm Tränen in den Augen.

„Wieviel brauchst du?"

„Ich weiß es nicht genau, aber ich glaube, wenn du mir ..."

Wie ein Zauberkünstler holt Frank sein Banknotenbündel heraus. Es ist für ihn zu einem Spiel geworden.

„Wenn du dich bedankst, bist du noch dämlicher, als ich gedacht habe."

„Frank, alter Freund ..."

„Hast du nicht verstanden? Laß uns gehen."

Ist es ein Zufall, daß der Kerl aus dem zweiten Stock ein Stück weiter wieder vor einem Schaufenster steht? Aber diesmal ist es ein Schaufenster, in dem Puppen ausgestellt sind. Er hat eine kleine Tochter. Weihnachten steht vor der Tür. Wenn man ihn fragte, könnte er antworten, es sei ganz natürlich, daß er sich die Schaufenster betrachte.

Soll Frank ihn einfach fragen, was er will, und ihm notfalls seinen grünen Ausweis oder seinen Revolver unter die Nase halten?

Im Grunde haben Timos Worte doch Eindruck auf ihn gemacht. Er setzt seinen Weg fort und dreht sich um. Der Mann folgt ihm nicht. Nur Kropetzki weicht nicht von seiner Seite, und er hat alle Mühe, ihn loszuwerden.

Wenn das Schicksal auf ihn lauert, so wird es doch nicht heute abend zuschlagen. Er kann noch in der Stadt essen und Kromer treffen – Kromer ist besorgt und etwas zurückhaltend –, kann in drei verschiedenen Lokalen etwas trinken und an einer Theke lange mit einem Unbekannten sprechen, ohne daß sich etwas ereignet.

Auf dem Weg von Timo zu seinem Haus, der ihn an der Sackgasse neben der Gerberei vorbeiführt, geschieht auch nichts. Es wäre aber auch komisch, wenn sich das Schicksal gerade diese Ecke aussuchte, um ihm aufzulauern. Auf solche Gedanken kommt man um drei Uhr morgens, wenn man zuviel getrunken hat.

Bei Holsts brennt Licht. Vielleicht ist es gerade die Zeit für die Umschläge oder die Tropfen oder Gott weiß was sonst. Er horcht an der Tür. Sicherlich hat man seinen Schritt gehört. Holst weiß, daß er auf dem Treppenabsatz steht. Und Frank bleibt absichtlich eine Weile stehen und preßt das Ohr an den Türrahmen.

Holst macht aber nicht auf. Er rührt sich nicht, der Dummkopf. Frank bleibt so nichts anderes übrig, als schlafen zu gehen. Wenn er nicht so müde wäre, würde er sich mit Anny vergnügen, nur weil sie das ärgert. Minna widert ihn an. Sie ist albern in ihn verliebt. Sie wird wohl manchmal heulen, wenn sie an ihn denkt. Vielleicht betet sie sogar für ihn. Und sie schämt sich ihres kranken Unterleibs.

Frank geht allein schlafen. Im Ofen ist noch etwas Glut, und er starrt lange auf die rötliche Scheibe an der Ofentür.

Dummkopf!

Und am nächsten Morgen, als er wieder einmal einen Kater hat, geschieht es. Er hat das Schicksal überall gesucht, aber es war nirgends, wo er es vermutete.

Wieder ein Zufall: in der Wohnung gibt es nichts mehr zu trinken. Beide Flaschen sind leer. Lotte vergißt seit einigen Tagen, ihm zu sagen, wenn der Vorrat zur Neige geht.

Er muß also zu Timo gehen. In solchen Fällen sucht man ihn am besten morgens auf. Timo verkauft nicht gern über die Straße, selbst nicht zu hohen Preisen. Er behauptet immer, daß er dabei etwas verliere, daß gute Flaschen mehr wert seien als schlechtes Geld.

Frank hat Durst. Lotte hat sich die Haare aufgewikkelt. Sie hat einen hellen weiten Kittel angezogen, um mit Minna zusammen die Wohnung rein zu machen, während Anny sich nicht einmal rührt, wenn man zwischen ihren Beinen kehrt. Sie sitzt unbeteiligt da wie eine Göttin, weder in einen Traum noch in Nachdenken versunken, sondern in die Lektüre ihrer Zeitschrift, und sie läßt dabei die Asche ihrer Zigarette auf den Boden fallen.

„Kauf nicht zuviel auf einmal, Frank."

Merkwürdig, beinahe hätte er seinen Revolver in der Wohnung gelassen, nicht weil Timo es ihm geraten hat, sondern weil er ihm in der Tasche zu schwer ist. Er hat es nur deshalb nicht getan, weil es ihm wie eine Mogelei vorgekommen wäre.

Er will nicht mogeln.

Er ist Herrn Wimmer begegnet, der mit einem Kohlkopf und Steckrüben in seinem Einkaufsnetz die Treppe heraufkam, und Wimmer ist stumm dicht an ihm vorbeigegangen.

Dummkopf!

Er erinnert sich, daß er im zweiten Stock auf dem Treppenabsatz stehengeblieben ist, um sich seine Morgenzigarette anzustecken – sie schmeckte ihm nicht, wie immer, wenn er am Tag zuvor zuviel getrunken hat –, und daß er unwillkürlich in den Flur links geblickt hat. Er hat nichts gesehen. Der Flur ist leer. Nur am Ende steht ein Kinderwagen. Man hört ein Baby wimmern.

Als Frank unten an der Loge des Portiers vorbeigehen will, öffnet sich die Tür.

Er hat nie daran gedacht, daß es so geschehen könnte. Ja er merkt zuerst gar nicht, daß etwas geschieht. Der Portier sieht aus wie jeden Tag und hat auch seine Mütze auf. Neben ihm steht ein ziemlich unauffälliger Mann, der dennoch wie ein Ausländer wirkt und einen zu langen Mantel trägt.

In dem Augenblick, da Frank vorübergehen will, tippt der Mann an den Rand seines Huts, als wolle er sich bei dem Portier bedanken, folgt Frank und holt ihn ein, ehe er die Mitte des Bürgersteigs erreicht hat.

„Würden Sie bitte mitkommen?"

Das ist alles. Er zeigt etwas, das er in der hohlen Hand hat, einen Ausweis in einer Cellophanhülle mit einem Foto und Stempeln. Was für ein Ausweis ist das? Frank weiß es nicht.

Sehr ruhig und etwas steif sagt er: „Gut."

„Geben Sie ihn mir."

Er hat nicht die Zeit, sich zu fragen, was er dem Mann geben soll. Der hat sofort die Hand in die richtige Tasche gesteckt, zieht den Revolver heraus und läßt ihn in seinem Mantel verschwinden.

Wenn in diesem Augenblick Leute sie beobachtet haben – Frank weiß es nicht –, haben sie die Szene gewiß nicht verstanden. Am Rand des Bürgersteigs steht auch kein Auto. Sie gehen nebeneinander zur Haltestelle der Straßenbahn und warten wie jedermann auf die Straßenbahn, ohne sich auch nur anzusehen.

4

Es ist der achtzehnte Tag. Er hält durch. Er wird durchhalten. Denn er hat entdeckt, es kommt allein darauf an, daß man durchhält und daß er sie dann bezwingen wird. Aber geht es wirklich darum? Das ist eine andere Frage, die er zur gegebenen Zeit beantworten wird. Er hat viel nachgedacht. Er hat zu viel nachgedacht. Auch Nachdenken ist gefährlich. Man muß sich einer strengen Disziplin unterwerfen. Wenn er daran denkt, daß er sie bezwingen wird, dann bedeutet das einfach, daß er wieder herauskommt. Und der Ausdruck „herauskommen" beschränkt sich nicht auf den Ort, an dem er sich befindet.

Es ist seltsam, wie man draußen Worte gebraucht, ohne sich um ihren wirklichen Sinn zu kümmern. Gewiß, Frank hat nicht viel gelernt, aber das trifft auf sehr viele andere ebenso zu, auf die meisten sogar, und er stellt jetzt fest, daß er sich immer mit Worten begnügt hat, die nur annähernd stimmten.

Diese Frage nach dem Sinn der Worte hat ihn zwei Tage lang beschäftigt. Vielleicht wird er noch einmal darauf zurückkommen.

Jedenfalls, es ist der achtzehnte Tag, und das ist eine absolute Gewißheit. Er wacht darüber, daß diese Gewißheit absolut bleibt. Er hat sich eine fast unberührte Stelle der Wand ausgesucht, und jeden Morgen ritzt er mit dem Daumennagel einen Strich ein. Das ist schwieriger, als man denkt. Nicht den Strich einzuritzen, obwohl der Nagel schon ganz kurz geworden ist, sondern nur einen Strich zu machen und sicher zu sein, ihn eingeritzt zu haben. Die Wand ist weißgetüncht, was die Sache erleichtert. Aber es war nicht einfach, eine saubere Stelle zu finden, da vor Frank schon viele andere hier gewesen sind.

Auch darf man nicht – das hat er ebenfalls entdeckt – sich dieses und jenes zu genau fragen, weil man hier zum Zweifeln neigt, und er weiß, wer zu zweifeln beginnt, ist verloren.

Er wird das Problem ganz allein lösen, vorausgesetzt, daß er sich nicht gehenläßt und nicht zu träumen anfängt. In gewissen Fragen wird er sehr genau. Am letzten Morgen, den er draußen verbracht hat, wußte er zum Beispiel nicht das Datum. Er wußte es, ohne es zu wissen. Er ist dessen aber nicht sicher, er weiß zwar, daß er achtzehn Tage hier ist; er könnte jedoch das Datum seiner Einlieferung nicht genau auf den Tag angeben.

So lebt man.

Höchstwahrscheinlich ist heute der 7. Januar. Vielleicht aber auch der 8. Für die Zeit, die „davor" liegt, hat er keine festen Anhaltspunkte. Hier hat er seine Striche.

Wenn er durchhält, wenn er sich nicht gehenläßt, wenn er sich genügend konzentriert – ohne sich jedoch allzu stark zu konzentrieren –, dann wird er bald begreifen, und dann ist alles klar. Das erinnert ihn an einen Traum, den er schon mehrmals gehabt hat. Es sind eigentlich mehrere Träume, aber der deutlichste ist der vom Fliegen. Er steigt in den Raum auf. Nicht unter freiem Himmel, auf der Straße oder in einem Garten, sondern in einem Zimmer, immer in Gegenwart von Zeugen, die nicht fliegen können. Er sagt ihnen zum Beispiel: „Seht doch, wie leicht das ist!"

Er legt beide Hände flach auf die Leere und stützt sich darauf.

Der Start ist mühsam und langwierig. Er muß seinen Willen stark anspannen. Sobald er in der Luft schwebt, braucht er aber nur noch kleine Bewegungen zu machen, bald mit den Händen, bald mit den Füßen. Sein Kopf berührt die Decke. Er versteht nie, warum die anderen darüber so verwundert sind. Er lächelt ihnen herablassend zu.

„Ich sage euch doch, daß es ganz leicht ist. Man muß nur wirklich wollen."

Nun, hier ist es genauso. Wenn er es intensiv genug will, wird er begreifen. Er lebt unter schwierigen Bedingungen und hat sofort verstanden, daß man sich davor hüten muß, sich treiben zu lassen.

Ein ganz kleines Beispiel: seine Ankunft hier. Es waren seine letzten Stunden, seine letzten Minuten draußen. Oder vorher. Er verwendet die beiden Bezeichnungen ohne Unterschied. Er hätte also von diesen Augenblicken eine geradezu mathematisch genaue Erinnerung behalten müssen. Er hat sie auch und bewahrt sie als etwas Kostbares. Aber es kostet ihn beständige Anstrengungen. Jeden Tag läuft er Gefahr, Einzelheiten zu ändern; er gerät in Versuchung, es zu tun; er zwingt sich dazu, die Ereignisse wieder einzeln vorzunehmen und ein Bild an das andere zu knüpfen.

So ist es nicht wahr, daß Kamp vor seine Tür getreten ist oder daß die Stammgäste in seinem kleinen Lokal gelacht haben. Er war nahe daran, dies hinzuzufügen. Er hat fast daran geglaubt. In Wirklichkeit hat er aber niemanden gesehen, absolut niemanden, bis die wie gewöhnlich schwankende Straßenbahn vor ihnen hielt. Sie haben sich nicht angeblickt, um zu entscheiden, ob sie vorn oder hinten einsteigen sollten. Als hätte der Mann Franks Gewohnheiten gekannt und ihm eine Freude machen wollen, sind sie vorn eingestiegen.

Frank rauchte seine Zigarette. Der andere hatte etwa das Viertel einer Zigarre im Mund. Er hätte es wegwerfen und Lust haben können, sich in den Wagen zu setzen. Aber Frank hat sich, seit er klein war und man ihn dazu zwang, nie in eine Straßenbahn gesetzt. Es hat ihn immer ohne Grund geängstigt.

Der Mann ist auf der Plattform stehen geblieben. Diese Straßenbahn fährt über die Brücke, dann fast durch die ganze Oberstadt, und die Endstation befindet sich in einem Arbeiterviertel, das am Stadtrand liegt. Man ist dicht an militärischen Dienststellen vorbeigekommen, aber der Mann ist nicht ausgestiegen. Erst drei Straßen weiter hat er Frank ein Zeichen gemacht, und sie haben unter dem gelben Schild der Haltestelle auf eine andere Straßenbahn gewartet.

Der Himmel strahlte. Es war an diesem Morgen, als

ob die Stadt mit all ihren Fensterscheiben, ihrem Schnee und ihren weißen Dächern funkelte. Oder bildet er sich das nachträglich nur ein? Dennoch, da ist eine Einzelheit, die nicht trügt. Als sie auf die zweite Straßenbahn warteten, hat er seinen Zigarettenstummel in den Schnee fallen lassen. Gewöhnlich ist der Schnee hart und verharscht. Die Zigarette hätte also noch eine Weile brennen müssen, aber sie ist sofort ausgegangen, als hätte die Feuchtigkeit des von der Sonne beschienenen Schnees sie benetzt. Wenn er sich ungenauer ausdrückte, würde er sagen, daß sie mit einem Zischen in den Schnee gefallen sei.

Auf solche Einzelheiten achtet er, weil es für ihn Marksteine sind. Hätte man solche Marksteine nicht, würde man sich gehenlassen, sich irgend etwas erdichten und es dann glauben.

Die zweite Straßenbahn, die sie genommen haben, fährt, auf einer Art Außenring, durch Viertel, die schon eigentlich nicht mehr zur Stadt, aber auch nicht zur Vorstadt gehören. Mehrmals sind Frauen mit ihrem Einkaufsnetz für eine kurze Strecke zugestiegen. Frank hat ihnen ein paarmal dabei geholfen, ohne daß der Mann ihn daran gehindert hätte.

Einen Augenblick hat er sich sogar gefragt, ob es nicht etwa eine Komödie sei, die Kromer oder Timo inszeniert hatte, oder ein Racheakt des Kommissars Hamling.

Es war richtig, daß er diese Vermutung nicht ausgesprochen hat. Im allgemeinen ist er mit sich zufrieden, selbst jetzt, da er Zeit hat, die geringsten Einzelheiten genau nachzuprüfen. Andere hätten zweifellos Fragen gestellt oder sich entrüstet oder grobe Witze gemacht. Schlicht und würdevoll hat er seine Haltung der seines Begleiters, eines untergeordneten Beamten, eines einfachen Inspektors ohne besondere Anweisungen in seiner Angelegenheit, angepaßt.

Man hat ihm gewiß befohlen: „Bringen Sie uns diesen jungen Mann her.“ Und man hat hinzugefügt: „Aber Vorsicht! Er ist bewaffnet.“

Aus Gewohnheit hat er sofort gewußt, in welche Tasche Frank seinen Revolver steckte. Noch stolzer ist Frank aber darauf, daß er nicht begonnen hat, nervös eine Zigarette nach der anderen zu rauchen. Sobald er eine wegwarf, gebot er sich innerlich: Erst nach zwei Haltestellen rauchst du die nächste!

Sie sind in einem neuen Viertel ausgestiegen, das die Leute in der Stadt kaum kennen. Die Ziegel sind dort noch rosa und die Farben noch frisch, und unmittelbar gegenüber der Haltestelle standen große Gebäude mit einem Hof davor und einem hohen Gitter.

Es ist eine Schule. Wahrscheinlich ein Gymnasium. Am Eingangstor befindet sich ein Schilderhaus mit einem Wachtposten, aber das Ganze wirkt keineswegs finster. Genau gegenüber hat Frank ein kleines Café in der Art von dem Kamps gesehen, nur neuer.

„Wir müssen noch etwas warten. Wir sind zu früh gekommen."

Seit den Worten, die er bei der Verhaftung an ihn gerichtet hatte, waren dies die ersten, die der Mann sagte. Er machte dabei ein besorgtes Gesicht, als ob er fürchtete, einen Fehler gemacht zu haben. Frank hat daran gedacht, daß er an anderen Tagen nie so früh hinunterging und daß er es an diesem Morgen nur getan hatte, weil in der Wohnung nichts mehr zu trinken war.

Ob Lotte schon Bescheid wußte? Und Holst? Und Sissy?

Er ist die ganze Zeit ruhig gewesen. Soviel er im Rückblick über sein Verhalten auch nachdenkt, er ist mit sich zufrieden. Es hat nichts Erschreckendes, einen Schulhof zu betreten, selbst wenn sich am Tor ein Schilderhaus mit einem Wachtposten befindet.

Sie haben sich nach rechts gewandt, haben ein paar Stufen erstiegen, und der Mann ist bis zu einer Glastür vorausgegangen, die er geöffnet hat, um Frank vor sich hineingehen zu lassen.

Es ist schwer zu sagen, wozu dieser kleine Raum früher gedient hat. Vielleicht war es die Loge des Pedells. Eine Bank steht darin, und ein Pult, das einer Theke ähnelt, teilt das Zimmer. Die Täfelungen und die Möbel sind hellgrau gestrichen. Der Mann ist in einen angrenzenden Raum gegangen, hat dort ein paar Worte gesprochen, ist dann zurückgekehrt und hat neben Frank Platz genommen.

Besonders froh scheint er nicht zu sein. Im Gegenteil. Er gehört zu den Traurigen, Übergewissenhaften. Er erfüllt seine Pflicht freudlos oder gegen seine Überzeugung. Immer noch hat er seinen Zigarrenstummel im Mund, der mit Speichel benetzt ist und zu stinken beginnt. Er sagt nichts, als Frank seine Zigarette auf dem Fußboden austritt und sich eine andere ansteckt.

Er ist einer von denen, die Frank minderwertig nennt, ein Mann wie Kropetzki, der nur auf der Welt ist, um Prügel zu bekommen. In dem Raum nebenan scheinen bedeutendere Leute zu sitzen. Die Tür ist offen geblieben, aber der Theke wegen, die den Blick versperrt, sieht man nur den oberen Teil. Frank und sein Begleiter sind zu einer stillen Zeit gekommen. Aber kaum brennt Franks Zigarette, da hört man das dumpfe Geräusch eines Faustschlags auf ein Gesicht. Man vernimmt jedoch kein Gewimmer, sondern nur die Stimme dessen, der geschlagen hat, oder eines anderen, der fragt: „Nun?"

Frank bedauert es, nichts zu sehen, wagt indes nicht aufzustehen. Er lauscht den Schlägen, die aufeinander folgen, aber nur einmal dem, der sie empfängt, ein leises Röcheln entreißen.

„Nun, du Schwein?"

Frank ist ruhig geblieben. Er ist dessen sicher. Er hat achtzehn Tage lang darüber nachdenken können, und er ist dadurch nur aufrichtiger gegen sich selbst geworden.

Das Erlebnis hat in ihm die Neugier geweckt. Er hat sich zunächst gedacht: Ob es wahr ist, daß man sie splitternackt auszieht?

Gleich wird er wahrscheinlich an die Reihe kommen. Warum denkt er plötzlich an Minnas Unterleib? Weil man erzählt, daß sie einem mit den Füßen oder mit den Knien gegen die Genitalien treten. Er wird blaß bei dem Gedanken. Dennoch gibt der Kerl in dem anderen Zimmer nicht nach. In den Augenblicken, da es ganz still ist, hört man seinen ein wenig pfeifenden Atem.

„Behauptest du immer noch, es nicht gewesen zu sein?"

Wieder ein Schlag. Mit etwas Übung muß man nach dem Geräusch erraten können, welcher Körperteil den

Schlag bekommen hat. Jetzt folgt eine wahre Lawine von Schlägen. Dann hört man ein dumpfes Stöhnen und darauf nichts mehr.

Nichts als ein paar in vorwurfsvollem Ton in einer fremden Sprache gesprochene Worte.

Ist das alles absichtlich für ihn inszeniert worden? Er muß es herausbekommen. Gewiß, es ist schwer zu glauben. Er denkt nicht mehr wie die Leute draußen, aber er denkt auch noch nicht wie seine Mitgefangenen. Er bemüht sich, einen klaren Kopf zu behalten und alles im richtigen Verhältnis zu sehen. Er ist sicher, daß er es schaffen wird. Sie werden ihn nicht kleinkriegen.

Zumal da das vielleicht nur eine Probe ist. So könnte man nicht zu Lotte sprechen, auch nicht zu Kromer, nicht einmal zu Timo. Er hat schon einen weiten Weg zurückgelegt, seit er sie nicht mehr gesehen hat. Sie dagegen sind die gleichen geblieben, sie führen ihr kleines Leben weiter, denken immer noch das gleiche und kommen darum auch nicht voran.

Er möchte lächeln, wenn er sich an das erinnert, was ihm Timo über den grünen Ausweis und die Abteilung gesagt hatte.

Ist Frank jetzt in einer Abteilung oder nicht?

Ist es eine wichtige Abteilung?

Wenn Timo durch die Straße käme und das Gitter mit dem Wachtposten sähe, würde er nichts ahnen. Man muß die Dinge von innen sehen, und er, Frank, ist drinnen. Wird man anerkennen, daß er drinnen ist?

Er gibt gern zu, daß etwas Wahres an Timos Worten war. Aber Timo war sich dessen nicht bewußt, er sprach nur so wie einer, der draußen steht. Der grüne Ausweis existiert. Wenn man ihn ausgestellt hat, muß er auch seine Bedeutung haben. Und wenn er seine Bedeutung hat, ist es nicht weniger wichtig, daß man ihn nicht verbummelt.

Früher mußte man, um ein einfacher Freimaurer zu werden, wie es alle Beamten waren, sich Proben unterziehen.

Das hat Timo nicht verstanden. Daran haben weder er noch Frank noch die anderen gedacht. Nicht dieses Gedankens wegen ist Frank ruhig – er würde sich sonst verachten –, aber er verbringt jeden Tag eine bestimmte Zeit damit, diesen Gedanken ins Auge zu fassen, ihn von allem Überflüssigen zu befreien, gewisse Aspekte der Frage zu vertiefen.

Warum hat sich bei ihm, als man ihn in das Büro hineingeführt hat, nicht alles so abgespielt wie bei seinem Vorgänger? Den haben zwei Männer fortgeschafft; der eine hielt ihn am Kopf, der andere an den Füßen. Denn er hatte genug, vielleicht mehr als genug. Man wird zu schnell und ungestüm vorgegangen sein. Der Chef ist damit nicht zufrieden. Das, was er mit tonloser Stimme gesagt hat, wobei er mit einem Brieföffner auf den Tisch schlug, sollte gewiß heißen: „Der Nächste."

Franks Begleiter ist aufgestanden und hat seinen Zigarrenstummel in die Westentasche gesteckt. Auch Frank hat sich ganz ungezwungen erhoben.

War er in diesem Augenblick etwa davon überzeugt, daß er wenige Minuten später als freier Mann weggehen und die Straßenbahn in umgekehrter Richtung nehmen würde?

Er weiß es nicht mehr genau. Es gibt Fragen, die er sich schon allzuoft gestellt hat und die mit jedem Tag komplizierter werden. Es gibt einige, die er sich für den Vormittag vorbehält, und andere für den Nachmittag, für den Sonnenaufgang oder für den Sonnenuntergang, für die Zeit vor oder nach dem Essen. Auch das ist eine Disziplin, der er sich strikt unterwirft.

„Kommen Sie."

Hat der Mann gesagt: Kommen Sie? Wahrscheinlich nicht. Er hat nichts gesagt. Er hat Frank nur ein Zeichen gemacht, um das Pult herumzugehen, oder er hat ihm den Weg gezeigt, indem er vorging.

Und dann ist es geradezu lächerlich geworden. Der Chef, vor dem er erschien, sah gar nicht nach einem Chef aus, genausowenig wie der alte Wimmer. Er trug keine Uniform, sondern einen grauen Anzug mit einer zu engen Jacke, einem zu hohen Kragen und einer schlecht gebundenen Krawatte.

Es war ein kleiner Mann mittleren Alters wie jene in den Büros, die Lebensmittelkarten, Kohlenscheine und ähnliches ausstellen. Er trug eine Brille mit starken Gläsern und schien mit Ungeduld auf die Zeit des Mittagessens zu warten.

Da ist wieder eine entscheidende Frage: Hat man sich geirrt oder nicht?

Timo hat so getan, als wären sie wie alle anderen, als ob man in einem ihrer Büros gar nichts von dem wisse, was in dem Nachbarbüro vorgeht. Auf der Lebensmittelkartenstelle haben die Leute, die sie gar nicht verlangten, irrtümlich zwei Karten statt einer bekommen, während es anderen nicht gelang, Ersatz für eine verlorene Karte zu erhalten.

Es ist ernst. Man darf sich nicht verwirren lassen, aber man muß diese Möglichkeit ebenso sorgfältig ins Auge fassen wie die anderen. Man darf auch nicht vergessen, daß es Essenszeit war, daß der Chef Hunger hatte und es ihn verstimmte, daß der Vorgänger ohnmächtig geworden war.

Dennoch ist es unmöglich, etwas Bestimmtes aus seinem Verhalten zu folgern. Hat er sich dazu herabgelassen, Frank anzusehen? Kannte er ihn schon? Hatte er eine Akte vor sich liegen?

Als Frank im Nebenzimmer auf der grauen Bank wartete, mußten sie zu fünft in dem Büro gewesen sein, denn jetzt waren sie nur noch zu dritt. Der Chef saß, und die beiden anderen standen, von denen der eine noch blutjung – jünger als Frank – und geschmacklos angezogen war.

Frank hat sofort seinen grünen Ausweis, den er seit einer halben Stunde bereithielt, vorgezeigt. Er hat ihn den ganzen Weg über, in der Straßenbahn, in der Tasche gefühlt. Wenn Timo recht hätte, hätte der Chef die Achseln zucken oder grinsen müssen.

Er hat aber den Ausweis genommen, ohne einen Blick darauf zu werfen, und ihn neben sich auf einen Stoß Akten gelegt. Währenddessen durchsuchten die anderen seine Taschen, aber nicht brutal.

Man sagte kein Wort. Man fragte ihn nichts. Der, der ihn hergebracht hatte, stand in der Tür, schien ihn jedoch nicht besonders zu überwachen.

Der Chef schien an etwas anderes zu denken, schien eine Akte zu studieren, die Frank nicht betraf, und ließ ohne Neugier den Inhalt von Franks Taschen mitsamt dem Banknotenbündel auf einer Ecke seines Schreibtisches anhäufen.

Als die Durchsuchung beendet war, hob er den Kopf, als ob er fragen wollte: Seid ihr soweit?

Da erinnerte sich der Polizeibeamte an eine Einzelheit und legte den Revolver auf den Schreibtisch.

„Ist das alles?“

Der Chef stieß einen leisen Seufzer aus und griff nach einem langen Formular mit vorgedruckten Worten und weißen Stellen zum Ausfüllen.

„Frank Friedmaier?“ fragte er wie nebenbei.

Er schrieb den Namen in Druckschrift auf das Blatt; dann dauerte es fast eine Viertelstunde, denn in eine besondere Spalte trug er alles ein, was in Franks Taschen gewesen war, ohne auch nur eine Streichholzschachtel oder einen Bleistiftstummel zu vergessen.

Man behandelte Frank nicht brutal. Niemand kümmerte sich um ihn. Wenn er zur Tür hinausgestürzt und auf die Straße gerannt wäre, hätte vermutlich nur der Posten auf ihn geschossen und ihn verfehlt.

Ist es so lächerlich, an eine Probe zu denken? Warum sollten sie den grünen Ausweis Leuten geben, die sie nicht kennen und deren sie nicht sicher sind?

Warum hat man ihn nicht geschlagen wie den anderen? Aber hat man den anderen wirklich geschlagen? So etwas kann eigentlich in einem Büro, dessen Tür jedem offensteht, nicht passieren.

Er hat achtzehn Tage darüber nachgedacht. Er hat unheimlich viel nachgedacht. Aber nicht nur darüber. Er hat auch Zeit gehabt, an Weihnachten, an Neujahr, an Minna, an Anny, an Berta zu denken. Sie würden alle sehr erstaunt sein, auch Lotte, wenn sie wüßten, was er alles beim Nachdenken über sie entdeckt hat. Das Nachdenken ist aber der Nachbarn wegen nicht leicht, denn hier gibt es ebenso Nachbarn wie in der Rue Verte. Jawohl, Herr Holst, jawohl, Herr Wimmer! Der einzige Unterschied ist der, daß man sie hier nicht sieht und ihnen darum noch weniger traut als anderswo.

Schon am ersten Tag haben sie versucht, mit ihm in Verbindung zu treten, aber er war auf der Hut. Er ist vor allem auf der Hut. Er ist im Begriff, der mißtrauischste Mensch der Welt zu werden. Wenn seine Mutter ihn besuchte, würde er sich fragen, ob sie nicht von der Besatzungsmacht geschickt worden sei.

Die Nachbarn klopfen an die Wände, die Wasserleitungen und Heizkörper. Die Heizung funktioniert zwar nicht, aber die Heizkörper sind vorhanden.

Man darf nicht vergessen, daß man Frank nicht in ein richtiges Gefängnis, sondern in eine Schule gesteckt hat, in ein Gymnasium, das nach dem, was er davon gesehen hat, ziemlich vornehm gewesen sein muß.

Seine Nachbarn haben ihm sofort Botschaften geschickt. Wozu? Er ist nicht so auf den Kopf gefallen, um sich nicht dessen bewußt zu sein, daß man ihn bevorzugt behandelt. Wie viele Gefangene sind rechts nebenan? Mindestens zehn, soweit er es beurteilen kann. Nach ihrer Aussprache – er fängt manchmal ein paar Worte auf, wenn sie durch den Gang gehen – sind sie vor allem aus dem Volk und vom Land.

Wahrscheinlich das, was die Zeitungen Saboteure nennen. Echte oder falsche oder ein Gemisch von falschen und echten.

Er wird ihnen aber nicht auf den Leim kriechen.

Man hat ihn nicht geschlagen. Man war höflich zu ihm. Man hat zwar seine Taschen durchsucht, aber dabei die Formen gewahrt. Man hat ihm alles abgenommen, seine Zigaretten, sein Feuerzeug, seine Brieftasche, seine Papiere, sogar seinen Gürtel, seine Krawatte und seine Schuhbänder. Währenddessen füllte der Chef mit abwesender Miene weiter das Formular aus, und als er damit fertig war, hat er ihm das Blatt und einen Federhalter gereicht, auf eine punktierte Linie gedeutet und fast ohne Akzent gesagt: „Unterschreiben Sie hier."

Er hat unterschrieben. Er hat nicht überlegt. Er hat mechanisch unterschrieben. Er weiß nicht, was er unterschrieben hat. War es ein Fehler, daß er es getan hat? Hat er ihnen nicht im Gegenteil damit bewiesen, daß er sich nichts vorzuwerfen hat? Nicht aus Angst vor Schlägen hat er unterschrieben, sondern weil er wußte, daß das eine unerläßliche Formalität war und daß es keinen Zweck haben würde, sich dagegen aufzulehnen.

Auch darüber hat er viel nachgedacht, und er bedauert nichts. Wenn er überhaupt etwas bedauert, dann nur das eine, daß er den Mund aufgemacht und gesagt hat: „Ich möchte . . .“

Er hat keine Zeit gehabt, mehr zu sagen. Der Chef hat den anderen einen Wink gegeben, und man hat ihn durch einen zweiten Hof geführt, der gepflastert zu sein schien, soweit er das unter dem Schnee hat erkennen können. Was hatte er sagen wollen? Hatte er um einen Rechtsanwalt bitten wollen? Gewiß nicht. So einfältig ist er nicht. Hatte er seiner Mutter Nachricht geben, den Namen des Generals verraten, Kromer oder Timo oder Ressl benachrichtigen wollen, der sich bei Taste an ihn erinnert und ihm zugewinkt hat? Es ist sehr gut, daß er nicht die Zeit gehabt hat, seinen Satz zu Ende zu sprechen. Man muß es sich abgewöhnen, unnütze Worte zu sagen.

Er wußte noch nicht, daß alles, was er sah, seine Bedeutung hatte und jeden Tag eine größere Bedeutung haben sollte. Man denkt: Eine Schule? – und hat ein fertiges Bild im Kopf.

Dabei können in gewissen Fällen die geringsten Einzelheiten eines Tages so wertvoll werden, daß man sich ärgert, nicht besser hingesehen zu haben.

Ein großer Innenhof, der ihm um so größer erschienen ist, als er in diesem Augenblick von Sonne überflutet war. Ein langgestrecktes Gebäude mit zwei Stockwerken aus neuen Ziegeln, das im Inneren keine Treppe zu haben scheint, denn wie auf einem Schiff sieht man draußen Eisentreppen und balkonartige Gänge, die Kommandobrücken ähneln und von denen man alle Klassenzimmer erreicht.

Wieviel Klassenzimmer sind es? Er weiß es nicht. Das Ganze kam ihm riesengroß vor. Auf der anderen Seite des Hofes steht ein weiteres Gebäude: die Aula oder Turnhalle mit hohen Fenstern wie in einer Kirche. Es erinnert ein wenig an die Gerberei. Und dann gibt es da den überdachten Teil des Schulhofs – mit schwarzen Holzbänken, Pulten und dem ganzen Schulmobiliar, das bis zum Dach gestapelt ist –, den er seit achtzehn Tagen vor Augen hat.

An den Fenstern befinden sich zwar Eisenstäbe, aber es ist trotzdem kein richtiges Gefängnis. Man sieht sozusagen keinen Wächter. Nur zwei Soldaten mit Maschinenpistolen hat Frank im Vorübergehen auf dem Hof erblickt.

Nachts wird das Ganze etwas eindrucksvoller, wenn die Scheinwerfer die Gebäude anstrahlen.

Da die Fenster keine Läden haben, hindert das Licht einen am Schlafen oder weckt einen plötzlich auf. Wahrscheinlich sieht man darum keine Wächter, weil sich auf dem Dach ein Wachturm befinden muß, von dem die Scheinwerfer ausstrahlen und wo auch Maschinengewehre postiert sind. Zu bestimmten Zeiten hört man Schritte auf einer eisernen Treppe, die nur dort hinaufführen kann.

Jedenfalls wird Frank aus diesem oder jenem Grund anders behandelt als die gewöhnlichen Gefangenen. Er hat sich nicht getäuscht, als ihm die – zwar kühle – Höflichkeit des Chefs aufgefallen ist.

Rechts nebenan befinden sich mindestens zehn Gefangene, bisweilen auch mehr. Man weiß es nie genau, denn es gibt dauernd Veränderungen. Links sind drei oder vier, von denen der eine krank oder irre ist.

Es ist keine Zelle, sondern ein Klassenzimmer. Wozu diente es während der Schulzeit? Keiner großen Klasse, wahrscheinlich einer vom letzten Schuljahr. Für eine Klasse ist das Zimmer klein, aber für eine Zelle ist es groß, keineswegs auf eine Person zugeschnitten. Es stört ihn, er weiß nicht, wohin mit sich. Sein Bett wirkt in diesem Raum winzig klein. Es ist ein Eisenbett der einstigen Armee ohne Sprungfedern, mit Brettern als Matratze. Die grobe graue Decke riecht nach einem Desinfektionsmittel.

Das ekelt ihn mehr, als wenn sie nach Schweiß und noch Schlimmerem röche. Dieser Chemikaliengeruch läßt ihn an eine Leiche denken. Vermutlich werden die Decken nur dann desinfiziert, wenn derjenige, der sie benutzt hat, tot ist. Und in diesem Raum sind bestimmt Menschen gestorben. Einige Inschriften sind sorgfältig ausgelöscht worden. Man sieht noch Herzen mit Anfangsbuchstaben wie an Bäumen auf dem Land, Fahnen, die man nicht mehr deutlich erkennen kann, aber vor allem die Striche, mit denen man die Tage markiert hat, mit einem Querstrich für die Wochen.

Es war schwierig, noch eine unbenutzte Stelle für seine eigenen Striche zu finden, und er ist jetzt bereits bei dem dritten Querstrich.

Er antwortet nicht auf die Botschaften. Er hat beschlossen, sie nicht zu beantworten, ja nicht einmal zu versuchen, sie zu verstehen. Tagsüber geht ein Soldat auf dem Gang auf und ab, preßt bisweilen sein Gesicht an die Scheiben. Nachts verläßt man sich auf die Scheinwerfer, und man hört kaum Schritte.

Da es früh dunkel wird, setzt bald ein großer Lärm ein. Die Wände und die Wasserleitungen erdröhnen. Frank versteht nichts davon. Es bedürfte nur einiger Mühe und Geduld. Es muß so etwas wie ein vereinfachtes Morsealphabet sein. Ihn interessiert es aber nun einmal nicht. Er ist allein. Um so besser. Man hat ihm die Vergünstigung gewährt, ihn allein zu lassen, und das muß eine Bedeutung haben. Übrigens hat er schon Erfahrung genug, um daran zu zweifeln.

Aus dem Raum rechts nebenan, in den unaufhörlich Neue gebracht werden, werden, wenn auch nicht jeden Tag, aber doch mehrmals in der Woche, einige erschossen. Es ist das Zimmer, in das man alle wahllos hineinsteckt, und man könnte fast glauben, sie holten sich daraus aufs Geratewohl welche wie Fische aus einem Teich.

Das geht immer kurz vor der Morgendämmerung vor sich. Ob sie schlafen können? Oft hört man manche mitten in der Nacht wimmern oder einen lauten Schrei ausstoßen. Wahrscheinlich sind es die ganz jungen.

Zwei Soldaten kommen vom Hof, immer zwei, und ihre Schritte hallen laut auf der Eisentreppe und dann in dem Gang. Anfangs fragte sich Frank jedesmal, ob er jetzt an der Reihe sei. Aber nun achtet er gar nicht mehr darauf. Die Soldaten machen vor dem Nebenzimmer halt. Vielleicht sind unter den dort Eingesperrten welche, die hier zur Schule gegangen sind.

Alle fangen dann an, aus vollem Hals ein patriotisches Lied zu grölen, und kurz darauf sieht man undeutlich in der Dämmerung die Soldaten mit zwei oder drei Männern vorübergehen.

Wenn sie es absichtlich tun, ist es genau berechnet. Die Stunde ist so gut gewählt, daß Frank kein einziges Mal die Züge eines Gesichts, sondern nur Gestalten hat erkennen können. Männer, die die Hände auf dem Rükken halten und trotz der Kälte ohne Mantel und Hut sind. Aber alle haben sie den Kragen ihrer Jacke hochgeschlagen.

Man wird sie wohl noch einmal in ein Büro führen, denn es vergeht noch einige Zeit, und der Tag bricht schon an, wenn man die Schritte auf dem Hof hört. Die Erschießung geht dicht neben dem überdachten Teil des Schulhofs vor sich.

Wenn er zwei bis drei Meter näher wäre, könnte Frank es durch das Fenster sehen, aber er sieht nur halb den Offizier, der das Hinrichtungskommando befehligt.

Er kann dann wieder einschlafen. Denn man läßt ihn schlafen. Er weiß nicht, wie es in den anderen Räumen ist. Sicherlich anders, man hört dort nämlich immer schon in aller Frühe Lärm. Ihn läßt man in Ruhe, bis man ihm das Frühstück bringt, Eichelkaffee ohne Zukker und ein Stückchen klitschiges Brot.

Da würde sich die blöde Kuh Berta freuen! Dennoch hat er sich daran gewöhnt. Er trinkt den Kaffee bis zum letzten Tropfen und ißt alles auf. Er wird sich nicht kleinkriegen lassen. Schon am ersten Tag hat er sich das vorgenommen.

Erst zu einer bestimmten Zeit gestattet er sich, an dieses oder jenes zu denken. Er hat eine ganze Tabelle im Kopf. Es ist bisweilen schwierig, den Stundenplan einzuhalten. Die Gedanken haben die Neigung, sich miteinander zu vermengen. Um sich zu entspannen, starrt er auf eine schwarze Stelle ziemlich hoch an der Wand, wo gewiß, als dies noch eine Schule war, das Kruzifix gehangen hat.

Berta ist eine dumme Hure . . .

Aber sie ist noch nicht an der Reihe. Weil die Zeit noch nicht gekommen ist, da er über die Rue Verte nachdenkt, fährt er mit seinen Überlegungen dort fort, wo er am Tag zuvor aufgehört hat.

Manchmal muß er an Sissy und Holst denken. Sissy, zum Beispiel, kommt, um die Handtasche mit dem Schlüssel aufzuheben, während er in Wirklichkeit doch gar nicht weiß, ob sie sie aufgehoben, ja nicht einmal, ob sie ihn gesehen hat. Und Holst ist sozusagen für ihn der Feind Nummer eins geworden. Sein Bild drängt sich ihm am häufigsten auf. Er sieht ihn in seinen grauen Filzstiefeln, seinem Überzieher und mit seiner Blechbüchse.

Aber das Seltsame ist, daß Frank sich sein Gesicht nicht vorstellen kann. Es ist nur ein Fleck, genauer gesagt, ein Ausdruck.

Was drückt es aus? Wenn Frank nicht aufpaßt, denkt er minutenlang darüber nach, viel zu lange jedenfalls, denn er hat hier nichts, um die Minuten zählen zu können. Wenn es unbedingt nötig wäre, müßte er sich den Puls fühlen, um die Zeit zu messen.

Wie soll man den Blick bezeichnen, den sie gewechselt haben, als Holst am Fenster stand und Frank auf die Straßenbahn wartete?

Gibt es überhaupt ein Wort dafür? Nun, auch für Holsts Ausdruck gibt es keine Bezeichnung. Er ist ein Geheimnis, ein Rätsel. Und wenn man sich in Franks Lage befindet, darf man nicht über Rätsel grübeln, selbst wenn einem das im Augenblick wohltuend erscheinen mag.

Man muß die Fragen eine nach der anderen vornehmen, unermüdlich sich dabei bemühend, kühl und klar zu bleiben, sich nicht von der Gefangenenmentalität übermannen lassen.

Da war dieses. Da hat sich jenes zugetragen. Der und der können so und so gehandelt haben. Man darf nichts außer acht lassen, weder eine Einzelheit noch einen Menschen. Den ganzen Tag behält Frank seinen Mantel an, hat den Kragen hochgeschlagen und den Hut auf dem Kopf. Und die meiste Zeit sitzt er auf dem Rand seines Bettes. Man leert seinen Kübel nur einmal am Tag, und der Kübel hat keinen Deckel.

Warum kommt ein anderer Gefangener herein, um seinen Eimer zu leeren? Warum nimmt Frank nicht an dem Spaziergang teil, während mindestens drei von den Nachbarn aus dem Zimmer links nebenan es tun?

Er hat keine Lust, im Kreis auf dem Hof umherzugehen. Er sieht sie nicht, er hört sie nur. Er hat zu nichts Lust. Er beklagt sich nicht. Er hat nie versucht, seine Wächter zu rühren oder zu erweichen, die fast jeden Tag wechseln, und er bittet nicht weinerlich, wie es andere sicherlich tun, um eine Zigarette oder nur darum, einmal an ihrer ziehen zu dürfen.

Da war dies, und da war das. Und da war Frank.

Die Nachbarn aus der Rue Verte, Kromer, Timo, Berta, Holst, Sissy, Kamp, der alte Wimmer, der Geigenspieler, Karl Adler, der Blonde aus dem zweiten Stock und sogar Ressl und Kropetzki. Man darf niemanden auslassen. Er hat weder Papier noch Bleistift, aber er hält seine Liste auf dem laufenden. Er ist unermüdlich und vermerkt am Rande alles, was von Belang sein könnte, so nebensächlich es auch erscheint.

Da war Frank ...

Es ist nicht Holsts Gesicht, sondern vielmehr Holsts Ausdruck, der ihn von der Aufgabe ablenken wird, die er sich gestellt hat.

Sissy ist wahrscheinlich wieder gesund.

Genesen oder gestorben.

Wichtig ist die Liste. Wichtig ist, daß er nachdenkt, daß er nichts vergißt und darauf achtet, den Dingen nicht mehr Bedeutung beizumessen, als sie haben.

Da war Frank, Lottes Sohn ...

Das erinnert ihn an die Bibel, und er lächelt verächtlich, weil es einem Kalauer ähnelt. Er ist nicht ins Gefängnis gekommen, um Kalauer zu machen.

Übrigens hat man ihn nicht in ein Gefängnis gesteckt, sondern in eine Schule, und das muß eine Bedeutung haben.

5

Der neunzehnte Tag.

Man hat ihn nicht in ein Gefängnis, sondern in eine Schule gesteckt. Dies war sein letzter Gedanke gestern, bei dem er automatisch heute wieder anknüpft. Es ist eine Art Sport. Man gewöhnt sich schnell daran. Die Feder schnappt ein, und das Räderwerk bewegt sich von allein wie in einer Uhr. Man tut dieses und jenes. Man vollführt immer zur gleichen Zeit die gleichen Bewegungen, und sobald man darauf achtet, merkt man, daß man weiter grübelt.

Die Schule hat an sich nichts Bedrückendes, und wenn es nach Timos Worten Abteilungen gibt, muß sich Frank in einer gewichtigen befinden, denn fast jeden Tag werden hier Menschen erschossen. Etwas beunruhigender ist vielleicht, daß man sich weiterhin überhaupt nicht um ihn kümmert oder jedenfalls so tut.

Man hat ihn nicht verhört und verhört ihn noch immer nicht. Man belauert ihn nicht. Wenn man das täte, würde er es merken. Man läßt ihn allein. Man kümmert sich nicht einmal um seine Wäsche, die er seit neunzehn Tagen auf dem Leib hat. Kein einziges Mal hat er sich richtig waschen können, weil man ihm nicht genug Wasser bringt.

Er grollt ihnen deshalb aber nicht. Da sich darin keine Mißachtung kundzutun scheint, ist es ihm gleichgültig. Er ist nicht rasiert. Andere in seinem Alter haben noch keinen starken Bartwuchs, aber er hat aus Spaß schon sehr früh damit begonnen, sich zu rasieren. Ehe er hierher kam, rasierte er sich jeden Tag. Sein Bart ist bereits über einen Zentimeter lang. Anfangs war er hart, aber jetzt fühlt er sich weich an.

Es gibt ein richtiges Gefängnis in der Stadt, das sie natürlich für ihre Zwecke benutzen und das gewiß voll belegt ist. Sie werden dort aber nicht unbedingt die interessantesten Täter unterbringen.

Nichts beweist, daß man sich über ihn lustig macht. Die Wächter sprechen zwar nie mit ihm, aber ihm ist klar, sie tun das nur deshalb nicht, weil sie seine Sprache nicht verstehen. Auch die Gefangenen, die ihm seine Kanne Wasser bringen und seinen Kübel leeren, sprechen nicht mit ihm.

Sie gehen hin und her. Manche sind rasiert und haben kurzgeschnittenes Haar, was ein Zeichen dafür ist, daß es einen Friseur in der Schule gibt. Wenn man ihn nicht wie die anderen zu ihm führt, braucht das nicht zu bedeuten, daß man ihn vergessen hat. Bedeutet das nicht vielmehr, daß er ein besonderer Fall ist?

Es muß ihn jemand denunziert oder angezeigt haben. Er geht die Namen durch, überlegt, was der oder jener getan oder gesagt hat, denkt über alle Möglichkeiten nach. Es ist ihm immer noch peinlich, sich auf seinen Kübel zu hocken, da das Fenster so groß ist, daß man vom Gang her alles sehen kann. Es macht ihm aber nichts aus, daß er nicht rasiert ist, daß seine Wäsche schmutzig ist, daß der Anzug, in dem er schläft, zerknittert ist.

Die anderen sind um neun Uhr zum Spaziergang hinuntergegangen. Man scheint sie absichtlich so früh hinunterzuführen, damit sie frieren, zumal einige keinen Mantel haben. Warum wartet man nicht bis elf oder zwölf, wenn die Sonne die Luft schon etwas gewärmt hat?

Nun, es geht ihn nichts an, da er ja nicht hinuntergeht. Wenn er hinunterginge, sähe er nicht ein wenig später das Schauspiel durch das Fenster.

Das Räderwerk ist in Gang gekommen, und dennoch beginnt er von neun Uhr an zu warten. Was er sieht, ist ganz unwichtig. Wenn er in einem richtigen Gefängnis säße, gäbe es auch diesen winzigen Kontakt mit der Außenwelt nicht. Vermutlich hat niemand an dieses Fenster gedacht. Es ist unvorsichtig, daß man keine Maßnahme dagegen getroffen hat, denn das Fenster könnte eine wichtige Rolle spielen.

Über die Aula oder Turnhalle hinweg spürt man auf der anderen Seite des Hofes eine Leere. Vielleicht ist es eine Straße mit niedrigen Häusern, Einfamilienhäusern, wie es die meisten in diesem Viertel sind. Ein ganzes Stück weiter entfernt erhebt sich die Hinterfront eines mindestens dreistöckigen Gebäudes, das von der Aula aus fast völlig verdeckt wird. Nur ganz oben sieht man ein einziges Fenster. Dort müssen ziemlich arme Leute wohnen.

Jeden Morgen kurz vor halb zehn öffnet eine Frau, die einen Morgenrock trägt wie Lotte und ein helles Tuch um den Kopf gebunden hat, das Fenster und schüttelt Decken und Bettvorleger aus.

Aus der Ferne kann man ihre Züge nicht erkennen. Aber ihre schnellen straffen Bewegungen lassen vermuten, daß sie noch jung ist. Trotz der kalten Jahreszeit läßt sie das Fenster eine ganze Weile offenstehen, während sie hin und her geht und auf irgend etwas in dem Zimmer achtet, auf einen Topf, der auf dem Herd steht, oder auf ein Baby. Sie hat bestimmt ein Baby, denn fast immer hängt sie Wäsche an eine quer vor das Fenster gespannte Leine, und es sind lauter kleine Stücke.

Wer weiß, vielleicht singt sie auch dabei. Sie ist gewiß glücklich. Frank hält sie für glücklich. Wenn sie ihr Fenster schließt, fühlt sie sich wieder in ihrer Wohnung geborgen mit allen Gerüchen des Haushalts, die von neuem zu ihrem Recht kommen.

Es verstimmt Frank an diesem Tag, dem neunzehnten, daß man ihn um Viertel nach neun holt, bevor die Frau an ihrem Fenster erschienen ist. Seit man ihn hierher gebracht hat, hat er auf diesen Augenblick gewartet, aber daß es nun eine Viertelstunde zu früh geschieht, verflucht er.

Ein Zivilist, der von einem Soldaten begleitet ist, bleibt auf dem Gang vor seiner Tür stehen. Er hat einen braunen Schnurrbart und erinnert an einen Pedell. Sofort denkt Frank, daß es einer von denen ist, die den Häftling geschlagen haben, als er am Tag seiner Einlieferung in dem ersten Raum wartete. Es ist ein Mann, der auf Befehl schlägt, ruhig, ohne Haß, aber ebenso eifrig, wie er in einem Büro Zahlen addieren würde.

Holt man Frank dazu? Weder der Zivilist noch der Soldat werfen einen Blick in sein Zimmer. Man sagt kein Wort zu ihm, sondern bedeutet ihm nur durch ein Zeichen, mitzukommen. Der Zivilist geht voran. Frank folgt ihm, ohne daran zu denken, in die anderen Klassenzimmer zu blicken, wie er es sich fest vorgenommen hatte. Es ist die Zeit, da die Gefangenen im Hof ihren Spaziergang machen. Er sieht sie vom Gang aus und als er die Außentreppe hinuntergeht.

Aber er vergißt, sie zu beobachten. Erst später wird er sich an etwas erinnern, das wie eine lange dunkle Schlange aussah. Sie gehen hintereinander in einer

Reihe, mit etwa einem Meter Abstand voneinander, und das Ganze bildet ein welliges Oval.

Was wird das bedeuten, wenn man ihn schlägt? Daß man sich geirrt hat. Daß man ihn irgendwelcher Vergehen verdächtigt, die er nicht begangen hat – denn Fräulein Vilmos ist denen doch völlig gleichgültig. Merkwürdig, an den Unteroffizier denkt er überhaupt nicht mehr. Daß er ihn umgebracht hat, erscheint ihm so unwesentlich, daß er sich unschuldig fühlt.

Die beiden Männer führen ihn in das kleine Gebäude, wo er am ersten Tag eingeliefert worden ist, und er geht dieselben Stufen hinauf. Diesmal läßt man ihn nicht warten, sondern führt ihn sofort in das Büro des Chefs, der auf seinem Platz sitzt, und als Frank um sich blickt, sieht er seine Mutter. Seine erste Reaktion ist ein Stirnrunzeln, und ehe er sie genauer mustert und anspricht, wartet er die Weisungen des Beamten ab. Dieser zeigt sich wieder so gleichgültig wie damals, er ist mit Schreiben beschäftigt, und es ist Lotte, die als erste ein Wort sagt. Es dauert eine Weile, bis ihre Stimme den gewohnten Ton annimmt. Sie klingt so dumpf, wie wenn man in einer Grotte spricht.

„Frank, die Herren haben mir erlaubt, dich zu besuchen und dir einige Sachen zu bringen. Ich wußte nicht, wo du warst."

Sie hat die letzten Worte sehr schnell gesagt. Man wird sie ermahnt haben, nicht zu viel zu sagen. Sie darf gewiß von manchen Dingen nicht sprechen.

Warum tut er so, als schmolle er? Im Grunde fühlt er sich nicht wohl in seiner Haut. Er ist mißtrauisch, denn sie kommt von draußen. Sie ist allzusehr sie selber. Geradezu erschreckend ist sie sie selber. Er riecht den Duft ihres Puders. Sie hat sich die Wangen rot angemalt wie jedesmal, wenn sie ausgeht. Sie hat einen kleinen weißen Hut auf, mit einem Schleier, der das halbe Gesicht verdeckt. Aus Eitelkeit verhüllt sie so ein wenig ihre Augen, damit man die feinen Falten nicht sieht und die „Zwiebelschalen", wie sie ihre Augenlider nennt. Eine gute halbe Stunde hat sie in dem großen Zimmer vor dem Spiegel gestanden. Er sieht sie vor sich, wie sie ihre Glacéhandschuhe angezogen und das

Haar zu beiden Seiten des Hutes ein wenig gebauscht hat.

„Ich kann nicht lange bleiben, Frank."

Man hat die Zeit ihres Besuches begrenzt. Warum sagt sie es nicht offen?

„Du siehst recht gut aus. Wenn du wüßtest, wie glücklich ich bin, dich wohlauf zu sehen."

Das bedeutet: dich am Leben zu sehen. Weil sie geglaubt hatte, er sei tot.

„Wann hat man dich benachrichtigt?"

Mit leiser Stimme und einem verstohlenen Blick zu dem Chef hin antwortet sie: „Gestern."

„Wer?"

Sie antwortet nicht, sondern fährt mit gespielter Heiterkeit fort: „Stell dir vor, man hat mir erlaubt, dir ein paar Kleinigkeiten zu bringen. Vor allem Wäsche. Du wirst endlich deine Wäsche wechseln können, mein armer Frank."

Er empfindet dabei nicht die Freude, die er erwartet hatte. Vor knapp einem Monat hätte es ihn überglücklich gemacht.

Sein Aussehen entsetzt sie. Sie betrachtet seinen zerknitterten Anzug, seinen hochgeschlagenen Mantelkragen, sein schmutziges Hemd. Er trägt keine Krawatte, ist ungekämmt, hat sich seit neunzehn Tagen nicht rasiert, und seine Schuhe sind offen, weil die Schnürsenkel fehlen. Sie hat Mitleid mit ihm, fühlt er. Aber er braucht niemandes Mitleid, und schon gar nicht das Lottes, die ihn mit ihrer Schminke und ihrem weißen Hut anwidert.

Ob der Chef sie begehren würde? Ob sie es versucht hat, ihm Avancen zu machen? Bestimmt hat sie für alle Fälle frische Unterwäsche angezogen.

„Ich habe alles in einen Koffer gepackt. Die Herren werden es dir geben."

Sie späht nach dem Koffer aus, der an der Wand steht und den er erkennt.

„Vor allem darfst du dich nicht gehenlassen."

Inwiefern gehenlassen?

„Alle sind sehr nett gewesen. Es geht alles gut."

„Was geht gut?"

Er ist hart, fast bissig. Er ärgert sich selber, daß er so ist, aber er kann nicht anders.

„Ich habe beschlossen, mein Geschäft zu schließen."

Sie hält ihr zerknülltes Taschentuch in der Hand und ist den Tränen nahe.

„Hamling hat es mir geraten. Es ist falsch, daß du ihm mißtraut hast. Er hat alles getan, was er konnte."

„Ist Minna noch immer bei dir?"

„Sie will mich nicht allein lassen. Sie läßt dich herzlich grüßen. Wenn ich eine andere Wohnung fände, würden wir umziehen, aber es ist fast unmöglich, eine zu finden."

Diesmal sieht Frank sie unbarmherzig, fast grausam an.

„Wirst du das Haus verlassen?"

„Du weißt ja, wie die Leute sind. Seit du nicht mehr da bist, ist es schlimmer denn je."

„Ist Sissy gestorben?" fragt er kühl.

„Nein. Wie kommst du denn darauf?"

Sie sieht auf ihre kleine goldene Armbanduhr. Für sie zählt die Zeit noch. Sie weiß, wie viele Minuten sie noch bleiben darf.

„Geht sie aus?"

„Sie geht nicht aus. Sie ist ... weißt du, Frank, ich weiß nicht, was sie eigentlich hat. Ich glaube, sie ist deprimiert. Sie erholt sich nur schwer."

„Was fehlt ihr?"

„Ich weiß es nicht. Ich habe sie nie selber gesehen. Man sieht nur ihren Vater und Herrn Wimmer. Es heißt, sie sei nervenkrank."

„Arbeitet Holst wieder bei der Straßenbahn?"

„Nein, er arbeitet zu Hause."

„Was tut er?"

„Das weiß ich auch nicht. Er scheint mit Schreibereien beschäftigt zu sein. Das wenige, was ich weiß, habe ich von Hamling erfahren."

„Geht er zu ihnen?"

Früher kannte der Kommissar die Holsts nur dem Namen nach.

„Er war mehrmals bei ihnen."

„Warum?"

„Aber, Frank, was soll ich darauf antworten? Du stellst Fragen, als ob du das Haus nicht kennen würdest. Ich sehe niemanden. Anny ist fort. Sie soll von jemand ...“ Man scheint vor den Männern hier das Wort Besatzungstruppen nicht aussprechen zu dürfen. „Wenn Minna mich auch verlassen hätte, wüßte ich nicht, was aus mir geworden wäre.“

„Hast du einen von meinen Freunden gesehen?“

„Keinen.“

Sie ist verwirrt und enttäuscht. Sie ist gewiß in froher Erwartung gekommen, wie wenn man jemand im Krankenhaus besucht, ihm Trauben oder Orangen mitbringt. Aber er rechnet ihr nicht einmal ihre guten Absichten an. Man könnte denken, er grolle ihr und mache sie für seine Enttäuschung verantwortlich.

Er deutet auf ein Paket, das auf einem Stuhl neben ihr liegt, und fragt: „Was ist das?“

„Nichts weiter. Sachen, die in dem Koffer waren und die ich dir nicht dalassen darf.“

„Ich will nicht, daß du umziehst.“

Sie seufzt. Versteht er denn nicht, daß sie nicht so sprechen kann, wie sie möchte? Ja, er weiß es, aber es ist ihm gleichgültig. Die Mieter machen Lotte das Leben unmöglich, und er verbietet ihr auszuziehen. Wer hat darüber zu entscheiden, sie oder er?

„Hat Holst mit dir gesprochen?“

Warum macht sie ein verlegenes Gesicht, als sie ihm antwortet: „Nicht direkt.“

„Hat er dir durch Hamling etwas ausrichten lassen?“

„Nein, Frank. Warum machst du dir Gedanken darüber? Von der Seite ist nichts zu befürchten. Du brauchst dich nicht zu beunruhigen. Übrigens, die Zeit ist abgelaufen. Man darf es das erste Mal nicht übertreiben, sonst kann ich dich nicht wieder besuchen. Ich würde dir gern einen Kuß geben, aber es ist besser, ich tue es nicht. Man könnte sonst glauben, du schiebst mir einen Zettel zu oder flüsterst mir etwas ins Ohr.“

Er hat gar keine Lust, sie zu küssen. Sie hat gewiß schon eine ganze Weile gewartet, als er kam, denn man hatte vorher schon Zeit gehabt, den Koffer zu durchsuchen.

„Bleib gesund. Paß auf dich auf. Mach dir vor allem keine Sorgen."

„Ich mache mir keine Sorgen."

„Du bist so seltsam."

Auch sie hat es jetzt eilig, dies hinter sich zu haben. Sie wird dem Tor gegenüber auf die Straßenbahn warten und während der ganzen Fahrt heulen.

„Auf Wiedersehen, Frank."

„Auf Wiedersehen, Mutter."

„Paß auf dich auf."

„Ja doch, ja!"

Als ob er die Absicht hätte, zugrunde zu gehen!

Der Chef blickt auf und sieht die beiden nacheinander an. Dann deutet er auf den Koffer. Ein Zivilist führt Lotte durch den Hof, und man hört ihre Schritte sich entfernen und ihre hohen Absätze auf dem harten Schnee hallen. Der Chef spricht langsam, sucht nach den Worten. Er legt Wert darauf, den richtigen Ausdruck zu benutzen, und spricht ein möglichst korrektes Französisch. Er hat Stunden genommen und übt sich weiter fleißig in der Sprache.

„Sie müssen sich jetzt fertig machen."

Er betont jedes Wort. Er wirkt nicht boshaft, sondern ist nur darauf bedacht, kein falsches Wort zu gebrauchen. Er zögert, bevor er einen längeren Satz beginnt, und sagt ihn sich in Gedanken vor, ehe er ihn auszusprechen wagt: „Wenn Sie sich rasieren lassen wollen, wird man Sie dorthin führen."

Frank lehnt es ab. Das war ein Fehler. Er hätte dadurch die Möglichkeit gehabt, einen anderen Teil des Schulkomplexes kennenzulernen. Er könnte nicht sagen, von welchem Gefühl er sich dabei hat leiten lassen. Er will doch keineswegs schmutzig sein und den struppigen Häftling spielen. Die Wahrheit ist – er wird Tage brauchen, bis er sich dies zugibt –, daß er unwillkürlich an Holsts Filzstiefel gedacht hat, als von seinem Bart die Rede war. Das beides hat nichts miteinander zu tun. Er möchte, daß es gar nichts miteinander zu tun habe. Er lenkt seine Gedanken lieber in eine andere Richtung.

An Stoff dazu fehlt es ihm jetzt nicht. Man läßt ihn

seinen Koffer tragen. Wieder geht ihm ein Zivilist voran, und der Soldat folgt ihm, während man ihn in sein Klassenzimmer zurückbringt. Er hat ein wenig die Illusion, sich in ein Hotelzimmer zu begeben. Man schließt seine Tür wieder ab und läßt ihn allein. Warum hat man ihm befohlen, sich fertig zu machen? Es ist ein Befehl, daran ist nicht zu zweifeln. Der Augenblick ist gekommen. Man wird ihn woanders hinbringen. Wird man ihn seinen Koffer mitnehmen lassen? Und ob er wieder hierherkommt? Sicherlich hat man die Zeitungen herausgenommen, in die die Sachen eingewickelt waren, denn alles liegt durcheinander. Da sind rosa Seifenstücke, die an Bertas Haut erinnern, eine geräucherte Wurst, ein ziemlich dickes Stück Speck, ein Pfund Zucker und ein paar Tafeln Schokolade. Auch ein halbes Dutzend Hemden, sechs Paar Socken sowie einen neuen Pullover, den seine Mutter ihm gekauft hat, findet er in dem Koffer. Unten liegt sogar ein Paar gestrickter Handschuhe aus dicker Wolle, wie er sie draußen niemals getragen hätte.

Er zieht sich um. Er hat die Frau am Fenster verpaßt. Er denkt zu schnell, aber das ist gleichgültig. Man hat seinen ganzen Zeitplan durcheinandergeworfen, und das steigert seine Verstimmung. Er sehnt sich nach seiner Einsamkeit und nach seinen kleinen Gewohnheiten zurück. Wenn er wiederkommt – vorausgesetzt, daß er überhaupt wiederkommt –, wird er über das alles nachdenken müssen. Er knabbert ein Stück Schokolade, ohne sich dabei bewußt zu sein, daß er es seit neunzehn Tagen zum erstenmal tut, und von Lottes Besuch bleibt nur ein Gefühl der Enttäuschung zurück.

Er weiß nicht, wie der Besuch hätte anders verlaufen sollen, aber er ist enttäuscht. Er hat keinen Berührungspunkt mit ihr gefunden. Er hat ihr Fragen gestellt und den Eindruck gehabt – und diesen Eindruck hat er noch –, daß ihre Antworten zu seinen Fragen überhaupt keine Beziehung hatten.

Dennoch hat sie ihm so schnell und direkt wie möglich von allem berichtet. Die Behörden haben sie bestimmt in Ruhe gelassen, denn am Tag zuvor wußte sie noch gar nicht, wo er war. Die Zeitungen haben also nichts über ihn geschrieben. Die Ortspolizei befaßt sich nicht mit ihm. Sie hätte das sonst durch Hamling erfahren.

Hamling verkehrt weiter im Haus, aber er hat den Treppenabsatz überschritten, so ungefähr wie man einen Fluß überschreitet. Er besucht jetzt Holsts. Wozu? Holst ist nicht mehr bei der Straßenbahn. Dafür gibt es einen ganz einfachen Grund. Sein Dienst zwang ihn, jede zweite Woche erst mitten in der Nacht nach Hause zu kommen, und während seiner Abwesenheit war Sissy allein. Er wird eine andere Beschäftigung gefunden haben, die ihn nur tagsüber in Anspruch nimmt.

Er braucht Sissy nicht mehr allein zu lassen. Frank weiß genau, wie seine Mutter und Leute ihrer Art über so etwas reden. Wenn sie das Wort nervenkrank gebraucht und dabei verlegen ausgesehen hat, muß es ernst sein.

Ist Sissy irre geworden?

Er fürchtet sich nicht vor dem Wort. Er zwingt sich, es laut auszusprechen: „Irre."

So ist es. Die beiden Männer, ihr Vater und der alte Wimmer, lösen sich bei ihr ab, und ab und zu kommt der Kommissar, setzt sich auf einen Stuhl, ohne seinen Mantel auszuziehen oder seine Gummischuhe, die auf dem Fußboden feuchte Spuren hinterlassen. Man wird Frank irgendwo hinbringen. Sonst hätte es keinen Sinn, ihm zu sagen, er solle sich fertig machen.

Nun, er ist viel zu früh fertig und hat nichts mehr zu tun. Es lohnt sich nicht, während dieser Pause nachzudenken. Das würde ihn nur schwächen. Nach der Schokolade ißt er ein Stück Wurst. Seine Mutter hat nicht daran gedacht, daß er kein Messer hat, um sich ein Stück abzuschneiden. Und er hat auch kein Wasser mehr, um sich das Gesicht zu waschen. Er riecht nach geräuchertem Fleisch.

Wenn sie doch bald kämen und ihn wegbrächten, und vor allem sollen sie ihn so schnell wie möglich zurückbringen und dann in Ruhe lassen.

Es ist derselbe Zivilist wie vorhin. Im Grunde sind es außer den Soldaten, die ständig wechseln, nicht sehr viele, und sie haben alle eine gewisse Familienähnlichkeit. Wenn Timo recht hat, muß es eine ziemlich hohe Abteilung sein, der sie angehören.

Hat ihm Timo nicht erzählt, daß der Mann, vor dem der Oberst gezittert hatte, wie ein kleiner Beamter ausgesehen hat?

So sehen sie alle hier aus. Man sieht nicht einen, der heiter oder auf sein Aussehen bedacht ist. Man kann sie sich nicht bei einem guten Essen oder bei einer Liebelei vorstellen. Sie sehen alle so aus, als wären sie nur dazu da, Zahlen aneinanderzureihen.

Da – immer noch laut Timo – die wahre Macht bei ihnen dem äußeren Anschein genau widerspricht, müssen die hier verdammt mächtig sein.

Wieder das kleine Büro. Der Chef ist nicht da. Vermutlich ist er Mittag essen gegangen. Auf dem Schreibtisch liegen Franks Krawatte und seine Schuhbänder. Mit schlechtem Akzent sagt man ihm, darauf deutend: „Nehmen Sie sie."

Er setzt sich auf einen Stuhl und fühlt nicht die geringste Angst mehr. Wenn diese Leute seine Sprache besser verstünden, würde er sich mit ihnen über irgend etwas unterhalten.

Sie warten zu zweit und haben beide den Hut auf dem Kopf. Als sie hinausgehen, reicht ihm der eine eine Zigarette und dann ein Streichholz.

„Danke."

Im Hof wartet ein Wagen. Keine grüne Minna und auch kein Wehrmachtswagen, sondern ein schwarzes glänzendes Auto, wie es vor dem Krieg die reichen Leute besaßen, die sich einen Chauffeur leisten konnten. Geräuschlos fährt es durch das Tor und dann den Straßenbahnschienen nach in die Stadt. Obwohl die Scheiben geschlossen sind, riecht man doch ein wenig die Luft draußen. Man sieht Menschen auf den Bürgersteigen, Schaufenster, einen Jungen, der mit dem Fuß einen halben Ziegel vor sich her stößt und dabei auf einem Bein hüpft.

Man hat ihn nicht seinen Koffer mitnehmen lassen. Er hat auch nichts unterschreiben müssen. Er wird also wiederkommen. Er ist davon überzeugt, daß er wiederkommt und wieder sehen wird, wie die Frau Babywäsche vor ihrem Fenster aufhängt. Wenn er sich rechtzeitig umgesehen hätte, hätte er vielleicht das Haus erkannt. Er muß auf dem Rückweg daran denken.

Die Strecke ist mit dem Auto viel kürzer als mit der Straßenbahn. Man nähert sich schon dem Stadtzentrum. Der Wagen fährt um ein großes Gebäude herum, in dem sich die meisten militärischen Dienststellen befinden. Sicherlich hat dort auch der General sein Büro. Vor allen Eingängen stehen Posten, und Barrieren hindern die Einheimischen daran, auf dem Bürgersteig zu gehen.

Das Auto hält nicht vor dem Hauptportal, sondern vor einer niedrigen Tür in einer Querstraße. Dort war früher ein Polizeirevier, das inzwischen aber verlegt worden ist. Man braucht ihm nicht erst zu bedeuten, daß er aussteigen soll. Er hat es auch so verstanden. Er bleibt einen Augenblick unbeweglich mitten auf dem Bürgersteig stehen. Er sieht Leute auf der anderen Straßenseite, erkennt aber niemanden, und niemand erkennt ihn, ja sieht auch nur zu ihm hin. Er verweilt nicht, denn das ist bestimmt nicht erlaubt. Er geht von selber in das Gebäude. Drinnen wartet er, bis man ihm in einem Gewirr von dunklen Korridoren vorangeht, wo an allen Türen geheimnisvolle Aufschriften stehen und man bisweilen einer Sekretärin begegnet, die Akten unter dem Arm trägt.

Hier wird man ihn nicht foltern, sonst gäbe es hier nicht so viele weibliche Angestellte in hellen Blusen. Sie sehen ihn im Vorübergehen nicht an. Das Ganze hat nichts Unheimliches. Es sind einfach Büros, Unmengen von Büros, in denen sich Aktenstöße türmen und Offiziere und Unteroffiziere in Uniform arbeiten und dabei Zigarren rauchen. Die geheimnisvollen Zeichen, Buchstaben und Ziffern an den Türen weisen sicherlich auf die verschiedenen Dienststellen hin.

Timo hat recht. Es ist eine andere Abteilung. Man merkt sofort den Unterschied. Ist es eine niedrigere oder eine höhere Abteilung? Er vermag es noch nicht zu sagen. Hier hört man zum Beispiel laute Stimmen, Flüstern und Lachen. Gutgenährte Männer ziehen den Bauch ein und schnallen ihr Koppel um, bevor sie hinausgehen. Unter ihren Blusen ahnt man die Brüste der

Frauen und unter den Röcken die weichen Hüften. Sicherlich sind welche darunter, die sich im Büro mit den Männern vergnügen.

Frank blickt um sich, wie er es überall tun würde, und es ist ihm etwas peinlich, daß er sich nicht hat rasieren lassen. Er benimmt sich fast wie früher. Er hat versucht, sich in der Scheibe einer Tür zu betrachten, und mit der Hand an seiner Krawatte gezogen.

Jetzt sind sie am Ziel. Es ist der oberste Stock. Die Zimmer hier sind niedriger, die Fenster kleiner, die Flure staubig. Man führt Frank in das erste Büro, in dem niemand ist und in dem nur grüne Regale stehen und ein großer Tisch aus rohem Holz, der mit schmutzigen Löschblättern bedeckt ist.

Täuscht er sich? Es ist ihm, als ob sich seine beiden Begleiter hier nicht zu Hause fühlten, als ob sie einen zugleich unnahbaren und demütigen Ausdruck angenommen hätten, in dem vielleicht ein Anflug von Ironie oder Verachtung ist. Sie sehen sich fragend an, bevor der eine an eine Seitentür klopft. Der Mann verschwindet, kommt aber sofort mit einem dicken Offizier, der seinen Uniformrock aufgeknöpft hat, zurück. Von der Tür aus mustert der Offizier Frank von Kopf bis Fuß, wobei er mit gewichtiger Miene an seiner Zigarre zieht.

Er scheint befriedigt. Er machte zuerst ein leicht überraschtes Gesicht, wohl weil Frank noch so jung ist.

„Komm herein."

Er ist gutmütig und mürrisch zugleich, legt ihm die Hand auf die Schulter und schiebt ihn in den Raum. Die beiden Zivilisten bleiben draußen, und der Offizier schließt die Tür. In einer Ecke, in der Nähe einer anderen Tür, arbeitet ein jüngerer Offizier mit niedrigerem Dienstgrad unter einer Lampe, denn dieser Teil des Büros ist schlecht beleuchtet.

„Friedmaier, nicht wahr?"

„Ja, so heiße ich."

Der Offizier wirft einen Blick auf ein mit Schreibmaschine beschriebenes Blatt, das schon bereitliegt.

„Frank Friedmaier. Sehr gut. Setz dich."

Er deutet auf einen Rohrstuhl, der auf der anderen Seite seines Schreibtisches steht, und schiebt ihm eine

Schachtel Zigaretten und ein Feuerzeug hin. Das scheint Brauch zu sein. Die Zigaretten sind für Besucher bestimmt, denn er selber raucht eine außerordentlich helle parfümierte Zigarre.

Er lehnt sich in seinem Sessel zurück und streckt den Bauch vor. Er hat spärliches Haar, und man sieht seinem Gesicht an, daß er ein Vielfraß ist.

„Nun, mein Freund, was gibt es Neues?"

Er spricht fast ohne Akzent, kennt die feinsten Nuancen der Sprache, aber seine Jovialität wirkt gewollt.

„Keine Ahnung", sagt Frank.

„Ha, ha, keine Ahnung!"

Und für den anderen Offizier übersetzt er diese Antwort, die ihn zu amüsieren scheint.

„Einmal muß man es doch wissen, nicht wahr? Man hat dir ja zum Nachdenken genügend Zeit gelassen."

„Um worüber nachzudenken?"

Diesmal runzelt der Offizier die Stirn, erhebt sich, geht zu einem Schrank und nimmt eine Akte heraus, in der er etwas nachsieht. Vielleicht ist es nur Theater. Er setzt sich wieder hin und streift mit dem Nagel des kleinen Fingers die Asche von seiner Zigarre ab.

„Na, nun schieß mal los."

„Ich bin gern bereit, Ihre Fragen zu beantworten."

„So. Welche Fragen denn? Ich wette, du weißt es selber nicht."

„Nein."

„Weißt du nicht, was du getan hast?"

„Ich weiß nicht, was man mir vorwirft."

„So, so."

Das ist ein Tick. Bei jeder Gelegenheit sagt er das auf komische Art.

„Du möchtest wissen, was wir wissen wollen. So, so. Stimmt's?"

„Das stimmt."

„Weil du vielleicht noch mehr weißt."

„Ich weiß nichts."

„Gar nichts. Du weißt gar nichts. Trotzdem hat man das in deinen Taschen gefunden."

Einen Augenblick ist Frank darauf gefaßt gewesen, den Revolver aus der Schublade, in die der Offizier die

Hand gesteckt hat, auftauchen zu sehen. Er ist leichenblaß geworden. Er spürt, daß man ihn beobachtet. Er blickt nur widerwillig auf die Hand des anderen und ist ganz erstaunt, als er das Banknotenbündel erkennt, das er in der Tasche getragen und jedermann gezeigt hatte.

„So! Und das ist gar nichts, nicht wahr?"

„Es ist Geld."

„Ja, es ist Geld. Viel Geld."

„Ich habe es verdient."

„So, du hast es verdient. Wenn man Geld verdient, bekommt man es immer von jemandem oder von einer Bank. Stimmt's? Und ich möchte nun wissen, wer dir das Geld gegeben hat. Es ist einfach und leicht. Du brauchst mir nur den Namen zu sagen. So!"

„Ich kenne ihn nicht."

„Du weißt nicht, wer dir das viele Geld gegeben hat?"

„Ich habe es von verschiedenen Seiten bekommen."

„Was du nicht sagst!"

„Ich handle."

„Was du nicht sagst!"

„Man bekommt hier und dort Geld. Man wechselt Scheine und merkt sich nicht, wer . . ."

Aber auf einmal ändert der Offizier den Ton, stößt die Schublade zu und sagt dann streng: „Nein."

Sein Gesicht wirkt wütend und drohend. Einen Augenblick glaubt Frank, daß er ihn ohrfeigen will, weil er um den Schreibtisch herum auf ihn zukommt und ihm von neuem die Hand auf die Schulter legt. Er will ihn damit zwingen, aufzustehen, während er wie zu sich selbst weiterspricht.

„Das ist irgendwelches Geld, nicht wahr? Man bekommt es hier und dort und steckt es in die Tasche, ohne sich die Mühe zu machen, es anzusehen."

„Ja."

„Nein!"

Die Kehle schnürt sich Frank zu. Er weiß nicht, worauf der Offizier hinauswill. Er spürt eine unbestimmte, geheimnisvolle Drohung. Achtzehn, fast neunzehn Tage hat er immerzu nachgedacht. Er hat versucht, alles vorherzusehen, aber nun kommt alles anders, als es hätte kommen müssen. Plötzlich fühlt er sich in eine andere

Welt versetzt, der gegenüber die Schule und der Chef mit der Brille fast beruhigend wirken. Dabei hat er eine Zigarette im Mund und hört im Zimmer nebenan eine Schreibmaschine klappern und Schritte auf den Fluren.

„Sieh dir das genau an, Friedmaier, und sag mir, ob das immer noch irgendwelches Geld ist."

Er hat einen Geldschein vom Schreibtisch genommen, zieht Frank ans Fenster, wobei immer noch eine seiner Hände auf Franks Schulter liegt, und hält den Geldschein so, daß man hindurchsehen kann. „Komm näher. Hab keine Angst. Du brauchst keine Angst zu haben."

Warum kommen ihm diese Worte noch drohender vor als das Klatschen der Schläge, das er am ersten Tag im Büro des Chefs hörte?

„Sieh genau hin. In die linke Ecke. Da sind ganz kleine Löcher. Sechs winzige Löcher. So! Und die kleinen Löcher bilden eine Zeichnung. Und auf allen Scheinen, die du in der Tasche hattest, und auf denen, die du ausgegeben hast, befanden sich solche Löcher."

Frank verschlägt es die Stimme. Er ist keines Gedankens mehr fähig. Es ist, als öffnete sich plötzlich vor ihm dort, wo er es am wenigsten erwartet hatte, ein gähnender Abgrund.

„Ich weiß nicht."

„Du weißt nichts, nicht wahr?"

„Nein."

„Und du weißt auch nicht, was diese kleinen Löcher bedeuten? So! Du weißt es nicht!"

„Nein."

Das ist wahr. Er hat nie etwas davon gehört. Er hat den Eindruck, daß allein die Tatsache, die Bedeutung dessen zu kennen, was der Offizier die kleinen Löcher nennt, ihn stärker belasten würde als irgendein Verbrechen. Er will, daß man ihm in die Augen sieht, daß man darin seinen guten Glauben, seine unbedingte Ehrlichkeit liest.

„Ich schwöre Ihnen, ich weiß es nicht."

„Aber ich, ich weiß es."

„Was soll das heißen?"

„Ich weiß es, und darum muß ich wissen, wo du die Scheine her hast."

„Ich habe Ihnen gesagt . . .“
„Nein!“
„Ich versichere Ihnen . . .“
„Die Scheine sind gestohlen.“
„Nicht von mir.“
„Nein!“
Wie kann er das so fest behaupten? Und nun sagt er, wobei er jede Silbe betont: „Sie sind hier gestohlen worden.“

Da Frank voll Entsetzen um sich blickt, verbessert er sich: „Sie sind hier, in diesem Haus gestohlen worden.“

Frank hat Angst gehabt, ohnmächtig zu werden. Fortan wird er wissen, was Angstschweiß heißt. Auch andere Dinge versteht er plötzlich. Er glaubt alles zu verstehen.

Die kleinen Löcher werden von der Besatzungsmacht in die Scheine gestanzt. In welche Scheine? Aus welchem Vorrat?

Niemand weiß es. Niemand hat es je geahnt, und es ist erschreckend, in dieses Geheimnis eingeweiht zu sein.

Gewiß, er wird nicht des Diebstahls beschuldigt, auch Kromer nicht. Sie wissen genau, daß sie nur kleine Schwarzhändler sind und daß Leute wie sie keinen Zugang zu gewissen Panzerschränken haben.

Ob sie schon den General verdächtigen? Ob sie Kromer verhaftet haben? Ob sie ihn verhört haben? Ob er etwas ausgesagt hat? Frank hat achtzehn und einen halben Tag umsonst nachgedacht. Alles war falsch und sinnlos. Er hat sich mit Leuten beschäftigt, die bedeutungslos sind, Leuten seinesgleichen, als ob das Schicksal sich solcher Werkzeuge bediente.

Das Schicksal hat sich eine Banknote ausgewählt, zweifellos eine von denen, die er vielleicht bei Timo oder bei dem Schneider, bei dem er den Kamelhaarmantel hat anfertigen lassen, ausgegeben hat. Vielleicht war es auch einer der Scheine, die er Kropetzki für die Augenoperation seiner Schwester gegeben hat.

„Man wird das doch wohl wissen müssen“, sagt der Offizier und setzt sich wieder.

Er schiebt Frank von neuem die Zigarettenschachtel zu.

„So, Friedmaier, so liegt der Fall.“

Dritter Teil

1

Er liegt auf dem Bauch und schläft. Er ist sich dessen bewußt, daß er schläft. Wie vieles andere hat er auch das in der letzten Zeit gelernt. Früher war er sich nur gegen Morgen, vor allem, wenn die Sonne aufgegangen war, seines Schlafes bewußt. Und da dieses Gefühl besonders stark war, wenn er am Tag zuvor getrunken hatte, kam es vor, daß er darum übermäßig trank und spät nach Hause ging, um diesen Schlaf auszukosten.

Trotzdem verhält es sich mit dem Schlaf jetzt anders. Früher schlief er nicht auf dem Bauch. Lernen alle Häftlinge auf dem Bauch zu schlafen? Er weiß es nicht. Es ist ihm auch gleichgültig. Dennoch würde er sich gern ihres komplizierten Nachrichtensystems bedienen, wenn er die Geduld und Lust hätte, es zu lernen, nur um ihnen raten zu können: „Schlaft auf dem Bauch."

Es genügt aber nicht, sich einfach auf den Bauch zu legen. Man muß sich vielmehr wie ein Tier, wie ein Insekt, an die Bretter pressen, die als Matratze dienen. So hart die Bretter auch sind, es kommt ihm vor, als hinterließe sein Körper Spuren, wie wenn er auf einem Acker läge.

Das Liegen tut weh. Eine Unzahl kleiner Knochen oder Muskeln tun ihm nicht auf einmal und nicht alle zugleich weh, sondern in einer Reihenfolge, die er zu kennen beginnt und die er schon wie eine Sinfonie zu orchestrieren vermag. Es gibt den dumpfen Schmerz und den schneidenden und so heftigen Schmerz, daß er Funken vor den Augen sieht. Manche Schmerzen dauern nur Sekunden, aber ihre Stärke läßt sie als Wollust empfinden, und er bedauert, wenn sie aufhören, während andere im Hintergrund bleiben und so vollkommen ineinander übergehen, daß er am Ende die empfindliche Stelle nicht bezeichnen könnte.

Sein Gesicht ist in seiner zusammengerollten Jacke vergraben, die er als Kopfkissen benutzt. Als er eingeliefert wurde, war die Jacke noch fast neu. In den ersten Tagen war er dumm genug, sie zu schonen und sie nachts auszuziehen. Daher kommt es, daß sie nicht, wie sie es sollte, nach ihm, nach Erde, nach Leben, nach Schweiß riecht. Absichtlich steckt er die Nase an die Stelle unter den Armen, wo die Jacke am stärksten riecht. Er möchte stinken, wie die Leute draußen sagen, stinken wie die Erde stinkt, denn die Leute draußen finden, daß die Erde stinkt und daß der Mensch stinkt.

Er spürt, wie sein Herz schlägt, spürt es überall, an den Schläfen, an den Handgelenken, in den Zehen. Er riecht den Geruch seines Atems und spürt die Wärme seines Atems. Und die Bilder vermengen sich miteinander, werden größer und wahrer als in der Wirklichkeit. Dinge, die er gesehen, gehört und erlebt hat, ebenso wie andere, die hätten geschehen können – das alles vermischt sich miteinander, während die Augen geschlossen sind und der Körper reglos daliegt, jedoch nie ohne auf einen bestimmten Schritt auf der eisernen Treppe zu lauern.

Er ist ein Meister in diesem Spiel geworden. Was heißt übrigens Spiel? Es ist das Leben. In der Schule sagt man: „Er ist gut in Mathematik."

Nicht er war damit gemeint, sondern ein Kamerad mit klugem Kopf.

Frank ist jetzt ein Meister des Lebens. Er versteht es, sich auf die Bretter zu pressen, das Gesicht in seiner Jacke zu vergraben, die Augen zu schließen, in den Tiefen des Schlafes zu versinken, Ballast abzuwerfen, unterzutauchen oder wieder an die Oberfläche zu kommen, ganz nach Belieben oder jedenfalls fast. Irgendwo gibt es Tage, Stunden, Minuten. Aber nicht hier und nicht für ihn.

Das alles wirkt verrückt, aber er ist nicht verrückt geworden. Er ist immer noch bei klarem Verstand und fester denn je entschlossen, sich nicht gehenzulassen. Er hat sogar Fortschritte gemacht. Wozu zum Beispiel soll man sich um die Zeit kümmern, wie sie draußen verstreicht, in einem Haus, in dem sich nichts nach ihr richtet?

Wenn man einen Kuchen in vier Teile schneidet und man ein Leckermaul ist, dann denkt man nur an die Viertel. Aber wenn man ihn in hauchdünne Scheiben oder in Würfel schneidet?

Man muß alles erst lernen, angefangen mit dem Schlafen. Da bilden sich die Menschen ein, sie verstünden zu schlafen! Weil sie, wenn es ihnen gefällt, für den Schlaf nur allzuviel Zeit haben. Es gibt welche, die jammern darüber, Sklaven ihres Weckers zu sein, obwohl sie ihn selber beim Schlafengehen stellen und manchmal aus dem Halbschlaf auffahren, um sich zu vergewissern, daß sie ihn auch richtig gestellt haben.

Sich von einem Wecker wecken zu lassen, den man selber gestellt hat, sich, kurz gesagt, von sich selber wekken lassen! Und dann reden sie von Sklaverei.

Sie sollen doch erst einmal lernen, auf dem Bauch zu schlafen, auf der Erde zu schlafen, wie Würmer und Insekten, und da der Erdgeruch nicht vorhanden ist, sich mit ihrem eigenen Geruch zu begnügen.

Lotte spritzt sich Parfüm unter die Arme und gewiß auch zwischen die Schenkel und zwingt die Mädchen, es ebenso zu tun.

Das ist unvorstellbar.

Auf dem Bauch schlafen, seine Gliederschmerzen dosieren, beobachten und lenken, seine Zunge in das Loch stecken, das die beiden fehlenden Zähne hinterlassen haben und sich sagen, daß, wenn alles gutgeht, sich das Fenster jenseits des Hofes öffnen wird, so schlafen und so denken, das bringt einen schon der Wahrheit näher. Aber er weiß wohl, es ist noch nicht die ganze Wahrheit. Es stärkt ihn jedoch, zu wissen, daß er auf dem richtigen Weg ist.

Ein Zeichen. Es sind die aus dem Zimmer nebenan. Sie gehen zur Pause. Wie sollte man es anders bezeichnen? Sie gehen mit beschwingten Schritten. Selbst die, die morgen erschossen werden, gehen mit beschwingten Schritten, vielleicht weil sie es noch nicht wissen.

Sie gehen vorüber. Gut. Die Frage ist, ob der Chef genug Arbeit hat oder nicht. Der Chef ist viel wichtiger als sonst jemand auf der Welt. Er wird wohl nicht verheiratet sein. Wenn aber doch, dann ist seine Frau in seiner

Heimat zurückgeblieben, was auf das gleiche hinauskommt. So beschäftigt er auch sein mag, plötzlich hebt er den Kopf und befiehlt: „Führen Sie mir Frank Friedmaier vor."

Zum Glück tut er es zu dieser Stunde selten. Zum Glück weiß er es nicht, niemand weiß es, und das ist einer der Gründe, aus denen sich Frank angewöhnt hat, auf dem Bauch zu schlafen. Wenn man wüßte, worauf er lauert, wenn man auch nur ahnte, welche Freude es ihm bereitet, würde man bestimmt den Stundenplan umstoßen.

Es ist nicht Winter. Verzeihung, man ist noch mitten im Winter. Die große Kälte ist noch nicht vorüber, sondern sie kommt erst noch. Sie kommt meistens im Februar oder im März, und je später sie kommt, um so schlimmer ist sie. Und manchmal dauert sie bis Mitte oder bis Ende April.

Nehmen wir aber einmal an, daß die dunkelste Stelle im Tunnel bereits hinter einem liegt. In diesem Jahr erlebt man das, was von Zeit zu Zeit Ende Januar eintritt: ein falscher Frühling. Jedenfalls nennen die Leute das einen falschen Frühling. Luft und Himmel sind klar. Der Schnee glänzt, ohne zu schmelzen, und dennoch ist es nicht kalt. Das Wasser ist zwar jeden Morgen gefroren, aber den ganzen Tag scheint die Sonne so hell, daß man schwören könnte, die Vögel scheinen sich täuschen zu lassen, denn man sieht sie paarweise fliegen und sich verfolgen wie zu einem Liebesspiel.

Das Fenster drüben über der Aula steht jetzt länger offen. Einmal hat er an den Bewegungen der Frau erraten, daß sie bügelte. Ein andermal – wahrscheinlich hat sie einen der wärmeren Tage für den Hausputz genutzt – stand das Fenster mehr als zwei Stunden offen. Vielleicht hatte sie die Wiege in ein anderes Zimmer gestellt oder das schlafende Baby gut zugedeckt. Sie hat Kleidungsstücke, auch Männersachen, ausgeklopft. Sie hat sie geschüttelt und geklopft, wie man es mit Bettvorlegern macht, und jede ihrer Bewegungen tat Frank zugleich sehr weh und wohl.

Von weitem sieht die Frau nicht größer aus als eine Puppe. Auf der Straße würde er sie nicht wiedererkennen. Aber das ist auch gleichgültig, denn dazu wird sich nie eine Gelegenheit bieten. Sie ist nur eine Puppe. Ihre Gesichtszüge sind nur verschwommen zu sehen. Aber es ist eine Frau, die mit ihrem Haushalt beschäftigt ist. Mit welchem Eifer sie arbeitet! Er fühlt es, er errät es.

Um ihretwillen liegt er schon morgens auf der Lauer. Eigentlich müßte er um diese Zeit tief schlafen. Am Anfang hatte er Angst, sie zu verpassen, aber er hat sie nur einmal verpaßt, und da war er wirklich am Ende seiner Kräfte. Außerdem hatte er damals noch nicht gelernt, über seinen Schlaf zu gebieten.

Sie ahnt es nicht und wird es niemals ahnen. Sie ist keine reiche Frau. Nach der Wohnung, in der sie lebt, zu urteilen, ist sie sogar arm. Sie hat einen Mann und ein Kind. Der Mann geht vermutlich schon früh zur Arbeit, denn Frank hat ihn nie gesehen. Tut sie ihm sein Mittagessen in eine Blechdose, ähnlich der, die Holst immer mitnahm? Wahrscheinlich. Und gleich darauf begibt sie sich zu Hause an die Arbeit. Manchmal singt sie gewiß auch und lacht mit dem Baby. Denn Babys weinen nicht nur, wie seine Pflegemutter ihm weismachen wollte.

„Wenn du weintest ..."

„An dem Tag, da du so viel weintest ..."

„An dem Sonntag, da du so unausstehlich warst ..."

Nicht ein einziges Mal hat seine Pflegemutter zu ihm gesagt: „Als du lachtest ..."

Und das Bett, das nach zwei Menschen riecht. Sie weiß es nicht. Wenn sie es wüßte, würde sie nicht die Laken und die Decken zum Lüften aus dem Fenster hängen. Sie würde nicht einmal das Fenster öffnen. An ihrer Stelle würde Frank alles verschließen, alles behüten. Er würde nichts von ihrer beider Leben nach außen dringen lassen.

Jener Morgen, da sie großen Hausputz machte, ist ihm so außerordentlich erschienen, daß er bei dem Gedanken zögerte, das Schicksal könnte ihm noch solche Freuden gewähren. Dort feierte sie auf ihre Weise den falschen Frühling, lüftete, reinigte und putzte. Sie war schön! Er hat sie nie aus der Nähe gesehen, aber das macht nichts: sie war schön!

Und irgendwo in der Stadt gibt es einen Mann, der morgens mit der Gewißheit fortgeht, abends diese Frau, das Kind in seiner Wiege und das Bett mit ihrer beider Gerüche vorzufinden.

Es ist gleichgültig, was dieser Mann tut und denkt. Es ist auch gleichgültig, daß die Frau aus der Ferne an ihrem Fenster so klein wirkt wie auf einer Marionettenbühne. Frank lebt ihrer beider Leben am intensivsten, selbst dann, wenn er auf dem Bauch liegt und nur ein Auge riskiert, denn wenn sie merken würden, was ihn so leidenschaftlich beschäftigt, würden sie seinen Stundenplan ändern.

Er kennt sie. Hat nicht Timo behauptet, sie zu kennen? Von der Wahrheit hatte Timo allerdings nur Fetzen erhascht, vielmehr Allerweltswahrheiten, wie man sie in den Zeitungen liest.

Als Frank klein war, brachte ihn seine Pflegemutter, Frau Porse, in Wut, wenn sie sagte: „Du hast dich wieder mit dem Hans geprügelt, weil . . .“

Aber ihr „weil“ war immer falsch . . . Weil Hans der Sohn eines Großbauern war, weil er reicher war . . . weil er stärker war . . . weil . . . weil . . .

Sein Leben lang hat er sich Leute mit ihren „weils“ täuschen sehen. Lotte als erste! Lotte, die von allen am allerwenigsten verstanden hat.

Es gibt kein „weil“. Das ist ein Wort für Dummköpfe, für die Leute draußen. Es wäre nicht verwunderlich, wenn man ihm mit der Begründung „weil“ eines Tages einen Orden verleihen würde, den er nicht verdient hat, vielleicht sogar erst nach dem Tod.

Weil was?

Warum hat er dem Offizier nicht geantwortet, der ihm den Rauch seiner Zigarre ins Gesicht blies, als er im obersten Stockwerk des Gebäudes der Militärverwaltung vernommen wurde? Er war kein größerer Held als irgendein anderer.

„Du wirst es wissen müssen, Friedmaier.“

Diese Geschichte von den Banknoten mit den kleinen Löchern ging ihn nichts an. Er hätte nur zu antworten brauchen: „Wenden Sie sich an den General.“

Es war zu dumm. Eine simple Uhrengeschichte. Da

Frank den General nicht persönlich kannte, hätte er hinzufügen müssen: „Ich habe die Uhren Kromer gegeben, und Kromer hat mir meinen Anteil an den Banknoten gegeben."

Er hat kein Mitleid mit Kromer und erst recht keine Lust, seinetwegen sein Leben aufs Spiel zu setzen. Im Gegenteil, seit einiger Zeit ist Kromer einer der wenigen Menschen, wenn nicht der einzige, die er gern tot sehen würde.

Was hat sich eigentlich noch in dem Büro da oben ereignet?

Der Offizier stand vor ihm mit seinem rosigen, jovialen Gesicht und seiner hellen Zigarre. Frank hat den General nie gesehen und hatte keinen Grund, sich für ihn zu opfern. War es nicht das einfachste, ihnen zu erklären: „So hat es sich zugetragen, und Sie werden zugeben, daß ich nichts mit den Banknoten zu tun habe."

Warum hat er das nicht gesagt? Niemand wird es je erfahren. Nicht einmal er selber. Er hat zwar zwei Tage, fünf Tage, zehn Tage später lauter verschiedene, aber auch lauter glaubwürdige Erklärungen dafür gefunden. Doch die einzige wahre Erklärung ist vielleicht die, daß es ihn nicht verlangte, wieder auf freien Fuß gesetzt und dem alltäglichen Leben zurückgegeben zu werden.

Jetzt weiß er es. In Wirklichkeit war es ganz gleichgültig, ob er etwas aussagte oder nicht, zumindest, was das Endergebnis betraf. Er hätte nichts zu antworten gewußt, wenn ihm jemand, um seine Haltung zu erklären, gesagt hätte: „Du wußtest doch, daß du sowieso dran glauben mußt."

Das ist sonnenklar. Nicht, daß er es wußte, sondern, daß er daran glauben muß. Nur hat er diese Wahrheit erst später zugegeben.

Im Grunde hat er sich nur gewehrt, um sich zu wehren. Es war fast ein physisches „Sich-Wehren". Wenn man den Dingen auf den Grund ginge, könnte man sagen, er hätte so auf die beleidigende Jovialität des Offiziers antworten wollen, als er erwiderte: „Ich bedaure."

„Du bedauerst, was du getan hast, nicht wahr?"

„Ich bedaure ganz einfach."

„Was bedauerst du?"

„Ich bedaure es Ihretwegen, daß ich nichts zu sagen habe."

Obwohl er alles wußte und sich dessen bewußt war, was noch kommen würde, daß man ihn wahrscheinlich foltern und erschießen würde. Man hätte annehmen können, er tue es absichtlich.

Er erinnerte sich nur noch verworren daran. Er hat sich wie ein junger Hahn vor der Macht, der er gegenüberstand, gespreizt und sich wie ein Junge benommen, der es darauf anlegt, Ohrfeigen zu bekommen.

„Du bedauerst, nicht wahr, Friedmaier?"

„Ja."

Er blickte dem Offizier fest in die Augen. Erhoffte er sich eine Hilfe von dem anderen, der hinter ihm unter der Lampe arbeitete? Zählte er auf die Stenotypistinnen, die im Flur vorübergingen? Dachte er sich wieder: So etwas kommt hier bestimmt nicht vor?

Jedenfalls hielt er stand. Er wollte nicht einmal mit den Augen zucken, während er immer wieder sagt: „Ich bedaure."

Er hatte sich geschworen, auch wenn man ihn folterte, nicht das Wort General auszusprechen und auch nicht den Namen des schmutzigen Kerls, Kromer. Keinen Namen. Nichts.

„Ich bedaure."

„Aha, du bedauerst! Sag mir genau, was du bedauerst, Friedmaier. Überlege, bevor du antwortest."

Er hat eine dumme Antwort gegeben, aber er hat dann dafür bezahlt.

„Ich weiß es nicht."

„Du bedauerst, nicht rechtzeitig erfahren zu haben, daß wir in die Banknoten kleine Löcher machen, nicht wahr?"

„Ich weiß nicht."

„Du bedauerst, dieses Geld jedermann gezeigt zu haben."

„Ich weiß nicht."

„Und jetzt bedauerst du, so viel davon zu wissen. So! Du bedauerst, zuviel davon zu wissen, Friedmaier."

„Ich . . ."

„Du wirst es bald bedauern, nichts gesagt zu haben."

Es ging wie in einer Art Nebel vor sich. Weder der eine noch der andere kümmerte sich noch um den Sinn der Worte, die sie sagten. Sie warfen sie sich aufs Geratewohl zu wie Steine, die man aufhebt, ohne auf den Boden zu sehen.

„Ich wette, du erinnerst dich jetzt. Du erinnerst dich."

„Nein."

„Doch. Ich bin sicher, du erinnerst dich."

„Nein."

„Doch. Ein so dickes Bündel!"

Bald schien er zu spaßen, und bald nahm sein Gesicht einen grausamen Ausdruck an.

„Du erinnerst dich, Friedmaier."

„Nein."

„In deinem Alter erinnert man sich am Ende immer."

Die Zigarre. Vor allem die Zigarre sieht er immer wieder vor sich, die sich seinem Gesicht näherte und sich wieder davon entfernte, und dann rötete sich das Gesicht des anderen, wurde fleckig, und die blauen Augen wurden plötzlich seltsam starr. Noch nie hatte er solche Augen gesehen, und schon gar nicht aus solcher Nähe.

„Friedmaier, du bist ein Lump."

„Ich weiß."

„Friedmaier, du wirst jetzt aussagen."

„Nein."

„Friedmaier . . ."

Komisch, wie die Erwachsenen ihr Leben lang weiter das tun, was sie schon in der Schule getan haben. Der Offizier hat sich wirklich wie ein größerer Schüler einem kleinen Dickschädel gegenüber benommen. Er war am Ende. Er hauchte, er flehte fast: „Friedmaier . . ."

Aber Frank hatte ein für allemal beschlossen, nichts zu sagen.

„Friedmaier . . ."

Auf dem Schreibtisch lag ein Lineal aus Messing.

Der Offizier hat danach gegriffen und hat, sich kaum noch beherrschen könnend, wiederholt: „Mein lieber Friedmaier, es ist Zeit, daß du begreifst . . ."

„Nein."

Wollte Frank, daß er ihm mit dem Lineal ins Gesicht

schlug? Vielleicht. Und es geschah auch in dem Augenblick, als er am wenigsten darauf gefaßt war, obwohl der andere schon das Lineal in der Hand hielt.

„Friedmaier ..."

„Nein."

Er ist kein Märtyrer und kein Held. Er ist gar nichts. Vier, vielleicht fünf Tage später hat er begriffen, was geschehen wäre, wenn er ja statt nein gesagt hätte.

Für die anderen hätte es wahrscheinlich nichts geändert. Kromer ist geflüchtet, dessen ist er so gut wie sicher. Und was den General betrifft, der schert Frank schon gar nicht. Und außerdem wird auch die Aussage eines Würstchens, wie er es ist, nicht über das Schicksal eines Generals entscheiden. Er wird von der Bildfläche verschwinden oder ist schon verschwunden. Das spielt keine Rolle.

Was wichtig ist und was Frank erst hinterher entdeckt hat, ist, daß sein eigenes Schicksal bis auf den Schlag mit dem Lineal ins Gesicht das gleiche geblieben wäre, ob er ausgesagt hätte oder nicht.

Er weiß jetzt zuviel. Man läßt junge Burschen, die so viel wissen, nicht wieder auf die Straße. Wenn morgen der Selbstmord des Generals bekanntgegeben wird, darf es nicht einen geben, der überall erzählen könnte: „Das stimmt nicht."

Wenn von Offizieren die Rede ist, darf niemand behaupten: „Das sind Diebe."

In dem Augenblick dort oben hat er aber nicht daran gedacht, sondern einfach nein gesagt, und er ist jetzt nicht einmal sicher, daß er das getan hat, weil er leiden wollte. Gewiß, die Folter übte eine gewisse Anziehung auf ihn aus. Er wollte wissen, ob er ihr standhalten würde, wie er es sich so oft gefragt hatte.

Lotte sagt gern von ihm: „Er stellt das ganze Haus auf den Kopf, wenn er das Pech gehabt hat, sich beim Rasieren zu schneiden."

Aber was Lotte sagt, ist gleichgültig. Es geht nicht um sie. Als er nein sagte, betraf das ihn allein, nicht einmal Holst und noch weniger Sissy.

Niemand soll je von seiner Freundschaft mit Kromer noch von seiner Dankesschuld dem General gegenüber reden. Er hat für sich selbst nein gesagt, ganz einfach für sich, um zu sehen, was daraus würde.

Und als der dicke Offizier seine Selbstbeherrschung verlor, hat er zwei- oder dreimal wiederholt: „Begreifst du? Begreifst du?"

Frank hat gewiß sein verstocktestes Gesicht gemacht, jenes Gesicht, das Lotte in Wut versetzt. Er rächte sich damit für vieles – die Bilanz wird er erst später aufstellen –, jedenfalls trieb er bewußt mit einer fast mathematischen Berechnung den Offizier zum Äußersten.

„Du wirst schon . . ."

„Nein."

„Du wirst, nicht wahr . . ."

„Nein."

Und da saust das Lineal ihm quer durchs Gesicht. Frank hat es kommen sehen. Bis zur letzten Sekunde hätte er ja sagen oder sich notfalls bücken können. Er hat aber nicht mit der Wimper gezuckt, und dann gab es ein lautes Knacken von Knochen.

Er wollte diesen Schlag. Er hatte Angst davor, aber er wollte ihn. Er hat ihn im ganzen Körper gespürt, vom Kopf bis zu den Füßen. Er hat die Augen geschlossen und gehofft, er werde sich am Boden liegend wiederfinden, aber er ist aufrecht stehen geblieben.

Das Schwierigste – das einzig Schwierige im Grunde – war, sich nicht die Hand vors Gesicht zu halten. Dennoch hatte er das Gefühl, daß sein linkes Auge aus der Augenhöhle heraushinge.

Wie bei der Katze von Frau Porse! Die Katze von Frau Porse hat ihn an Sissy erinnert. Wenn man ihr angetan hat, was er ihr angetan hat – hat man dann das Recht, über ein Auge zu murren?

Das Blut floß überallhin, über das Kinn, auf den Hals, aber er hat nichts gesagt. Er hat nicht einmal die Hand gehoben, um sich zu befühlen, sondern hat weiterhin dem Offizier mit erhobenem Haupt gegenübergestanden.

Ist er sich in diesem Augenblick bewußt geworden, daß er, ganz gleich, was kommen mochte, verloren war und daß nichts mehr eine Bedeutung hatte? Wenn ja, dann war es nur eine flüchtige Erkenntnis. Die wahre

Entdeckung hat er erst gemacht, als er in seiner Ecke auf dem Bauch lag. Das ändert nichts.

Er hatte nicht geglaubt, daß man in den Büros so etwas tun würde. Und im Grunde stimmte das auch. Der Offizier wirkte verlegen, nachdem er ihn geschlagen hatte, und hat ein paar Worte zu seinem rangniederen Kameraden gesagt, der unter der Lampe arbeitete, wohl so etwas wie: „Versuchen Sie, mit ihm fertig zu werden."

Es war ein Fehler, daß er ihn mit dem Messinglineal geschlagen hat, wie Frank jetzt weiß. In jenem Gebäude hätte das nicht vorkommen dürfen. Wer weiß, ob der Offizier nicht dafür bestraft oder versetzt worden ist.

Die Abteilungen, wie Timo sagt.

Der Offizier unter der Lampe, ein großer, magerer, noch junger Mann, hat geseufzt, als wäre es nicht das erste Mal, daß der andere sich zu so etwas hatte hinreißen lassen. Dann hat er eine Tür aufgemacht, an der ein Wasserbehälter aus Email und ein Handtuch hingen.

Knochen oder Knorpel hatten gekracht, dessen war Frank sicher, aber er wußte nicht, welche. Als er den Mund aufmachte, spuckte er zwei Zähne aus, und das Blut floß in Strömen.

„Bleiben Sie ruhig. Es ist nicht schlimm."

Der zweite Offizier machte ein betroffenes Gesicht.

„Wenn es blutet, ist es nicht schlimm", sagte er, nach den Worten suchend.

Dennoch war es ihm sehr unangenehm, daß das Blut auf den Fußboden floß, während sein Chef sich die Mütze keck aufsetzte und das Büro verließ.

Er schien zu sagen: Der wird sich nicht mehr ändern!

Das Auge hing nicht aus der Augenhöhle heraus, aber es kam Frank so vor. Er hätte ohnmächtig werden können. Es war wohl auch das, was der Offizier befürchtete. Aber Frank wollte hart bleiben.

„Es wird nicht schlimm werden. Es ist nichts weiter. Sie haben ihn gereizt. Das war ein Fehler von Ihnen."

Taugte der Magere mehr als der andere? Oder war es nur eine Komödie, um ihn trotz allem zum Sprechen zu bringen? Der Magere war groß, hatte langsame, sanfte Bewegungen. Er war bestürzt, daß das Blut immer noch aus Nase, Mund und Wange herausquoll. Schließlich wurde es ihm zuviel, und er rief die beiden Zivilisten herein, die nebenan warteten. Sie sahen sich an, dann ging der eine hinunter.

Alles weitere wurde dann schnell geregelt. Der Mann, der hinuntergegangen war, kam wieder. Man wickelte um Franks Gesicht eine Art dicken dunklen Schal, und beide führten ihn, jeder an einem Arm, auf den Hof, wo der Wagen wartete, der sie hergebracht hatte.

Waren diese Herren aufeinander wütend? Gab es zwischen ihnen eine Rivalität? Das Auto fuhr ab. Frank fühlte sich ganz wohl, es war ihm nur, als ob sich sein Kopf langsam entleerte. Das Gefühl war nicht unangenehm. Er erinnerte sich daran, daß er versuchen wollte, das Haus zu sehen, von dem er nur ein Fenster kannte, aber im entscheidenden Augenblick hatte er nicht die Kraft, die Augen aufzumachen.

Er blutete immer noch. Es war ekelhaft. Überall war er mit Blut beschmiert. Er sah kaum den Chef, der mit wenigen Worten seine Befehle gab. Der Chef war auch nicht zufrieden.

So lernte Frank das Krankenrevier kennen, das sich direkt unter der Eisentreppe befand, das er aber vorher nie bemerkt hatte. Es war auch ein Klassenzimmer, aber man hatte es mit lackierten Möbeln und einer Menge Geräten ausgestattet.

War der Mann, der ihn behandelte, ein Arzt? Jedenfalls betrachtete er voller Verachtung die Verletzung, genauso wie der Chef. Die Verachtung galt aber nicht der Wunde, sondern dem, der sie zugefügt hatte. Er schien zu denken: Schon wieder der.

Und „der" war nicht Frank, sondern der Offizier.

Man hat ihn behandelt. Man hat ihm einen dritten Zahn gezogen, der wackelte. Es fehlen ihm nun drei Zähne, zwei Schneidezähne und ein Backenzahn. Hin und wieder, wenn er an die frische Luft kommt, spürt er ein unangenehmes Stechen.

Man hat ihn nicht wieder dorthin gebracht.

Weil der Offizier mit der Zigarre sich so benommen hat? Darum sicherlich nicht. Er erinnert sich an die Schläge, die er am Tag seiner Einlieferung gehört hat.

Es sind Fragen der Taktik. Timo hat in vielem recht.

Er weiß nicht alles, aber er sieht das Ganze ziemlich richtig.

Hier hat man ihn behandelt und ihn mehrmals ins Krankenrevier hinuntergeführt. Das wurde ihm immer besonders schwer, weil es meistens zu der Zeit war, da das Fenster offensteht.

Vielleicht hat er sich deswegen so schnell erholt.

Er hat nachgedacht. Am Tag nach seiner Rückkehr aus der Stadt hat er absichtlich keinen Strich in die Wand geritzt. Fünf bis sechs Tage hintereinander hat er es unterlassen. Dann hat er versucht, die früheren Striche auszulöschen.

Sie stören ihn jetzt, denn sie sind Zeugen einer hinter ihm liegenden Zeit. Damals wußte er es noch nicht. Er glaubte, das Leben sei draußen, und dachte an den Augenblick, da er wieder ins Leben zurückkehren würde.

Merkwürdig, als er jeden Tag einen Strich in die Wand ritzte, war er verzweifelt.

Jetzt ist er es nicht mehr. Er hat das Schlafen gelernt. Er hat gelernt, sich auf die Bretter zu pressen und seinen eigenen Geruch in den Ärmeln der Jacke einzuatmen.

Vor allem aber hat er gelernt, daß man möglichst lange durchhalten muß und daß das allein von ihm abhängt. Er hält durch. Er hält so gut durch und ist so stolz darauf, daß er, wenn er mit der Außenwelt verkehren könnte, eine Abhandlung über die Methode des Durchhaltens verfassen würde.

Man muß sich vor allem eine Ecke einrichten und sich tief in ihr vergraben. Hätte das aber einen Sinn für die Leute, die auf den Straßen umherschlendern?

In den ersten Tagen zumindest hat er gefürchtet, hinuntergerufen und Lotte gegenübergestellt zu werden. Sie hatte ihm gesagt, sie hoffe, ihn wieder besuchen zu können. Man wird ihr keine Erlaubnis erteilt haben, weil man ihr Frank nicht in seinem jetzigen Zustand zeigen will. Warten sie ab, bis sein Gesicht wieder einigermaßen normal aussieht?

Er hat es so fast ebenso gern. Entweder ist Lotte dagewesen, oder sie hat sich zu einer der Dienststellen begeben. Sie ruht und rastet nicht. Er hat den Beweis dafür, denn er hat zwei Pakete von ihr erhalten. Sie enthielten wie das erste Wurst, Speck, Schokolade, Seife und Wäsche.

Was hat er sonst noch in den Paketen zu finden gehofft, daß er sie so gründlich durchsucht hat? Jeden Abend wird in dem Zimmer über der Aula der Vorhang zugezogen, eine Lampe geht an, und man sieht nur noch ein helles Viereck.

Ist der Mann dann zu Hause? Hat die Frau überhaupt einen Mann? Wahrscheinlich ja. In Anbetracht des Kindes muß man es annehmen. Aber es ist auch durchaus möglich, daß er ebenfalls im Gefängnis ist oder sich außer Landes befindet.

Wie macht er es, wenn er nach Hause kommt, um mit einemmal das Zimmer, die behagliche Wärme, die Frau und das Baby in seiner Wiege in sich aufzunehmen? Und die Küchendüfte und seine Pantoffeln, die für ihn bereitstehen?

Trotz allem wird Lotte einmal kommen müssen. Er wird das dafür Notwendige tun. Er wird eine Zeitlang brav sein. Er wird den Anschein erwecken, als werde er allmählich mürbe.

Er kennt sie jetzt. Am Ende erfahren sie alles, was sie erfahren wollen. Nicht jene in dem großen Gebäude in der Stadt, wo die Offiziere Zigarren rauchen und einem Zigaretten anbieten, bevor sie einen wie hysterische Frauen mit einem Lineal aus Messing schlagen! Jene sind für Frank nur Nullen.

Die, auf die es ankommt, sind die wie der Chef mit der Brille.

Mit ihm ist es ein anderer Kampf. Was auch kommen mag, wie der Kampf auch verlaufen mag, am Ende ist Frank der Besiegte. Der Chef wird gewinnen. Es kann nicht anders sein. Man kann nur verhindern, daß er zu schnell gewinnt. Mit viel Mühe und Selbstbeherrschung kann es einem gelingen, Zeit zu gewinnen.

Der Chef schlägt nicht und läßt Frank auch nicht schlagen. Frank ist durchaus bereit, nach zwei Wochen persönlicher Erfahrung zu behaupten, daß der, den man am Tag seiner Einlieferung hier schlug, es verdient hatte.

Der Chef schlägt nicht und kargt auch nicht mit seiner Zeit. Ungeduld kennt er nicht. Er scheint den General und die Banknoten zu ignorieren; er hat nie die geringste Anspielung auf sie gemacht.

Ist es wirklich eine andere Abteilung? Bestehen zwischen den Abteilungen unübersteigbare Mauern? Vielleicht Rivalität oder noch Schlimmeres? Jedenfalls hat der Chef mit bestürztem Gesicht die Narbe betrachtet und betrachtet sie jeden Tag noch mit der gleichen Miene. Seine Verachtung gilt nicht Frank, sondern dem Offizier mit der hellen Zigarre. Er spricht nicht über ihn und tut, als ob er überhaupt nicht existierte. Er spricht nie ein Wort außerhalb des Verhörs, das trotz all seiner Umwege doch geradezu unheimlich auf ein Ziel zugeht.

Hier bietet man Frank keine Zigaretten an. Man nennt ihn nicht Friedmaier und klopft ihm nicht auf die Schulter. Man gibt sich nicht die Mühe, freundliche Gefühle vorzutäuschen.

Es ist eine andere Welt. Frank hat auf dem Gymnasium nie etwas von Mathematik begriffen, und das Wort selbst ist ihm immer etwas rätselhaft vorgekommen.

Nun, hier treibt man Mathematik. Es ist eine grenzenlose Welt, die durch ein kaltes Licht beleuchtet wird und in der sich nicht Menschen bewegen, sondern abstrakte Wesen, Namen, Nummern, Zeichen, die jeden Tag ihre Stellung und ihren Wert ändern.

Das Wort Mathematik ist nicht ganz richtig. Wie nennt man den Raum, in dem sich die Gestirne bewegen? Frank findet das Wort nicht. Er ist manchmal so müde. Abgesehen davon, daß diese Einzelheiten belanglos geworden sind. Es kommt nur darauf an, daß man begreift, daß er sich begreift.

Kromer war eine ganze Zeit ein Stern erster Größe. Was Frank eine ganze Zeit nennt, ist zum Beispiel die Spanne von zwei Verhören, die in nichts, weder im Tempo noch in der Länge, dem Verhör durch den Offizier ähneln.

Aber Kromer ist nun sozusagen in Vergessenheit geraten. Er irrt dort oben unter den namenlosen Sternen umher. Nur hin und wieder holt man ihn von dort mit einer gleichgültigen Gebärde für eine oder zwei Fragen zurück, fängt ihn gleichsam wie einen Fisch, den man dann wieder ins Wasser wirft.

Es gibt die Logik der einen und die Logik der anderen. Die Logik des Offiziers, der nur an die Banknoten und wahrscheinlich auch an den General dachte, und die des Chefs, der sich, könnte man schwören, nicht im geringsten dafür interessiert, wenn er überhaupt etwas davon weiß.

Das Endergebnis ist zwangsläufig das gleiche. Man setzt einen Mann nicht wieder auf freien Fuß, der so viel weiß.

Für den Offizier ist Frank im Grunde schon tot.

Er hat ihn ins Gesicht geschlagen, aber Frank hat nichts gesagt.

Tot! Aber dann taucht der Chef auf, schnüffelt und erklärt: „So tot ist er gar nicht."

Denn selbst mit einem Toten oder einem Dreivierteltoten kann man noch etwas anfangen. Und es ist die Aufgabe des Chefs, aus den Leuten etwas herauszuholen.

Die Banknoten und der General sind belanglos, wenn nur etwas da ist. Und es ist etwas da, denn Frank ist da.

Wäre es nicht Frank, sondern irgendein anderer, dann wäre auch etwas da.

Um dem Chef standzuhalten, kommt es darauf an, daß man schläft. Er schläft nicht. Er braucht keinen Schlaf. Wenn er einnickt, kann er sich gewiß wie einen Wecker stellen und jeden Tag zu der Stunde, die er sich vorgenommen hat, frisch, nüchtern und klar sein.

Er ist ein Fisch. Ein Mensch mit Fischblut. Fische haben kaltes Blut. Bestimmt schnuppert er nicht den Geruch seiner Achselhöhlen und belauert nicht eine Gestalt, die so winzig wie eine Puppe ist, an einem fernen Fenster.

Der Chef wird gewinnen. Er hat alle Trümpfe in der Hand und kann es sich obendrein leisten zu mogeln. Für Frank besteht schon seit langem keine Aussicht mehr, daß er gewinnt.

Würde er noch gewinnen wollen, wenn er es könnte?

Es ist nicht sicher. Es ist unwahrscheinlich. Auf das Durchhalten kommt es an. Er muß lange durchhalten. Er muß jeden Morgen das Fenster wiedersehen, die Frau, die sich herausbeugt, die Windeln, die in der Sonne auf der Leine trocknen.

Worauf es ankommt, ist, jeden Tag einen weiteren Tag zu gewinnen. Und darum wäre es lächerlich, weiter in die Wand Striche einzuritzen. Sie haben keinen Sinn mehr.

Frank hat sich vorgenommen, nicht nachzugeben. Nicht aus Prinzip, nicht um irgend etwas zu retten, auch nicht um der Ehre willen, sondern weil er eines Tages, als er noch nicht wußte, warum, beschlossen hat, nicht nachzugeben.

Ob der Chef wie er nur mit einem Auge schläft? Dann ist es ein Fischauge. Ganz rund, ohne Lider und starr, während Frank absichtlich und wollüstig seinen Bauch auf das Brett preßt wie auf eine Frau.

2

Er nimmt es ihnen nicht übel. Es ist ihre Aufgabe, mit allen Mitteln zu versuchen, seinen Widerstand zu brechen. Sie glauben es mit Schlafentzug zu erreichen und richten es so ein, daß er niemals mehrere Stunden hintereinander schlafen kann. Sie ahnen nicht – und sie dürfen auch nicht dahinterkommen –, daß er schlafen gelernt hat und daß im Grunde sie es ihm beigebracht haben.

Da das Fenster gegenüber wieder geschlossen ist, weiß er, daß man ihn bald wieder holen wird. Es geschieht jeden Tag zu einer anderen Zeit. Auch das gehört zu ihren Tricks. Sonst wäre es zu leicht. Die Nachmittags- und die Abendverhöre finden immer wieder zu einer anderen Zeit statt. Die Morgenverhöre dagegen fast immer zur gleichen Zeit. Die Häftlinge von nebenan sind von ihrem Spaziergang zurückgekommen. Sie hassen Frank gewiß und betrachten ihn als einen Verräter. Er hört weder auf ihre Botschaften, noch beantwortet er sie; er leitet sie auch nicht weiter. Auch das hat er begriffen. Die Botschaften werden von einem Klassenzimmer zum anderen, von Wand zu Wand, weitergeleitet, selbst wenn man sie nicht versteht, denn es besteht die Möglichkeit, daß sie jemanden erreichen, für den sie wichtig sein könnten.

Es ist nicht seine Schuld. Er hat keine Zeit und auch keine Lust dazu. Es kommt ihm kindisch vor. Diese Leute beschäftigen sich mit der Außenwelt, mit ihrem Leben, mit Kindereien. Sie verübeln es ihm zu Unrecht. Er ist sich bewußt, ein Spiel zu spielen, bei dem es um viel mehr geht als in ihrem, und er muß dieses Spiel gewinnen. Es wäre furchtbar, wenn er es nicht voll und ganz gewänne.

Er schläft. Er schläft sofort ein, sobald das Fenster wieder geschlossen ist. Er versinkt in möglichst tiefen Schlaf, um neue Kraft zu gewinnen. Er hört Schritte in dem Raum rechts und Jammern in dem Raum links. Es muß ein alter oder ein ganz junger Mensch sein, der unaufhörlich stöhnt und wimmert.

Wie meistens werden sie vor dem Essen kommen. Frank hat noch einen Rest Speck und ein Stück Wurst. Er weiß übrigens nicht, warum man ihm die beiden Pakete ausgehändigt hat, denn ohne sie wäre er noch schwächer.

Er ist nicht weit davon entfernt, dem Chef eine gewisse Anständigkeit in der Wahl seiner Mittel zuzugestehen. Vielleicht kommt es daher, daß er es liebt, wenn ein Fall kompliziert ist. Vielleicht auch durch Franks Alter, den er für einen grünen Jungen hält und dem er, um nicht über seinen Sieg erröten zu müssen, eine zusätzliche Chance gewähren will.

Heute holt man ihn sicherlich wieder kurz vor dem Essen. Es ist unwichtig, was es für ein Tag ist. Er zählt nicht mehr nach Tagen und Wochen. Er hat jetzt andere Merkmale. Er zählt nach dem Hauptgegenstand der Verhöre, sofern man von einem Hauptgegenstand bei einem Mann sprechen darf, der alles absichtlich verwickelter macht.

Es ist der Tag nach Berta, und vier Tage nach dem Hausputz in dem Zimmer mit dem offenen Fenster. Das genügt.

Er war übrigens darauf gefaßt. Er ist hinter den Rhythmus gekommen wie bei dem Kommen und Gehen des Ehepaars. An einem Tag holt man ihn sehr früh, an einem anderen ziemlich spät, manchmal kurz vor der Essensausgabe, wenn man auf der Treppe schon das Klappern der Kannen hört.

Er hätte am Anfang die Suppe nicht bis zum letzten Tropfen auslöffeln sollen. Sie ist nicht gut. Es ist nur warmes Wasser mit Steckrüben. Manchmal schwimmen ein paar weiße Bohnen darin. Es kommt auch vor, daß Fettaugen darauf zu sehen sind, wie auf Abwaschwasser, und wenn man Glück hat, entdeckt man dann auf dem Grund ein winziges Stück graues Fleisch.

Ihn brauchte das nicht zu interessieren. Er hat ja Wurst und Speck, aber er setzt sich gern mit dem Napf zwischen den Beinen auf den Bettrand, und es bereitet ihm Genuß, die warme Suppe durch Kehle und Speiseröhre in den Magen fließen zu spüren.

Der Chef, den man nie auf dem Hof und schon gar nicht auf den Gängen sieht, muß das erraten haben, denn er läßt Frank immer vor der Essensausgabe holen.

Frank hat die Schritte mitten im Schlaf erkannt, es sind die Schritte von zwei Männern; der eine trägt Schuhe mit Ledersohlen und der andere genagelte Soldatenstiefel. Sie kommen zu ihm. Man könnte glauben, er sei der einzige Häftling, der verhört wird. Frank bleibt ruhig liegen. Er wartet, bis sich die Tür öffnet, und selbst dann tut er so, als ob er schnarche, um noch ein paar Sekunden zu gewinnen.

Man muß ihm auf die Schulter tippen. Es ist zu einer Art Spiel geworden, aber sie scheinen es gar nicht zu merken.

Um Zeit zu gewinnen, wäscht er sich auch kaum noch. Die ganze Zeit, über die er verfügt, ist dem Schlaf vorbehalten, und was er jetzt unter Schlaf versteht, ist viel wichtiger als der übliche Schlaf. Sonst würde es sich nicht lohnen, jeden Bröckel Zeit zusammenzukratzen, wie er es tut.

Er lächelt ihnen nicht zu. Sie sagen auch nicht guten Tag. Alles geht wortlos, mit einer trüben Gleichgültigkeit vor sich.

Er zieht seinen Mantel aus und zieht die Jacke an. Unten ist es sehr warm. In den ersten Tagen hat er darunter gelitten, weil er seinen Mantel anbehalten hatte. Jetzt friert er lieber auf dem Gang oder auf der Treppe. Der Weg ist so kurz, daß er sich dabei nicht erkälten kann.

Er besitzt keinen Spiegel, aber er fühlt, daß er gerötete Augenlider hat wie jene, die nicht genug schlafen. Sie sind heiß und stechen. Seine Haut ist gespannt und empfindlich.

Er geht hinter dem Zivilisten und vor dem Soldaten, und während dieser paar Minuten schläft er weiter. Er schläft auch noch, wenn sie das kleine Gebäude betreten, wo man ihn manchmal lange – eine Stunde? – auf der Bank in dem ersten Raum warten läßt, obwohl niemand bei dem Chef ist.

Dort ruht er sich weiter aus. Es ist eine Sache der Gewohnheit. Er hört Geräusche, bisweilen Stimmen und in regelmäßigen Abständen den Lärm der Straßenbahn. Kindergeschrei dringt sogar bis hierher, vermutlich ist in der Nähe gerade die Schule aus.

Die Kinder haben einen Lehrer. Die meisten Erwachsenen haben einen Chef, den Bürovorsteher, den Leiter der Werkstatt oder den Besitzer.

Jeder hat seinen Chef. Frank hat das eingesehen, und darum grollt er ihm nicht. Im Raum nebenan blättert man in Papieren. Dann erscheint ein Zivilist in der Tür und macht ihm ein Zeichen wie beim Arzt oder Zahnarzt. Er erhebt sich.

Warum bleiben zwei Zivilisten in dem Zimmer? Er hat darüber nachgedacht und mehrere Erklärungen gefunden, die ihn jedoch nicht befriedigen. Bald sind es jene, die ihn an dem Tag, da das mit dem Messinglineal passiert ist, in die Stadt gebracht haben. Bald ist es der, der ihn in der Rue Verte verhaftet hat, und dann sind es wieder andere. Aber sie sind nicht zahlreich. Sieben oder acht insgesamt, die sich ablösen. Sie tun nichts und sitzen nicht vor einem Schreibtisch. Niemals beteiligen sie sich an dem Verhör. Zweifellos würden sie es nicht wagen. Sie bleiben mit gleichgültigem Gesicht stehen.

Sollen sie ihn daran hindern, zu fliehen oder den Chef zu erdrosseln? Vielleicht. Aber im Hof befinden sich bewaffnete Soldaten, und man könnte vor jede Tür einen Posten stellen.

Es kann auch sein, daß sie einander nicht trauen. Der so lächerlich scheinende Gedanke, daß diese Männer da sind, um das Tun und Lassen des Chefs zu überwachen und sich seine Worte zu merken, ist vielleicht gar nicht so abwegig. Wer weiß? Vielleicht ist unter ihnen einer, der mächtiger ist als der Chef. Vielleicht weiß der nicht einmal, welcher es ist. Vielleicht zittert er sogar bei dem Gedanken an die Berichte, die über ihn an eine höhere Dienststelle geschickt werden.

Äußerlich wirken sie wie Statisten. Sie erinnern an die Ministranten, die den Pfarrer während der Messe umgeben. Sie setzen sich nicht und rauchen nicht.

Der Chef dagegen raucht die ganze Zeit. Das ist ungefähr das einzig Menschliche an ihm. Er raucht eine Zigarette nach der anderen. Auf seinem Schreibtisch steht ein viel zu kleiner Aschenbecher, und es ärgert Frank, daß niemand daran denkt, ihn durch einen größeren zu ersetzen. Es ist ein grüner Aschenbecher, der die Form eines Weinblatts hat. Schon beim Morgenverhör ist er übervoll von Stummeln und Asche.

In dem Raum befinden sich ein Ofen und ein Kohleneimer. Es würde schon genügen, hin und wieder, ein- oder zweimal am Tag den Aschenbecher in den Kohleneimer auszuleeren.

Aber man tut es nicht. Vielleicht will er es nicht. Die Stummel häufen sich an und sind schmutzig. Der Chef raucht, ohne je seine Zigarette aus dem Mund zu nehmen. Er lutscht sie, läßt sie ausgehen, zündet sie wieder an, befeuchtet das Papier mit Speichel und kaut an den Tabakresten.

Seine Fingerspitzen sind braun, seine Zähne ebenfalls, und zwei kleine Flecken ober- und unterhalb der Lippen zeigen, wo er die Zigarette im Mund hält.

Das Merkwürdigste bei einem Mann wie ihm ist, daß er sie selber dreht. Er scheint den äußeren Dingen keinerlei Bedeutung beizumessen. Man fragt sich, wann er ißt, wann er schläft, wann er sich rasiert. Frank erinnert sich nicht, ihn jemals frisch rasiert gesehen zu haben. Dennoch zieht er mitten während eines Verhörs einen Beutel aus Schweinsleder aus der Tasche, der Tabak enthält. Aus einer Westentasche nimmt er das Zigarettenpapier. Er ist von peinlicher Genauigkeit. Es dauert unendlich lange, bis er eine Zigarette gedreht hat. Ist das auch ein Trick?

Heute nacht, es war schon fast Morgen, gegen Ende des Verhörs hat er mit ihm über Berta gesprochen. Wie immer, wenn er einen neuen Namen fallen läßt, hat er es völlig unerwartet getan. Er hat nicht ihren Familiennamen genannt. Man hätte glauben können, er sei Stammkunde bei Lotte oder ein Mann wie Hamling, für den Lottes Geschäfte kein Geheimnis sind.

„Warum hat Berta Sie verlassen?"

Frank hat gelernt, wie man Zeit gewinnt. Ist er nicht allein deshalb hier?

„Sie hat mich nicht verlassen. Sie hat meine Mutter verlassen."

„Das ist das gleiche."

„Nein. Ich habe mich nie um die Angelegenheiten meiner Mutter gekümmert."

„Aber Sie haben mit Berta geschlafen."

Sie wissen alles. Gott weiß, wieviel Menschen sie schon vernommen haben, um all das zu erfahren, was sie nun wissen. Gott weiß, wie viele Stunden und Verhöre dafür nötig gewesen sind.

„Sie haben mit Berta geschlafen, nicht wahr?"

„Es ist vorgekommen."

„Oft?"

„Ich weiß nicht, was Sie unter oft verstehen."

„Einmal, zweimal, dreimal in der Woche?"

„Es ist schwer zu sagen. Es kam darauf an."

„Liebten Sie sie?"

„Nein."

„Aber Sie schliefen mit ihr?"

„Gelegentlich."

„Und Sie sprachen mit ihr?"

„Nein."

„Sie schliefen mit ihr und sprachen nicht mit ihr?"

Wenn man ihm mit solchen Themen kommt, würde er am liebsten mit einer unflätigen Bemerkung antworten wie in der Schule. Aber man sagt nichts Unflätiges zu seinem Lehrer und auch nicht zu seinem Chef. Der spielt nicht, um sich aufzuregen.

„Sagen wir, ich sprach möglichst wenig."
„Das heißt . . ."
„Ich weiß es nicht."
„Kam es nicht vor, daß Sie sich mit ihr über das unterhielten, was Sie während des Tages getan hatten?"
„Nein."
„Hat sie Sie auch nicht danach gefragt?"
„Nein, nie."
„Sprachen Sie nicht mit ihr über die Männer, die mit ihr schliefen?"
„Ich war nicht eifersüchtig."

Das ist der Ton. Man muß nur bedenken, daß der Chef seine Worte sorgfältig wählt, sie genau prüft, bevor er sie ausspricht, was Zeit erfordert. Sein riesiger Schreibtisch hat viele Schubladen. Er ist mit Zetteln bedeckt, die ganz harmlos aussehen und die er in einem bestimmten Augenblick, je nach Bedarf, hier oder dort herauszieht, um einen Blick darauf zu werfen.

Frank kennt diese Zettel. Es gibt hier keinen Schreiber. Niemand nimmt seine Antworten zu Protokoll. Die beiden Männer, die die ganze Zeit an der Tür stehen, haben weder Füllfederhalter noch Bleistift. Es würde Frank nicht übermäßig wundern, wenn sie gar nicht schreiben könnten.

Nur der Chef schreibt, immer auf Zettel, auf Fetzen von alten Umschlägen, auf den unteren Rand von Briefen oder Rundschreiben, den er sorgfältig abschneidet. Er hat eine winzige Schrift, die für jeden anderen unleserlich sein muß.

Wenn in den Schubfächern des Schreibtischs ein Zettel über Berta vorhanden ist, dann bedeutet das, daß das dicke Mädchen verhört worden ist. Soll er es sich so deuten? Manchmal, wenn er hereinkommt, schnuppert Frank nach Gerüchen, nach Spuren von jemand, den man in seiner Abwesenheit vielleicht vorgeladen hat.

„Ihre Mutter empfing Offiziere und Beamte."
„Das ist möglich."
„Befanden Sie sich während dieser Besuche oft in der Wohnung?"
„Das wird wohl vorgekommen sein."
„Sie sind jung und neugierig."

„Ich bin jung, aber ich bin nicht neugierig und jedenfalls nicht lasterhaft."

„Sie haben Freunde und Bekannte. Es könnte sehr interessant sein, zu erfahren, was diese Offiziere sagen und tun."

„Für mich nicht."

„Ihre Freundin Berta ..."

„Sie war nicht meine Freundin."

„Sie ist es nicht mehr, da sie Sie und Ihre Mutter verlassen hat. Ich möchte wissen, warum. Ich möchte auch wissen, warum man an jenem Tag eine Auseinandersetzung in Ihrer Wohnung gehört hat, die so laut war, daß die Nachbarn sich darüber aufgeregt haben."

Welche Nachbarn? Wen hat man vernommen? Er denkt an den alten Wimmer, glaubt aber nicht, daß der etwas davon gesagt hat.

„Es ist merkwürdig, daß Berta, die, wie Ihre Mutter sagt, sozusagen zur Familie gehörte, sie gerade in diesem Augenblick verlassen hat."

Hat er ihm absichtlich zu verstehen gegeben, daß Lotte verhört worden ist? Frank läßt sich davon nicht rühren.

„Berta war für Ihre Mama sehr wertvoll." Er weiß nicht, daß Frank seine Mutter nie so genannt hat, daß man eine Lotte nicht Mama nennt. „Ich weiß nicht mehr, wer gesagt hat" – er tut so, als suche er unter seinen Zetteln –, „sie sei stark wie ein Pferd."

„Wie eine Stute."

„Ja, wie eine Stute. Wir werden darauf noch einmal zurückkommen müssen."

Im Anfang glaubte Frank, das seien nur leere Redensarten, die ihn einschüchtern sollten. Er konnte sich nicht vorstellen, sein Tun und Lassen sei für den Chef so wichtig, daß er einen so komplizierten Apparat in Gang setzte, wie er es offensichtlich tat.

Am erstaunlichsten war, daß der Chef von seinem Standpunkt aus nicht unrecht hat. Er weiß, worauf er hinauswill. Er weiß es besser als Frank, der erst beginnt, Hintergründe zu entdecken, von denen er nie etwas geahnt hatte.

In diesem Haus gebraucht man keine leeren Redensarten. Man blufft nicht. Wenn der Chef sagt: „Wir werden noch einmal darauf zurückkommen müssen“, dann wird er noch mehr tun. Arme, dumme, dicke Berta.

Dennoch empfindet Frank weder für sie noch für irgend jemand wirkliches Mitleid. Er ist darüber hinaus. Er grollt ihr nicht und verachtet sie nicht. Er ist ohne Haß. Er betrachtet allmählich manche Menschen mit den Fischaugen des Chefs wie durch die Glasscheibe eines Aquariums.

Den Beweis dafür, daß der Chef nichts nur so hinsagt, hat er bekommen, als von Kromer die Rede war. Das war ganz im Anfang, als er noch nicht begriffen hatte und sich einbildete, es genüge, wie bei dem Offizier mit dem Lineal, nein zu sagen.

„Kennen Sie einen gewissen Kromer?“

„Nein.“

„Sind Sie nie jemandem dieses Namens begegnet?“

„Ich kann mich nicht entsinnen.“

„Er verkehrt aber in denselben Lokalen wie Sie, denselben Restaurants, denselben Bars.“

„Das ist möglich.“

„Sind Sie sicher, daß Sie nie mit ihm bei Timo Sekt getrunken haben?“

Man baut ihm eine Brücke.

„Ich habe mit so vielen Leuten bei Timo getrunken, auch Sekt.“

Das war unvorsichtig. Er merkte es sofort, aber es ist schon zu spät. Der Chef kritzelt etwas auf ein Stück Papier. Für einen Mann seines Alters und seiner Stellung wirkt das fast lächerlich. Aber keiner dieser Zettel geht verloren, und keiner kommt nicht zu gegebener Zeit wieder zum Vorschein.

„Kennen Sie ihn auch nicht unter seinem Vornamen Fred? Gewisse Leute sind an gewissen Orten nur unter ihrem Vornamen bekannt. Es gibt zum Beispiel eine Menge Menschen, die Sie sozusagen täglich gesehen haben, aber nicht wissen, daß Sie Friedmaier heißen.“

„Das ist nicht das gleiche.“

„Ist es auch bei Kromer nicht das gleiche?“

Alles zählt. Alles ist von Bedeutung und wird registriert. Er verbringt zwei erschöpfende Stunden damit, seine Beziehungen zu Kromer ohne Grund zu leugnen, nur weil er überhaupt nichts zugeben will.

Am nächsten Tag und den folgenden Tagen ist von Kromer nicht mehr die Rede. Er glaubt schon, man habe ihn vergessen. Aber dann, mitten in einem Nachtverhör, als er buchstäblich schwankt, die Augen ihm brennen und man ihn absichtlich stehen läßt, zeigt man ihm eine Amateuraufnahme, auf der er zusammen mit Kromer und zwei Frauen zu sehen ist. Sie haben ihre Jacken ausgezogen. Es sieht sehr nach Landpartie aus. Kromer hält es für nötig, seine dicke Pratze auf die Brust seiner blonden Freundin zu legen.

„Kannten Sie ihn nicht?"

„An seinen Namen erinnere ich mich nicht mehr."

„Auch nicht an die Namen der Mädchen?"

„Wenn ich mich an die Namen aller Mädchen erinnern sollte, mit denen ich gerudert habe . . ."

„Die eine da, die Brünette, heißt Lili."

„Ich glaube es Ihnen."

„Ihr Vater ist städtischer Angestellter."

„Das mag sein."

„Und ihr Begleiter ist Kromer."

„So?"

Er erinnerte sich wirklich nicht mehr an das Foto, das er nie in der Hand gehabt hatte. Er weiß nur, daß sie an jenem Tag zu fünft waren, zwei Frauen, drei Männer, was nie besonders gutgeht. Aber das hilft ihm auch nicht aus der Patsche. Zum Glück war der dritte meist mit Fotografieren beschäftigt. Er hat auch gerudert. Wenn Frank dem Chef seinen Namen sagen wollte, könnte er es mit dem besten Willen nicht.

Dies beweist, wie gründlich sie nachforschen. Gott weiß, wo sie das Foto entdeckt haben. Haben sie bei Kromer eine Haussuchung gemacht? Es wäre merkwürdig, daß Frank das Foto nie gesehen hätte, wenn es sich in der Wohnung befand. Vielleicht haben sie es bei dem dritten gefunden oder bei dem Fotografen, der den Film entwickelt hat.

Daß der Chef so verfährt, ist gerade das Gute an ihm; es ermutigt Frank und läßt ihn Hoffnung schöpfen. Der Offizier hätte ihn zweifellos sofort erschießen lassen, um sich seiner zu entledigen und sich das Leben nicht schwer zu machen. Dieser dagegen läßt ihm Zeit.

Um die Wahrheit zu sagen, er ist davon überzeugt – nein, es ist mehr ein Glaube als eine Überzeugung –, daß es nur von ihm abhängt. Wie die Menschen, die wenig schlafen, die aber zu schlafen gelernt haben, denkt er vor allem in Bildern und Empfindungen. Er müßte auf seinen Traum vom Flug zurückkommen, in dem er nur die Hände flach auszustrecken und sich dann mit aller Kraft, mit seinem ganzen Willen auf die Leere zu stützen brauchte, um sich zu erheben, langsam zuerst, dann schneller schwebend, bis sein Kopf die Decke berührte.

Er kann aber nicht davon sprechen. Auch wenn Holst hier wäre, würde er ihm seine geheime Hoffnung nicht verraten. Noch nicht. Es ist genau wie in dem Traum. Es ist wunderbar, daß er diesen Traum mehrmals geträumt hat, denn das hilft ihm jetzt. Vielleicht ist das, was er jetzt erlebt, auch ein Traum. Es gibt Augenblicke, da er vor Schläfrigkeit nichts mehr weiß. Es hängt von ihm und seinem Willen ab, auch diesmal. Wenn er die Energie aufbringt und weiter den Glauben behält, wird es so lange dauern, wie es notwendig ist.

Es geht nicht mehr um die Rückkehr in die Welt da draußen. Es gibt für ihn keine Hoffnungen mehr, wie sie gewiß die in dem Nebenraum Eingesperrten hegen. Diese Hoffnungen interessieren ihn nicht, sie erschrekken ihn eher.

Die tun, was sie können. Es ist nicht ihre Schuld.

Für ihn kommt es darauf an, eine gewisse Frist zu gewinnen. Wenn man ihn aufforderte, diese Frist in Tagen, Wochen oder Monaten anzugeben, könnte er nicht darauf antworten. Und wenn man ihn fragte, was das Ende sein soll?

Es ist also schon besser, mit dem Chef zu diskutieren. Dies ist ein Verhör, bei dem er steht. Es gibt Verhöre, bei denen er sitzt, und andere, bei denen er steht. Ein primitiver Trick im Grunde, um seinen Widerstand zu schwächen. Er läßt sich nicht anmerken, daß er lieber steht. Wenn er sich setzen darf, sitzt er auf einem Hokker, und auf die Dauer ist das noch ermüdender.

Der Chef steht nie auf. Er hat nie das Verlangen, ein

paar Schritte im Raum zu machen, um sich die Beine zu vertreten. Kein einziges Mal, nicht einmal während eines Verhörs, das fünf Stunden dauerte, ist er hinausgegangen, um seine Notdurft zu verrichten oder um ein Glas Wasser zu trinken. Er begnügt sich damit, Zigaretten zu rauchen, und selbst die läßt er regelmäßig zwei- oder dreimal ausgehen.

Er verwendet zahlreiche Tricks. So läßt er zum Beispiel Franks Revolver immer auf seinem Schreibtisch liegen, als ob er ihn vergessen hätte, als ob es irgendein bedeutungsloser Gegenstand wäre. Er benutzt ihn als Briefbeschwerer. Seit dem ersten Tag, da man Franks Taschen durchsucht hat, hat er nie darauf angespielt. Trotzdem liegt die Waffe dort wie eine Drohung.

Man muß nüchtern überlegen. Es ist ja nicht nur Frank, mit dem sich der Chef in seiner Abteilung beschäftigen muß. Trotz der Zeit, die er ihm widmet und die beträchtlich ist, ist zu vermuten, daß ein Mann von seiner Bedeutung noch andere Probleme zu lösen und andere Häftlinge zu vernehmen hat. Bleibt der Revolver auch dort liegen, während er die anderen vernimmt? Ist es nicht vielmehr ein Dekorationsstück, das man immer wieder auswechselt? Wird der Revolver bei anderen Verhören nicht durch einen anderen Gegenstand, einen Dolch, einen Scheck, einen Brief oder sonst irgendein Beweisstück ersetzt?

Wie soll man es erklären, daß dieser Mann ein Segen des Himmels ist? Andere würden es nicht begreifen und ihn hassen. Ohne ihn wäre sich Frank nicht ständig der Zeit bewußt, die ihm noch bleibt. Ohne ihn und ohne diese erschöpfenden Verhöre hätte er vielleicht nie geahnt, daß man so klar denken kann, wie er es jetzt tut. Früher hatte er sich darunter etwas ganz anderes vorgestellt.

Man muß auf der Hut bleiben und darauf achten, daß man nicht zuviel auf einmal zugibt. Es könnte sonst zu schnell gehen, und man wäre im Nu am Ende.

Es darf aber nicht so schnell zu Ende gehen. Frank muß noch einiges erledigen. Es geht langsam voran. Schnell und langsam zugleich.

Das hindert ihn daran, sich um die Männer zu kümmern, die man im Morgendämmern aus dem Klassenzimmer nebenan abholt, um sie zu erschießen. Am eindrucksvollsten ist im Grunde der Augenblick, den man dazu aussucht. Die Häftlinge sind noch nicht richtig wach, nicht gewaschen, nicht rasiert, haben nicht einmal eine Tasse Kaffee im Magen, und der Kälte wegen schlagen sie alle ohne Ausnahme ihren Jackenkragen hoch. Warum dürfen sie nicht ihren Mantel anziehen? Das ist ein Geheimnis. Nicht darum, weil der Mantel etwas wert ist. Und wenn der Stoff auch noch so dick ist, die Kugeln dringen hindurch. Vielleicht soll die Szene dadurch nur noch trister wirken.

Würde Frank seinen Jackenkragen auch hochschlagen? Vielleicht. Er denkt nicht darüber nach. Er denkt nur selten daran. Er ist übrigens davon überzeugt, daß man ihn nicht auf dem Hof in der Nähe der Halle, in der die Pulte aufeinandergestapelt sind, erschießen wird.

Die da sind Männer, die abgeurteilt sind, die ein Verbrechen begangen haben, das man ahnden kann, wobei man notfalls ein wenig mogelt.

Wenn man ihn hätte aburteilen müssen, wäre er höchstwahrscheinlich in das Büro des Offiziers mit dem Messinglineal zurückgebracht worden.

Wenn alles zu Ende ist, wenn der Chef ehrlich davon überzeugt ist, daß er aus Frank alles herausgeholt hat, was man aus ihm herausholen kann, wird man ihn ohne Zeremoniell ins Jenseits befördern. Er weiß noch nicht, wo. Er kennt das Haus noch nicht genügend. Man wird ihn auf einer Treppe oder in einem Flur von hinten erschießen. Sicherlich gibt es auch einen Keller für diesen Zweck.

Aber es wird ihm gleichgültig sein. Er hat keine Angst. Seine einzige Furcht, sein Alptraum ist, daß das zu schnell geschieht, noch ehe er mit allem fertig ist.

Und wenn es dann soweit ist, wird er sagen: „Erschießen Sie mich."

Wenn er einen letzten Wunsch äußern dürfte, würde er sie bitten, ihn, während er flach auf dem Bauch liegt, im Bett zu erschießen.

Beweist das alles nicht, daß der Chef so etwas wie die Vorsehung ist? Er wird noch Neues entdecken. Jeden Tag entdeckt er Neues. Frank muß an alles zugleich denken, an Timo ebenso wie an die Leute, die er bei Taste getroffen hat, und an die Mieter im Haus. Dieser alte Teufel mit der Brille verwirrt alles absichtlich.

Was hat er jetzt wieder entdeckt? Er hat bedächtig seine Brille mit einem großen bunten Taschentuch geputzt, das immer aus seiner Hosentasche hervorguckt. Er hat wie gewöhnlich mit seinen Zetteln gespielt. Jemandem, der ihn durch das Fenster beobachtete und nicht Bescheid wüßte, müßte es fast wie eine Lotterie oder wie ein Lotto erscheinen. Er tut wirklich so, als fischte er aufs Geratewohl einen Zettel heraus. Dann dreht er sich mit aufreizender Langsamkeit eine Zigarette. Er streckt die Zunge heraus, um das Papier anzufeuchten, und sucht nach seiner Streichholzschachtel.

Er findet seine Streichhölzer nie, die unter dem Papierberg vergraben sind. Er sieht Frank nicht an. Er sieht ihm überhaupt nur selten in die Augen und dann vollkommen gleichgültig. Wer weiß, ob die beiden anderen, die Ministranten, nicht nur darum da sind, um Franks Reaktionen zu beobachten, und ob sie nicht hinterher einen Bericht darüber schreiben?

„Kennen Sie Anna Loeb?"

Frank verzieht keine Miene. Schon lange verzieht er keine Miene mehr. Er denkt nach. Es ist ein Name, den er nicht kennt, aber das will noch nichts sagen. Genauer gesagt, er kennt den Namen Loeb wie jedermann, die Brauerei Loeb, deren Bier er trinkt, seit er überhaupt Bier trinkt. Dieser Name steht in dicken Buchstaben an Häusergiebeln, an Cafés, an Lebensmittelläden, auf Kalendern und sogar auf den Fensterscheiben der Straßenbahnen.

„Ich kenne das Bier."

„Ich frage Sie, ob Sie Anna Loeb kennen."

„Nein."

„Aber sie war eines der Mädchen, die für Ihre Mutter arbeiteten."

Es handelt sich also um jemand, der denselben Namen hat.

„Sie mögen recht haben. Ich weiß es aber nicht."

„Sicherlich hilft dies Ihrer Erinnerung auf die Sprünge."

Er nimmt ein Foto aus einer Schublade und reicht es ihm. Er hat immer einen großen Vorrat an Fotos. Frank unterdrückt nur mühsam den Ausruf: „Anny!"

Denn sie ist es. Aber eine Anny, die ganz anders aussieht als die, die er gekannt hat. Vielleicht weil sie flott angezogen ist, ein Sommerkleid und einen großen Strohhut trägt, sich lächelnd bei einem Begleiter eingehängt hat, dessen Bild der Chef mit seinem Daumen verdeckt.

„Kennen Sie sie?"

„Ich bin nicht sicher."

„Sie hat in der letzten Zeit in derselben Wohnung gelebt wie Sie."

„Das ist möglich."

„Sie hat gesagt, sie habe mit Ihnen geschlafen."

„Auch das mag sein."

„Wie oft?"

„Ich weiß es nicht."

Ob Anny verhaftet worden ist? Bei denen kann man nie wissen. Sie können einem etwas vormachen, um die Wahrheit zu erfahren. Das gehört zu ihrem Beruf. Frank läßt sich durch die Zettel nie ganz irreführen.

„Warum haben Sie sie zu Ihrer Mutter gebracht?"

„Ich?"

„Ja, Sie."

„Aber ich habe sie nicht zu meiner Mutter gebracht."

„Wer dann?"

„Ich weiß es nicht."

„Wollen Sie behaupten, sie sei von sich aus gekommen?"

„Das wäre durchaus möglich."

„In dem Fall müßte man annehmen, daß ihr jemand Ihre Adresse gegeben hat."

Er begreift noch nicht, wittert eine Falle und antwortet nicht. So kommt es immer wieder zu langen Pausen, wodurch diese Verhöre eine Ewigkeit dauern.

„Die Tätigkeit Ihrer Mutter ist verboten, und es erübrigt sich darum, weiter darüber zu sprechen."

Das kann ebensogut bedeuten, daß Lotte ebenfalls verhaftet worden ist.

„Ihre Mutter hatte darum ein Interesse daran, daß möglichst wenig Leute etwas von ihrer Tätigkeit wüßten. Wenn Anna Loeb zu ihr gekommen ist, dann, weil sie wußte, daß sie dort Unterschlupf finden konnte."

Das Wort Unterschlupf ist für Frank eine Warnung. Er muß zugleich gegen den Schlaf und gegen unklare Gedanken ankämpfen, die sich bei der geringsten Unaufmerksamkeit seiner bemächtigen und die er nur ungern von sich schiebt, weil sie in Wirklichkeit jetzt sein ganzes Leben sind. Wie ein Schlafwandler wiederholt er: „Unterschlupf."

„Behaupten Sie, Sie wüßten nichts von Anna Loebs Vergangenheit?"

„Ich habe nicht einmal ihren Namen gekannt."

„Wie ließ sie sich nennen?"

Das ist es, was er „etwas zugeben" nennt. Er muß es tun.

„Anny."

„Wer hat sie zu Ihnen geschickt?"

„Niemand."

„Hat Ihre Mutter sie ohne jede Empfehlung aufgenommen?"

„Sie war ein schönes Mädchen und war bereit, sich mit Männern einzulassen. Mehr verlangt meine Mutter nicht."

„Wie oft haben Sie mit ihr geschlafen?"

„Das weiß ich nicht mehr."

„Waren Sie in sie verliebt?"

„Nein."

„War sie es?"

„Ich glaube nicht."

„Aber Sie haben miteinander geschlafen?"

Ist er eine Art Puritaner oder ein Lüstling, daß er diesen Fragen solche Bedeutung beimißt? Oder ist er impotent? Als von Berta die Rede war, hat er die gleichen Fragen gestellt.

„Was hat sie Ihnen gesagt?"

„Sie sagte nie etwas."

„Womit verbrachte sie ihre Zeit?"

„Sie las Illustrierte."
„Illustrierte, die Sie ihr holten?"
„Nein."
„Wie beschaffte sie sie sich? Ging sie aus?"
„Nein. Ich glaube, sie ist niemals ausgegangen."
„Warum nicht?"
„Ich weiß es nicht. Sie ist nur ein paar Tage dageblieben."
„Versteckte sie sich?"
„Ich habe nicht den Eindruck gehabt."
„Wie kam sie an die Illustrierten?"
„Sie muß sie mitgebracht haben."
„Wer warf ihre Briefe in den Kasten?"
„Niemand, nehme ich an."
„Hat sie Sie nie gebeten, Briefe zur Post zu bringen?"
„Nein."
„Auch nicht, jemandem von ihr etwas auszurichten?"
„Nein."
Es ist leicht, weil es wahr ist.
„Schlief sie mit den Kunden?"
„Das mußte sie schon."
„Mit wem?"
„Ich weiß es nicht. Ich war nicht immer da."
„Aber wenn Sie da waren?"
„Ich habe mich nicht darum gekümmert."
„Waren Sie nicht eifersüchtig?"
„Nicht im geringsten."
„Sie ist doch hübsch."
„Ich bin daran gewöhnt."
„Kamen Kunden nur ihretwegen?"
„Das müssen Sie meine Mutter fragen."
„Man hat es sie schon gefragt."
„Was hat sie geantwortet?"
Man zwingt ihn so fast jeden Tag, sich das Leben zu Hause wieder zu vergegenwärtigen. Er spricht mit einer Gleichgültigkeit davon, die den Chef sicherlich überrascht, um so mehr, als er spürt, daß Frank ehrlich ist.
„Hat sie nie jemanden angerufen?"
„Im ganzen Haus funktioniert nur ein Apparat, der des Portiers."
„Ich weiß."

Nun, warum fragt er dann?

„Haben Sie diesen Mann schon einmal gesehen?"

„Nein."

„Und den da?"

„Nein."

„Diesen?"

„Nein."

Es sind Gesichter, die er nicht kennt. Warum ist der Chef darauf bedacht, einen Teil der Fotos zu verdecken, nur das Gesicht sehen zu lassen, so daß Frank nicht einmal erkennen kann, was die Leute anhaben? Natürlich, weil es Offiziere sind. Vielleicht sind es sogar höhere Offiziere.

„Wußten Sie, daß Anna Loeb gesucht wurde?"

„Davon habe ich nie etwas gehört."

„Wußten Sie auch nicht, daß ihr Vater erschossen worden ist?"

Tatsächlich ist vor mindestens einem Jahr der Brauereibesitzer Loeb erschossen worden, weil man ein geheimes Waffenlager in den Kesseln seiner Brauerei entdeckt hatte.

„Ich wußte nicht, daß das ihr Vater war. Ich kannte ihren Familiennamen nicht."

„Dennoch hat sie bei Ihnen Unterschlupf gesucht."

Das ist wirklich erstaunlich. Zwei- oder dreimal hat er mit der Tochter des Brauereibesitzers Loeb geschlafen, der einer der reichsten und angesehensten Männer der Stadt war, und hat nichts davon gewußt. Tag für Tag entdeckt er durch den Chef neue verborgene Zusammenhänge.

„Ist sie weggegangen?"

„Ich weiß es nicht mehr. Ich glaube, sie war noch in der Wohnung, als ich verhaftet wurde."

„Sind Sie dessen nicht sicher?"

Was soll er darauf antworten? Was wissen sie? Er hat nie Sympathie für Anny gehabt, die immer ein so verächtliches Gesicht machte – vielmehr ein so abwesendes, was noch schlimmer ist –, wenn er mit ihr schlief. Aber jetzt zählt das alles nicht mehr. Ist sie verhaftet worden? Haben sie eine richtige Razzia gemacht, seit er im Gefängnis sitzt?

„Ich nehme es an. Ich hatte am Tag zuvor getrunken."
„Bei Timo?"
„Vielleicht. Und auch anderswo."
„Mit Kromer?"
Der Kerl vergißt nichts.
„Mit vielen Leuten."
„Bevor sie bei Ihnen Unterschlupf suchte, war Anna Loeb die Geliebte mehrerer Offiziere gewesen, die sie sich sorgfältig ausgewählt hatte."
„Ach."
„Mehr ihrer Stellung als ihres Aussehens oder ihres Geldes wegen." Er antwortet nicht, denn dies war ja keine Frage.
„Sie stand im Sold einer ausländischen Macht und hat bei Ihnen Unterschlupf gesucht."
„Für eine Frau, die nicht allzu schlecht aussieht, ist es nicht schwer, in ein Bordell aufgenommen zu werden."
„Sie geben zu, daß es ein Bordell war?"
„Nennen Sie es, wie Sie wollen. Es gab Frauen, die sich mit den Kunden vergnügten."
„Auch mit Offizieren?"
„Mag sein. Ich habe nicht vor der Tür Posten gestanden."
„Auch nicht an dem Guckfenster?"
Er weiß alles. Er errät alles. Er muß die Wohnung gründlich inspiziert haben.
„Kannten Sie die Namen dieser Offiziere?"
„Nein."
Sollte etwa die Abteilung des Chefs gegen die andere Abteilung arbeiten, jene, in der er mit dem Lineal geschlagen worden ist? Das Wort Offizier kehrt mit einer Häufigkeit wieder, die ihn stutzig macht.
„Würden Sie sie wiedererkennen?"
„Nein."
„Manchmal blieben sie lange, nicht wahr?"
„So lange, wie sie brauchten, um das zu tun, wozu sie gekommen waren."
„Sprachen sie?"
„Ich war nicht in dem Zimmer."
„Sie sprachen", behauptet der Chef. „Männer sprechen immer."

Man könnte glauben, er habe soviel Erfahrung wie Lotte. Er weiß, worauf er mit seiner Geduld und Genauigkeit hinauswill. Er sieht weit. Er hat viel Zeit. Er ergreift behutsam ein Stück Faden und wickelt die Strähne auf.

Die Zeit der Essensausgabe ist vorüber. Frank wird wie fast jeden Tag in seinem Napf die schon eiskalte Suppe vorfinden.

„Wenn Frauen Männer zum Sprechen bringen, dann tun sie es, um anderen weiterzusagen, was sie gehört haben."

Er zuckt die Schultern.

„Anna Loeb hat mit Ihnen geschlafen. Trotzdem behaupten Sie, sie habe Ihnen nichts gesagt. Sie ging nicht aus, und dennoch hat sie Briefe abgeschickt."

Es dreht sich ihm alles im Kopf. Er muß aber durchhalten, bis er sein Bett erreicht und sich mit geschlossenen Augen und dröhnenden Ohren auf die Bretter preßt und dann hört, wie das Blut in seinen Adern fließt, und spürt, daß sein Körper lebt. Und er wird endlich an etwas anderes denken als an all diese dummen Geschichten, denen er es aber gerade verdankt, daß er durchhalten kann, daß er an ein Fenster denken kann, an vier Wände, an ein Zimmer mit einem Bett und einem Ofen – er wagt nicht hinzuzufügen: an eine Wiege –, an einen Mann, der morgens weggeht und weiß, daß er wiederkommt, an eine Frau, die dableibt und weiß, daß sie nicht allein ist, daß sie nie allein sein wird, an die Sonne, die immer an derselben Stelle aufgeht und untergeht, an eine Blechdose, die man wie einen Schatz unter dem Arm trägt, an graue Filzstiefel, an eine blühende Geranie, an Dinge, die so einfach sind, daß niemand sie kennt oder daß man sie verachtet und daß man sich sogar beklagt, wenn man sie besitzt.

Seine Zeit ist so knapp bemessen.

3

Das Verhör heute nacht war besonders anstrengend. Man muß ihn mitten in der Nacht geweckt haben, und er war immer noch in dem Büro, als man auf dem Hof eine Salve hörte und dann wie üblich einen einzelnen leiseren Knall. Er sah zum Fenster und bemerkte, daß es dämmerte.

Dies Verhör gehörte zu den wenigen, bei denen er beinahe ungeduldig geworden wäre. Er hatte das Gefühl, daß man es absichtlich in die Länge zog, daß man ihm aufs Geratewohl Fragen stellte. Unter anderem hat man ihn nach Ressl, dem Chefredakteur, gefragt. Frank hat geantwortet, er kenne ihn nicht, er habe nur einmal mit ihm gesprochen.

„Wer hat Sie ihm vorgestellt?"

Immer wieder Kromer. Es wäre viel einfacher und weniger ermüdend, ihn ein für allemal mit einzubeziehen, zumal er, soweit es Frank beurteilen kann, sich rechtzeitig aus dem Staub gemacht hat.

Man hat ihn nach Leuten gefragt, die er nicht kennt. Man hat ihm Fotos gezeigt. Entweder wollten sie ihn damit irre machen oder zum Äußersten treiben, oder die glauben, er wisse viel mehr, als er in Wirklichkeit weiß.

Als er aus dem Büro kam, roch die Luft nach Rauch. Hat er das offene Fenster gesehen? Er weiß es nicht mehr. Er hat es gesehen, aber er könnte es nicht beschwören. Vielleicht hat er es nur geträumt. Er hat jedoch gewiß die Augen geöffnet, davon ist er überzeugt.

Er weiß überhaupt nichts mehr. Und schon holt man ihn wieder aus dem Bett. Er geht hinter dem Zivilisten und vor dem Soldaten. Er hat Zeit. Sonst läßt man ihn immer auf der grau gestrichenen Bank warten, aber diesmal führt man ihn sofort in das Büro.

Und dort befinden sich Lotte und Minna.

Blickt er sie verdrossen an? Er weiß es nicht. Er sieht, wie seine Mutter zusammenfährt und den Mund öffnet, als wolle sie einen Schrei ausstoßen, sich dann aber beherrscht und in einem mitleidigen Ton, den er nicht begreift, stammelt: „Frank."

Sie muß sich in eins ihrer Spitzentaschentücher

schneuzen, das sie wie immer zu stark parfümiert hat. Minna hat sich nicht gerührt und nichts gesagt. Sie ist sehr blaß, und Tränen rollen über ihre Wangen ...

Er hatte gar nicht mehr daran gedacht. Es ist der Zähne wegen, die ihm fehlen. Wahrscheinlich auch wegen seiner geröteten Augenlider, seiner Bartstoppeln und seiner zerknitterten Jacke. Er hat sich nicht die Mühe gemacht, das Hemd zu wechseln.

Das rührt die beiden natürlich. Ihn aber nicht. Er ist fast ebenso eisig wie der Chef. Er hat sofort gesehen, daß Lotte ihren besten Staat angelegt hat. Das tut sie jedesmal, wenn sie vornehm wirken will. So ähnlich war sie auch immer angezogen, wenn sie ihn im Internat besuchte, und damals schon, obgleich es zu der Zeit noch nicht Mode war, trug sie einen hellen Halbschleier.

Sie duftet nach Seife und Puder. Sie kommt also von zu Hause. Wenn sie im Gefängnis säße, hätte sie keine Möglichkeit gehabt, sich so sorgfältig herzurichten. Warum hat sie Minna mitgebracht? Wenn man die beiden sieht, könnte man wirklich denken, es seien die Mutter und eine kleine Kusine, die einen jungen Mann besuchen. In ihrem marineblauen Kostüm und ihrer weißen Bluse wirkt Minna ganz wie eine Kusine, und sie hat sich kaum geschminkt. Sie ist übrigens auch magerer geworden.

Er späht nach dem Koffer aus, nach dem Paket, das sie mitgebracht haben. Es ist aber keins in dem Raum zu sehen, und da glaubt er zu verstehen. Lottes Verlegenheit beweist ihm, daß er recht hat. Sie weiß nicht, wie sie anfangen soll. Sie sieht viel mehr den Chef als ihren Sohn an, vielleicht weil sie Frank damit zu verstehen geben will, daß sie nicht freiwillig gekommen ist.

„Man war so freundlich, uns zu gestatten, dich zu besuchen, Frank. Da habe ich gefragt, ob ich Minna mitbringen dürfe, die immer von dir spricht, und der Herr hat es liebenswürdigerweise erlaubt."

Das ist nicht wahr. Frank möchte schwören, es war der Einfall des Chefs. Vor vierzehn Tagen hat er sich mit Berta befaßt, vor acht Tagen mit Anny. Jetzt ist er bei Minna angelangt. Er braucht sich nicht zu beeilen, da sie hier ist. Minna ist verlegen und sieht weg.

Frank glaubt nicht an einen Zufall. Der Chef hat endlich begriffen, daß es unter allen Mädchen, die bei seiner Mutter waren, eine gab, für die Frank etwas mehr empfunden hat. Und das war Minna.

In Wirklichkeit liebt Frank sie nicht. Er ist absichtlich hart zu ihr gewesen. Er entsinnt sich nicht mehr genau, was er ihr angetan hat. Er hat draußen manches getan, was er aus seinem Gedächtnis gestrichen hat. Dennoch hat er Minna gegenüber so etwas wie ein schlechtes Gewissen. Er ist sich bewußt, daß er sich gegen sie nicht anständig verhalten hat.

Sie stehen alle drei. Das ist ein wenig lächerlich. Der Chef merkt es als erster und läßt für Lotte und ihre Begleiterin Stühle bringen. Mit der Hand deutet er auf den Schemel und erlaubt Frank, auf ihm Platz zu nehmen.

Dann setzt er wieder sein gleichgültiges Gesicht auf. Wenn man ihn so sieht, könnte man glauben, ihn betreffe das alles, was hier vor sich geht, nicht. Er blättert in Akten, findet ein paar Zettel und ordnet sie.

„Ich muß mit dir sprechen, Frank. Du brauchst keine Angst zu haben."

Warum fügt sie das hinzu? Wovor sollte er Angst haben?

„Ich habe in den letzten sechs Wochen viel nachgedacht."

Schon sechs Wochen? Oder erst sechs Wochen? Die Zahl frappiert ihn. Er möchte Lotte weniger streng ansehen, aber er bringt es nicht fertig. Und sie wagt es nicht, ihn anzublicken, weil sie fürchtet, sonst in Schluchzen auszubrechen. Sieht er so furchtbar aus? Weil ihm zwei Vorderzähne fehlen und weil er sich nicht mehr pflegt?

„Ich bin sicher, Frank, wenn du etwas Schlechtes getan hast, sogar etwas Schlimmes, dann nur, weil du dich hast verleiten lassen. Du bist noch so jung. Ich kenne dich. Es war nicht richtig von mir, daß ich dich mit älteren Freunden verkehren ließ."

Sie lügt schlecht. Dabei kann sie an sich gut lügen. Wenn sie von ihren Kunden oder von den Männern im allgemeinen spricht, brüstet sie sich gern damit, daß sie

sie nach Belieben einwickeln könne. Lügt sie absichtlich schlecht, um ihm zu zeigen, daß sie nur auf Befehl hier ist?

Auf dem Hof steht kein Auto. Sie müssen also mit der Straßenbahn gekommen sein.

„Seriöse Leute haben mich beraten, Frank."

„Wer?"

„Herr Hamling zum Beispiel."

Wenn sie diesen Namen nennt, darf sie es.

„Ich weiß zwar, du magst ihn nicht, aber das ist verkehrt von dir. Du wirst es später verstehen. Er ist ein alter Freund von mir, vielleicht mein einziger Freund. Wir haben uns schon gekannt, als ich ein junges Mädchen war, und wenn ich nicht so dumm gewesen wäre . . ."

Frank hat die Augen zusammengekniffen. Es ist ihm plötzlich ein Gedanke gekommen, den er noch nie gehabt hat. Wenn der Kommissar trotz Lottes mehr als verdächtigem Gewerbe sie so oft besucht, wenn er so tut, als ob er sie beschütze, und es sich herausnimmt, zu Frank zu sprechen, wie er es bisweilen getan hat – hat er dann nicht einen guten Grund dafür?

Frank ist fast so gereizt wie zu Anfang. Für einen Augenblick hat sein Gesicht wieder den bösen Ausdruck wie in seinen schlechtesten Tagen in der Rue Verte. Lotte, die ihm vielleicht ein Geständnis machen wollte, tritt den Rückzug an.

Das ist ihm auch lieber. Wenn Kurt Hamling zufällig sein Vater ist, will er es um keinen Preis wissen.

„Er hat sich immer für uns, für dich interessiert . . ."

Er fällt ihr ins Wort: „Schon gut."

„Er kennt dich besser, als du glaubst. Auch er ist davon überzeugt, daß du dich hast verleiten lassen, daß du dich aber weigern wirst, es einzugestehen. Und wie er ganz richtig sagt, ist das ein falscher Ehrbegriff, Frank."

„Ich habe keine Ehre."

„Ich weiß, die Herren haben Geduld mit dir."

Ach, was soll denn das bedeuten?

„Du durftest Pakete empfangen, und sie haben mir heute erlaubt, Minna mitzubringen, die sich deinetwegen Sorgen macht."

„Ist sie krank?"

„Wer?"
„Minna."
Warum reißt er Lotte aus ihrem Gedankengang? Sie weiß gar nicht mehr, was sie antworten soll, und versucht, den Chef mit einem Blick zu fragen.
„Nein, sie ist nicht krank. Wie kommst du darauf? Ich habe sie erst in der vergangenen Woche gründlich untersuchen lassen. Ein junger Arzt, der nichts davon versteht, wollte sie operieren. Aber das sei nicht notwendig, hat der andere gesagt. Es geht ihr schon besser."
Er ahnt etwas Geheimnisvolles, Dunkles. Aufs Geratewohl sagt er: „Nun, sie hat ja jetzt Zeit, sich auszuruhen."
Seine Mutter zögert. Warum? Dann wagt sie, da der Chef keinen Einspruch zu erheben scheint, die Bemerkung: „Wir haben das Geschäft wieder geöffnet."
„Mit Mädchen?"
„Mit Minna und zwei neuen."
„Ich dachte, dein Freund Hamling hätte dir geraten, es zu schließen?"
„Damals, ja. Er wußte da noch nicht, wieviel Schlimmes Anny angerichtet hat."
Mit einemmal begreift er, warum sie hier sind. Er begreift alles. Der Chef läßt keine Chance ungenutzt.
„Hat man dich gebeten, das Geschäft weiterzuführen?"
„Man hat mir erklärt, es sei in jeder Hinsicht besser."
Mit anderen Worten, die Wohnung in der Rue Verte ist eine Art Mausefalle geworden. Wer sieht auf Anweisung der Herren durch das Guckfenster und versucht, die Unterhaltungen zu belauschen?
Darum ist Lotte so verlegen . . .
„Dann geht also zu Hause alles gut", sagt er leise ohne Ironie.
„Sehr gut."
„Geht es Sissy besser?"
„Ich glaube, ja."
„Hast du sie nicht gesehen?"
„Es gibt soviel Arbeit, weißt du. Ich weiß nicht, ob es die Zeit ist . . ."
Was können sie sich noch sagen? Welten trennen sie,

eine abgrundtiefe Leere. Sogar dieses parfümierte Taschentuch, das in diesem Raum so viel Bedeutung gewinnt, daß Lotte es merkt und es in die Tasche steckt.

„Hör zu, Frank . . .“

„Ja.“

„Du bist jung . . .“

„Das hast du mir schon gesagt.“

„Ich weiß besser als du, daß du nicht schlecht bist. Sieh mich nicht so an. Ich habe immer nur an dich gedacht, ich habe seit deiner Geburt alles für dich getan, und ich würde jetzt den Rest meines Lebens dafür geben, daß du glücklich bist.“

Es ist nicht seine Schuld, wenn er, ohne es zu wollen, zerstreut ist. Er versteht kaum noch, was die Worte bedeuten sollen. Er betrachtet Minnas Handtasche. Sie ist, nur in Rot, genau die gleiche, die Sissy in Schwarz hatte. Jene Tasche mit dem Schlüssel, die er hochhielt und dann schließlich auf einen Schneehaufen legte. Er hat nie erfahren, ob sie die Tasche geholt hat.

„Ich habe ihnen gesagt, daß du Kromer kennst, weil es die Wahrheit ist. Er war dein Freund, und ich will nicht mehr, daß du ihn verleugnest. Man wird mir nicht ausreden, daß er dein böser Geist gewesen ist. Und er ist schlau genug gewesen, sich aus dem Staub zu machen und dich im Stich zu lassen.“

Ist sie gekommen, um ihm mitzuteilen, daß Kromer in Sicherheit ist? Er sitzt zu nahe am Ofen. Es ist heiß. Durch das Fenster – es ist das erste Mal, daß er an dieser Stelle sitzt – sieht er das Tor, das Schilderhaus, den Wachtposten und ein Stück der Straße. Aber der Anblick der Straße und der vorüberfahrenden Straßenbahnen läßt ihn kalt.

„Du mußt ihnen unbedingt die ganze Wahrheit sagen. Alles, was du weißt. Sie werden es dir anrechnen. Ich bin dessen sicher. Ich habe Vertrauen.“

Nie hat der Chef so fern gewirkt.

„Vielleicht bekomme ich morgen die Erlaubnis, ein Paket für dich abzugeben. Was möchtest du gern haben?“

Er schämt sich für sie, für sich, für sie alle. Er ist müde. Am liebsten möchte er antworten: Scheiße.

Früher hätte er das gesagt. Inzwischen hat er Geduld gelernt. Oder vielleicht ist es nur die Schwäche, die ihn flüstern läßt: „Was du willst."

„Es ist nicht gerecht, daß du für die anderen bezahlst, verstehst du? Auch ich habe, ohne es zu wollen, viel Schlechtes getan. Ich sehe es jetzt ein."

Und sie bezahlt dafür, indem sie sich dazu hergibt, daß ihr Bordell eine Falle wird. Das Merkwürdigste ist, daß Frank das vor vier oder fünf Monaten durchaus in Ordnung gefunden hätte. Übrigens entrüstet er sich auch jetzt nicht darüber. Er denkt an etwas anderes. Während der ganzen Unterhaltung hat er an etwas anderes gedacht, ohne zu merken, daß sein Blick unverwandt auf Minnas Handtasche ruhte.

„Sag ihnen offen, was du weißt. Versuch nicht, sie hinters Licht zu führen. Du wirst bestimmt herauskommen. Ich werde dich gut pflegen und . . ."

Er hört nicht mehr hin. Das alles ist so fern. Er ist immer schläfrig, und zu bestimmten Stunden des Tages, vor allem morgens, ist er schwindelig. Das ist die Erschöpfung.

Sie erhebt sich. Sie riecht gut. Sie trägt einen Pelz um den Hals und wirkt ganz wie eine Dame.

„Versprich es mir, Frank, versprich es deiner Mutter. Minna, sag ihm auch . . ."

Minna, die ihn nicht anzusehen wagt, stammelt mühsam: „Ich bin sehr unglücklich, Frank."

Und Lotte fährt fort: „Du hast mir immer noch nicht gesagt, was du haben möchtest."

Da spricht er die Worte aus. Er ist selber am meisten verblüfft darüber. Er hatte geglaubt, daß das viel später, ganz am Ende kommen würde. Er fühlt sich plötzlich übermüdet. Er spricht, ohne nachgedacht zu haben, ohne zu merken, daß er eine Entscheidung gefällt hat.

Leise sagt er, sich nur bewußt, was diese Worte für ihn, für ihn allein bedeuten: „Könnte ich nicht einmal Holst sprechen?"

Da geschieht etwas Bestürzendes. Nicht seine Mutter antwortet ihm. Sie wird übrigens gar nicht begriffen haben. Sie muß sich ganz verloren vorkommen. Minna hat ein Schluchzen unterdrückt. Sie weiß mehr davon als Lotte.

Aber der Chef hat aufgeblickt, ihn angesehen und gefragt: „Meinen Sie Gerhard Holst?“

„Ja.“

„Merkwürdig.“

Er kramt unter seinen Zetteln, fischt schließlich einen heraus und betrachtet ihn aufmerksam. Während der ganzen Zeit hält Frank den Atem an.

„Er ist gerade um eine Besuchserlaubnis eingekommen.“

„Um mich zu besuchen?“

„Ja.“

Er macht dennoch keinen Freudensprung, aber sein Gesicht ist wie verklärt. Jetzt ist er es, der wie Minna Tränen in den Augen hat. Er wagt jedoch nicht, daran zu glauben. Es wäre zu schön. Es würde bedeuten, daß er sich nicht täuscht. Es würde bedeuten . . .

„Hat er darum gebeten, mich zu sehen?“

„Einen Augenblick . . . Nein . . .“

Er erstarrt. Der Chef muß doch ein Sadist sein.

„Es ist nicht ganz so. Ein gewisser Gerhard Holst hat bei der vorgesetzten Dienststelle eine Besuchserlaubnis beantragt. Er hat sich an eine sehr hohe Instanz gewandt. Aber es ist nicht für ihn.“

Schnell, mein Gott! Und Lotte hört zu, als säße sie am Rundfunk.

„Es ist für seine Tochter.“

Nein, nein, nein! Er darf nicht weinen. Er darf alles tun, nur nicht weinen. Sonst besteht die Gefahr, daß er sich alles verdirbt. Es ist nicht wahr! Es ist nicht möglich! Der Chef wird einen anderen Zettel herausgreifen und erkennen, daß er sich geirrt hat.

„Siehst du, Frank“, sagt Lotte bewegt, töricht bewegt, als ob sie im Rundfunk eine sentimentale Platte hörte, „siehst du, alle haben Vertrauen zu dir. Ich habe dir ja gesagt, du kommst hier heraus, und darum mußt du auf die Herren hören.“

Du arme Irre! Er kann ihr nicht einmal grollen. Es ist besser, wenn sie gar nicht erkennt, wie tief der Abgrund zwischen ihnen ist.

Mit der Miene einer frommen Frau, die sich an einen Bischof wendet, fragt Lotte: „Haben Sie die Erlaubnis gewährt, mein Herr?“

„Noch nicht. Der Antrag ist mir eben von einer anderen Dienststelle übermittelt worden. Ich habe noch nicht die Zeit gehabt, ihn zu prüfen.“

„Ich glaube, Sie würden ihr damit eine ganz große Freude machen. Sie ist unsere Flurnachbarin. Sie kennen sich schon seit Jahren.“

Es ist nicht wahr. Sie soll doch still sein. Oder kommt es schon gar nicht mehr darauf an, was sie sagt? Selbst wenn es jetzt nicht klappen sollte und sie nicht kommen dürfte, die Tatsache bliebe bestehen, daß Holst den Besuch beantragt hat. Sie haben sich verstanden. Frank hat recht gehabt. Holst soll kommen. Es wird zwar nicht ganz das gleiche sein, aber er wird dieselbe Bedeutung haben.

Daß sie mit dem Verhör endlich Schluß machen, lieber Gott! Daß man ihm die Gnade erweist, ihm an diesem Morgen keine Fragen mehr zu stellen, ihn wieder in sein Zimmer hinaufgehen läßt. Ach, „mein Zimmer“ hat er ganz einfach gedacht. Daß er sich mit dieser noch ganz frischen Wahrheit auf sein Bett werfen und sie an sich pressen kann, damit sie sich nicht verflüchtigt.

„Es ist ein untadeliges junges Mädchen, ein richtiges junges Mädchen, glauben Sie mir.“

Wie soll man so einer Dummen böse sein, selbst wenn es seine Mutter ist. Und die andere mit ihrem falschen Kusinengesicht, die davon profitiert, daß die Männer stehen und sich ihr nähern, um sie unbemerkt zu berühren.

„Ich dachte“, sagt der Chef, „Sie hätten eben darum gebeten, Gerhard Holst zu sehen.“

„Ihn oder sie.“

„Ist Ihnen nicht einer von beiden lieber?“

Daß er jetzt nur nicht eine Dummheit begeht!

„Nein.“

Ein Blick aus den Augen hinter der Brille hat genügt, um einem der schnurrbärtigen Ministranten zu bedeuten, daß es Zeit ist, ihn wieder hinaufzubringen. Er weiß nicht mehr, wie er aus dem Büro herausgekommen ist.

Seine Mutter und Minna sind noch dort geblieben. Was wird Lotte noch über Sissy erzählen?

Gleich nachdem er in seinem Zimmer ist, wird ihm der noch ganz warme Napf gebracht, und er preßt ihn zwischen die Knie, ohne etwas zu essen, nur, um die Wärme in sich einströmen zu lassen. Das Fenster dort drüben über der Aula ist geschlossen. Aber das macht nichts. Von jetzt an kann er es notfalls entbehren. Seine Kehle ist wie zugeschnürt. Er möchte sprechen. Er möchte mit Holst sprechen, als wäre Holst hier.

Da ist vor allem eine wichtige Frage, die er ihm stellen muß. „Wie haben Sie es begriffen?"

Es scheint unmöglich. Es ist ein Wunder, daß so etwas möglich ist. Frank hat alles getan, damit er es nicht versteht. Er hat sich übrigens selber nicht verstanden. Er ist um Holst herumgestrichen und hat sich manchmal gezwungen, zu glauben, er hasse oder verachte ihn. Er hat über die Blechdose und die schlecht sitzenden Stiefel gelacht.

Wann war das?

War es in der Nacht, als Holst auf dem Heimweg vom Straßenbahndepot ihn mit dem Messer in der Hand dicht an der Mauer der Gerberei stehen sah?

Er darf nicht weiter darüber nachdenken. Das erregt ihn zu sehr. Er muß ruhig bleiben, muß brav und still auf dem Bettrand sitzen. Er wird sich nicht einmal hinlegen, weil es dann nur noch schlimmer wäre. Er darf aber auch nicht schreien, wenn er das Fenster betrachtet.

Er wird nicht verrückt. Jetzt gerade nicht. Allmählich wird er seine Kaltblütigkeit zurückgewinnen. Daß dies geschehen ist, bedeutet, daß es fast zu Ende ist.

Das hat er immer begriffen. Es ist eine jener Gewißheiten, die man nicht zu erklären versucht. Er hätte sowieso nicht mehr die Kraft gehabt, noch lange durchzuhalten.

Holst hat begriffen! Und Sissy?

Hat auch sie immer gewußt, daß es so kommen würde? Frank hat es gewußt. Holst hat es gewußt. Es ist furchtbar zu sagen und hört sich wie eine Blasphemie an. Aber es ist die Wahrheit.

Holst hätte am Sonntag in der Nacht oder am nächsten Morgen kommen und ihn töten können, aber er hat es nicht getan.

Es mußte so kommen. Frank konnte nichts anderes tun. Er wußte noch nicht, warum, aber er fühlte es.

Daß er keine Angst vor der Folter, vor dem Offizier mit dem Lineal oder dem Chef und seinen Helfern hatte, das hat darin seinen Grund, daß ihm niemand je solche Schmerzen zufügen kann, wie er sie sich selber zugefügt hat, als er Kromer in das Zimmer schob. Wird der Chef die Erlaubnis erteilen?

Man muß ihm unbedingt etwas sagen, damit er glaubt, es führe zu etwas. Frank brennt vor Ungeduld darauf, daß man ihn holt. Er wird nichts versprechen, weil das ungeschickt wäre, aber er wird zu verstehen geben, daß er danach mehr aussagen wird. Man soll ihn nur schnell holen.

Er wird etwas zugeben, er wird heute eine ganze Menge zugeben. Hinsichtlich Kromers zum Beispiel, denn das hat jetzt keine Bedeutung mehr, da er in Sicherheit ist.

Im Grunde weiß er nicht, wen er lieber sprechen möchte, Holst oder Sissy. Sissy hat er eigentlich nichts zu sagen. Er muß sie nur ansehen. Und sie soll ihn ansehen.

„Sagen Sie, Herr Holst ..."

„Wie haben Sie entdeckt, Herr Holst, daß der Mensch, wer immer es sei ..."

Ihm fehlen die Worte. Keines drückt aus, was er sagen möchte.

Man kann Straßenbahnfahrer sein, nicht wahr? Oder irgend etwas anderes. Man kann Stiefel tragen, nach denen sich die Kinder auf der Straße umsehen, und über die naseweisen Gören die Schultern zucken. Man kann ... Ich verstehe, was Sie sagen wollen ... Auf all das kommt es nicht an ... Es genügt, das zu vollbringen, was man vollbringen muß, weil alles gleich wichtig ist ... Aber ich, Herr Holst, wie hätte ich das gekonnt?

Es ist unmöglich, daß Holst für Sissy eine Besuchserlaubnis beantragt hat. Frank beginnt daran zu zweifeln. Vielleicht ist es eine Finte des Chefs. Aber wenn es so wäre, mit welchem Haß würde Frank ihn dann bis in die Hölle verfolgen!

Holst, der nie etwas mit der Besatzungsmacht hat zu tun haben wollen, der bestimmt unter ihr gelitten hat, soll sich, wie der Chef gesagt hat, an eine sehr hohe Instanz gewandt haben. Dafür hätte er sich mehrerer Mittelsmänner bedienen, sich kompromittieren, sich vor den Leuten demütigen müssen.

Man holt Frank nicht. Es dauert lange. Er kann nicht schlafen. Er will nicht schlafen. Er möchte mit dieser Frage fertig werden, sofort fertig werden.

Dennoch hat er sich hingelegt. Er weiß nicht mehr, ob er den Napf mit der Suppe auf den Boden gestellt hat. Wenn er ihn umkippt, wird es die ganze Nacht stinken. Das ist ihm einmal passiert.

Er möchte weinen. Er wird Holst nicht sagen, daß er geweint hat. Niemandem. Niemand sieht ihn. Er streckt einen Arm aus, als wäre jemand bei ihm, als ob das überhaupt noch sein könnte. Es hätte sein können, aber dann hätte alles ganz anders sein müssen.

Er nimmt es nicht hin, daß sein Vater der Kommissar Kurt Hamling ist.

Warum denkt er daran?

Er denkt an nichts. Er weint wie ein kleines Kind. Er ist schläfrig. In solchen Fällen steckte ihm seine Pflegemutter einen Lutscher in den Mund. Dann schnüffelte er noch ein bißchen und beruhigte sich.

Sehr lange wird es nicht mehr dauern. Aber auf die Zeit kommt es auch nicht an. Wie alt ist die Frau am Fenster? Zweiundzwanzig? Fünfundzwanzig? Wo wird sie in zehn Jahren sein? In fünf Jahren? Vielleicht wird ihr Mann dann schon tot sein. Vielleicht ist er bereits tot. Vielleicht steckt in ihrem Körper der Keim irgendwelcher Krankheit, die sie dahinraffen wird.

Was wird Holst ihm sagen? Wie wird er sich verhalten?

Sissy wird schweigen. Das weiß er. Oder sie wird nur sagen: „Frank."

Der Chef wird dabeisein. Das ist belanglos. Ihm ist heiß. Vielleicht hat er Fieber. Daß er nur nicht gerade jetzt krank wird. Der Chef trägt eine Brille und ist schwarz gekleidet. Warum? Denn sonst trägt er doch einen grauen Anzug. Frank ist katholisch. Er hat protestantische Freunde gehabt und ist manchmal mit ihnen in die Kirche gegangen. Er hat protestantische Pfarrer gesehen.

Er muß aufpassen, denn der eckige Schreibtisch nimmt eine andere Form an, wird zu einer Art Altar. Es ist lächerlich, daß Lotte sich so anzieht. Sie tut es jedesmal, wenn sie glaubt, vornehm wirken zu müssen. Er erinnert sich vage an das Bild einer Königin, die sich auch so kleidete, nur ihr Gewand war wallender. Aber sie war eben eine Königin. Lotte hat ein Bordell. Die arme Minna dagegen wirkt genauso, als käme sie gerade aus dem Kloster.

Warum weint sie? Lotte läßt ihr zerknülltes Taschentuch fallen, und Holst bückt sich, um es aufzuheben, und reicht es ihr. Er sagt nichts, weil jetzt nicht gesprochen werden darf. Der Chef liest in seinen Zetteln und läuft Gefahr, alles durcheinanderzubringen. Es ist ein sehr kompliziertes und äußerst wichtiges Gebet.

Sissy sieht Frank so fest in die Augen, daß sie ihm weh tun. Es gibt keinen Revolver mehr, sondern nur einen Schlüssel. Man wird ihnen statt der Ringe ihren Schlüssel geben. Der Gedanke ist nicht dumm. Er hat nie gehört, daß man so etwas tut, aber es ist sehr gut. Wem wird man den Schlüssel geben? Es ist natürlich der Schlüssel zu einem Schlafzimmer mit einem Fenster und einer Jalousie. Es ist schon dunkel. Man muß die Jalousie herunterlassen und die Lampe anknipsen.

Er schlägt die Augen auf und blickt um sich. Man hat eben die Birne in seinem Klassenzimmer angeknipst. Der Zivilist steht neben seinem Bett, und der Soldat wartet an der Tür.

„Ich komme . . .“, stammelt er. „Ich komme . . .“

Aber er rührt sich nicht. Er muß sich mit Gewalt losreißen. Seine Beine sind steif. Sein Rücken schmerzt. Der Mann wartet. Auf dem Hof ist es dunkel. Das Licht des Scheinwerfers gleitet über den Hof wie das eines Leuchtturms über das Meer. Frank hat das Meer nie gesehen. Er wird es auch niemals sehen. Er kennt es nur vom Kino her.

Er war zweimal mit Sissy im Kino. Zweimal!

„Ich komme . . ."

Er zieht seine Jacke an. Er hat das Gefühl, daß er etwas vergißt. Ach ja, er muß sich dem Chef gegenüber sehr höflich verhalten, um eine Hoffnung in ihm zu erwecken.

Das kleine Büro. Der Ofen bullert. Es ist sehr heiß, viel zu heiß. Vielleicht ist auch das Absicht. Man läßt ihn stehen. Es ist ein Verhör im Stehen, obwohl er gerade heute, er weiß nicht, warum, besonders gern gesessen hätte.

„Würden Sie mir ein wenig von Kromer erzählen?"

Der läßt keine Gelegenheit ungenutzt verstreichen. Er weiß, daß der Augenblick günstig ist.

„Ich bin gern dazu bereit."

Er hätte lieber von dem Revolver gesprochen, den er auf dem Schreibtisch liegen sieht. Er wäre dann diese Bedrohung los, die man wohl für das Ende aufhebt.

„Warum hat er Ihnen Geld gegeben?"

„Ich habe ihm Ware besorgt."

„Was für Ware?"

„Uhren."

„Handelte er mit Uhren?"

Er möchte ihn anflehen: „Werden Sie die Genehmigung erteilen?"

Während des ganzen Verhörs wird er an sich halten müssen, um nicht diese Frage zu stellen.

„Jemand wollte von ihm Uhren haben."

„Wer?"

„Ich glaube, ein Offizier."

„Sie glauben?"

„Er hat es mir gesagt."

„Welcher Offizier?"

„Ich kenne seinen Namen nicht. Ein höherer Offizier, der Uhren sammelt."

„Wo haben Sie ihn kennengelernt?"

„Ich habe ihn nie gesehen."

„Wie hat er Sie bezahlt?"

„Er hat Kromer bezahlt, der hat mir meinen Anteil gegeben."

„Wie hoch war der Anteil?"

„Die Hälfte."
„Wo haben Sie die Uhren gekauft?"
„Ich habe sie nicht gekauft."
„Haben Sie sie gestohlen?"
„Ich habe sie genommen."
„Wo?"
„Bei einem Uhrmacher, den ich kannte und der tot ist."
„Haben Sie ihn getötet?"
„Nein, er ist vor einem Jahr gestorben."
Es geht zu schnell, viel zu schnell. Normalerweise hätte es dafür mehrerer Verhöre bedurft. Aber es geht mit ihm durch. Man könnte sagen, daß er jetzt das Tempo überstürzt, um schneller zum Ende zu kommen.
„Wer verfügte über die Uhren?"
Der Chef blickt auf einen seiner Zettel. Sie wissen alles. Frank könnte schwören, daß sie es schon von Anfang an wußten. Warum müssen sie dann diese Komödie spielen?
Was wollen sie noch erfahren? Was erhoffen sie sich noch? Denn schließlich vergeuden sie damit viel mehr ihre Zeit als seine.
„Die Uhren waren bei seiner Schwester versteckt. Ich bin dorthin gegangen und habe sie an mich genommen."
„Ist das alles?"
Wie ein Junge, den man bei einem bösen Streich ertappt hat, sagt er trotzig: „Ich bin noch einmal umgekehrt, um die Schwester zu töten."
„Warum?"
„Weil sie mich erkannt hatte."
„Mit wem waren Sie zusammen?"
„Ich war allein."
„Wo war das?"
„Auf dem Land."
„Weit von der Stadt?"
„Etwa zehn Kilometer."
„Sind Sie zu Fuß dorthin gegangen?"
„Ja."
„Nein!"
„Sie haben recht: nein."
„Wie sind Sie hingefahren?"

„Auf dem Fahrrad."
„Sie besitzen kein Fahrrad."
„Ich hatte mir eins geliehen."
„Von wem?"
„Ich habe es gemietet."
„Wo?"
„Ich weiß es nicht mehr. In einer Garage in der Oberstadt."
„Würden Sie die Garage wiedererkennen, wenn man Sie in die Oberstadt führte?"
„Ich weiß es nicht."
„Und wenn man Ihnen den Lieferwagen zeigen würde, den Sie benutzt haben, würden Sie den wiedererkennen?"
Auch das wissen sie also. Es ist niederschmetternd.
„Sie werden ihn morgen auf dem Hof sehen."
Er antwortet nicht. Er hat Durst. Sein Hemd ist unter den Armen feucht, und in seinen Schläfen beginnt es zu hämmern.
„Wo haben Sie Karl Adler kennengelernt?"
„Ich kenne ihn nicht."
„Aber er fuhr doch den Lieferwagen."
„Es war dunkel."
„Was wissen Sie von ihm?"
„Nichts."
„In dem Lieferwagen war ein Sender."
„Ich habe ihn nicht gesehen. Es war dunkel. Ich habe nicht nach hinten geblickt."
„Wer war hinten?"
„Ich weiß es nicht."
„Saß dort jemand?"
„Ja."
„Dann hat man ihn Ihnen doch vorgestellt. Wer hat es getan?"
„Kromer."
„Wo?"
„In einer Bar gegenüber dem Kino."
„Wer war bei ihm?"
„Er war allein."
„Unter welchem Namen hat er Ihnen seinen Kameraden vorgestellt?"

„Er hat keinen Namen genannt."
„Würden Sie den, der hinten saß, wiedererkennen?"
„Ich glaube nicht."
„Beschreiben Sie ihn."
„Er war ziemlich dick und trug einen Schnurrbart."
Er lügt und gewinnt damit immerhin Zeit.
„Fahren Sie fort."
„Er trug einen Monteuranzug."
„In der Bar?"
„Ja."
Den scheinen sie nicht zu kennen. Das spürt man. Frank riskiert also nichts.
„Warten Sie. Ich glaube, er hatte eine Narbe."
Er denkt an das Messinglineal. Er schwindelt weiter.
„Quer über der linken Wange . . . Ja."
„Sie lügen, nicht wahr?"
„Nein."
„Es würde mir leid tun, wenn Sie lügen, denn dann könnte ich den beantragten Besuch grundsätzlich nicht genehmigen."
„Ich schwöre Ihnen, ich kenne ihn nicht."
„Die Narbe?"
„Ich weiß nicht."
„Die Personenbeschreibung?"
„Das weiß ich auch nicht mehr. Ich würde ihn zweifellos wiedererkennen, wenn ich ihn sähe, aber ich kann ihn nicht beschreiben."
„Die Bar?"
„Das stimmt."
„Karl Adler?"
„Ich weiß nicht, warum ich seinen Namen behalten habe. Ich habe ihn zweimal auf der Straße wiedergesehen. Er hat mich nicht erkannt oder hat so getan, als ob er mich nicht erkenne."
„Der Sender?"
„Davon haben sie mir nichts gesagt."
Wird er die Erlaubnis bekommen? Er blickt ängstlich in das Gesicht des Chefs, der seinen heimlichen Spaß daran zu haben scheint, eine noch undurchdringlichere Miene aufzusetzen als sonst. Er dreht eine Zigarette.
Dann sagt er langsam und ruhig: „Karl Adler ist ge-

stern von einer anderen Dienststelle erschossen worden. Er hat nichts ausgesagt. Wir müssen seine Komplicen finden.“

Da wird Frank plötzlich dunkelrot. Wird man ihm einen Handel anbieten, wie ihn Lotte angenommen hat?

Er weiß nichts. Das ist wahr. Sie müssen allmählich davon überzeugt sein. Aber er könnte etwas wissen. Man könnte sich seiner bedienen, um etwas zu erfahren.

Er atmet schwer. Er weiß nicht, wohin er blicken soll. Wieder einmal schämt er sich. Was wird er tun, wenn man ihn brutal vor die Entscheidung stellt und ihm diesen Handel vorschlägt? Was würde Holst tun?

Er schließt die Augen. Es wäre zu schön gewesen. Er darf nicht mehr darauf zählen. Es wird zweifellos nie geschehen. Er weint nicht. In einem solchen Augenblick wie diesem weint er nicht, würde er nie weinen.

Er wartet. Der Chef scheint mit seinen Zetteln zu spielen. Warum schweigt er? Man hört nur das Bullern des Ofens. Ein paar Minuten verstreichen, dann wagt Frank, wieder die Augen zu öffnen, und sieht den Zivilisten, der neben ihm steht und wartet, um ihn wieder abzuführen. Der Soldat steht schon an der Tür.

Es ist zu Ende. Vielleicht bis gleich. Vielleicht bis morgen.

Sie grüßen sich nicht. Hier grüßt man sich nie. Es muß zu den Gewohnheiten des Hauses gehören und gibt einem ein Gefühl der Leere.

Draußen ist es sehr kalt, viel kälter als an den vorhergehenden Tagen. Der Himmel ist klar. Die Giebel der Dächer wirken spitzer als sonst.

Morgen früh werden Eisblumen an den Fenstern sein.

4

Merkwürdig. Frank hat den größten Teil seines Lebens, den weitaus größten, damit verbracht, das Schicksal zu hassen, hat es geradezu mit seinem Haß verfolgt, hat es in jedem Winkel gesucht, um es herauszufordern, um sich mit ihm zu schlagen.

Und nun plötzlich, als er gar nicht mehr daran denkt,

macht ihm das Schicksal ein Geschenk. Anders kann man es nicht nennen. Gewiß, der Chef kann auch trotz seines Fischbluts einen Augenblick der Schwäche oder der Rührung gehabt haben. Ebenso kann es sein, daß er einen technischen Fehler gemacht hat. Das ist jedoch wenig wahrscheinlich, denn bisher hat er noch nie einen Fehler gemacht. Wahrscheinlich ist es, daß der Fehler in einer anderen Abteilung, bei jener hohen Instanz, an die Holst sich gewandt hat, gemacht worden ist. Jemand dort, der nichts von dem Fall weiß, hat den Antrag mit einem Zeichen versehen, das „ja" bedeutet.

Holst ist unten! Holst ist in dem kleinen Büro. Er steht dicht neben dem Ofen, und etwas hinter ihm steht Sissy.

Sie sind beide da.

Man hat Frank nichts davon gesagt. Man hat ihn geholt, als handle es sich wieder um ein Verhör. Seit vor fünf Tagen seine Mutter und Minna da waren, ist er zwölf- oder fünfzehnmal verhört worden. Er war fast am Ende seiner Kraft. Er fühlte sich so schwach, daß er manchmal fast ohnmächtig wurde.

Holst ist da. Frank ist jäh stehengeblieben und hat ihn angesehen. Er hat auch Sissy gesehen, aber er hat weiter Holst angeblickt. Er konnte die Füße nicht mehr bewegen und stand wie angewurzelt. Wunderbar ist es, daß Holst nicht daran denkt, den Mund zu öffnen.

Aber was sollte er auch sagen?

Als ob er die Frage verstünde, die in Franks Blick liegt, und als ob er darauf antwortete, schiebt er Sissy behutsam vor.

Der Chef sitzt bestimmt dort hinter seinem Ministerschreibtisch. Seine Helfer stehen bestimmt auch auf ihrem Posten. Da ist der Ofen, das Fenster, der Hof, der Wachtposten vor seinem Schilderhaus.

Aber es ist, als sei das alles nicht vorhanden. Nur Sissy ist da, in einem schwarzen Mantel, der sie sehr schlank erscheinen läßt, und einer schwarzen Kappe, unter der ihr blondes Haar hervorquillt. Sie sieht ihn an. Sie ist nicht dem Weinen nahe wie Lotte. Sie ist nicht rührselig wie Minna. Vielleicht bemerkt sie gar nicht, daß ihm drei Zähne fehlen, daß er Bartstoppeln im Gesicht hat und daß sein Anzug zerknittert ist.

Sie geht nicht bis zu ihm heran. Sie wagen es nicht, aufeinander zuzugehen, weder sie noch er. Würden sie es tun, wenn sie es wagten? Es ist nicht sicher.

Sie öffnet den Mund halb. Sie wird sprechen. Sie beginnt, wie er es so oft vorausgesehen hat: „Frank."

Sie will noch mehr sagen, und er hat Angst davor.

„Ich bin gekommen, um dir zu sagen ..."

Er murmelt verlegen: „Ich weiß."

Er hat befürchtet, sie werde sagen: „... daß ich dir nicht böse bin" oder „... daß ich dir verzeihe ..."

Aber sie sagt weder das eine noch das andere, sondern blickt ihn nur unverwandt an. Noch nie wohl haben sich zwei Menschen mit solcher Intensität angesehen.

Sie sagt schlicht: „Ich bin gekommen, um dir zu sagen, daß ich dich liebe."

Sie hält ihre Tasche, ihre kleine schwarze Tasche in der Hand. Es ist alles fast wie in seinem Traum, nur daß der Chef, der sich sorgfältig eine Zigarette gedreht hat, die Zunge herausstreckt, um das Papier anzufeuchten.

Frank antwortet nicht. Er kann nicht antworten. Er darf nicht antworten. Er muß sich beeilen, sie anzusehen. Auch Holst muß er ansehen. Holst hat nicht seine Filzstiefel an, die er immer anzog, wenn er seine Straßenbahn fuhr, sondern Schuhe wie jedermann. Er trägt einen grauen Anzug und hält den Hut in der Hand.

Frank rührt sich nicht. Er wagt nicht, sich zu rühren. Er fühlt, daß seine Lippen sich bewegen, aber nicht, weil er etwas sagen will. Das ist vielleicht seine Nervosität, er weiß es nicht.

Da tritt Holst auf ihn zu, ohne sich um den Chef und die Ministranten zu kümmern, und legt ihm eine Hand auf die Schulter, genauso, wie Frank immer gedacht hat, daß es sein Vater tun würde.

Glaubt Holst, ihm eine Erklärung zu schulden? Befürchtet er, Frank habe nicht ganz begriffen? Zweifelt er noch?

Seine Hand liegt mit einem leichten Druck auf der Schulter. Er sagt mit einer zugleich feierlichen und nüchternen Stimme: „Ich hatte einen Sohn. Er war etwas älter als Sie und hatte den Ehrgeiz, ein großer Arzt zu werden. Die Medizin interessierte ihn leidenschaftlich, und es gab nichts anderes für ihn. Als ich kein Geld mehr hatte, beschloß er, sein Studium um jeden Preis fortzusetzen.

Eines Tages waren kostbare Stoffe, Quecksilber und Platin, aus dem physikalischen Laboratorium verschwunden. Dann wurden in der Universität kleine Diebstähle festgestellt. Schließlich hat ein Student, der in die Garderobe hereingestürzt kam, meinen Sohn beim Stehlen einer Brieftasche ertappt.

Er war einundzwanzig Jahre alt. Als man ihn in das Arbeitszimmer des Rektors führte, ist er aus einem Fenster im zweiten Stock gesprungen ..."

Der Druck der Hand ist noch stärker geworden.

Frank würde ihm gern etwas sagen, vor allem eins möchte er ihm sagen, aber es ist sinnlos, und es könnte falsch ausgelegt werden: wie gern wäre er Holsts Sohn gewesen! Wie gern würde er Holsts Sohn sein! Er wäre so glücklich – und es würde ihn von einer schweren Last befreien –, wenn er das Wort aussprechen dürfte: Vater.

Sissy darf es. Sie läßt ihn nicht aus den Augen. Er könnte nicht sagen, wie er es bei Minna gekonnt hat, ob sie dünner oder blasser geworden ist. Aber das ist auch belanglos. Sie ist gekommen. Sie hat kommen wollen, und Holst war damit einverstanden. Holst hat sie bei der Hand genommen und sie zu Frank geführt.

„Ja, so ist das", schließt Holst. „Das Leben des Menschen ist schwer."

Es ist, als lächelte er bei diesen Worten ein wenig, wie wenn er sich entschuldigen wollte.

„Sissy spricht den ganzen Tag mit Herrn Wimmer von Ihnen. Ich habe in einem Büro Arbeit gefunden, aber ich komme immer früh nach Hause."

Er blickt zum Fenster hinaus, damit die beiden sich ungestört ansehen können.

Es gibt keine Ringe, keinen Schlüssel, auch keine Gebete, aber Holsts Worte ersetzen sie.

Sissy ist da. Holst ist da.

Sie dürfen nicht zu lange bleiben, denn Frank könnte es vielleicht nicht ertragen. Er hat nur das. Er wird nur das gehabt haben. Es ist alles, was ihm gehört. Er hat vorher nichts gehabt, und er wird nachher nichts haben.

Das ist seine Hochzeit, seine Flitterwochen, sein Leben. Er muß das alles auf einmal erleben, ganz konzentriert, in Anwesenheit des Chefs, der in seinen Zetteln kramt.

Sie werden kein Fenster haben, das sich öffnet, keine Wäsche, die man zum Trocknen aufhängt, keine Wiege. Nicht auf die Dauer kommt es an, sondern, daß man es einmal hat.

„Sissy ..."

Er weiß nicht, ob er ihren Namen geflüstert oder nur gedacht hat. Seine Lippen haben sich bewegt. Er kann sie nicht daran hindern, sich zu bewegen. Auch seine Hände bewegen sich, tasten sich vor, aber er hält mit der Bewegung immer wieder rechtzeitig inne. Sissys Hände tun das gleiche. Doch ihre Finger umklammern die Handtasche, und sie bezwingt damit ihre Hände.

Auch für sie und für Holst darf es nicht zu lange währen.

„Wir werden versuchen wiederzukommen", sagt Holst.

Frank lächelt, wobei er Sissy immer noch ansieht. Er nickt, obwohl er weiß, daß es nicht stimmt, wie auch Holst es weiß und wie es auch gewiß Sissy weiß.

„Ja, Sie werden wiederkommen."

Das ist alles. Seine Augen tun ihm unerträglich weh. Er hat Angst, ohnmächtig zu werden. Seit gestern hat er nichts mehr gegessen. Fast eine ganze Woche lang hat er kaum geschlafen.

Holst geht zu seiner Tochter und faßt sie unter. Dann sagt er: „Mut, Frank."

Sissy bleibt stumm. Sie läßt sich von ihrem Vater hinausführen, wobei sie den Kopf weiter Frank zuwendet und ihre Augen in einem Ausdruck, den er nie in Menschenaugen gesehen hat, auf ihm ruhen läßt.

Sie haben sich nicht berührt, nicht einmal mit den Fingern. Es war nicht notwendig ...

Nun sind die beiden gegangen. Er sieht sie noch durch das Fenster auf dem weißen Hof. Und Sissys Gesicht ist ihm immer noch zugekehrt.

Schnell. Er wird sonst schreien. Es ist zuviel. Schnell!

Er kann nicht mehr stillstehen. Er geht auf den Chef zu, öffnet den Mund, er wird gleich um sich schlagen und heftige Worte sagen. Aber es kommt kein Laut aus seiner Kehle, und er steht wie erstarrt da.

Sie ist gekommen. Sie ist immer noch da. Sie ist in ihm. Sie gehört ihm. Holst hat ihn und sie gesegnet.

Was ist in das Schicksal gefahren, daß es plötzlich so großmütig ist und ihm nach einem solchen Geschenk, das es so wenigen Menschen gewährt, auch noch ein weiteres macht? Statt ihn zu vernehmen, wie es aller Wahrscheinlichkeit nach hätte geschehen müssen, erhebt sich der Chef, setzt den Hut auf und zieht seinen Pelz an, was zum erstenmal vorkommt, und man führt Frank wieder in sein Zimmer.

Er war es sich schuldig, seine Hochzeitsnacht schlaflos zu verbringen, und man hat ihn dabei nicht gestört. Er spürt keine Müdigkeit mehr. Beim Aufstehen ist er ruhig und beherrscht. Er erwartet seine Wächter. Er blickt zu dem Fenster dort drüben, aber es ist gleichgültig, ob sie ihn holen, bevor es sich öffnet.

Sissy ist in ihm.

Er geht hinter dem Zivilisten und vor dem Soldaten. Man läßt ihn warten, aber auch das ist ihm gleich. Es ist das letzte Mal. Es wird das letzte Mal sein müssen. Sicherlich spiegelt sich sein inneres Glück in seinem Gesicht, denn der Chef sieht ihn, als er den Kopf hebt, einen Augenblick lang verwundert an und mustert ihn dann neugierig.

„Setzen Sie sich."

„Nein."

Es wird kein Verhör im Sitzen werden; er hat es so beschlossen.

„Ich möchte Sie vor allem bitten, eine wichtige Erklärung abgeben zu dürfen."

Er wird ganz ruhig sprechen. Das wird seinen Worten mehr Gewicht geben.

„Ich habe die Uhren gestohlen, und ich habe Fräulein Vilmos, die Schwester des Uhrmachers in dem Dorf, in dem ich aufgewachsen bin, ermordet. Ich hatte schon einen Ihrer Unteroffiziere ermordet, an der Ecke der

Sackgasse neben der Gerberei, weil ich seinen Revolver haben wollte. Ich habe noch viel Schändlicheres begangen. Ich habe das größte Verbrechen der Welt begangen, aber das geht Sie nichts an. Ich bin weder ein Phantast noch ein Agitator, noch ein Patriot. Ich bin ein Lump. Seit Sie mich verhören, habe ich es darauf angelegt, Zeit zu gewinnen, weil ich unbedingt Zeit gewinnen mußte. Nun ist es zu Ende."

Er holt nicht Atem. Man könnte glauben, er versuche die eisige Stimme des Chefs nachzuahmen, aber bisweilen ähnelt seine Stimme mehr der Holsts.

„Von all dem, was Sie erfahren möchten, weiß ich nichts. Das kann ich Ihnen versichern. Wenn ich aber etwas davon wüßte, würde ich es Ihnen nicht sagen. Sie können mich fortan so lange verhören, wie Sie wollen. Ich werde kein einziges Wort mehr sagen. Sie haben die Möglichkeit, mich zu foltern. Ich fürchte mich nicht vor der Folter. Sie haben die Möglichkeit, mir das Leben zu versprechen. Ich will nicht mehr leben. Ich will sterben. Möglichst bald und auf die Art, die zu bestimmen Ihnen gefällt.

Nehmen Sie es mir nicht übel, daß ich so zu Ihnen spreche. Ich habe nichts gegen Sie. Sie haben Ihre Pflicht getan. Ich aber habe beschlossen zu schweigen, und dies sind die letzten Worte, die ich an Sie richte."

Man hat ihn geschlagen. Man hat ihn drei- oder viermal geholt, um ihn zu schlagen. Das letzte Mal hat man ihn in dem Büro nackt ausgezogen. Die Männer mit dem Schnurrbart verrichten ihre Arbeit ohne Leidenschaft. Zweifellos auf Befehl haben sie ihm harte Stöße mit den Knien gegen die Genitalien versetzt, und er ist rot geworden, weil er einen Augenblick an Kromer und Sissy gedacht hat.

Er hat nur noch die Suppe zum Essen. Das andere hat man ihm weggenommen.

Es wird nicht mehr lange dauern. Wenn sie sich nicht beeilen, könnte es von selbst kommen.

Er hofft immer noch, daß man ihn in den Keller führen wird. Im Grunde ist es seine alte Manie, immer eine Sonderbehandlung zu fordern.

Über der Turnhalle ist immer noch das Fenster, das

Fenster, das sein Fenster hätte sein können, und die Frau, die Sissy hätte sein können.

Eines Morgens, als es wieder zu schneien begonnen hat, entschließen sie sich endlich dazu. Man könnte glauben, sie kämen vor der Zeit, denn der Himmel ist dunkel, und die Wolken hängen tief. Sie sind zunächst in das Klassenzimmer nebenan gegangen. Er hat nicht geglaubt, daß auch er an der Reihe sein würde. Dann haben sie die drei Männer, die sie sich ausgesucht hatten, auf dem Gang warten lassen und plötzlich seine Tür aufgestoßen.

Er ist bereit. Es hat keinen Sinn, den Mantel anzuziehen. Er weiß Bescheid. Er beeilt sich. Er will nicht die drei anderen warten lassen, die frieren. Im Halbdunkel versucht er, ihre Gesichter zu erkennen, und das ist das erste Mal, daß er sich für die in dem Zimmer nebenan interessiert.

Sie müssen hintereinander über die Galerie gehen.

Wie die anderen hat er seinen Jackenkragen hochgeschlagen.

Er vergißt, nach dem Fenster zu sehen. Er vergißt zu denken.

Er wird später noch genug Zeit dazu haben.

Tucson, Arizona, März 1948

Inhalt